Petra Pfänder

Unter dem Vanillemond

Roman

mtb

MIRA® TASCHENBUCH
Band 25901
1. Auflage: Februar 2016

MIRA® TASCHENBÜCHER
erscheinen in der HarperCollins Germany GmbH,
Valentinskamp 24, 20354 Hamburg
Geschäftsführer: Thomas Beckmann

Deutsche Originalausgabe

Konzeption/Reihengestaltung: fredebold&partner Gmbh, Köln
Umschlaggestaltung: pecher und soiron, Köln
Redaktion: Sarah Hielscher
Titelabbildung: Thinkstock
Satz: GGP Media GmbH, Pößneck
Druck und Bindearbeiten: CPI books GmbH, Leck – Germany
Printed in Germany
Dieses Buch wurde auf FSC®-zertifiziertem Papier gedruckt.
ISBN 978-3-95649-270-9

www.mira-taschenbuch.de

PROLOG

Der Mann saß allein am Ufer der halbmondförmigen Bucht und blickte zum Horizont. Die letzten Strahlen der Abendsonne verwandelten das Meer in flüssiges Gold. Über das Wasser strich eine sanfte Brise und schob kleine Wellen auf den Sand. Der Mann schloss die Augen und genoss die kühlende Seeluft auf seiner Haut.

Getrockneter Schweiß und Erde auf dem ehemals weißen Leinenhemd zeugten von einem anstrengenden Tag, sein Rücken schmerzte, doch ein Lächeln umspielte seine Mundwinkel. Er hatte seine Entscheidung getroffen. Er würde nicht länger eine Lüge leben.

Hier auf Madagaskar blühte er auf, wuchs über sich hinaus. Jeder Morgen brachte neue Herausforderungen, aber er fühlte sich unbesiegbar, genau wie vor dreißig Jahren, als er zum ersten Mal auf die Insel gekommen war. Madagaskar lag in seinem Blut. Er liebte die Wildheit, die Unberechenbarkeit, und gleichzeitig kam er an keinem Ort der Welt so zur Ruhe wie hier.

Mit seiner Entscheidung setzte er viel aufs Spiel, vielleicht würde er das Vertrauen seiner Tochter für immer verlieren. Doch er konnte ihr die Wahrheit nicht länger verschweigen.

Er öffnete die Augen und sah aufs Meer hinaus. Nie war ihm ein Sonnenuntergang so schön vorgekommen. Nicht mehr seit jener Nacht vor so langer Zeit.

Der entfernte Schrei eines Lemuren riss ihn aus seinen Erinnerungen. Er hatte nicht bemerkt, wie die Zeit vergangen war. Nur ein orangefarbener Streifen am Horizont trennte den Tag von der Nacht. Wenn er nicht im Dunkeln zur Plantage fahren wollte, musste er sich beeilen.

Er erhob sich aus dem Sand und streckte seine steif gewordenen Glieder. Plötzlich schien der Boden unter seinen Füßen zu schwanken. Schweiß trat auf seine Stirn.

Er atmete tief ein und aus, um seinen raschen Herzschlag zu beruhigen, dann eilte er am Wasser entlang zurück zum Wagen. Immer wieder gab der Sand unter seinen Füßen nach. In seinen Ohren rauschte das Blut, und er rang nach Luft. Obwohl er erst wenige Meter zurückgelegt hatte, fiel ihm jeder Schritt schwer.

Er fuhr sich mit dem Handrücken über die schweißnasse Stirn. War er wirklich so weit den Strand hinuntergewandert? Auf dem Hinweg war es ihm nicht so weit vorgekommen.

Mit zusammengebissenen Zähnen zwang er sich, einen weiteren Schritt zu gehen. Ihm war, als würde ein eiserner Ring seine Brust zusammenpressen.

Nein! Nicht hier, nicht jetzt!

Verzweifelt tastete er nach den Tabletten in seiner Jackentasche. Die Jacke! Er hatte sie im Wagen gelassen.

Das darf nicht sein! Ich muss es zum Auto schaffen!

Sein Körper gehorchte ihm nicht. Hilflos fiel er auf die Knie.

Bitte, lass mich nicht sterben, nicht jetzt, flehte er still, doch er wusste, dass es vergeblich war. Es ist zu früh, ich habe noch so viel zu tun!

Er sank auf die Seite, sein Kopf ruhte im warmen Sand.

Wirst du mir vergeben? Vielleicht habe ich damals den falschen Weg gewählt, aber glaub mir, ich wollte das Beste für dich.

Seine Augen glitten zum Horizont. Die Sonne war nur noch eine schmale Linie über dem Meer. Plötzlich spürte er kaum noch den Schmerz in seiner Brust. Tiefe Ruhe erfüllte ihn, und ein Lächeln glitt über sein Gesicht.

Meine Geliebte, bald sind wir für immer vereint.

1. KAPITEL

Hamburg, Oktober 2014

„Absolut nicht! Auf gar keinen Fall ziehen wir die Klage zurück! Was? *Wie* hoch soll die Abfindung sein? … Absolut lächerlich! Und selbst wenn er Fotos haben sollte … Das ist doch nur ein mieser Trick, mit dem er versucht, Sie einzuschüchtern.“

Während sie zuhörte, was ihre Klientin antwortete, trank Annabel Hansen einen Schluck von ihrem Kaffee. Sie verzog angewidert das Gesicht. Der Kaffee war kalt. Mit einem Knall stellte sie die Tasse auf den Schreibtisch. „Wir ziehen ihn aus bis aufs letzte seiner maßgeschneiderten Hemden, das verspreche ich Ihnen! “

Annabel trug ein hautenges dunkelgraues Kleid mit langen Ärmeln. Ihr Haar war zu einem Knoten festgesteckt und glänzte lackschwarz wie die Möbel im Büro. Die einzigen Farbtupfer waren ihr purpurfarbener Lippenstift und die blauen Augen.

Der Raum war durch Milchglasscheiben vom Rest der Kanzlei Jansen & Jansen abgetrennt. An das große Fenster peitschte der Regen und verschleierte den Blick auf die Alster. Trotz des schlechten Wetters war am Ufer ein Jogger mit einem Schäferhund unterwegs. Annabel freute sich schon auf ihr neues Büro, ein großes Eckzimmer, das sie beziehen würde, wenn sie in wenigen Wochen ihren Vertrag als Partner der Anwaltskanzlei unterzeichnet hatte.

Die Tür wurde einen Spalt geöffnet, und ihre Sekretärin Betty schaute herein. Annabel schüttelte den Kopf und wedelte ungeduldig mit der Hand. Betty schloss die Tür wieder.

Ärgerlich sah Annabel ihr hinterher. Nach drei Jahren Zusammenarbeit sollte sie wirklich gelernt haben, nicht hereinzukommen, wenn sie ausdrücklich keine Störung angeordnet hatte. „Nein, auf keinen Fall hält der Ehevertrag“, sagte sie ins

Telefon. „Ja, da bin ich mir sicher. Gut, wir sehen uns Montag, Frau Johannsen."

Sie legte auf, schloss die Augen und massierte einen Moment lang ihre Schläfen, dann zog sie einen der zahlreichen Aktenordner auf dem Schreibtisch zu sich und begann, darin zu blättern.

Wieder öffnete sich die Tür. Diesmal schlüpfte Betty ganz ins Zimmer. Sie schloss die Tür hinter sich und lehnte sich gegen das Glas, als würde sie Halt suchen. Ihre kurzen rotblonden Locken standen etwas wirr um ihr rundes Gesicht, als hätte sie sich gerade mit allen zehn Fingern die Haare gerauft.

Annabel würde nie Bettys eigenartigen Gesichtsausdruck vergessen, eine Mischung aus Angst und Entschlossenheit. Wahrscheinlich fürchtete sie sich halb zu Tode vor dem, was sie jetzt sagen musste. Aber das begriff Annabel erst viel später.

„Annabel ..."

„Schon wieder, Betty? Welchen Teil von *Ich möchte nicht gestört werden* haben Sie nicht verstanden?" Wenn sie demnächst Partnerin war, sollte sie sich vielleicht auch gleich nach einer neuen Assistentin umsehen. Am besten würde sie noch heute mit Peter darüber reden.

Peter Jansen war der älteste Sohn eines der *Jansen und Jansen* ihrer Kanzlei und Juniorchef. Sie kannten sich seit ihrer Studienzeit. Annabel wusste schon lange, dass er sich mehr von ihr erhoffte und nur auf eine Ermutigung von ihr wartete, doch irgendetwas hatte sie bisher davon abgehalten.

„Es tut mir so leid, Annabel ..."

Betty war ja immer noch da! „Das sollte es auch!", fuhr Annabel sie an.

„... aber ... Ihr Vater ... es ist etwas Furchtbares passiert."

Das Glockenspiel klirrte, als Annabel Hansen die Tür zum Madagaskar-Vanillekontor öffnete. Sie zögerte, dann holte sie tief Luft und trat ein. Der warme Vanilleduft ließ Bilder aus ihrer Kindheit in ihrem Kopf aufblitzen.

Damals hatte sie davon geträumt, eines Tages hier im Laden zu arbeiten. Sie wollte all die geheimnisvollen Gläser und Dosen in den Regalen öffnen, die Inhalte abwiegen, mischen und in Tütchen füllen, genau, wie es ihr Vater immer tat. Am schönsten war es, wenn er sie hochhob, auf die blank polierte Holztheke setzte und sie an dem Hebel der eisernen Kasse ziehen durfte. Fast war ihr, als könnte sie wieder das Klingeln hören, mit dem die Schublade aufsprang. Für einen Moment vergaß Annabel, warum sie heute hierhergekommen war.

In ihrer Erinnerung sah sie den Vater als jungen Mann vor sich, groß und schlank, mit blonden Haaren und blauen Augen hinter einer Brille. Unwillkürlich blickte sie zu der Tür am anderen Ende des Raums, hinter der sein Büro lag. Doch er würde nie wieder durch diese Tür treten. Er war auf Madagaskar geblieben. Diesmal für immer.

Langsam ging Annabel durch den Laden. Fast zwölf Jahre war ich nicht mehr hier, rechnete sie nach. Nicht mehr seit dem Tag, an dem sie ihrem Vater gesagt hatte, dass sie nichts mit Vanille zu tun haben wollte, sondern Jura studieren würde.

Sie hatte erwartet, dass er wütend reagieren würde, traurig oder wenigstens enttäuscht. Stattdessen hatte er sie nur so gleichmütig wie immer angelächelt. Seine blauen Augen verrieten nichts. „Wenn es das ist, was du wirklich willst. Vielleicht ist es ja besser so."

Annabel konnte selbst nicht genau sagen, warum sie seitdem das Vanillekontor gemieden hatte. Vielleicht, weil sie immer ein wenig das Gefühl gehabt hatte, dass ihrem Vater das Geschäft wichtiger war als sie. Doch heute kam ihr das Kontor wie eine Zuflucht vor. Es war das Einzige, das sie noch mit dem Vater verband.

Sie war erstaunt, wie vertraut die Räumlichkeiten ihr nach all der Zeit noch waren. Jedes Dielenbrett, das unter ihren Füßen knarrte, die tiefe Kerbe neben der Kasse in der Holztheke. Vielleicht lag es daran, dass sie sich im Laden immer mehr zu Hause gefühlt hatte als in ihrer stillen Villa in Blankenese. Immer wieder blieb sie stehen, rückte hier eine Teedose gerade oder ordnete dort kleine Schokoladentäfelchen neu.

Vor langer Zeit war das Kontor eine Apotheke gewesen. Carsten Hansen hatte das antike Mobiliar behalten, und jetzt lagerten in den Fächern der deckenhohen Regale Tees, Gewürzmischungen, Schokoladen, Gebäck und andere Köstlichkeiten. An der Mahagonitheke wurden nicht länger Medikamente gemischt, sondern Madagaskar-Vanille verkauft.

Und alles gehörte Annabel.

Hätte sie nur Geschwister! Dann würde die Verantwortung nicht allein auf ihren Schultern liegen. Als Anwältin regelte sie oft Erbschaftsangelegenheiten. Zahlen und Verträge gehörten zu ihrem täglichen Geschäft. Aber hier ging es um mehr.

Annabel verstand nichts von Vanilleimport oder Geschäftsführung. Was sollte sie mit einem Vanilleladen anfangen? Natürlich konnte sie ihn verkaufen und den Erlös als Startkapital für eine eigene Anwaltskanzlei nehmen. Aber der Gedanke fühlte sich an wie Verrat. Das Vanillekontor war das Lebenswerk ihres Vaters.

Annabel hielt inne, als sie an einer geöffneten Teedose vorbeikam. Silke, die den Laden führte, wenn Carsten Hansen unterwegs war, musste vergessen haben, sie zu schließen.

Annabel schloss die Augen und sog tief das würzige Aroma ein. Aus einem Impuls heraus füllte sie einen Löffel Teeblätter in ein Schälchen und ging in die kleine Küche, in der die Teemischungen zusammengestellt wurden. Zielstrebig wählte sie eine Vanilleschote, Koriander, getrocknete Orangenschalen und Kardamom aus den zahlreichen Gewürzgläsern aus. Nach kurzem Überlegen ergänzte sie noch eine Prise gemahlene Nelken und stellte das Feuer unter dem Wasserkessel an.

Vater hat immer behauptet, ich hätte eine außergewöhnlich feine Nase und ein Gespür für Gewürze, erinnerte sich Annabel. Sie schob den ungebetenen Gedanken zur Seite. Das Interesse an Gewürzen und allem, was damit zu hatte, gehörte in ihre Kindheit, und sie war froh, dass sie diese Zeit lange hinter sich gelassen hatte.

Sie zuckte zusammen, als der Kessel pfiff, und goss das Wasser in die Kanne. Einige Minuten später füllte sie den fertigen Tee in einen Becher und nahm ihn mit in Carsten Hansens Büro. Hier gab es keinen gediegenen Luxus wie im Verkaufsraum, nur hohe Aktenschränke, zwei Stühle und einen geschnitzten Eichenschreibtisch. Vor dem Fenster stand ein grünes Ledersofa, das schon bessere Tage gesehen hatte.

Zum ersten Mal im Leben setzte Annabel sich auf den Platz ihres Vaters am Schreibtisch. Erst jetzt wurde ihr wirklich bewusst, dass er für immer gegangen war. Sie suchte in ihrer Handtasche, bis sie ein Taschentuch fand. Sie hielt es fest mit der Faust umklammert, während sie die gerahmten Fotos auf dem Schreibtisch betrachtete. Alle zeigten Annabel – auf der Schaukel im Garten, bei einem Ausflug mit dem Vater im Zoo, auf ihrer Abiturfeier.

Er hat mich auf seine Art geliebt, auch wenn er es nicht zeigen konnte, dachte sie. Und es hatte immer wieder schöne Momente gegeben, auch wenn in der Erinnerung vor allem ihre unerfüllten Sehnsüchte geblieben waren.

Für Außenstehende musste es so ausgesehen haben, als hätte Carsten Hansen seiner einzigen Tochter alle Liebe und Aufmerksamkeit geschenkt, die ein kleines Mädchen sich nur wünschen konnte.

Nur das Beste war ihm gut genug für Annabel gewesen – eine exklusive Hamburger Privatschule, ein luxuriös eingerichtetes Mädchenzimmer in der Villa in Blankenese, ihr Schrank vollgestopft mit teurer Kleidung. Morgens brachte der Vater sie zur Schule, und abends sah er ihre Hausaufgaben nach.

Mithilfe einer Haushälterin hatte er nach dem frühen Tod seiner Frau allein für Annabel gesorgt. Er nahm die Mahlzeiten gemeinsam mit ihr ein, brachte sie mit einem Gutenachtkuss ins

Bett und erzählte ihr eine Geschichte zum Einschlafen. An den Wochenenden besuchte er zusammen mit ihr den Zoo, und im Sommer verbrachten sie viele Tage am Elbstrand.

Aber auch wenn er ihr den Großteil seiner Freizeit widmete, hatte sie nie ganz das Gefühl abschütteln können, dass er nur seine Pflicht erfüllte. Ein Teil von ihm schien immer unerreichbar zu sein.

Carsten Hansen hatte nie viele Gefühle gezeigt, und wenn er seine Tochter umarmte und küsste, kam er ihr dabei immer etwas abwesend vor. Er war ein ruhiger Mann gewesen. Annabel konnte sich nicht erinnern, ihn jemals ärgerlich erlebt zu haben, aber er hatte auch selten gelacht. Wenn sie ihm von der Schule erzählte, hörte er aufmerksam zu, doch er stellte nur selten Fragen.

Als würde es ihn nicht halb so sehr interessieren wie die letzte Vanilleernte auf Madagaskar, hatte Annabel oft gedacht. Das Gefühl, ihm nicht wichtig zu sein, hatte ihr das Herz gebrochen.

Seine Abende verbrachte er allein. Er besaß keine Freunde und verabredete sich nie. Nur wenn er von Madagaskar sprach, trat dieses ganz besondere Leuchten in seine Augen. Die Insel war seine einzige Leidenschaft.

Jedes Jahr im Oktober flog Carsten Hansen für einen Monat auf die Vanilleplantage seines Bruders, um nach der Erntezeit persönlich die besten Schoten auszuwählen. Oft kam es Annabel so vor, als lebte er nur für diese Wochen. Je näher die Zeit seiner Abreise rückte, desto federnder wurde sein Gang, und manchmal passierte es sogar, dass er mit Annabel scherzte.

Braun gebrannt kam er dann wieder zurück, die Haare von der Sonne gebleicht. Seine Haut und seine Kleidung rochen nach Vanille. Der Duft begleitete jede Erinnerung an ihre Kindheit. Ihr Vater hatte Vanille in ihren Kakao gemischt, in Süßspeisen und Limonade, und sogar Vanilleschokolade hatte er für sie zubereitet. Schmeckte Annabel etwas besonders gut, nahm er es in sein Sortiment für den Laden auf.

Nach jeder Reise quollen seine Koffer von Gewürzen über. Die Reisetaschen waren prall gefüllt mit Vanille, Zimt, Pfeffer, Kardamom, Koriander und Nelken. Annabel durfte sich von den duftenden Kostbarkeiten aussuchen, was sie wollte. Sie hatte mit Gewürzen gespielt wie andere Mädchen mit Puppen.

Eine Weile lang hatte sie ihre eigenen Gewürzkreationen in jedes Essen gemischt und die Köchin fast zur Verzweiflung getrieben. Doch irgendwann hatte Annabel mit dem Vanillearoma untrennbar die Abwesenheit des Vaters verbunden und begonnen, den Geruch zu hassen.

Sie erinnerte sich noch genau an die Sehnsucht in seiner Miene, an seine leuchtenden Augen, wenn er ihr abends am Bett von den blendend weißen Stränden Madagaskars, dem saphirblauen, palmengesäumten Ozean und den liebenswürdigen Menschen erzählte. Als könnte er es kaum abwarten, wieder dorthin zurückzukehren.

Annabel hatte sich verzweifelt danach gesehnt, in seinen Augen einmal dieselbe vorbehaltlose Begeisterung zu sehen, wenn er sie anschaute. Aber ganz gleich, wie sehr sie sich auch bemüht hatte, war es nie geschehen. Als wäre jeder einzelne Einwohner dieser verfluchten Insel interessanter für ihn als seine eigene Tochter.

Sie dachte daran zurück, wie sie mit acht Jahren versucht hatte, Geigenspiel zu lernen, um einmal die ungeteilte Aufmerksamkeit ihres Vaters zu bekommen. In ihrer Fantasie sah sie sich damals schon auf der Bühne stehen, vor sich ein ergriffen schweigendes Publikum. In der ersten Reihe saß ihr Vater und blickte stolz zu ihr hinauf.

Es war bei dem Traum geblieben. Sie übte Stunden um Stunden unermüdlich, aber ihre plumpen Händchen bekamen einfach keinen klaren Ton zustande. Selbst jetzt spürte Annabel noch einen Stich bei der Erinnerung an die Worte der Geigenlehrerin: „Nein, Klavierspielen würde ich dir auch nicht empfehlen. Und Singen … Vielleicht suchst du dir besser ein Hobby, das nichts mit Musik zu tun hat."

Als Nächstes hatte Annabel sich für Ballettstunden entschieden. Doch am Ende stand nur wieder eine neue Demütigung. Während die anderen Mädchen leichtfüßig durchs Studio schwebten oder Pirouetten drehten, bei denen Annabel vom bloßen Hinschauen schwindelig wurde, bemühte sie sich vergeblich auch nur um den kleinsten Hauch von Anmut.

Vielleicht hatten darum die anderen Mädchen über sie gekichert und hinter ihrem Rücken getuschelt. Vielleicht auch, weil sie keine richtige Familie besaß, keine Mutter, die sie von der Schule abholte – oder einfach nur, weil sie anders aussah als ihre blassen, eleganten Mitschülerinnen.

Selbst im norddeutschen Klima wirkte Annabels Haut stets so, als hätte sie gerade einige Wochen in der Sonne verbracht, und ihre schwarzen Haare hätte sie sich am liebsten mit den Wurzeln ausgerissen. Sie waren dick und störrisch und so glatt, dass kein Band und keine Spange darin hielt. Egal, wie lange sie ihr Haar auch bürstete und wie stramm sie den Pferdeschwanz zusammenband, machten sich die ersten Strähnen nach wenigen Minuten unweigerlich selbstständig.

Es half auch nicht, dass sie kein besonderes Talent zu besitzen schien. Ganz gleich, was sie anfasste, nichts wurde zu einem Erfolg. Irgendwann hatte sie dann entdeckt, dass sie eine Begabung zum Lernen besaß. Die guten Noten brachten ihr zwar keine Freunde ein und auch nicht die Aufmerksamkeit des Vaters, aber über den Büchern konnte sie wenigstens ihren Kummer vergessen.

Damals war es ihr so vorgekommen, als würden alle anderen Kinder Mütter besitzen, die sie liebten, sie trösteten, wenn sie sich wehgetan hatten, Geschwister, mit denen sie spielten und lachten. In ihrer großen Villa in Blankenese war es dagegen immer still gewesen, als würde eine düstere Wolke das Haus beschatten. Annabel konnte sich nicht erinnern, dass jemals fröhliches Lachen durch das Haus geschallt war.

„Hast du denn nicht gesehen, wie einsam und unglücklich ich war, Papa? Wie sehr ich dich gebraucht habe?“, murmelte sie. Beim heiseren Klang ihrer Stimme zuckte sie zusammen und verstummte.

Ärgerlich schüttelte sie den Kopf. Sie wischte die Tränen mit dem Taschentuch ab und stopfte es zurück in die Tasche. Mit dreißig Jahren sollte sie die Probleme ihrer Kindheit wirklich hinter sich gelassen haben! Aber der Gedanke tröstete sie auch nicht.

Ausgerechnet vor dieser letzten Reise hatte der Vater sie zum ersten Mal gebeten, ihn nach Madagaskar zu begleiten. Aber in wenigen Wochen sollte sie Juniorpartnerin in ihrer Anwaltskanzlei werden. Sie konnte sich nicht leisten, gerade jetzt Urlaub zu nehmen.

Vielleicht habe ich zum Teil aber auch einfach aus Trotz abgelehnt, gestand Annabel sich jetzt ein. Vielleicht hatte sie nur zu oft vergeblich darum gebeten, dass sie ihn begleiten durfte.

„Bitte, bitte, nimm mich mit, Papa“, hatte sie als Kind gebettelt, wenn er wieder seine Koffer packte, um nach Madagaskar zu reisen. „Lass mich nicht alleine!“

„Nein, Kleines. Madagaskar ist ein wildes Land und viel zu gefährlich für ein Kind.“

„Aber dann ist es auch zu gefährlich für dich!“

„Ich bin ein großer starker Mann. Ich kann gut auf mich aufpassen. Mir passiert nichts. Das verspreche ich dir.“

Doch er hatte sein Versprechen gebrochen.

Gestern Morgen war Carsten Hansen tot an einem einsamen Strand gefunden worden. Herzinfarkt, hatte man Annabel gesagt. Sie konnte es noch immer kaum glauben. Ihr Vater war keinen Tag in seinem Leben krank gewesen.

Hätte ich dir helfen können, wenn ich bei dir gewesen wäre?

Sie drängte die leise Stimme zurück. Selbst wenn sie ihre Entscheidung noch so sehr bereute, halfen ihr Grübeln und Selbstvorwürfe auch nicht weiter. Sie musste Entscheidungen treffen. Zum Beispiel darüber, was mit dem Vanillekontor geschehen sollte.

Oder mit dem Grundstück auf Madagaskar, das zu ihrem Erbe gehörte, wie sie heute Morgen vom Anwalt ihres Vaters erfahren hatte. Wahrscheinlich ein Anteil an der Vanilleplantage, überlegte sie. Am besten würde sie Onkel und Tante vorschlagen, sie auszuzahlen. Das Grundstück konnte nicht viel wert sein.

Annabel stellte die Fotos zurück. Sie stutzte. Ihr war noch nie aufgefallen, dass auf dem Schreibtisch kein einziges Bild ihrer Mutter stand. War das schon immer so gewesen?

Wahrscheinlich war die Erinnerung zu schmerzlich für ihn, überlegte sie.

Nach dem Tod seiner Frau hatte Carsten Hansen nie wieder geheiratet, darum war Annabel immer davon ausgegangen, dass ihre Mutter die Liebe seines Lebens gewesen war. Sie hatte sich als Kind die romantischsten Liebesgeschichten für ihre Eltern ausgedacht. Ihr Vater hatte nie viel über seine Frau gesprochen, aber er sorgte dafür, dass Annabel sie in ihr Abendgebet einschloss.

„Du erinnerst mich an sie", hatte er einmal gesagt.

„Wirklich? Sehe ich ihr ähnlich? Wie war Mama? Erzähl mir von ihr!" Aber er hatte sie nur mit einem seltsamen Ausdruck angeschaut.

Als Mädchen war sie stundenlang in alten Fotoalben versunken. Sie erinnerte sich nicht mehr an die Mutter, aber sie konnte nicht genug davon bekommen, sich die wenigen Bilder von ihr anzuschauen und sich vorzustellen, wie sich das ernste, blasse Gesicht der Mutter bei ihrem Anblick zu einem strahlenden Lächeln verzog. Wie sie ihre Tochter in die Arme nahm und zärtliche Koseworte flüsterte.

Annabel wünschte, sie hätte ihre feingliedrige Schönheit geerbt. Ihre Haarfarbe war die gleiche, aber warum konnten Annabels Haare nicht auch so weich und seidig sein und in eleganten Wellen fallen?

Sie öffnete die oberste Schreibtischschublade, um nachzusehen, ob ihr Vater dort noch mehr Fotos oder Erinnerungen aufbewahrte. Neben Kugelschreibern und einem Kästchen mit Radiergummis stand eine flache goldene Blechschachtel. Annabel hob den Deckel ab. Ganz oben auf einem Stapel Unterlagen lag ein kleines Glasfläschchen mit rötlich-orangefarbenem Inhalt.

Sie schüttelte das Fläschchen. Offenbar ein Pulver. Vielleicht ein besonderes Gewürz? Neugierig zog sie den Korken ab und roch an dem Inhalt, dann schüttelte sie sich etwas von dem Pulver in die Handfläche und hob es noch einmal zur Nase. Das Pulver war fast geruchlos, mit dem Hauch eines dumpfen, erdigen Aromas. Es schien eine Art Lehm oder Ton zu sein. Seltsam war allerdings die leuchtende Farbe. Etwas Ähnliches hatte Annabel noch nie gesehen.

Sie zuckte mit den Schultern, verkorkte das Fläschchen und ließ es gedankenverloren in ihre Jackentasche gleiten. Dann sah sie wieder in die Schachtel. Ganz oben auf den Papieren lag das Foto einer schönen jungen Frau unter Palmen. Hinter ihr schillerte türkisblau ein tropisches Meer.

Ein Foto von Mama! dachte Annabel, als sie das schwarze Haar sah. Es musste auf Madagaskar aufgenommen sein. Wie jung und glücklich und braun gebrannt sie damals gewesen war.

Auf den zweiten Blick erkannte sie, dass die Frau auf dem Bild nicht die geringste Ähnlichkeit mit ihrer Mutter besaß. Dieses Gesicht war voller, mit hohen Wangenknochen, die Augen dunkel, nicht groß und hell wie die von Barbara Hansen. Ihre milchkaffeefarbene Haut schimmerte im Sonnenlicht. Die Unbekannte hielt ihren Blick auf den Fotografen gerichtet. Annabel konnte fast spüren, wie glücklich sie in dem Moment gewesen war.

Es handelte sich um ein älteres Foto. Die Oberfläche war abgegriffen und an einigen Stellen matt, als wäre es unzählige Male berührt worden. Annabel betrachtete das Bild eingehender. Die Frau trug ihr glattes Haar offen, es reichte fast bis zu der schmalen Taille. Obwohl das Bild etwas unscharf war, kam es Annabel fast vor, als würden die mandelförmigen Augen ihren Blick erwidern.

Warum lag das Bild bei den Unterlagen ihres Vaters? Sie drehte das vergilbte Foto in der Hand.

Ein Herz war mit rotem Stift auf den Bildrücken gemalt, darin stand in zierlicher Schrift:

Der Sonne entgegen!
In ewiger Liebe,
Thérese.

„Der Sonne entgegen …", murmelte Annabel.

Die Zeile erinnerte sie an ein Gedicht aus ihrer Kindheit.

„Flieg … der Sonne entgegen …", sagte sie leise, doch der restliche Text fiel ihr nicht mehr ein. Wenn sie sich als kleines Kind wehgetan hatte oder traurig war, hatte ihr Vater es aufgesagt, um sie zu trösten.

Hatte die Frau das Gedicht gekannt, oder war es nur ein seltsamer Zufall?

Thérese.

Der Name klang französisch, aber die Frau sah eher wie eine Südseeschönheit aus. Konnte es eine Erinnerung an seine frühen Reisen sein?

Annabel suchte vergeblich nach einem Datum auf dem Bild. War die Widmung überhaupt an ihren Vater gerichtet?

Sie nahm die restlichen Unterlagen aus dem Karton, in der Hoffnung, einen Hinweis auf die Identität der fremden Frau zu finden. Enttäuscht blätterte sie stattdessen nur durch alte Rechnungen, Rezepte für Teemischungen und zwei Geburtstagspostkarten von Carstens Bruder Bernd.

Ganz unten in der Schachtel lag ein schwarzes Notizheft. Zögernd öffnete Annabel das schmale Buch, doch die Seiten waren leer. Sie wollte das Heft schon wieder zurücklegen, als ein zusammengefaltetes Blatt aus den Seiten rutschte. Nur wenige Zeilen standen in der schwungvollen Handschrift ihres Vaters auf dem vergilbten Papier.

Mein Herz,
ich vermisse dich unendlich.

Jeder Atemzug bringt die Erinnerung an dich.

Wenn ich die Augen schließe, sehe ich dich vor mir, als wäre es erst gestern gewesen, dass du an meiner Seite warst. Fast kann ich dein Lachen hören. Manchmal drehe ich mich um und erwarte, dich hinter mir zu sehen.

Nacht für Nacht bist du in meinen Träumen bei mir. Die Sonne lässt dein schwarzes Haar glühen, als würde es in Feuer stehen, der Wind weht dir eine Strähne ins Gesicht. Atemlos vor Glück strecke ich die Hand aus und berühre deine Wange. Wir sehen uns an, und nichts existiert außer uns und unserer Liebe.

Doch immer wieder, viel zu früh, wache ich auf und bin allein. Jeden Tag aufs Neue ist mir, als würde mein Herz brechen. Ein Teil von mir wünscht, ich könnte ewig schlafen, endlich für immer bei dir sein.

Ich bin verloren ohne dich, meine Liebe, meine Seele, meine Zuflucht. Mein alles. Du hast jedes Glück mit dir genommen. Doch ich muss weiterleben, für unsere Tochter.

In meinen wachen Stunden frage ich mich oft, warum? Warum bist du mir viel zu früh genommen worden? War es die Strafe für meine Schuld?

Du würdest die richtigen Worte finden, wenn du bei mir wärest. Du wusstest immer, wie du die Qual in meinem Inneren mit einem Wort, einer Liebkosung lindern konntest. Doch erst seitdem du nicht mehr bei mir bist, weiß ich wirklich, was Leid bedeutet.

Ich lebe weiter, einen Tag nach dem anderen. Ich atme, ich esse, ich arbeite, ich schlafe. Nur die Liebe zu unserer Tochter gibt mir die Kraft dazu.

Für immer, habe ich dir an unserem Strand geschworen. Bis an mein Lebensende werde ich dich lieben. Auch wenn du mir geraubt wurdest, werde ich diesen Schwur halten. Bis wir eines Tages wieder vereint sein werden.

Für immer dein,
Carsten

Das kann nicht wahr sein! war Annabels erster Gedanke.

Unmöglich konnte ihr gleichmütiger, kühler Vater einen so leidenschaftlichen Liebesbrief geschrieben haben. In der oberen rechten Ecke stand ein Datum. Erster September neunzehnhundertfünfundneunzig. Annabel rechnete nach. Zu der Zeit war ihre Mutter seit mehr als fünf Jahren tot gewesen.

Er hat mich geliebt! Für mich wollte er weiterleben, begriff sie dann. Der Gedanke ließ Tränen in ihre Augen steigen.

Je länger sie über den Brief nachdachte, desto mehr kam es Annabel so vor, als hätte sie ihren Vater nie gekannt. Warum hatte er ihr nie gezeigt, was er wirklich dachte und fühlte?

Sie starrte wieder auf das Foto der schönen Fremden. Hatte diese Frau eine Bedeutung für den Vater gehabt? Sie schüttelte den Kopf. Eine Liebe, wie sie aus jedem Wort seines Briefes sprach, ließ keinen Raum für Affären. Außerdem hatte er zwar keinen Namen genannt, aber der Brief war eindeutig an ihre Mutter gerichtet. Er hatte von ihrer gemeinsamen Tochter gesprochen.

Wenn nichts sonst, bewies dieser Brief, dass Annabels Vater zu tiefer Liebe fähig gewesen war. Selbst Jahre nach dem Tod der geliebten Frau war seine Bindung zu ihr nicht ins Wanken gekommen.

Aber wenn er sie so geliebt hatte, warum gab es dann nicht wenigstens ein Foto von ihr auf seinem Schreibtisch oder bei seinen Unterlagen? Sein Tod warf so viele Fragen auf, auf die Annabel keine Antworten besaß. Vielleicht fand sie auch erst jetzt den Mut, einige dieser Fragen zu stellen.

Annabel war damit groß geworden, dass über manche Themen nicht gesprochen wurde. Sie hatte immer gedacht, es bliebe noch genug Zeit, all ihre Fragen zu stellen – über sein zweites Leben auf Madagaskar, über ihre Mutter, die Verwandten auf der Insel. Annabel fragte sich, warum er nach all der Zeit ausgerechnet in diesem Jahr gewünscht hatte, dass sie ihn nach Madagaskar begleitete. Sie sah wieder auf den Brief in ihrer Hand, dann auf das Foto. Bis heute war ihr nicht klar gewesen, wie wenig sie wirklich über ihn wusste.

Hätte sie den Vater doch nur begleitet! Sie hatte die letzte Chance vertan, ihm näherzukommen. Jetzt war das Vanillekontor alles, was von ihrer Familie geblieben war.

Nein! Ein winziger, absurder Funke Hoffnung flammte in ihr auf. Es gab immer noch Onkel und Tante auf Madagaskar.

Annabel hatte ihre einzigen Verwandten nie persönlich kennengelernt. Zu ihren Geburtstagen hatten sie ihr Karten geschrieben und manchmal auch angerufen. Als sie vierzehn oder fünfzehn geworden war, hatte auch das aufgehört. Abgesehen vom Vanilleimport, hatte ihr Vater nur selten über seinen Bruder und dessen Frau gesprochen. Aber die beiden hatten nicht nur jedes Jahr einige Wochen gemeinsam mit Carsten Hansen auf der Plantage verbracht, sie hatten auch Annabels Mutter gekannt – Tante Marlene sogar besser als jeder andere Mensch. Sie war immerhin ihre Zwillingsschwester gewesen.

Das ist es! Aufregung mischte sich in Annabels Traurigkeit. Warum war sie nicht schon eher auf den Gedanken gekommen?

Ich fliege nach Madagaskar!

2. KAPITEL

Vier Tage später, Antananarivo

Annabel stieß die Glastür ihres Hotelzimmers auf und trat auf den Balkon. Das Brüllen von Rindern hatte sie aus dem Schlaf gerissen. Sie gähnte und streckte ihre verspannten Schultern. Es war erst halb sechs morgens, und nach dem langen Flug fühlte sie sich wie erschlagen, doch bei dem Blick auf Antananarivo vergaß sie alle Müdigkeit.

Über der Hauptstadt Madagaskars erhellte die afrikanische Morgendämmerung den Himmel. Antananarivo erstreckte sich über zwölf steile Hügel. Tana, wie es die Einheimischen nannten, war eine bezaubernde Ansammlung bunter Häuschen, die atemberaubend schief an den Hängen klebten. Die verwitterten Terrakottadächer und Backsteinmauern mit zerfallenden Fensterläden und ehemals kunstvoll geschnitzten Holzbalkonen lehnten Schulter an Schulter mit modernen Gebäuden. Oben auf den Hügeln, dort wo der frische Wind die feuchte Hitze vertrieb, thronten prächtige Häuser wie Paläste.

Am Straßenrand stapelten Händler Orangen, Tomaten und Papaya auf Bastmatten zu kunstvollen Pyramiden und hängten Bananen wie Girlanden an Schnüren auf. Andere boten Vanille, Pfeffer oder lebende Hühner an. Zu ihrer Rechten sah Annabel den Engelssee. Stahlblau lag er inmitten pinkfarbener Jacaranda-Bäume, die sich über sein mit Teichrosen bewachsenes Wasser neigten.

Annabel sog tief die Luft ein. Der Geruch Antananarivos war intensiv. Anders als alles, was sie kannte. Seitdem sie aus dem Flugzeug gestiegen war, begleitete sie ein Hauch von Vanille. Mit jedem Windstoß wurde er herangetragen. Doch dies war nicht der reine, klare Vanilleduft, der sich Annabel seit den Kindertagen unauslöschlich eingebrannt hatte. Hier mischte sich das süße

Aroma mit Autoabgasen, dem Geruch von Tieren, Menschen und Holzkohlefeuern und ließ ihr Herz schneller klopfen.

Vom ersten Atemzug an empfand Annabel auf Madagaskar eine neue Energie und das ungewohnte Gefühl, als wäre sie angekommen. Ein Tag nur trennte sie vom kalten deutschen Winter, aber es war mehr als nur Wetter und Entfernung. Es kam ihr vor, als hätte sie die Grenze zu einer neuen Welt überschritten.

In der Luft lag noch die Kühle der Nacht. Sie fröstelte und rieb ihre nackten Arme. Gleichzeitig konnte sie spüren, wie es mit jeder Minute heißer wurde.

Annabel streckte sich, gähnte und sah sehnsüchtig zu dem breiten Bett. Aber es blieb keine Zeit zum Schlafen. In wenigen Stunden ging ihr Weiterflug in den Norden, nach Sambava, der Vanillehauptstadt der Insel. Dort würden Onkel Bernd und Tante Marlene sie vom Flughafen abholen. Annabel wollte die Zeit bis zum Abflug nutzen, um mehr von Antananarivo zu sehen.

Kurz darauf verließ sie in einem eleganten weißen Leinenkleid und einem breitkrempigen weißen Sonnenhut mit schwarzem Band das Hotel. Trotz der frühen Stunde drängten sich die Menschen auf den Wegen. Autos, die aussahen, als stammten sie aus einem alten Film, teilten sich die Straßen mit handgezogenen Karren und Ochsengespannen. Zwischen modernen Gebäuden und Hochhäusern standen strohgedeckte Hütten, doch die Gegensätze fügten sich erstaunlich harmonisch zusammen.

Die Atmosphäre wirkte entspannt. Annabel dachte daran, wie ihr Vater von der Freundlichkeit und Offenheit der Madagassen geschwärmt hatte. Bei dem Gedanken an ihren Vater wurde ihre Kehle eng.

Ach wärst du doch hier, Papa!

Für einen Moment vergaß sie das Treiben um sich herum. Noch vor einer Woche hätte sie ein Vermögen darauf gewettet, dass sie niemals einen Fuß nach Madagaskar setzen würde. Erst recht nicht ohne ihren Vater. Sie seufzte und fuhr sich mit der

Hand über die feuchten Augen. Vielleicht hatte Tante Marlene recht gehabt, und ihre Idee, alles hinzuschmeißen und nach Madagaskar zu reisen, war verrückt.

Aber warum sollte sie nicht auch einmal etwas Verrücktes tun? Ihr Chef in der Kanzlei hatte ihr zwei Wochen Urlaub gegeben, um ihre Angelegenheiten zu regeln.

„Meine liebe Annabel", hatte Dr. Jansen senior ihr mit einer Stimme gesagt, die mitfühlender klang, als er je sein würde. „Regeln Sie in aller Ruhe Ihre Angelegenheiten, bevor Sie in die Kanzlei zurückkommen."

Zu regeln gab es nicht viel. Ihr Vater würde auf Madagaskar beerdigt werden, und Tante Marlene hatte ihr am Telefon versichert, dass sie schon alles für das Begräbnis in die Wege geleitet hatte. Für Annabel gab es zwei Möglichkeiten: Sie konnte entweder in Hamburg sitzen und trauern oder zur Beerdigung ihres Vaters fliegen und zugleich die Zeit nutzen, mehr über ihn herauszufinden. Und nur auf Madagaskar hatte sie jetzt noch eine Chance, den Teil seines Lebens kennenzulernen, über den sie kaum etwas wusste.

Annabel bemerkte, dass sie über ihren Gedanken nicht darauf geachtet hatte, wohin sie gelaufen war. Sie blieb stehen, blätterte suchend in ihrem Reiseführer, dann beschattete sie die Augen mit der Hand und sah sich um. Ganz in der Nähe musste der *Zoma* sein, der Freitagsmarkt.

Am Ende der Straße entdeckte sie strohgedeckte Dächer und Hunderte ehemals weißer Sonnenschirme, unter denen die Händler ihre Stände aufgebaut hatten. Kleidung und bunte Stoffe lagen ausgebreitet zwischen Tischen mit Schmuck und Edelsteinen.

Dieser Basar besaß keine Ähnlichkeit mit einem deutschen Markt. Auf Ochsenwagen türmten sich Käfige mit lebenden Hühnern, Obst und Gemüse. Tiere muhten, gackerten und schnaubten. Ein paar Hunde stromerten schnüffelnd herum und wurden gutmütig von den Händlern verscheucht. An jeder

Ecke stieg Annabel ein neuer Geruch in die Nase. Neben ihr biss ein Kind so herzhaft in eine Mango, dass ihm der Saft über das Kinn tropfte. Das kleine Mädchen zupfte am Rock seiner Mutter und sagte etwas in einer melodischen Sprache, die Annabel noch nie gehört hatte.

Wie weit mochten die Händler an diesem Morgen schon gefahren sein? Viele von ihnen waren mit Ochsengespannen angereist, doch niemand hier wirkte müde. Annabel betrachtete die Leute eingehender. Die meisten waren muskulös und ohne Fett, aber kräftig gebaut. Obwohl ihre bunte Kleidung oft abgetragen wirkte, machten die Menschen keinen ärmlichen Eindruck, sondern wirkten fröhlich und stolz.

„*Bonjour, vazaha*", riefen viele Annabel zu. Das bedeutete *Fremde* und war die übliche Begrüßung für Weiße, wie sie aus ihrem Reiseführer wusste.

„*Bonjour*", grüßte sie zurück.

Langsam schlenderte sie über den Markt und beobachtete das bunte Treiben. Niemand schien einfach etwas zu dem verlangten Preis zu kaufen. Lautstarkes Handeln gehörte offenbar zum Geschäft. Annabel nahm ein Baumwolltuch in leuchtendem Rot und Purpur von einem Tisch, das perfekt zu ihrem schwarzweißen Kleid passte. Sie rollte es zusammen und drapierte es um ihren Hals, sehr zum Vergnügen der Verkäuferinnen.

Die beiden fülligen Frauen hinter dem Stand kicherten hinter vorgehaltener Hand. Eine von ihnen kam um den Tisch herum zu Annabel, nahm das weiche Tuch und legte es ihr um die Hüften.

„Das ist eine *Lamba*. So müssen Sie sie tragen", erklärte die Händlerin in schnellem Französisch. „Oder so." Sie deutete auf ihre eigene Lamba, die sie wie ein Cape um die Schultern geknotet hatte.

Annabel stimmte in das Lachen mit ein. Die großen Stoffstücke wurden von Männern und Frauen für nahezu jeden Zweck genutzt – als Bluse, Umhang oder Wickelkleid, um Babys damit auf dem Rücken zu tragen, als Rock über nackten Beinen oder manchmal auch über einer Anzughose – aber offenbar nicht als Schal.

„Wie viel kostet es?“ Ohne nachzudenken antwortete sie auch auf Französisch. Jetzt war sie froh, dass ihr Vater darauf bestanden hatte, dass sie die Sprache lernte. Das war das Einzige gewesen, wobei er hartnäckig geblieben war.

Annabel hatte das Gefühl, die Händlerin wäre enttäuscht gewesen, wenn sie einfach den geforderten Preis gezahlt hätte. Instinktiv begann sie, ausgiebig zu handeln, bis sie sich schließlich zur beiderseitigen Zufriedenheit auf einen Preis in der Mitte einigten.

Sie verstaute das Tuch in ihrer Tasche und ging weiter. Vielleicht konnte sie auf dem Markt auch ein Geschenk für Tante Marlene und Onkel Bernd finden. Sie betrachtete eingehend eine Kette aus weißen Muscheln. Sie legte sie wieder zurück, als ihr ein blonder Schopf auffiel, der all die dunkelhaarigen Köpfe überragte. Selbst um diese frühe Uhrzeit war sie offenbar nicht der einzige Tourist auf dem Markt.

Für einen Moment sah sie dem Mann hinterher. Bei näherer Betrachtung wirkte er nicht wie ein Urlauber, sondern als wäre hier zu Hause. Immer wieder blieb er stehen und wechselte einige Worte mit den Händlern. In der Hand trug er einen geflochtenen Korb, der mit Obst und Gemüse gefüllt war. Eine Aura intensiver Lebendigkeit umgab ihn, als er schlank und hoch aufgerichtet durch die Menge ging.

Ein Glitzern lenkte Annabels Blick von dem Fremden ab. Auf einer zerschlissenen Decke schimmerte eine Auswahl von Edelsteinen. Langsam trat sie näher zu dem Stand.

Aus den Erzählungen ihres Vaters wusste sie, dass es auf der Insel zahlreiche Fundorte für Edelsteine gab. Einige der weltbesten Juwelen stammten von Madagaskar. Fast alle Arten wurden hier abgebaut, von Rubin und Saphir, Topas und Smaragd bis hin zu Granat und Amethyst.

Sie betrachtete die ausgestellten Steine näher. Einige waren noch roh und ungeschliffen, andere geschliffen und glänzten rot, blau, grün oder violett in der Morgensonne. Annabel hob ein silbernes Kettchen mit einem blauen Anhänger auf. Vielleicht war dies ein hübsches Geschenk für Tante Marlene.

„Echter Saphir!“, versicherte der Händler und kam näher. „Beste Madagaskarqualität, *madame*.“

„Was kostet die Kette?“

Er nannte einen erstaunlich geringen Preis für einen echten Saphir. Annabel wollte gerade ihr Portemonnaie aus der Handtasche holen, als sich eine Hand auf ihren Arm legte.

„Lassen Sie das Geld in der Tasche“, sagte eine Männerstimme dicht an ihrem Ohr.

Sie fuhr herum und sah in das sonnengebräunte Gesicht des blonden Mannes. „Am besten gehen Sie wieder in ihr Hotel zurück, bevor Ihnen Schlimmeres passiert, als hier übers Ohr gehauen zu werden“, sagte er unfreundlich.

Annabel befreite mit einem Ruck ihren Arm. „Was bilden Sie sich ein? Mit welchem Recht sagen Sie mir, was ich zu tun oder zu lassen habe?“

„Diese Steine sind nicht echt, und wenn Sie so aufgetakelt auf offener Straße mit ihrem Geld rumwedeln, brauchen Sie sich nicht zu wundern, wenn es Ihnen abgenommen wird.“ Aus sturmgrauen Augen starrte er sie unfreundlich an. „Aber Sie haben bestimmt nicht einmal eine Vorstellung davon, wie bitterarm die Leute hier sind. Sie kommen wegen der Traumstrände nach Madagaskar und hoffen, dazu vielleicht noch billig ein paar hübsche bunte Juwelen zu bekommen.“

Aufgetakelt! Annabel schnappte nach Luft. „Wie schön, dass Sie so genau wissen, warum ich hier bin und wofür ich mich interessiere.“

„Touristen sind doch alle gleich“, sagte er kalt.

„Warum haben Sie mich dann nicht einfach in Ruhe gelassen? Was kümmert es Sie, wenn ich von einem dieser bitterarmen Menschen übers Ohr gehauen werde?“, fauchte sie.

„Das hätte ich garantiert auch getan, wenn Sie es nicht ausgerechnet hier versucht hätten. Sie wären wahrscheinlich nicht mit einem leeren Portemonnaie davongekommen. Und jetzt lassen Sie uns endlich von hier verschwinden."

Annabel wollte trotzig widersprechen, als sie sah, dass sich inzwischen immer mehr Männer um sie geschart hatten und sie finster anblickten. Sie schloss den Mund wieder und folgte dem Fremden, als er sich durch die Umstehenden schob. Schweigend machten sie ihm Platz. Erst jetzt bemerkte Annabel, wie weit sie sich von dem Hauptteil des Basars entfernt hatte.

„Danke", sagte sie, als sie wieder die Hauptstraße erreicht hatten, und sah sich nach ihrem Retter um, doch er war nicht mehr an ihrer Seite.

„Unverschämter Kerl", murmelte sie und versuchte zu lachen, aber die Lust am Einkaufen war ihr vergangen.

3. KAPITEL

Annabel hob ihre Reisetasche vom Gepäckband und wandte sich zusammen mit den anderen Passagieren ihres Fluges zum Ausgang. Vor der Tür blieb sie stehen und strich mit den Händen noch einmal glättend über ihre schwarzen Haare. In wenigen Minuten würde sie zum ersten Mal Onkel und Tante gegenüberstehen, und sie wollte einen guten Eindruck auf ihre Verwandten machen.

Sie seufzte, als sie ihr Spiegelbild in der Glastür auffing. Ihr war wichtig, stets makellos gekleidet und frisiert zu sein. Schon in der Schule hatte sie gelernt, dass Menschen nach ihrer äußeren Erscheinung beurteilt wurden. Ihre ließ im Moment leider einiges zu wünschen übrig. In der feuchten Luft hatten sich einige Haarsträhnen aus dem strengen Knoten gelöst, und ihr Leinenkleid war nach dem Flug zerknittert.

In der Hoffnung, damit gepflegter auszusehen, nahm sie den weißen Strohhut aus der Tasche und setzte ihn auf. Nach einem weiteren Blick in die Scheibe zuckte sie mit den Schultern. Es gab überhaupt keinen Grund, nervös zu sein. Sie war schließlich nicht hier, um ihre Verwandten zu beeindrucken. Onkel und Tante hatten nie großes Interesse an ihr gezeigt.

Sie wusste über sie nur das wenige, das der Vater ihr erzählt hatte. Gemeinsam mit seinem Bruder Bernd war Carsten Hansen in seiner Jugend einige Jahre lang um die Welt gereist, bis sie nach Madagaskar gekommen waren. Die Insel hatte die beiden jungen Männer so fasziniert, dass sie für immer bleiben wollten. Als sich ihnen die Gelegenheit bot, eine Vanilleplantage zu kaufen, griffen sie ohne zu zögern zu.

Einige Zeit später holte Carsten seine Verlobte Barbara aus Hamburg zu sich nach Madagaskar. Bei der Reise wurde sie von ihrer Zwillingsschwester Marlene begleitet. Marlene und Bernd verliebten sich auf den ersten Blick ineinander, und bald darauf feierten die vier eine Doppelhochzeit.

Doch im Gegensatz zu ihrer Schwester konnte Barbara sich nie auf der Insel einleben. Als sie schwanger wurde, reisten sie und Carsten zurück nach Hamburg und eröffneten dort einen Vanillehandel. Wenige Jahre später war Barbara Hansen gestorben.

Ich weiß nicht einmal, woran meine Mutter gestorben ist, schoss Annabel durch den Kopf, nur, dass es eine Krankheit war. Als sie klein war, hatte eine seltsame Scheu sie davon abgehalten, den Vater zu drängen, ihr mehr zu erzählen. Immer wenn sie begann, von ihrer Mutter zu sprechen, oder von seinem Leben auf Madagaskar, trat ein Ausdruck in seine Augen, der sie zum Schweigen brachte.

Eines Tages hatte sie schließlich ihren ganzen Mut zusammengenommen. Sie erinnerte sich noch genau. Es war ihr zwölfter Geburtstag gewesen. In der Nacht davor hatte sie lange wach gelegen und sich genau überlegt, was sie ihren Vater alles fragen wollte. Vielleicht würde er alte Bilder herausholen, ihr erzählen, wie ihre Mutter mit ihr gesungen und gespielt hatte.

Auf dem Frühstückstisch hatte eine Eistorte auf sie gewartet. Annabel konnte noch immer die dicken weißen Sahnetupfen vor sich sehen, in denen die zwölf Kerzen steckten.

Sie hatte es nicht abwarten können. Noch bevor sie die Kerzen ausblies, war sie herausgeplatzt: „Papa, ich bin jetzt alt genug. Bitte erzähl mir von Mama! Warum ist sie gestorben? War sie lange krank? Hatte sie mich richtig doll lieb? Hat sie viel mit mir gespielt? Bitte, ich kann mich nicht mehr erinnern …“ Vor Aufregung überschlugen sich ihre Worte.

Ihr Vater sah sie lange schweigend an. Doch das reichte Annabel nicht mehr. „Bitte, du *musst* mir endlich von ihr erzählen. Sie war doch meine Mutter. Alle haben eine Mutter, bloß ich weiß nichts über meine …“

„Das reicht! Ich möchte nicht darüber reden, Annabel.“ Carsten Hansen nahm das Messer und teilte die Torte in mehrere Stücke. „Ich *kann* nicht darüber reden, Liebes“, fuhr er sanfter fort. „Irgendwann … aber nicht heute. Jetzt lass uns die Torte essen, bevor das Eis schmilzt."

Annabel erinnerte sich genau an den Geschmack der Torte. Ihr Vater hatte sie selbst für sie zubereitet. Noch heute wurde ihr übel, wenn sie auch nur an Vanilleeis dachte.

Nach ein paar Bissen hatte sie den Löffel auf den Teller geworfen, war aus der Küche gestürmt und hatte sich in ihrem Zimmer eingeschlossen. Ihr Vater klopfte immer wieder an die Tür, aber sie drückte sich ihr Kissen auf den Kopf, damit sie seine Stimme nicht hörte, aber auch, um ihr bitteres Schluchzen zu ersticken.

An jenem Tag war etwas in ihr zerbrochen. Sie hatte nicht länger versucht, ihren Vater zu beeindrucken, ihn nie wieder nach ihrer Mutter gefragt – und auch nach sonst nicht viel. Sie hatte gespürt, wie sehr sie ihn mit ihrem Schweigen verletzte. Aber das geschah ihm ganz recht. Sie war selbst verletzt, jetzt sah er mal, wie sich das anfühlte. Sollte *er* doch kommen! Wenn er bereit war, ehrlich mit ihr zu reden, hatte er jede Gelegenheit.

Aber er war nicht gekommen, und die Kluft zwischen ihnen war mit jedem Tag größer geworden, bis sie schließlich unüberbrückbar erschien.

Hätte ich damals bloß das verfluchte Schweigen gebrochen, wünschte sie sich in diesem Moment.

Dann schob sie die wehmütigen Erinnerungen zur Seite. Dafür war jetzt nicht der richtige Zeitpunkt. Sie war nicht nach Madagaskar gekommen, um die Vergangenheit wiedergutzumachen. Sie würde ihren Vater beerdigen und hoffentlich Antworten auf einige Fragen finden, das war alles. Annabel holte tief Luft, straffte die Schultern und verließ die Ankunftshalle.

Sie erkannte die beiden sofort. Onkel Bernd sah aus wie eine stämmigere Ausgabe ihres Vaters, dasselbe kantige Kinn, dieselben weizenblonden Haare. Die Kakihose und das beigefarbene Hemd betonten seine von der Tropensonne gebräunte Haut. Die blauen Augen erinnerten Annabel so sehr an den Vater, dass ihre Kehle eng wurde.

Tante Marlene dagegen besaß nicht die geringste Ähnlichkeit mit den Fotos von Annabels Mutter. Hatte Barbara weiblich und zerbrechlich gewirkt, sah Marlene vor allem zäh aus, als würde sie sich von nichts unterkriegen lassen.

Sie war groß und mager, ihr schwarzes Haar war großzügig mit grauen Strähnen durchzogen. Sie trug es kurz, die Locken ringelten sich um ihr schmales Gesicht. Im Gegensatz zu den regelmäßigen Zügen ihrer Schwester, war Marlene eher markant als hübsch zu nennen. Statt Barbaras hoher Wangenknochen besaß Marlene eine ausgeprägte Nase und ein leicht fliehendes Kinn. Ihre Kakihose sah etwas fadenscheinig aus, ebenso die weiße Bluse, doch beides war makellos sauber und gebügelt.

Annabel wusste, dass die Tante achtundfünfzig Jahre alt war, zwei Jahre jünger als ihr Mann, aber sie hätte sie älter geschätzt. Zahlreiche Falten zogen ein Netz über ihre tief gebräunte Haut. Sie wirkte, als hätte sie nicht die Zeit oder das Interesse, viel über ihr Äußeres nachzudenken. Als einziges Zeichen von Eitelkeit klirrten einige silberne Reifen an ihren sehnigen Handgelenken. Ihr etwas männlicher Gang passte zu ihrer Figur ohne weibliche Rundungen. Es war der Gang einer Frau, die gewohnt war, hart zu arbeiten und ihre eigenen Entscheidungen zu treffen.

Sie wirkte wie jemand, der oft und gern lachte, doch als sie jetzt Annabel entdeckte, blieb ihr schmaler Mund ernst. Trotz der Hitze erschauerte Annabel bei ihrem kühlen Blick, aber dann lächelte die Tante, hob den Arm und winkte.

Das muss ich mir eingebildet haben, dachte Annabel. Bestimmt war sie einfach übermüdet, und die fremden Eindrücke hatten ihre Nerven überreizt.

„Mein Liebes! Endlich lernen wir dich persönlich kennen." Onkel Bernd schloss Annabel in die Arme. „Carsten hat uns immer so viel von dir erzählt."

Wenn Annabel die Augen schloss, konnte sie fast glauben, die Stimme ihres Vaters zu hören. Sie zwinkerte, um die Tränen zurückzuhalten.

Er hielt sie ein Stück von sich fort und betrachtete sie von Kopf bis Fuß. „Du bist noch hübscher, als ich nach den Bildern von dir gedacht habe. Und so elegant wie ein Filmstar!" Er ließ sie los und nahm ihr den großen Rollkoffer ab.

Ein liebenswerter Mann, dachte Annabel. Während ihr Vater stets höflich gewesen war, strahlte Onkel Bernd echte Warmherzigkeit aus. Auch wenn er seinem Bruder so ähnlich sah, waren die beiden Männer dem ersten Eindruck nach zu urteilen sehr unterschiedlich.

„Herzlich willkommen auf Madagaskar." Tante Marlene küsste die Luft neben den Wangen ihrer Nichte.

„Ich bin sehr froh, bei euch zu sein, Tante Marlene."

Die Tante lächelte. „Wir freuen uns auch, meine Liebe. Aber findest du Onkel und Tante nicht auch etwas unpassend? Ich meine, du bist schließlich kein kleines Kind mehr, nicht wahr? Sag einfach Bernd und Marlene zu uns."

Annabels Lächeln verschwand. Sie empfand den Vorschlag der Tante als Zurückweisung, aber sie versuchte, sich nichts anmerken zu lassen. „Ja, natürlich."

Onkel Bernd lachte, als hätte seine Frau einen Scherz gemacht, aber Annabel hatte das Gefühl, als wäre ihm ihre Bemerkung unangenehm. „Ich würde mich freuen, wenn du Onkel Bernd zu mir sagst."

Als sie das klimatisierte Flughafengebäude verließen, traf die feuchte Hitze Annabel wie ein Hammerschlag.

„Madame, Monsieur, moi, moi", bettelten einige Jungen, die für ein paar Cent den Rollkoffer tragen wollten. *„Donne-moi de l'argent, vazaha."* Geben Sie mir Geld. Bernd Hansen wimmelte sie ab, doch sie liefen ihnen noch bis zum Parkplatz hinterher.

„Wie gefällt dir unsere Insel?", erkundigte sich Bernd. „Ganz anders als Hamburg, nicht wahr?"

Marlene schüttelte den Kopf. „Ach Bernd, nun lass doch mal! Sie ist ja gerade erst angekommen!"

„Ich habe eine Nacht in Antananarivo verbracht und mir heute Morgen schon den *Zoma* angesehen. Antananarivo ist fantastisch!“, entfuhr es Annabel ehrlich.

„Wenn dir Tana gefallen hat, wirst du von unserer Plantage und den Stränden begeistert sein.“

„Annabel ist nicht zum Spaß hergekommen, Bernd“, erinnerte Marlene streng.

Annabel hatte das Gefühl, als würde die Zurechtweisung nicht nur Bernd, sondern auch ihr gelten. Ihr Lächeln erlosch. „Ich kann immer noch nicht glauben, dass Vater einen Herzinfarkt hatte.“

„Ich habe ihn gewarnt, dass er nicht allein bleiben soll“, sagte Bernd. „Aber der Arzt sagte, es muss so schnell gegangen sein, dass jede Hilfe zu spät gekommen wäre. Niemand hätte ihn retten können.“

Annabel starrte den Onkel an. „Du hast ihn gewarnt? Heißt das, du wusstest, dass er krank war?“

„Ja, natürlich. Ich habe ihn mehrfach gebeten, in diesem Jahr nicht zu kommen. Die Reise war viel zu anstrengend für ihn, aber er konnte den Gedanken nicht ertragen …“ Bernd brach ab und blickte seine Nichte an. „Du wusstest nichts von seiner Krankheit?“

Annabel blieb stehen und sah von einem zum anderen. Sie zitterte am ganzen Körper. „Das kann doch wohl nicht wahr sein! Er hat gewusst, dass er vielleicht nie wieder zurückkommt, und hat mir kein einziges Wort gesagt?“ Sie biss sich auf die Lippen, um ihre hilflose Wut zurückzuhalten. „Wie konnte er das vor mir verheimlichen?“ Sie holte tief Luft, bis sie sich etwas beruhigt hatte. „Ich weiß sehr vieles über Vater nicht, das ist einer der Gründe, warum ich hergekommen bin. Aber *das* hätte ich nicht erwartet.“

„Es tut mir so leid, Annabel“, murmelte Bernd.

Sie schwiegen, während sie weitergingen. „Wo ist Vater? Ist er auf der Plantage?“, fragte Annabel schließlich.

„Nein, in der Hauptstadt." Marlene zögerte, bevor sie in neutralem Tonfall weitersprach. „Weil er tot am Strand gefunden wurde, musste eine Obduktion vorgenommen werden. Er wird erst zur Beerdigung gebracht. Wegen der Hitze", setzte sie leiser hinzu. „Ein englischer Priester aus Sambava führt die Zeremonie durch. Benjamin Pendergast. Er lebt seit vielen Jahren als Missionar auf Madagaskar und hält sonntags in unserem Dorf die Messe ab."

Annabel spürte, wie Tränen in ihre Augen stiegen. Es war nicht richtig! Sie sollte hier mit ihrem Vater sein.

„Hier ist unser Wagen", unterbrach Marlene ihre Gedanken.

Sie hatten einen silbernen Jeep erreicht. Der Wagen hatte schon bessere Tage gesehen. Zwar glänzte er frisch gewaschen, aber dadurch fielen die Beulen nur noch stärker auf. Bernd öffnete die Türen, lud den Rollkoffer auf den Rücksitz, und sie stiegen ein. Beim Blick auf die staubigen Sitze ärgerte sich Annabel, dass sie ausgerechnet ihr schwarz-weiß gestreiftes Chanel-Kleid angezogen hatte. Der Motor stotterte und sprang erst beim dritten Versuch an.

Schwungvoll steuerte Bernd Hansen durch den Verkehr, vorbei an mit Palmwedeln gedeckten Ständen am Straßenrand. Zwischen den fast schon vertrauten Pyramiden von Obst und Gemüse entdeckte Annabel auch einige Händler, die nur Vanilleschoten anboten.

Roter Staub hing wie eine Fahne hinter dem Auto in der Luft, legte sich auf den frisch gewaschenen Lack und wehte durch die geöffneten Fenster ins Auto. Annabel hustete. Nach einigen Minuten gab sie es auf, den Staub vom Kleid zu klopfen.

„Wie lange fahren wir bis zu eurer Plantage?", rief sie laut, um das Dröhnen des Motors zu übertönen.

Marlene wandte sich zu ihr um. „Eine gute halbe Stunde." Sie sah wieder nach vorn. Ihre Hände waren fest im Schoß verschränkt.

Annabel hätte gerne noch mehr gefragt, aber sie beschloss zu warten, bis sie angekommen waren. Bernd schien sich ehrlich zu freuen, aber sie konnte das Gefühl nicht abschütteln, dass Marlene nicht ganz so begeistert über ihre Ankunft war. Vielleicht sah sie ja auch nur Gespenster. Annabel wusste, dass sie überempfindlich sein konnte, wenn sie unsicher oder übermüdet war. Aber sie hatte längst gelernt, ihre Gefühle hinter einer souveränen Fassade zu verbergen.

Um auf andere Gedanken zu kommen, schaute sie aus dem Fenster. Marktfrauen in bunten Kleidern gingen hoch aufgerichtet am Straßenrand entlang. Auf den Köpfen trugen sie flache breite Körbe oder riesige in Bast gewickelte Pakete. Fast jeder hier schien einen Korb auf dem Kopf zu tragen, von einem kleinen Mädchen in einem roten Kleid unter einem Turm frisch geflochtener Körbe bis hin zu einem hinkenden gebeugten Mann mit einem Korb voller Baguettes.

Die Bilder flogen vorbei. Ein grauhaariger alter Mann in einem abgetragenen Nadelstreifenanzug mit einem Strohhut, auf einen Stock gestützt, ein junges Mädchen, das beim Lachen beneidenswert weiße Zähne entblößte.

Auf der palmengesäumten ungepflasterten Straße verließen sie die Stadt. Smaragdgrüne, fast baumlose Hügel lösten die Häuser ab. In der Ferne sah Annabel Männer und Frauen, die auf den Reisfeldern arbeiteten.

Einige strohgedeckte Hütten auf Stelzen standen dicht gedrängt am Ufer eines braunen Flusses. Frauen hängten Wäsche auf, und Männer in weiten Hosen mähten mit Sicheln die Felder wie vor Hunderten von Jahren.

„Wie grün es hier ist", wunderte sich Annabel. „Vom Flugzeug aus habe ich endlose Flächen kahler roter Erde gesehen."

„Früher war Madagaskar eine grüne Insel. Heute ist das Land rot. Noch als dein Vater und ich zum ersten Mal hergekommen sind, bestand ein großer Teil der Insel nur aus Regenwald", erklärte Onkel Bernd. „Aber hier wird in rasendem Tempo abgeholzt. Mittlerweile ist fast alles dem Reisanbau, der Viehzucht und Holzkohlegewinnung zum Opfer gefallen. Bei uns im Nordwesten gibt es zum Glück noch verhältnismäßig viel Regenwald."

„Ich habe in Vaters Schreibtisch eine Art rotes Pulver gefunden. Ich wusste zuerst nicht, was es war, aber ich glaube, es ist madagassische Erde", sagte Annabel. Sie tastete nach dem Fläschchen in ihrer Tasche, das sie seit dem Tag immer bei sich trug.

Bernds blaue Augen trafen ihre im Rückspiegel. „Eine hiesige Sitte besagt, dass ein Madagasse immer eine Handvoll Erde mitnimmt, wenn er seine Heimat verlässt. Damit er wieder zurückkehrt."

„Das bedeutet wohl, Vater hat sich als Madagasse gefühlt", stellte Annabel betroffen fest. „Für ihn war seine Heimat hier, nicht in Deutschland."

Bernd nickte nur und widmete seine ganze Aufmerksamkeit wieder den tiefen Schlaglöchern auf der Straße. Sie führte auf geradem Weg durch eine Reihe von Dörfern. Immer wieder passierten sie Bambusstände, an denen Mangos, Orangen, Bananen, Kokosnüsse und Getränke angeboten wurden.

Die sengende Äquatorsonne erschien Annabel immer noch hoch und hell, aber sie war nicht den kurzen Sonnenuntergang der Tropen gewohnt. Rasch war der Himmel in Rot und Violett getaucht, als hätte man hinter dem Horizont ein gewaltiges Feuer entzündet. Die Ränder der Wolken glühten golden, während die Sonne riesig und rund über den Hügeln tiefer und tiefer glitt und schließlich verschwand.

Noch bevor es ganz dunkel wurde, bog Bernd Hansen auf einen schmalen Weg ein, der bergauf in eine Hügellandschaft führte. Der Wald zu beiden Seiten der holprigen Piste wurde dichter. Baumfarne, Lianen und exotische Blütengewächse waren zu einer undurchdringlichen Wand verschlungen.

Hoch über ihnen schlossen sich die Baumkronen. Die schwüle Luft roch, als hätte jemand die Tür zu einem Treibhaus geöffnet, und ein Konzert aus Vogelstimmen und Zirpen der Zikaden begrüßte die einbrechende Nacht.

„Das sieht aus wie ein richtiger Dschungel", sagte Annabel.

Bernd lachte. „Das *ist* ein richtiger Dschungel!"

„Ich dachte, wir fahren zur Plantage."

„Ja, und unsere Plantage liegt mitten im Dschungel. Die Vanillepflanzen brauchen das Regenwaldklima, dann wachsen sie am besten. Vanille ist eine Orchideenart, und die Schlingpflanzen ranken sich bis zu fünfzehn Metern an den Bäumen hoch. Wir lichten in unseren Pflanzungen nur das Unterholz aus, zum einen, damit die Vanille besser wachsen kann, vor allem aber, damit man die Pflanzen besser erreichen kann", erklärte der Onkel. „Während der Ernte, aber vor allem auch beim Bestäuben."

„Das weiß ich", sagte Annabel, selbst etwas überrascht. Sie hatte gedacht, dass dieses Wissen schon längst vergessen war. „Vater hat mir alles über den Vanilleanbau erzählt, als ich noch ein kleines Kind war. Jede einzelne Blüte muss von Hand mit einem Dorn bestäubt werden. Normalerweise wäre das die Arbeit der Bienen, aber die einzigen Bienen, die Vanille bestäuben, kann man nicht auf Madagaskar ansiedeln. Daher müssen Menschen ihre Arbeit übernehmen."

„Wenn du so viel über den Vanilleanbau weißt, kannst du ja direkt bei uns mit einsteigen", scherzte Bernd Hansen. „Falls es dich interessiert, zeige ich dir gern, wie alles bei uns auf der Plantage funktioniert. Wir haben gerade den Prozess der Fermentierung mehr oder weniger abgeschlossen und sind jetzt dabei ..."

„Carsten hat doch erzählt, dass Annabel sich nicht für Vanille interessiert", unterbrach ihn Marlene. „Erst recht nicht in dieser Situation, Bernd."

Annabel verspürte etwas Mitleid mit dem Onkel. Ob die Ehe glücklich war? Seine Frau schien ihm jedenfalls nicht viele Freiheiten zu erlauben.

Bevor jemand etwas darauf erwidern konnte, erreichten sie eine Lichtung auf halber Höhe eines Hügels. Die Straße war hier nicht mehr als ein schmaler, festgetrampelter Weg. Gras und

Vegetation waren abgeholzt worden. Eine Handvoll kleiner Häuschen mit geschwungenen breitgiebligen Strohdächern stand rechts und links der Straße. Die Wände aus Lehm leuchteten tiefrot im letzten Abendlicht. In kleinen Gärten wurde Obst und Gemüse angebaut. Hühner scharrten auf dem Boden nach Essbarem. Der Vanilleduft in der Luft wurde immer intensiver.

„Das ist das Dorf, zu dem unsere Plantage gehört. Andranomandraotra", rief Bernd über die Schulter. „In der Saison arbeiten die meisten Leute hier für uns. In ein paar Minuten sind wir da." Er streckte den Arm aus dem offenen Fenster und erwiderte das Winken der Dorfbewohner.

„Andranomandra... wie?", fragte Annabel.

Bernd lachte. „Andranomandraotra. Aber alle sagen nur Andra."

Etwas abseits stand ein größeres Haus. Die Wände bestanden nicht aus rotem Lehm, sondern aus Ziegelsteinen. Ein Balkon mit geschnitztem Geländer zog sich um den gesamten ersten Stock. Anstelle des üblichen Strohs war dieses Dach mit Schindeln gedeckt.

„Wohnt dort der Bürgermeister?", fragte Annabel halb im Scherz.

Onkel und Tante wechselten einen Blick. „Von diesem Haus hältst du dich besser fern", sagte Marlene in warnendem Tonfall.

„Warum?", fragte Annabel neugierig.

„Auf Madagaskar haben die Menschen einen anderen Glauben als in Deutschland, selbst wenn sie Christen sind", sagte Marlene nach einem kurzen Zögern. „In dem Haus wohnt Mami Vanille, eine Art Voodoo-Priesterin.

„Voodoo?", echote Annabel schwach. Ihr fiel ein Horrorfilm ein, den sie vor einigen Jahren gesehen hatte. „Gibt es das hier wirklich?"

„Es ist sogar an der Tagesordnung. Glaube und Aberglaube sind auf Madagaskar eins. Hier ist nichts wie in Deutschland.

Aber keine Angst, halte dich einfach von dem Haus fern – und am besten auch von den anderen Leuten im Dorf, dann besteht überhaupt keine Gefahr", erklärte ihre Tante.

Mit einem Mal wurde die Straße flacher, und sie fuhren auf eine lang gestreckte Hochebene. Hinter einer kleinen Palmengruppe kam das Farmhaus in Sicht. Nach dem verbeulten Jeep zu urteilen, hatte Annabel ein einfaches Haus erwartet, vielleicht mit abblätterndem Putz und etwas renovierungsbedürftig, jedenfalls nicht diesen prächtigen Landsitz.

Bernd fuhr in eine runde, mit weißem Korallenkies bedeckte Einfahrt ein und hielt knirschend den Wagen an. „Da sind wir."

Die Wände der eleganten zweistöckigen Villa schimmerten makellos weiß. Um die gesamte erste Etage zog sich ein Balkon mit einem kunstvoll geschnitzten Geländer. Eine breite Treppe führte auf eine Veranda aus polierten Holzbalken, über die man die Haustür erreichte. Auf Balkon und Terrasse quollen zahllose tropische Pflanzen aus Tonkübeln. An einer Seite rankten pink- und purpurfarbene Bougainvilleen und weißer Jasmin an einem geschnitzten Spalier empor. Hohe Palmen vor der Veranda spendeten tagsüber Schatten.

„Das Haus ist wunderschön", rief Annabel begeistert aus.

„Carsten und ich haben es zusammen entworfen und das meiste selbst gebaut", erklärte Bernd sichtlich stolz.

Ihr Vater hatte eigenhändig ein Haus gebaut? In Hamburg hatte er nicht einmal auch nur einen Nagel in die Wand geschlagen.

Annabel verdaute noch die Information, als ein Mann aus dem Haus kam. Er öffnete ihre Wagentür, und sofort umhüllte sie ein starker Geruch nach Vanille, gemischt mit dem Duft des Jasmins.

Sie blickte in herausfordernde dunkle Augen. Vor ihr stand ein junger Mann mit widerspenstigem kurzen Haar. Obwohl Annabel ihn nicht älter als Mitte dreißig schätzte, zogen sich einzelne graue Fäden durch das Schwarz. Seine Haut war tief gebräunt.

„Herzlich willkommen auf *deux palmes*, Annabel", sagte er auf Französisch zu ihr und reichte ihr eine Hibiskusblüte.

„Jean-Pierre, unser Verwalter oder besser gesagt, meine rechte Hand", stellte Bernd vor.

„Mädchen für alles", ergänzte Jean-Pierre lachend.

„Merci. *Deux palmes*, zwei Palmen? Woher kommt der Name?", fragte Annabel mit einem kleinen Lächeln und hob die duftende Blüte kurz an die Nase.

„Nachdem Carsten und ich den Kaufvertrag für die Plantage unterschrieben hatten, haben wir jeder eine Palme gepflanzt", erklärte Bernd, während sie die weite Halle betraten. „Wir wollten uns immer einen originelleren Namen überlegen, aber dann ist es dabei geblieben."

Beeindruckt sah Annabel sich um. Gewebte Teppiche in leuchtenden Farben bedeckten die Holzdielen. Am hinteren Ende der geräumigen Halle führte eine matt schimmernde Holztreppe in die obere Etage. Durch die offenen Türen konnte Annabel in den Wohnraum sehen. Zahlreiche Fenstertüren führten hinaus in den Garten. Sie waren geöffnet, sodass ein sanfter Luftstrom durch das Haus zog und für Kühlung sorgte.

„Herzlich willkommen." Eine rundliche kleine Frau kam barfuß aus einer der vielen Türen in die Halle. Beim Lächeln entblößte sie schneeweiße Zähne. Sie trug ein Tablett mit hohen beschlagenen Gläsern, in denen Eiswürfel klirrten.

Annabel schätzte sie auf etwa dreißig. Bis auf die braune Haut und die schwarzen Haare war alles an ihr rosa: zwei rosafarbene geblümte Lambas, die sie als Oberteil und Rock gewickelt hatte, pinkfarbener Lippenstift und lange rosafarbene Ohrringe. Ihr Haar war kunstvoll zu mehreren kleinen Knoten geschlungen und mit pinkfarbenen Haarnadeln aufgesteckt. Wie viele der Menschen, die Annabel auf Madagaskar gesehen hatte, wirkte sie mit ihren mandelförmigen Augen, den fein geschnittenen Gesichtszügen und dem goldbraunen Teint eher asiatisch als afrikanisch.

Die billige, grelle Kleidung wirkte erstaunlich stilvoll an ihr. Vielleicht lag es an der aufrechten Haltung und den graziösen Bewegungen der jungen Frau. Ihre dunklen Augen blickten fröhlich, selbstbewusst und klug zugleich. Sie bot ihnen das Tablett an. „Ich habe zur Erfrischung Zitronenlimonade gemacht."

„Das ist Nirina. Sie hilft im Haus und kocht für uns", stellte Bernd vor. „Wenn ihre Familie ihr Zeit dafür lässt", setzte er mit einem kleinen Lachen hinzu. „Nirina hat vier kleine Kinder, und ihr Vater lebt bei ihnen."

„Für madagassische Verhältnisse ist das ein leeres Haus!" Nirina lachte. „Meine Schwester hat acht Kinder."

Annabel erwiderte Nirinas freundliches Lächeln. Dankbar trank sie mit großen Schlucken die eisgekühlte Limonade. Sie vermied es, noch einmal in Jean-Pierres dunkle Augen zu schauen. Auch so war sie schon nervös genug.

„Wann ist das Essen fertig, Nirina?", fragte Marlene Hansen.

„In einer Viertelstunde, *madame*."

„Du möchtest dich vorher bestimmt etwas frisch machen, Annabel. Nirina zeigt dir dein Zimmer", sagte Marlene.

Die Haushälterin nickte und nahm den gewaltigen Rollkoffer auf, als wäre er leer. Mit flinken kleinen Schritten lief sie voran zu der Treppe. Ihre nackten Füße machten keinen Laut, sodass sie über den Holzboden zu schweben schien.

Annabel beeilte sich, ihr zu folgen. „Kannten Sie meinen Vater, Nirina?"

„Aber natürlich, *mademoiselle*." Die Haushälterin kicherte, als hätte Annabel etwas Witziges gesagt. „Jeder hier kannte *monsieur* Carsten. Ein feiner Mann!" Sie öffnete eine Tür, ging ins Zimmer und stellte den Koffer vor dem Bett ab. Sie deutete auf eine geöffnete Tür. Annabel sah weiße Fliesen, eine schwarze Badewanne auf Füßen und eine geräumige Dusche. „Dort ist Ihr Badezimmer, *mademoiselle*. Ich habe alles für Sie vorbereitet, aber wenn Sie noch etwas brauchen, sagen Sie es mir einfach."

„Vielen Dank, Nirina.“ Annabel brannten noch viele Fragen auf den Lippen, aber bevor sie etwas sagen konnte, hatte die Haushälterin sie schon wieder allein gelassen.

Annabel bewunderte kurz die Einrichtung des geräumigen Zimmers, ein massives geschnitztes Bett mit vier Pfosten, über denen ein Moskitonetz hing, geflochtene Bastteppiche auf dem Boden und vor dem Fenster ein bequemer hölzerner Lehnstuhl mit bunten Kissen und einem kleinen geschnitzten Tischchen. Die großen Türen, die zum Balkon hinausführten, waren weit geöffnet und ließen die kühlere Abendluft ins Zimmer. In der Brise bewegten sich sanft die langen weißen Vorhänge.

Annabel trat auf den Balkon und genoss den kühlen Hauch auf ihrer verschwitzten Haut. Über den Garten hinweg konnte sie über den Regenwald sehen. Die smaragdgrüne Hügellandschaft erstreckte sich bis zum Horizont.

Als ein Vogel kreischte, zuckte sie zusammen und erinnerte sich wieder an das Abendessen. Die Zeit reichte nicht mehr für eine Dusche. Eilig wusch sie sich, dann schlüpfte sie in ein hellgelbes Seidenkleid mit einem eckigen Ausschnitt und breiten Trägern. Ihr Haar drehte sie zu einem neuen Zopf zusammen und steckte es gründlich im Nacken zu einem Knoten fest, damit sich in der feuchtwarmen Luft nicht bald wieder die ersten Strähnen selbstständig machten.

Nach einem Blick auf die Uhr umrandete sie noch ihre blauen mandelförmigen Augen mit Kajal, tuschte die Wimpern und legte einen Hauch Lippenstift auf, dann ging sie zurück nach unten. In der Halle traf sie auf Nirina, die eine dampfende Schüssel mit Reis trug, an der in Hamburg eine Großfamilie drei Tage lang gegessen hätte, und folgte ihr ins Speisezimmer.

Marlene, Bernd und Jean-Pierre saßen schon am Tisch. Neben ihren Tellern standen Gläser mit Weißwein. Bei Annabels Eintritt stand der Verwalter auf und rückte ihr einen Stuhl zurecht. Er trug ein gebügeltes graues Hemd und schwarze Leinenhosen und war frisch rasiert.

„*Merci*, Jean-Pierre." Sie nickte ihm dankend zu. Einen Mann wie ihn hätte sie mitten im Dschungel nicht erwartet. In seinen Augen las sie, dass er sie anziehend fand, und es gefiel ihr.

Er nahm die Flasche aus dem Weinkühler und sah Annabel fragend an. „Darf ich Ihnen Wein einschenken?"

„Gern."

„Schön, dass wir dich endlich kennenlernen", sagte Bernd.

Annabel wandte den Blick von Jean-Pierre ab. Der Onkel betrachtete sie voller Zuneigung. „Dein Vater hätte sich bestimmt gewünscht, dass du bei seinem letzten Geleit dabei bist."

Marlene warf ihm einen scharfen Blick zu, dann lächelte sie ihre Nichte an. „Reist du nach der Beerdigung wieder ab?"

„Auf gar keinen Fall!", fiel Bernd seiner Frau ins Wort. „Das kommt überhaupt nicht infrage! Du musst unbedingt mehr von der Insel sehen, bevor du wieder fährst. Carsten hat sie so geliebt."

„Mein Rückflug geht in zwei Wochen."

Bernd lächelte. „Dann haben wir ja Zeit, um uns kennenzulernen."

Wir hatten dreißig Jahre lang Zeit, dachte Annabel, an mir hat es nicht gelegen. „Ich möchte hier vor allem mehr über meine Eltern erfahren", sagte sie stattdessen. „Vater hat nie gern über die Vergangenheit geredet. Und offensichtlich auch nicht über die Gegenwart", setzte sie bitter hinzu. „Ich hätte ihn nie allein fahren lassen, wenn ich gewusst hätte, wie krank er ist."

„Er hat Medikamente bekommen und war fest überzeugt, dass ihm noch viele Jahre bleiben", sagte Bernd, als wollte er seinen Bruder verteidigen. „Er hatte noch vieles mit seinem Leben vor."

Annabel bis sich auf die Lippen. „Wenn er nicht allein gewesen wäre …"

„Es hätte nichts geändert." Bernd schüttelte den Kopf. „Niemand hätte ihm helfen können."

„Ich wollte ihn noch so vieles fragen."

„Du kannst mit uns reden, wir beantworten dir gern deine Fragen – soweit wir das können jedenfalls", versicherte Marlene. „Aber jetzt sollten wir essen, bevor alles kalt wird."

Jean-Pierre beugte sich näher zu Annabel. „Darf ich Ihnen etwas auffüllen?"

Der Tisch war mit Platten und Schüsseln bedeckt. Bis auf einige Teller mit Obst sahen die Speisen fremd und exotisch aus. Sie betrachtete sie ohne großen Appetit. „Gern. Leider kann ich bei den meisten Gerichten nicht einmal sagen, was es ist." Am meisten wunderte sie sich über die gewaltige Menge Reis.

„Reis ist auf Madagaskar das Hauptnahrungsmittel", erklärte Jean-Pierre, der ihren Blick richtig deutete. „Hier isst man ihn zum Frühstück, Mittag- und Abendessen. Ohne Reis kann kein Madagasse *vody* sein, das bedeutet satt und ist hier ein sehr wichtiges Wort." Er häufte ihr eine Portion von dem zart rosafarbenen Reis auf den Teller und deutete auf die anderen Schüsseln. „Dies ist *Gana ritra sy sakamalao*, Ente mit Ingwer geschmort. Ein Gericht für Könige, Nirina hat es Ihnen zu Ehren gekocht." Er füllte einen Löffel voll auf Annabels Teller. „*Akoho voanio*, Huhn in Kokosmilch, *Mosakiky*, Spießchen mit gegrillter Leber und unser heiß geliebter Tomatensalat." Von jedem Gericht legte er eine Kostprobe auf ihren Teller, dann reichte er ihn Annabel und schob einen Salzstreuer und eine Soßenschale näher zu ihr. „Falls Sie es schärfer mögen. Auf Madagaskar wird üblicherweise eher mild gewürzt."

Marlene und Bernd bedienten sich währenddessen großzügig selbst und begannen ohne Umstände mit dem Essen. Erst jetzt bemerkte Annabel, wie hungrig sie war. Seit einem Croissant zum Frühstück im Hotel hatte sie nichts mehr gegessen. Die Saucen schmeckten würzig, nach Ingwer, Chili, Pfeffer und Knoblauch, doch nicht so scharf, dass sie im Mund brannten.

Skeptisch betrachtete sie die große Portion Reis auf ihrem Teller. Ein kleiner Löffel hätte ihr gereicht. Sie nahm eine Gabel voll und unterdrückte gerade noch ein Aufstöhnen. Der Reis war köstlich, nicht zu vergleichen mit allem, was in Deutschland unter der Bezeichnung zu kaufen war.

Onkel und Tante saßen ihr gegenüber auf der anderen Seite des Tisches. Auf den zweiten Blick ließ Bernds Ähnlichkeit mit ihrem Vater deutlich nach. Seine Augen lagen tiefer unter den sonnengebleichten Brauen und blickten viel sanfter. Er schien stets darauf bedacht zu sein, niemanden zu kränken und zu vermitteln. Nach dreißig Jahren unter tropischer Sonne zogen sich unzählige Falten über sein Gesicht, vor allem, wenn er lachte. Dennoch wirkte er gerade dann sehr jungenhaft.

Annabel konnte sich noch keinen Reim auf die Ehe ihrer Verwandten machen. Immer wieder berührten sie einander beiläufig und sahen sich an, wenn sie etwas sagten, als wollten sie sich vergewissern, was der andere dazu dachte. Meist schienen sie sich auch ohne Worte zu verstehen. Nach mehr als dreißig Jahren auf einer abgeschiedenen Plantage war das nicht erstaunlich, vermutete Annabel, auch wenn sie selbst keine Beziehungsspezialistin war.

Trotz der offensichtlichen Vertrautheit herrschte eine spürbare Spannung zwischen den beiden. Lag es an ihrer Anwesenheit, oder war das die normale Stimmung? Und wenn Bernd über Carsten sprach, klang aus jedem Wort die Liebe zu seinem Bruder, aber Marlene ließ keine große Sympathie für ihren Schwager erkennen.

Jean-Pierre schien von allem nichts zu bemerken. Vielleicht interessierte es ihn auch einfach nicht. „Was hat Sie nach Madagaskar verschlagen?“, fragte Annabel ihn.

Er zuckte mit den Schultern. „Schlichte Abenteuerlust. Ich bin in Paris groß geworden, habe dort studiert und einige Jahre gearbeitet. Aber das Leben ist zu kurz für einen ungeliebten Job.“

„Als was haben Sie gearbeitet?“

Jean-Pierre lachte. „Raten Sie!“

Annabel legte den Kopf schräg und betrachtete ihn ausgiebig. Er besaß die Art von Selbstbewusstsein, die mit Erfolg und Macht einherging, ohne dabei arrogant zu wirken. In Hamburg hätte sie seinen scheinbar achtlos zerzausten Haarschnitt einem teuren Friseur zugeschrieben, doch hier schnitt wahrscheinlich Marlene seine Haare.

„Jurist?"

„Ganz kalt."

„Hmm. Irgendetwas im Management?"

Jean-Pierre schüttelte den Kopf. „Schmeichelhaft, aber auch falsch."

„Dann weiß ich es nicht."

„Ich war Steuerberater."

„Na, das ist mal eine Karriere! Vom Pariser Steuerberater in den tiefsten Dschungel!" Annabel lachte. „Darauf wäre ich nicht gekommen, und wenn ich bis heute Abend geraten hätte. Die Steuerberater, die ich kennengelernt habe, waren eher etwas trockene Leute."

„Täuschen Sie sich nicht. Um in dem Job gut zu sein, braucht man eine Menge Kreativität."

„Ich vermute, Sie waren gut?"

Er lächelte. „Sehr gut."

„Vermissen Sie hier in der Wildnis nichts?"

„Die Großstadt, meinen Sie?" Jean-Pierre lehnte sich zurück, tupfte sich die Lippen ab und trank einen Schluck Wein. „Ganz und gar nicht! Ich liebe die Ruhe, ohne das ständige Geräusch des Verkehrs im Hintergrund, die Dunkelheit in der Nacht, ungestört durch die Lichter einer Stadt. Ich wusste gar nicht, wie traumhaft der Sternenhimmel aussehen kann. Hier wird man auf das Wesentliche zurückgeworfen. Und auf sich selbst. Das ist nicht immer angenehm, aber ich möchte es um nichts in der Welt eintauschen. Nein, was ich manchmal vermisse, sind eher Kleinigkeiten. Die kleine Jazzkneipe nebenan. Ein perfekter Milchkaffee." Er lachte. „Nichts gegen deinen Kaffee, Marlene, aber ich werde mich nie daran gewöhnen. Manchmal, vor allem im Sommer, vermisse ich einen Spaziergang im Regen an der Seine. Aber das ist ein geringer Preis dafür, meinen Traum zu leben."

Annabel schüttelte den Kopf und lachte. „Für mich wäre das nichts. Ein Urlaub mitten im Dschungel ist wunderbar, aber auf Dauer ziehe ich doch Jazzkneipen und ein gut ausgebautes Straßennetz vor."

„Das habe ich auch mal gedacht. Ursprünglich hatte ich nur einen Urlaub auf Madagaskar geplant. Aber ich bin nie wieder abgereist."

„Was ist Ihre Aufgabe auf der Plantage?"

„Naheliegenderweise kümmere ich mich um die Buchführung, außerdem habe ich mittlerweile viel über den Vanilleanbau gelernt und kann überall mit einspringen, wenn jemand gebraucht wird."

So wie jetzt, dachte Annabel. Schlagartig wurde sie ernst. „Übernehmen Sie auch die Arbeit meines Vaters?"

„Soweit ich dazu in der Lage bin." In Jean-Pierres Augen lag Mitgefühl. „Das beschränkt sich leider auf den Papierkram."

„Carsten war der Beste auf seinem Gebiet", ergänzte Bernd. „Niemand kann ihn ersetzen."

Annabels Kehle war wie zugeschnürt. Sie wollte die Worte nicht aussprechen, dann konnte sie noch fast daran glauben, dass alles nur ein böser Traum war. Sie holte tief Luft. „Wann ist die Beerdigung?"

„Übermorgen früh", antwortete Marlene. „Ich hatte dir ja am Telefon schon gesagt, dass ich alles arrangiere. Nach der Beisetzung findet hier im Haus die Trauerfeier statt."

„Warum denn erst übermorgen?", fragte Annabel erstaunt.

Marlene räusperte sich. „Es ist der beste Tag", sagte sie zögernd.

„Der beste Tag?" Annabel runzelte die Stirn. „Wie meinst du das?"

Bernd holte hörbar Luft. Er öffnete den Mund und schloss ihn wieder.

„Hier auf Madagaskar wird das Leben von unzähligen *fadys* bestimmt“, erklärte Jean-Pierre, als sonst niemand etwas sagte. „*Fady* bedeutet Tabu und ist eine Art Regelwerk aus unzähligen Verhaltensweisen, Regeln, Vorschriften und Verboten. Ein *fady* stammt von den Ahnen. Es nicht zu ehren, bedeutet, die Ahnen zu kränken oder zu verärgern.“

Annabel hob die Brauen. „Und woran merkt man, dass sie verärgert sind?“, fragte sie spöttisch.

„Sie schicken zum Beispiel Unwetter und vernichten eine Ernte“, erwiderte Jean-Pierre ernst. „Oder jemand wird krank. Im schlimmsten Fall stirbt sogar jemand. Die Ahnen sind sehr erfinderisch. Sie können jede Art von Unglück schicken.“

Annabel verstand immer weniger. „Aber was hat dieses *fady* mit der Beerdigung meines Vaters zu tun?“

„Wir leben hier in einer engen Gemeinschaft, und wir müssen die *fadys* unseres Dorfes respektieren, ganz egal, ob wir selbst daran glauben oder nicht“, erklärte Bernd.

Annabel schüttelte den Kopf. „Willst du damit sagen, die Dorfgemeinschaft wünscht, dass Vaters Beisetzung übermorgen stattfindet?“

Marlene nickte. „Die … äh, Schamanin …“

„Die Voodoo-Priesterin?“, fragte Annabel. „Mami Vanille?“

„Sie ist die *ombiasy*, die Schamanin und das Orakel des Ortes.“

„Orakel?“ Annabel grinste.

„Die Wahrsagerin … oder Seherin. Wie immer man es nennen mag.“ Marlene seufzte. „Das Dorf respektiert sie nun mal sehr. Ihrer Meinung nach ist übermorgen der beste Tag für die Beerdigung. Und da Carsten auf dem Friedhof von Andra beigesetzt wird, müssen wir auch die Wünsche der Dorfbewohner respektieren.“

„Aber Vater war doch kein Dorfbewohner!“

„Das spielt keine Rolle. Fremden kommen diese *fadys* oft absurd und willkürlich vor, aber sie bilden die Grundlage des Lebens der Madagassen", ergänzte Jean-Pierre. „*Fady* bestimmt alles auf Madagaskar, angefangen dabei, welche Pflanzen wann und wo angebaut werden, welche Tiere tabu sind, an welchen Tagen gearbeitet wird, bis hin zu der Himmelsrichtung, in der das Bett aufgestellt wird oder welchen Weg man über eine Wiese nimmt … kaum ein Bereich des Lebens ist nicht davon betroffen. Es gibt private *fadys*, Familien*fadys*. Sogar National*fadys*."

„Ich verstehe." Annabel nickte langsam. „Um den Glauben der Dorfbewohner zu respektieren, muss die Beerdigung also übermorgen abgehalten werden. Alles andere könnte wegen der verärgerten Ahnen irgendein Unglück heraufbeschwören."

„Ganz genau!", bestätigte Jean-Pierre.

Bernd und Marlene nickten.

„Und woher weiß diese … Mami Vanille, wann der beste Tag ist? Haben ihr das angeblich die Ahnen gesagt?", fragte Annabel.

„Ich kenne ihre Methoden nicht", sagte Marlene ernst. „Aber das Entscheidende ist, dass die Menschen hier daran glauben."

„Ihr habt gesagt, die Frau wäre eine Voodoo-Priesterin. Ist es denn nicht gefährlich, wenn so jemand hier lebt und so viel Einfluss auf eure Arbeiter hat? Hält Sie hier auch schwarze Messen oder so etwas ab? Ich weiß ja nicht viel über Voodoo, nur das, was ich aus Horrorfilmen kenne, aber mir wäre es jedenfalls nicht recht, wenn so etwas in meiner Nähe stattfinden würde."

„Keine Sorge." Jean-Pierre lächelte sie beruhigend an. „Niemand hier hat einen Grund, dir Böses zu wünschen."

„Was wäre denn, *wenn* jemand Grund hätte?"

„Am besten denkst du gar nicht weiter darüber nach", riet Marlene. „Du wirst nur für wenige Tage hier sein, und abgesehen von der Beerdigung hast du mit den Dorfbewohnern und vor allem mit Mami Vanille gar nichts zu tun."

„Darf ich Ihnen während der Zeit meine Begleitung als Reiseleiter anbieten, Annabel?"

„Gern, falls Bernd und Marlene Sie entbehren können. Vor allem möchte ich alles kennenlernen, was meinem Vater hier besonders wichtig war. Er hatte doch bestimmt Lieblingsorte, vielleicht sogar Freunde?"

„Aus dem Stegreif fällt mir jetzt nichts Besonderes ein. Sicher, er wurde von allen sehr geschätzt und hatte hier viele Bekannte, aber Freunde? Am ehesten vielleicht sein Geschäftspartner?" Marlene zuckte mit den Schultern. „Aber wir werden darüber nachdenken, nicht wahr, Bernd?"

„Sein Haus." Bernd sah auf seinen Teller und schluckte sichtbar. „Seine Bucht. Er hat den Ort über alles geliebt."

Ein Stück Ente fiel von Annabels Gabel auf den Teller. *„Sein Haus?"*, wiederholte sie fassungslos. „Hatte er etwa ein eigenes Haus?"

„Na ja, Haus ist vielleicht zu viel gesagt", erklärte Bernd Hansen. „Mehr eine Hütte an seinem Strand." Er zögerte. „Von dem Grundstück weißt du aber … oder etwa nicht? Er hat es dir doch hinterlassen."

„Ich weiß von einem Stück Land. Vater hat ja ein Testament hinterlassen, auf dem sein Nachlass aufgeführt war. Aber ich dachte, es wäre ein Anteil an der Vanilleplantage … sozusagen noch ein Überbleibsel von eurer gemeinsamen Zeit auf Madagaskar."

„Nein. Mit der Plantage hat das Grundstück nichts zu tun. Es handelt sich um eine Bucht hier in der Nähe, die er vor mehr als dreißig Jahren gekauft hat. Dort soll auch das Hotel gebaut werden. Das heißt, jetzt muss man natürlich sehen, was nach seinem Tod aus den Plänen wird. Aber lass dir mit den Entscheidungen Zeit." Bernd nahm über den Tisch hinweg Annabels zitternde Hand und drückte sie kurz. „Du musst nichts übereilen. Sieh dir in Ruhe alles an, rede mit Daniel, vielleicht auch mit einem Anwalt …“ Er brach ab und lachte. „Du bist ja selbst Anwältin, das hätte ich fast vergessen.“

„Hotel? Und wer in aller Welt ist denn Daniel?“, murmelte Annabel. Sie hatte hier Antworten finden wollen, stattdessen stürmten unzählige neue Fragen auf sie ein.

„Daniel Coleman“, erklärte der Onkel. „Carstens Freund und Geschäftspartner. Die beiden wollten gemeinsam ein Hotel an Carstens Strand bauen.“

„Mein Vater wollte ein Hotel auf Madagaskar bauen!“, rief Annabel. „Wie schön, dass ich auch mal davon erfahre.“ Sie legte die Gabel beiseite und schob den Teller zurück. „Was hatte er denn sonst noch alles geplant?“

Sie sah in betretene Gesichter und biss sich auf die Lippen. „Es tut mir leid. Aber es kommt mir vor, als hätte ich meinen Vater überhaupt nicht gekannt.“ Sie schob ihren Stuhl zurück und stand auf. „Ich denke, ich gehe ins Bett. Ich weiß einfach nicht mehr, was ich denken soll, aber das kann auch daran liegen, dass ich in den letzten Tagen kaum geschlafen habe.“

Jean-Pierre stand auf und ging mit ihr zur Tür. „Schade, dass wir uns unter so traurigen Umständen kennenlernen, Annabel.“

Sie sahen sich an, und Annabel spürte den Wunsch, den Kopf an seine Brust zu lehnen. Er würde sie festhalten. Seine Arme versprachen Sicherheit, einen Funken Geborgenheit, während sich alles um sie herum aufzulösen schien. Nur für einen Moment, dachte sie.

„Unter anderen Umständen wäre ich nicht nach Madagaskar gekommen.“ Sie nickte ihm zu und ging zur Treppe.

Er blieb an ihrer Seite. „Ich habe meine Eltern verloren, als ich gerade achtzehn geworden war. Mein Vater hatte Mutter zum zwanzigsten Hochzeitstag eine Reise auf die Seychellen geschenkt. Auf dem Weg zum Flughafen ist ihnen ein Geisterfahrer frontal in den Wagen gefahren. Sie waren beide sofort tot.“

„Das tut mir leid“, murmelte Annabel betroffen.

„Was ich damit sagen will – der Schmerz wird schwächer, Annabel. Ich habe es selbst erlebt. Er wird für immer ein Teil von Ihnen bleiben, aber irgendwann können Sie ohne Trauer oder Groll an Ihren Vater denken und sich an den guten Erinnerungen erfreuen."

„Gute Erinnerungen ..." Sie seufzte.

„So wie ich Carsten kannte, bin ich sicher, dass es viele gute Erinnerungen gibt."

Überrascht sah sie ihn an. „Kannten Sie meinen Vater gut?"

„Kommt drauf an, was Sie unter gut verstehen. Carsten war einerseits ein sehr offener Mensch, aber gleichzeitig hat er nicht viel über sich gesprochen."

„Würden Sie mir mehr über ihn erzählen?"

„Natürlich. Sagen Sie mir einfach Bescheid, wenn Sie reden wollen, Annabel. Ich bin hier."

Schweigend gingen sie über den langen Flur. Wenige Meter vor ihrer Zimmertür blieb Annabel stehen. „Vielen Dank, aber von hier aus finde ich auch allein zu meinem Zimmer."

Jean-Pierre lachte. „Daran zweifle ich nicht". Er deutete auf die Tür gegenüber von ihrer. „Aber mein Zimmer ist dort. Gute Nacht, Annabel. Schlafen Sie gut."

In ihrem Zimmer löste sie den Zopf, schüttelte das Haar aus und massierte ihre schmerzende Stirn. In der Zwischenzeit hatte jemand alle Türen und Fenster geschlossen, die Bettdecke aufgeschlagen und das Moskitonetz heruntergelassen.

Annabels Kleid fühlte sich zerknittert und verschwitzt an. Am allermeisten wünschte sie sich eine kühle Dusche, doch bevor sie ins Bad gehen konnte, klopfte es an der Tür. „Ja, bitte", sagte sie.

Bernd stand in der Tür, trat aber nicht ein. „Ich wollte dich nicht stören, Annabel. Ich wollte dir nur Bescheid sagen, dass wir von zehn Uhr an den Generator bis zum Morgen ausstellen. Falls du in der Nacht Licht brauchst, stehen Öllampen im Zimmer. Auf deinem Nachttisch liegt auch eine Taschenlampe."

Etwas überrascht nickte Annabel. „Gut, dann weiß ich Bescheid."

„Und ... ich dachte, du hättest vielleicht gern dieses Bild." Er reichte ihr ein Foto in einem schmalen Holzrahmen.

Das Bild war vor langer Zeit aufgenommen worden. Carsten Hansen blickte sie offen und unbeschwert an. Sein Haar war noch heller, als Annabel es kannte, und reichte bis auf den Kragen. Zum ersten Mal wurde ihr bewusst, wie attraktiv ihr Vater als junger Mann gewesen war.

„Danke", sagte sie leise. „So habe ich ihn nie gekannt. In Hamburg war er immer so seriös und ernst ... und verschlossen." So wie ich, ging ihr plötzlich durch den Kopf. Sie hatte nie wie ihr Vater werden wollen, aber sie war ihm ähnlicher, als sie wahrhaben wollte.

Ihr kam ein Gedanke. Sie holte ihre Handtasche und nahm das Bild von Thérese heraus. „Kennst du diese Frau?"

Für einen Moment war es still. „Woher hast du das Foto?" Unter der Sonnenbräune wirkte Bernds Gesicht plötzlich fahl.

Bildete sie es sich ein, oder klang seine Stimme gepresst? „Es lag bei Vaters Unterlagen. Du kennst sie also?"

Er senkte den Blick, und sie konnte den Ausdruck seiner Augen nicht erkennen. „Nein. Ich habe die Frau noch nie gesehen. Gute Nacht, Annabel, schlaf gut."

Sie sah ihm hinterher, wie er zur Treppe ging, ohne sich umzublicken. Sie hätte geschworen, dass er die Frau erkannt hatte. Was für einen Grund konnte er haben, sie anzulügen?

Für einen Moment war ihr, als würde eine innere Stimme sie warnen. Falls sie recht hatte und Bernd wusste, wer die Fremde war, wollte er offensichtlich nicht darüber reden. Vater ist nicht mehr da, sagte sie sich. Spielte es denn wirklich noch eine Rolle, wer diese Frau war? Vielleicht war es besser, die Vergangenheit ruhen zu lassen.

Doch etwas in ihr drängte sie weiterzusuchen. Sie würde keine Ruhe finden, bevor sie nicht die Wahrheit kannte.

4. KAPITEL

Annabel erwachte früh, wie sie es gewohnt war. Sie stand auf, ging barfuß zum Fenster und sah hinaus. Durch den Morgennebel über dem Dschungel schien bereits die Sonne. Annabel öffnete die Balkontüren weit, um frische Luft ins Zimmer zu lassen, dann ging sie ins Bad.

Sie schlüpfte aus ihrem Nachthemd und stellte sich unter die Dusche. Sie schloss die Augen und überließ sich dem Gefühl des kühlen Wassers auf der Haut. Wäre nur Vater hier, und wir könnten zusammen die Insel erkunden, dachte sie.

Seitdem sie von seinem Tod erfahren hatte, war pausenlos so viel Neues auf sie eingestürmt, dass sie immer wieder die Trauer vorübergehend verdrängen konnte. Doch in einem Moment der Ruhe brachen die unterdrückten Gedanken und Gefühle dann umso heftiger über sie herein. Doch jetzt spürte sie nicht nur Trauer und Schuldgefühle, sondern auch Wut. Eine Lüge nach der anderen enthüllte sich ihr.

Doch anstatt dabei Wahrheiten zu finden, erschien ihr das Verhalten ihres Vaters nur noch widersprüchlicher. Nichts passte zusammen. Einerseits hatte er sie angeblich so geliebt, dass er für sie weiterleben wollte. Gleichzeitig war er seiner einzigen Tochter gegenüber immer schon distanziert gewesen. Sie hatte versucht, sich damit zu trösten, dass er eben ein distanzierter Mensch gewesen war, aber hier auf Madagaskar hatte er offenbar eine ganz andere Seite gezeigt. Sie konnte auch immer weniger nachvollziehen, warum er sie nie mit in seine zweite Heimat genommen hatte.

Ha! Sie lachte bitter auf. *Zweite Heimat!* Nach allem, was sie hier hörte, war nicht Madagaskar, sondern Hamburg seine zweite Heimat gewesen.

Aber vor allem hatte er offenbar genau gewusst, dass er vielleicht nie wieder von dieser letzten Reise zurückkommen würde.

Warum hatte er ihr gegenüber nicht mehr als eine halbherzige Bitte geäußert? War er in *irgendeinem* Punkt ehrlich zu ihr gewesen?

Sie zweifelte keine Sekunde daran, dass es auf ihre Fragen Antworten gab. Ihr Vater hatte nie etwas ohne Grund getan. Auch für seine Lügen gab es Erklärungen. Sie musste sie nur finden.

Nirina hatte das Frühstück auf der Terrasse hinter dem Haus serviert. An einem massiven runden Tisch standen aufwendig geschnitzte Holzstühle. Ein Pfad aus Steinen führte in den Garten hinein zu einer weiteren Sitzgruppe im Schatten einiger großer Palmen. Unterhalb des Hauses breitete sich smaragdgrün und undurchdringlich der Regenwald aus, durchschnitten von einem breiten gewundenen Fluss.

Marlene und Bernd Hansen saßen bereits am Tisch. Es gab kleine frittierte Küchlein, Obstsalat aus Mango, Ananas und Bananen und wieder Reis in unterschiedlichen Variationen, als Brei mit grünen Kräutern, eine Art Risotto mit Hackfleisch und gemischt mit frischen Früchten und Vanillezucker bestreut.

„Hast du gut geschlafen?" Bernd stand auf, rückte einen Stuhl für Annabel an dem großen Holztisch zurecht und schenkte ihr Kaffee ein.

„Ja, nachdem ich erst einmal eingeschlafen war. Ich habe noch lange wach gelegen und nachgedacht." Sie nahm eins der Küchlein, obwohl sie keinen großen Appetit hatte. Es sah aus wie ein Krapfen, aber zu ihrer Überraschung schmeckte es nicht süß, sondern salzig. „Ich würde gern Vaters Haus sehen." Sie nahm sich noch ein Gebäckstückchen, dazu etwas Risotto und eine große Portion Obstsalat.

„Natürlich. Vielleicht am Tag nach der Beisetzung." Marlene nickte. „Bernd kann dich dann fahren, nicht wahr, Liebling?" Sie berührte leicht seine Hand und sah ihn an.

„Ich wollte mir das Haus eigentlich heute Morgen anschauen. Ist es weit von hier?“

„Nein, ganz in der Nähe. Mit dem Jeep dauert es vielleicht zwanzig Minuten. Ich fahre dich gern“, bot Bernd an.

„Vielen Dank, aber wenn es euch nichts ausmacht, würde ich beim ersten Mal lieber alleine sein.“ Annabel wollte nicht, dass ihr beim ersten Besuch im Haus des Vaters jemand über die Schulter schaute. Wer weiß, was für neue Überraschungen dort wieder auf mich warten, dachte sie. Es war ihr auch so schon unangenehm genug, wie wenig sie über ihren eigenen Vater wusste.

„Ich weiß wirklich nicht, ob es heute passt ...“, begann Marlene.

Annabel stutzte. Marlenes Tonfall war einen Hauch zu neutral. Sie beobachtete ihre Tante genauer, bemerkte ihre angespannte Körpersprache. Irgendetwas stimmte hier nicht. Umso wichtiger war es ihr, so bald wie möglich zum Haus ihres Vaters zu fahren. „Kann ich mir das Auto ausleihen? Oder wie weit ist es zu Fuß?“

Sie konnte selbst nicht genau erklären, warum ihr der Besuch in seinem Haus so wichtig erschien. Hoffte sie, dort eine Erklärung für seine Geheimniskrämerei zu finden? Oder versuchte sie, ihrem Vater einfach noch einmal nah zu sein?

Bernd Hansen legte seiner Frau die Hand auf die Schulter. „Dein Vater hatte seinen eigenen Wagen. Er steht im Moment bei uns“, sagte er zu Annabel. „Du musst nur den Weg durch das Dorf nehmen, an der Abzweigung nach der Lichtung rechts fahren und dann immer weiter geradeaus“, erklärte er Annabel. „Der Weg wird schmaler, kaum mehr als ein Pfad, aber keine Sorge, du kommst gut durch. Er zieht sich eine Weile lang durch den Wald, aber du fährst immer weiter, bis du schließlich einen kleinen Weg erreichst, der zum Strand führt. Dort biegst du ein, stellst den Wagen irgendwo ab und läufst einfach am Ufer entlang nach links. Du kannst auch über den Strand bis direkt zum Haus fahren, aber es ist auch ein schöner Spaziergang am Wasser entlang. Das Haus siehst du sofort. Du kannst es gar nicht verfehlen."

„Aber … meinst du nicht …?" Marlene sah nicht Annabel an, sondern ihren Mann.

Bernd griff in die Hosentasche, zog einen Schlüsselbund heraus und reichte ihn Annabel. „Ich war gestern dort und habe abgeschlossen."

Annabel hatte den Eindruck, dass Marlene sich bei seinen Worten entspannte. Sie widersprach nicht länger, sondern nickte nur.

„Habe ich etwas verpasst?" Jean-Pierre kam auf die Veranda und setzte sich neben Annabel. Sein Arm streifte ihre Schulter.

„Annabel fährt heute Vormittag zu Carstens Haus", erklärte Marlene.

„Ich begleite dich gern." Er sah Annabel an.

Sie lächelte und schüttelte den Kopf. „Danke, Jean-Pierre, aber ich habe es schon zu Bernd und Marlene gesagt – bei meinem ersten Besuch in Vaters Haus möchte ich lieber allein sein."

Eine Viertelstunde später fuhr Annabel mit dem alten Land Rover ihres Vaters langsam durch das Dorf. Vor einigen Häusern waren Zebus angebunden, die typischen madagassischen Rinder mit dem großen Buckel auf dem Rücken. Ein magerer brauner Hund lief bellend hinter dem Wagen her, bevor er die Lust daran verlor und sich wieder an den Straßenrand legte. Durch das offene Fenster drang der Geruch von Holzfeuer und Essen ins Auto.

Einige der Frauen und Männer trugen kleine Kinder auf dem Rücken oder der Hüfte. Als Annabel sich näherte, wandten die Leute vor den Häusern die Köpfe und winkten ihr fröhlich zu. Annabel kurbelte das Fenster herunter und erwiderte ihren Gruß. Sie musterte die Frauen. Vielleicht war eine von ihnen

Mami Vanille. Die angebliche Zauberin war ihr unheimlich, machte sie aber gleichzeitig neugierig.

Unter einer Voodoo-Priesterin stellte Annabel sich eine alte Frau vor, mager und gebeugt, mit wallenden Kleidern, stechendem Blick und langen Fingernägeln, oder vielleicht auch eine junge, düstere Schönheit. Aber keine der Frauen hatte Ähnlichkeit mit ihrer Fantasie.

Als sie das Dorf auf der Lichtung verließ und die Abzweigung zum Strand nahm, wurde der Weg zu einer schmalen Schneise durch den Dschungel. In dem grünlichen Zwielicht summten und brummten Insekten. Vögel, die nicht zu sehen waren, sangen in den Bäumen. Orchideen wuchsen so üppig wie Mohnblumen auf einer Sommerwiese, und rote, orangefarbene und gelbe Blüten sprenkelten das Grün.

Fasziniert hielt Annabel an und beobachtete einige Schmetterlinge, die zwischen Blütenblättern herumflatterten, sich immer wieder niederließen und dann wieder aufflogen. Ihre Flügel schillerten in einem intensiven Metallicblau. Noch nie hatte sie so viele grelle Farben an einem Ort wahrgenommen.

Sie konnte sich nicht sattsehen. Am liebsten wäre sie ausgestiegen, um alles genauer zu betrachten, doch etwas trieb sie weiter. Nach einer Weile wurde die Vegetation lichter. Bald darauf hörte sie durch die geöffneten Fenster das Geräusch brechender Wellen, dann lag nach einer letzten Kurve das Meer vor ihr. Wie Bernd ihr geraten hatte, parkte Annabel den Wagen am Wegesrand und stieg aus.

Vor ihr erstreckte sich die türkisblaue Weite des Indischen Ozeans. Die breite, von Palmen gesäumte Bucht war geformt wie ein perfekter Halbmond. Etwa in der Mitte der Bucht stand zwischen den Bäumen ein weißes Häuschen auf Stelzen.

Die hereinkommende Flut überspülte den makellos weißen Sand und brachte Seetang und Muscheln mit sich. Über dem Meer zogen Möwen ihre Kreise. Die Bucht war geschützt durch ein Riff, an dem sich die Wellen brachen.

„Das kann nicht wahr sein!“, flüsterte Annabel fassungslos. Einen schöneren Platz auf der Welt hatte sie noch nie gesehen. Sie konnte nicht aufhören, den Kopf zu schütteln.

War dies etwa das Grundstück, das der Vater ihr vermacht hatte? Das wertlose Stück Land? Unmöglich! Ihr Vater hätte doch bestimmt irgendwann erwähnt, dass er einen Traumstrand besaß. Nein, sie musste etwas falsch verstanden haben.

Annabel zögerte, dann zog sie ihre Sandalen aus. Sie bohrte die Zehen in den weichen Sand und genoss die Wärme auf ihrer Haut. Als sie genug davon hatte, ging sie zum Wasser hinunter und ließ die kleinen Wellen über ihre Füße schwappen. Beim ersten Mal sprang sie überrascht zurück. Das Wasser war nicht kühl und erfrischend, wie sie erwartet hatte, sondern warm wie eine Badewanne. Sie verbrachte einige Minuten damit, durch das Wasser zu waten wie ein kleines Kind.

Mit den Füßen im Meer blieb sie schließlich stehen und sah sich um. Zu einer anderen Zeit hätte sie die Schönheit des Ortes tief berührt. Doch als sie jetzt am Strand stand, konnte sie nicht sagen, was sie fühlte. Es kam ihr vor, als wäre sie gar nicht wirklich hier.

Ihr war, als wäre sie in Treibsand geraten und würde immer tiefer versinken. Alles, was bisher ihr Leben ausgemacht hatte, löste sich in rasender Geschwindigkeit vor ihren Augen auf, ohne dass sie etwas daran ändern konnte. Vielleicht sollte ich die Vergangenheit ruhen lassen und nach der Beerdigung nach Hause fliegen, ging ihr wieder durch den Kopf. Marlene wäre bestimmt froh. Sie wurde das Gefühl nicht los, dass ihre Tante sich ganz und gar nicht über ihre Anwesenheit freute.

In Hamburg war Annabel das Ganze so einfach erschienen. Sie würde nach Madagaskar fliegen, ihre Verwandten kennenlernen, einige Fragen über den Vater stellen, Antworten bekommen, wieder nach Hause fahren und ihr Leben weiterleben wie bisher.

Doch als sie jetzt auf das Meer hinausschaute, wurde ihr klar, dass es nicht so einfach war. Irgendetwas passierte hier mit ihr, und sie konnte es nicht aufhalten. Schon jetzt kam Annabel ihr bisheriges Leben seltsam fremd und unwirklich vor.

Hatte sie wirklich noch vor einigen Tagen über ein gemeinsames Leben mit Peter nachgedacht? Sie war das jahrelange Singledasein leid gewesen und hatte sich nach einem Partner gesehnt. Wenn sie abends in ihre leere Wohnung kam, wünschte sie sich, es wäre jemand bei ihr, der mit ihr plauderte, ihr zuhörte. Jemand, mit dem sie lachen konnte, vielleicht noch etwas kochen und ein Glas Wein trinken.

Auch fehlte ihr die körperliche Intimität. Natürlich hätte es Gelegenheiten gegeben – für eine attraktive Frau gab es die immer.

Schon lange war sie nicht mehr das plumpe, ungeschickte Mädchen aus ihrer Kindheit. Sie trug das Haar lang, auch wenn sie es in der Kanzlei meist zu einem strengen Knoten aufsteckte. Ihre saphirblauen Augen bildeten einen faszinierenden Kontrast zu den dunklen Haaren – zumindest war ihr das oft gesagt worden.

Annabel hatte nie die zarte, schmalgliedrige Figur bekommen, die sie sich als Heranwachsende so ersehnt hatte, aber inzwischen akzeptierte sie ihren kräftigen Körperbau und die weiblichen Rundungen. Da sie jeden Tag vor der Arbeit joggte, war sie fit und durchtrainiert.

Aber belanglose One-Night-Stands waren einfach nicht ihr Stil. Es mochte altmodisch sein, doch Sex bedeutete Annabel zu viel, um mit einem Fremden ins Bett zu gehen.

Durch ihre Karriere hatte sie kaum Zeit für private Verabredungen. Ihre Freundinnen aus dem Studium hatten schon lange aufgegeben, sie zu ihren Treffen einzuladen. Natürlich träumte Annabel davon, sich mit Haut und Haaren zu verlieben. Wer tat das nicht? Sie wünschte sich eine perfekte romantische Liebe, eine glückliche Familie. Schon allein die Vorstellung klang wie ein Märchen. Und war etwa genauso realistisch.

Nein, für Träume gab es keinen Platz in ihrem Leben. Peter und sie waren vielleicht nicht leidenschaftlich ineinander verliebt, aber sie passten perfekt zueinander.

Er nahm sein Fitnesstraining sehr ernst, die blonden glatten Haare trug er aus der hohen Stirn zurückgekämmt. Auf seine korrekte Art sah er gut aus. Er sprach vier Sprachen fließend, und sie arbeiteten dieselbe Sechzigstundenwoche, besaßen dieselben Interessen, dieselben Ziele im Leben.

Wenigstens hatte Annabel das noch vor wenigen Tagen geglaubt. Im Moment war sie sich da nicht mehr so sicher, ja sie konnte nicht einmal mehr genau sagen, was ihre Ziele waren.

Nur selten fand sie einen Moment der Ruhe. Langeweile kannte sie nicht, und doch kam es ihr jetzt so vor, als wäre schon sehr lange nichts Besonderes mehr in ihrem Leben passiert. Sie versuchte sich zu erinnern, wann sie vor der Reise nach Madagaskar das letzte Mal etwas Spontanes unternommen hatte. Ihr fiel nichts ein.

Im tiefsten Inneren träumte sie trotz allem noch hin und wieder davon, sich mit Leib und Seele zu verlieben wie die Heldinnen in den Romanen, die sie früher gelesen hatte – bevor es nur noch Sachbücher und Gesetzestexte für sie gab. Aber sie wusste auch, dass in der Realität keine romantischen Helden existierten.

War sie wirklich noch nie dem Mann begegnet, den sie von ganzem Herzen lieben konnte? Oder lag es daran, dass sie sich nie wieder erlaubt hatte, einen Menschen zu brauchen? Ist es überhaupt möglich, sich zu verlieben, wenn man nicht bereit ist – oder nicht mehr in der Lage – sich auf jemanden einzulassen? ging ihr durch den Kopf.

Seit ihrer Kindheit hatte sie eine rasante Entwicklung durchgemacht, von dem ausgegrenzten pummeligen Mädchen zu einer attraktiven, äußerst erfolgreichen jungen Frau.

Sie erinnerte sich an den Termin vor einigen Monaten mit einer ehemaligen Klassenkameradin. Thea hatte sie in der Kanzlei aufgesucht, um sich bei ihrer Scheidung vertreten zu lassen.

Sie wärmte eine Erinnerung aus der Schulzeit nach der anderen wieder auf, von der Weihnachtstheater-Veranstaltung, bei der Annabel die zweite Besetzung für Maria gewesen war, bis hin zum Volleyballturnier der Abschlussklasse, für das Annabel erst gar nicht in die Mannschaft gewählt worden war. Mit keinem Wort erwähnte Thea allerdings, wie gnadenlos sie Annabel damals verspottet hatte. Ihre Bemerkung, man könnte ja das alte Sonnensegel als Kostüm für sie benutzen, klang Annabel heute noch im Ohr.

Nachdem sie sich beeindruckt in Annabels Büro mit Blick auf die Alster umgeschaut hatte, lud Thea sie zu ihrer nächsten Dinnerparty ein. Annabel lehnte mit einer höflichen Entschuldigung ab. Sie gewann für Thea den Kampf gegen ihren wasserdichten Ehevertrag, danach war sie jeder weiteren Begegnung aus dem Weg gegangen.

Es ging ihr gut, sie hatte sich zu einer selbstbewussten Frau entwickelt. Niemand käme heute auch nur auf die Idee, sich über sie lustig zu machen. Aber bei einer Begegnung mit der Vergangenheit spürte sie die Wunden von damals, als wäre es erst gestern gewesen.

Ließ sie niemanden an sich heran, weil sie fürchtete, wieder verletzt und alleingelassen zu werden? War sie vielleicht nur aus Angst allein, dass ihr Herz noch einmal gebrochen wurde? Annabel wusste die Antwort nicht.

Sie riss sich aus ihren Gedanken los und wanderte weiter am Strand entlang. Immer wieder blieb sie stehen und wischte sich mit dem Unterarm den Schweiß von der Stirn. Auch wenn ein salziger Wind vom Meer her wehte, brachte er keine Erfrischung mit sich, nur feuchtwarme Luft. Als sie den kleinen Pfahlbau erreichte, blieb sie vor den Stufen stehen, die zu der vorgebauten hölzernen Terrasse hinaufführten. Sie strich sich das Haar aus dem Gesicht und betrachtete das Strandhaus.

Salzwasser und Seewind hatten die weiße Farbe an einigen Stellen abblättern lassen, doch das Häuschen wirkte trotzdem, als würde sich auch während Carsten Hansens Abwesenheit jemand liebevoll darum kümmern. Auf den Terrassenplanken standen große Kübel mit Aloe-Pflanzen und rot blühendem Hibiskus. Die Fenster glänzten in der Sonne.

Annabel stieg die Stufen zur Veranda hinauf. Sie holte tief Luft, dann schloss sie auf und trat ein. An der Tür blieb sie stehen und sah sich erst einmal um. Die Holzdielen auf dem Boden waren zerkratzt von sandigen Füßen. Am hinteren Ende des großen Raums befand sich eine Küchenzeile mit einem alten Gasherd. In einem grob gezimmerten Regal standen Teller, Gläser und zwei Töpfe. Es gab einen einfachen Holztisch, zwei Stühle und vor dem großen Fenster ein tiefes Rattansofa mit dicken Polstern. Die Einrichtung wirkte abgenutzt, als wäre sie bereits ebenso alt wie das Häuschen, aber sauber und gemütlich.

Sie versuchte, sich ihren Vater hier vorzustellen. Wie er auf dem primitiven Gasofen zum Frühstück seine Spiegeleier briet, in dem alten zerbeulten Kessel Wasser aufsetzte und mit einer Tasse Kaffee in der Hand hinaus auf die Terrasse ging. Was für ein Gegensatz zu der weißen Villa in Blankenese ... Hatte er an sie gedacht, wenn er auf den Ozean hinausschaute?

Langsam wanderte sie durch die Räume. Die Hütte war klein, wirkte aber geräumig. Vom Wohnraum gingen ein Bad und ein Schlafraum ab. Beide Zimmer boten denselben atemberaubenden Blick auf Strand, Palmen und Meer.

Im Schlafzimmer gab es keinen Kleiderschrank, nur ein offenes Regal mit einigen T-Shirts, Handtüchern und Bettwäsche und eine Kleiderstange, die von der Decke hing. Annabel fühlte sich seltsam schuldig, als sie in jede Ecke schaute, zwischen T-Shirts tastete und in Hemdtaschen suchte. Sie hob sogar die Matratze an und sah unter dem Bett nach.

Doch sie fand nichts. Keine Fotos, keine Briefe, keine Notizen. Keinen Hinweis auf die rätselhafte Fremde, keine Erinnerung an ihre Mutter, außer einem zerfallenden englischen Reiseführer nicht einmal ein Buch. Sie hatte gehofft, hier wenigstens etwas von der Anwesenheit ihres Vaters zu spüren. Aber die Hütte wirkte fast so unpersönlich wie ein Ferienhäuschen.

Annabel ließ sich auf das Sofa sinken. Sie fühlte sich so niedergeschlagen, dass sie in Tränen ausbrach. Sie wusste nicht, wie viel Zeit vergangen war, bevor ihr Weinen verebbte. Sie ging ins Bad und wusch sich das Gesicht. Als sie zurückkam, sah sie draußen einen Mann am Strand. Er kam von der linken Seite der Bucht herüber. Die Beine seiner hellen Leinenhose waren bis zu den Knien aufgerollt, und er watete mit den Füßen im Wasser.

Etwas an seiner energiegeladenen Körpersprache kam ihr bekannt vor. Sie kniff die Augen zusammen, um ihn besser zu sehen. Sein schmales Gesicht besaß die tiefe Bräune eines Menschen, der seit Jahren in den Tropen lebte. Das sonnengebleichte Haar war so lang, dass es bis auf den Kragen seines T-Shirts reichte. Eine Brise wehte ihm eine Strähne in die Stirn. Er strich sie mit einer ungeduldigen Geste zurück, bei der Annabel die Muskeln an seinen Armen sehen konnte.

Der Mann vom *Zoma*, der ihr bei dem betrügerischen Juwelenhändler geholfen hatte! Was wollte er hier? War er ihr etwa gefolgt? Die Bucht war Privatbesitz und bestimmt kein Platz, an den sich jemand zufällig verirrte. Durch das Fenster beobachtete sie ihn misstrauisch.

Der Fremde blieb am Ufer stehen und sah einfach nur aufs Meer hinaus. Annabel konnte seinen Gesichtsausdruck nicht erkennen. Gerade als sie sich entschloss, zu ihm zu gehen und ihn zu fragen, was er hier zu suchen hatte, drehte er sich um und verschwand wieder zwischen den Palmen.

Auf der Plantage fand Annabel Marlene allein am Tisch auf der Veranda vor. Wieder trug sie eine abgetragene Kakihose und ein etwas fadenscheiniges weißes Hemd mit aufgekrempelten Ärmeln. Auf ihrer Nase saß eine Brille mit Metallrand. Offenbar konzentriert schrieb sie in ein Heft. Annabel trat zu ihr und sah, dass die Tante an mehreren Listen arbeitete, Einkäufe, Vanilleernte, Essenpläne konnte sie lesen. Marlene blickte nicht auf, sondern hielt den Blick auf das Heft gerichtet.

Annabel war sich sicher, dass die Tante sie bemerkt hatte, aber offenbar wollte sie nicht mit ihr reden. Sie ließ sich davon nicht entmutigen und setzte sich zu ihr an den Tisch. Schließlich seufzte Marlene kaum hörbar, legte den Stift zur Seite und schaute auf. „Da bist du ja wieder, Annabel", stellte sie ohne Begeisterung fest. „Wie hat dir der Strand gefallen?"

„Unglaublich. Wie aus einem Reiseprospekt. Ich kann verstehen, warum Vater lieber hier als in Hamburg leben wollte."

Marlene nahm die Brille ab und massierte ihren Nasenrücken. „Hast du dir schon überlegt, was du damit anfangen willst?"

„Gehört das Grundstück wirklich mir? Ich dachte, ich müsste etwas falsch verstanden haben."

„Du hast nichts falsch verstanden." Zum ersten Mal zuckte ein echtes Lächeln über Marlenes Gesicht. „Die Bucht ist jetzt dein Eigentum. Dein Vater wollte dort gemeinsam mit Daniel sein Hotel errichten. Aber das ist jetzt natürlich deine Entscheidung."

„Ich werde darüber nachdenken. Am besten setze ich mich nach der Beerdigung mit Vaters Geschäftspartner zusammen", antwortete Annabel.

Das Sinnvollste wäre wohl, diesem Daniel Coleman das Grundstück zu verkaufen. Sie kannte sich mit den Grundstückspreisen auf Madagaskar nicht aus, aber diese Traumbucht war bestimmt einiges wert. Vor allem, falls schon die Genehmigung für ein Hotel vorlag. Mit dem Geld, das sie dafür bekam, konnte sie vielleicht sogar darüber nachdenken, eine eigene Kanzlei aufzumachen.

Der Gedanke, den Strand zu verkaufen, behagte ihr nicht. Aber was sollte sie sonst damit anfangen? Weder hatte sie vor, ins Hotelgeschäft einzusteigen, noch machte es Sinn, das Grundstück brachliegen zu lassen, wenn sie ein Vermögen dafür bekommen konnte.

Sie deutete auf die Listen. „Das Leben hier erfordert bestimmt eine Menge an Organisation und Planung, nicht wahr?"

Marlene zuckte mit den Schultern. „Längst nicht mehr so viel wie früher. Seitdem Daniel mit seinem Flugzeug in der Nähe lebt, ist vieles sehr viel leichter geworden. Vorher waren wir in der Regenzeit manchmal monatelang mehr oder weniger von der Umwelt abgeschnitten."

Annabel konnte sich nicht vorstellen, warum jemand an so einem Ort leben wollte. „Wie entsetzlich! Konnte Mama sich darum hier nicht einleben?"

Marlene presste die Lippen zusammen, beugte sich vor und stützte sich mit beiden Händen auf den Tisch. Einen Moment lang dachte Annabel, sie würde ihr nicht antworten, sondern einfach aufstehen und gehen.

Schließlich lehnte sie sich wieder im Stuhl zurück und schlug die langen Beine übereinander. Aber ihre Körpersprache zeigte deutlich, wie ungern sie über frühere Zeiten sprach. „Barbara hat die Insel vom ersten Augenblick an gehasst. Sie ist nur wegen deines Vaters auf Madagaskar geblieben."

„Warum fand sie es hier denn so schlimm? Natürlich ist vieles hier sehr primitiv. Ich könnte hier auch nicht auf Dauer leben, aber für einige Zeit stelle ich es mir ganz idyllisch vor."

„Idyllisch!" Marlene schnaubte verächtlich. „Das sieht für dich natürlich so aus. Aber du hast ja keine Vorstellung davon, wie es vor dreißig Jahren hier war. Wenn du es jetzt schon primitiv findest, wärest du damals wahrscheinlich schreiend weggerannt und auf der Stelle zurück zum Flughafen gefahren. Jetzt siehst du einen Traumstrand und eine gut organisierte Plantage vor dir, aber damals haben wir alles erst aufgebaut."

„Das war bestimmt harte Arbeit."

„Das kannst du laut sagen! Sogar die alltäglichsten Dinge fehlten. Selbst heute ist es manchmal nur über gute Beziehungen möglich, Streichhölzer oder auch nur eine Kugelschreibermine zu bekommen. Als wir ankamen, haben die wenigsten Leute im Dorf Französisch gesprochen. Wir konnten uns nur durch Zeichensprache mit ihnen verständigen. Barbara hat ihre Angst vor den Einheimischen bis zum Schluss nicht ganz ablegen können. Die vielen *fadys* und die fremden Sitten und Gebräuche sind ihr immer unheimlich geblieben. Damals gab es auch keine Elektrizität." Sie machte eine Pause, um Luft zu holen, dann sprudelten die Worte weiter aus ihr heraus. „Inzwischen haben wir zwar Strom, aber nur äußerst unregelmäßig. Für unsere Plantage haben wir einen eigenen Generator angeschafft. Fließendes Wasser haben wir erst seit wenigen Jahren im Haus, und wir sind im ganzen Dorf die Einzigen mit diesem Luxus. Es gibt kein Telefon", zählte sie weiter auf. „Vor Jahren ist bei einem Unwetter die Leitung heruntergekommen, und sie wird einfach nicht mehr repariert. Wir haben mittlerweile Funk und für Notfälle ein Satellitentelefon. Gekocht wird mit Gas, aber in die nächste Stadt zu kommen – wo es mit viel Glück vielleicht eine Gaskartusche gibt oder auch nicht – wird in der Regenzeit zu einer halsbrecherischen Unternehmung. Die Straßen sind selbst in der Trockenzeit nicht die besten, aber in der Regenzeit verwandeln sie sich in heimtückische lebensgefährliche Rutschbahnen. Unter dem Schlamm lauern messerscharfe Felsbrocken darauf, dir die Reifen zu zerfetzen."

„Mama muss sehr mutig gewesen sein", stellte Annabel beeindruckt fest. „Ich kenne viele Frauen, die ein Leben unter solchen Umständen gar erst nicht versucht hätten." Ich zum Beispiel, dachte sie.

„Wie ich dir schon sagte, Barbara hat dieses Leben gehasst. Sie hat es nur für deinen Vater auf sich genommen." Marlene wirkte, als würde sie ihren Ärger nur mühsam zurückhalten.

Auf wen war sie so wütend? Auf ihren Schwager, weil er Barbara hergebracht hatte?

„Das Schlimmste für sie war die ärztliche Versorgung", fuhr Marlene fort. „Barbara hat das Klima nicht gut vertragen. Ein Arzt war im Notfall nur schlecht zu erreichen, und ein Krankenhaus, das den Namen verdient, gibt es nur in Tana und Antsirabe." Sie holte tief Luft.

„Das wusste ich alles nicht. Wie kannst du unter solchen Verhältnissen leben?"

„Ich liebe die Insel. Und vor allem Bernd. Hier ist meine ganze Welt", antwortete Marlene schlicht und deutete um sich. „Schon beim ersten Atemzug, als ich aus dem Flugzeug gestiegen bin, wusste ich, dass Madagaskar mein Zuhause ist. Aber man muss zäh sein, um hier zurechtzukommen. Das war Barbara nicht. Carsten zuliebe hat sie trotzdem alles ausgehalten, bis … bis sie es nicht länger ertragen konnte."

Annabel nickte. Den Teil der Geschichte kannte sie. „Bis sie schwanger geworden ist", ergänzte sie. „Mit mir. Und dann ist Vater aus Liebe mit ihr zurück nach Deutschland gegangen."

Marlene stand so abrupt auf, dass ihr Stuhl umkippte. Sie bückte sich und stellte ihn wieder hin.

Annabel sprang auf und legte Marlene die Hand auf den Arm. „Bitte geh nicht, Marlene!", bat sie. „Ich sehe, wie ungern du über die Zeit redest, und es tut mir leid, wenn ich schmerzliche Erinnerungen aufwühle. Aber du bist der einzige Mensch, den ich nach meiner Mutter fragen kann. Ich weiß nichts über sie! Papa hat sich immer geweigert, über sie zu sprechen. Kannst du dir vorstellen, wie entsetzlich es ist, wenn man nicht einmal weiß, woran die eigene Mutter gestorben ist? Als Kind hatte ich nur ein paar alte Bilder von ihr, die ich in einem Koffer gefunden habe. Jeden Abend habe ich vor dem Einschlafen gebetet, dass sie wenigstens im Traum zu mir kommt. Ich möchte doch einfach nur wissen, was für ein Mensch meine Mutter war."

Mitgefühl flackerte in Marlenes Augen auf. Sichtlich widerstrebend setzte sie sich wieder. „Was willst du wissen?", fragte sie, ohne Annabel anzusehen.

„Alles. Ich weiß über sie nur, dass ich ihr ähnlich sein muss.“

Marlene hob die Brauen. „Wie kommst du darauf?“

„Vater hat es mir gesagt. Nicht oft, vielleicht zwei oder drei Mal. Auf den wenigen Bildern, die ich von ihr gesehen habe, sah Mutter allerdings ganz anders aus als ich. Abgesehen von dem dunklen Haar finde ich überhaupt keine Ähnlichkeit“, sagte Annabel nachdenklich. „Vielleicht ist es ja meine Art zu sprechen ... oder ein bestimmter Gesichtsausdruck ... ich weiß es einfach nicht. Aber du bist ihre Zwillingsschwester. Du musst sie besser gekannt haben als jeder andere Mensch.“

Marlene schwieg. Sie sah ihre Nichte nicht an, sondern beobachtete einen Kolibri, der neben der Terrasse vor einer Hibiskusblüte flatterte und immer wieder mit seinem spitzen Schnabel von dem Nektar trank.

„Was für ein Mensch war Mama?“, fuhr Annabel fort. „Was hat sie gern gegessen, welche Musik mochte sie, worüber konnte sie lachen? Ich möchte alles hören, was dir einfällt. Wie sie Vater kennengelernt hat, etwas über ihre große Liebe. Er hat sie über alles geliebt. Von ihrem Tod hat er sich nie erholt.“

Marlene machte ein Geräusch, als hätte sie sich verschluckt. „Hat er dir das gesagt?“

„Nein, er hat ja fast nie über sie geredet. Aber ich habe nach seinem Tod einen Liebesbrief von ihm gefunden. Er hat ihn Jahre später geschrieben.“

„An Barbara?“ Annabel kam es fast so vor, als würde Marlenes Stimme ungläubig klingen.

„Ja. In dem Brief hat er zwar nicht ausdrücklich ihren Namen genannt, aber er war ganz eindeutig an meine Mutter gerichtet. Er hat etwas von ihrem gemeinsamen Kind geschrieben. Ach ...“ Annabel seufzte sehnsüchtig. „Irgendwann möchte ich auch einmal einen Mann finden, der mich so liebt.“

Marlene stand auf. „Oben habe ich ein Fotoalbum mit alten Bildern. Ich hole es dir.“

Sie blieb so lange fort, dass Annabel sich schon fragte, ob Marlene sie vergessen hatte. Als sie schließlich zurückkam, waren ihre Augen gerötet, so als hätte sie geweint. Sie setzte sich neben sie, legte ein Fotoalbum in einem abgegriffenen Ledereinband auf den Tisch und schlug die erste Seite auf.

Zwei kleine Mädchen bei ihren ersten Gehversuchen mit dicken Windelhöschen unter Rüschenkleidern, etwas größer, Hand in Hand auf einem Klassenfoto. Annabel erkannte ihre Mutter sofort. Sie war schon als kleines Kind auffallend hübsch gewesen, mit riesigen Augen, einem geschwungenen Mund und weichen schwarzen Locken.

„Ihr wart immer zusammen", stellte Annabel mit einem Anflug von Neid fest.

Es war nicht zu übersehen, wie nah die beiden Mädchen sich einander gestanden hatten. Sie kannten keine Einsamkeit. Wenn eine von ihnen fiel, war die andere zur Stelle, um ihr aufzuhelfen, war eine traurig, gab es die Schwester, um sie zu trösten.

„Immer. Ich habe Barbara mehr geliebt als jeden anderen Menschen auf der Welt. Ich war nur fünf Minuten älter als sie, aber solange ich zurückdenken kann, habe ich mich für sie verantwortlich gefühlt", sagte Marlene leise. Sie fuhr mit der Fingerspitze sanft über Barbaras Gesicht. „Wahrscheinlich, weil ich immer die Stärkere von uns war. Von klein auf hat Barbara sich auf mich verlassen. Ich habe sie gegen gemeine Schulkameraden verteidigt und ihre Hausaufgaben gemacht, wenn sie es vergessen hatte. Wenn wir gemeinsam etwas angestellt hatten und erwischt wurden, habe ich die Schuld auf mich genommen." Sie lächelte wehmütig bei der Erinnerung.

Das hörte sich etwas anders an, als Annabel sich ausgemalt hatte. Sie blätterte weiter zur nächsten Seite.

Von Bild zu Bild wurden die Mädchen älter, und Barbaras Schönheit war nur noch auffallender. Beide waren sehr schlank und langbeinig, aber während Barbara einen anmutigen und grazilen Eindruck machte, sah Marlene eher wie ein abgemagertes Fohlen aus. Als sie etwa sechzehn waren, reichten Barbaras schwarze Locken bis weit über den Rücken, während Marlenes meist nachlässig zu dünnen Zöpfen geflochten waren.

Offenbar hatte es sie nicht weiter gestört, dass ihre Schwester die Schönere war. Auf jedem Bild lachte sie fröhlich, meist mit offenem Mund, sodass ihre unregelmäßigen Zähne zu sehen waren. Sie wirkte wie das blühende Leben. Barbara war dagegen meist blass. Ihre Wangen waren schmal, die Augen blickten ernst. Sie sieht aus, als hätte sie ständig einen schlechten Geruch in der Nase, ging Annabel durch den Kopf.

Sie zeigte auf ihre Mutter. „Mama sieht meistens sehr … unglücklich aus. War sie damals schon krank?“

„Barbara ist immer leicht krank geworden, egal ob es eine Erkältung war oder eine Kinderkrankheit. Ganz im Gegensatz zu mir. Dafür war Barbara immer die Hübschere. Die Leute konnten nie glauben, dass wir Zwillinge waren.“ Marlene blätterte um.

Auf jeder Seite waren die Mädchen wieder etwas älter. Aber immer schien Marlene vor Energie zu vibrieren, während ihre schöne Schwester wirkte, als würde sie sich nicht ganz wohlfühlen.

Das änderte sich, als ein hochgewachsener blonder Mann auf den Bildern auftauchte. Annabel erkannte ihren Vater. Er sah sehr jung aus. Damals konnte er kaum zwanzig gewesen sein. Die Bilder zeigten sie in Wintermänteln im Schnee, an einem sonnigen Tag in einem Straßencafé, am Elbstrand. Barbara saß im Bikini auf einem Badetuch, die Arme um die Knie gelegt. Carsten stand in Shorts und einem offenen Hemd neben ihr und stellte einen Sonnenschirm für sie auf.

Jetzt leuchtete Barbaras schmales Gesicht auf jedem Foto vor Glück. Auf einigen Fotos war Marlene mit dabei, doch Barbaras Augen waren stets auf den Mann an ihrer Seite gerichtet.

Die beiden waren eindeutig ein Paar. Auf den meisten Bildern hatte Carsten Hansen seinen Arm um Barbaras schmale Schultern gelegt, als wollte er sie vor dem Rest der Welt beschützen.

Annabel zog die Linien ihrer Gesichter mit dem Zeigefinger nach.

Sie wusste nicht, was sie erwartet hatte, aber in den Fotos fand sie nichts, das die einzigartige Liebe der beiden widergespiegelt hätte. Sie sahen aus wie jedes andere junge Liebespaar.

Auf der letzten Seite waren wieder die Schwestern allein zu sehen, und wieder blickten Barbaras dunkle Augen traurig.

„Dieses Bild wurde gemacht, nachdem Carsten und Bernd zu ihrer Weltreise aufgebrochen waren.“ Marlene klappte das Album zu.

„Mama hat ihn wohl sehr vermisst“, stellte Annabel fest. „Auf den Fotos lacht sie nur, wenn er bei ihr ist.“

„Ja. So war es auch. Er hat sie sehr glücklich gemacht. Umso schlimmer war es hinterher.“

„Hinterher? Meinst du, als er auf Reisen war?“

„Ja.“

„Und du hast sie dann nach Madagaskar begleitet, als sie zu ihrem Verlobten gereist ist?“, fragte Annabel.

Marlene nickte. „Barbara hatte Angst vor der weiten Reise und dem fremden Land. Natürlich konnte ich sie nicht allein fahren lassen, aber für mich war es eigentlich ein schlechter Zeitpunkt. Ausgerechnet zwei Wochen vorher hatte ich einen Job bekommen, um den ich mich schon lange bemüht hatte. Bei einer großen Tageszeitung. Obwohl ich ihm alles erklärt habe, war mein Chef nicht bereit, mir die Stelle frei zu halten. Aber im Nachhinein hat sich das als mein größtes Glück herausgestellt.“

Genauso gut hätte es auch anders kommen können, dachte Annabel skeptisch. Marlene hatte vorher nicht gewusst, wie gut Madagaskar ihr gefallen würde, oder dass ihr zukünftiger Schwager einen so charmanten Bruder besaß. „Weil du Bernd kennengelernt hast?“

„Ja. Ich habe ihn gesehen und mich verliebt. Einfach so.“ Sie schnippte mit den Fingern. „Und wie durch ein Wunder ging es ihm ganz genauso.“ In der Art, wie sie es sagte, hörte Annabel noch immer eine Spur ihres Erstaunens, ihres Glücks. „Ich hatte so lange darauf gewartet, mich Hals über Kopf zu verlieben, dass ich schon dachte, es würde mir nie passieren. Aber Bernd ist mein Seelenpartner."

Bei der Erinnerung lächelte Marlene. Ihre grauen Augen leuchteten, und ihre Wangen färbten sich rosig. Plötzlich verstand Annabel, warum Bernd Hansen sich damals auf den ersten Blick in sie verliebt hatte. „Ich dachte, nichts könnte mehr schiefgehen, die Welt wäre für immer bunt und wundervoll."

„Das war besonders praktisch, weil Barbara und du dann zusammenbleiben konntet", stellte Annabel nüchtern fest. „Schade, dass Mama sich hier nicht wohlgefühlt hat, sonst wäre alles perfekt gewesen."

„Ja, aber wenigstens war ich bei ihr, als sie mich hier gebraucht hat. Allein hätte sie die Zeit nicht durchgestanden."

Ungewollt tauchte in Annabels Kopf das Bild auf, wie Marlene für zwei gearbeitet hatte.

„Ich habe mir allerdings nie verziehen, dass ich sie alleine habe zurückreisen lassen."

„Allein? Papa war doch bei ihr."

„Ja, das schon, aber er hat sich vor allem darum gekümmert, das Geschäft aufzubauen, und sie war immer allein mit dem schreienden Kind."

Annabel zuckte zusammen. Stammte die lieblose Bezeichnung von ihrer Mutter oder der Tante? Jetzt schien Marlene zu merken, was sie gesagt hatte.

„Barbara war eine wunderbare Mutter", ergänzte sie schnell. „Sie hat dich über alles geliebt. Aber mit ihrer schwachen Gesundheit war sie manchmal etwas überfordert, auch wenn sie nie geklagt hat."

„Woran ist Mama gestorben? Selbst das hat Vater mir nie genau gesagt."

„An einem Malariaschub. Mit ihrer schwachen Gesundheit hat sie von Anfang an sehr unter der Feuchtigkeit und der Hitze auf Madagaskar gelitten. Auf Madagaskar hat sie sich mit Malaria infiziert. Sie wurde zwar in Hamburg behandelt, aber die Krankheit konnte nie hundertprozentig auskuriert werden."

„Vater muss es das Herz gebrochen haben, Madagaskar zu verlassen."

Ruckartig setzte Marlene sich auf. „Deinem Vater das Herz gebrochen!", rief sie aus. „Ha! Ich frage mich ..."

Ihre Brust hob und senkte sich unter schnellen Atemzügen. Sie verschränkte ihre Hände, aber Annabel konnte sehen, dass sie zitterten. „Was fragst du dich?"

Marlenes schüttelte den Kopf. „Nichts. Es ist nur ..." Sie atmete einige Male tief durch, dann sprach sie ruhiger weiter. „Lass uns später weiterreden." Ihre Stimme klang heiser. „Ich habe gleich einen Termin mit Jean-Pierre, um die Vanille zu begutachten. Ich hoffe, es macht dir nichts aus."

„Nein, natürlich nicht", log Annabel. Aber sie bezweifelte sehr, dass sie die Tante noch einmal zu einem Gespräch bewegen konnte.

Annabel blieb noch eine Weile auf der Terrasse sitzen. In ihrem Kopf wirbelten die Bilder durcheinander. Fast bereute sie, dass sie Marlene nach ihrer Mutter gefragt hatte. Jetzt hatte sie das Bild einer zwar wunderschönen, aber auch recht verwöhnten und egoistischen Frau vor Augen, und das gefiel ihr gar nicht.

Sie legte den Kopf zurück, schloss die Augen, lauschte den fremden Lauten, die aus dem Regenwald ertönten. Der Wald vibrierte vor Leben. Annabel versuchte, sich von ihren Grübeleien abzulenken, indem sie riet, zu welchem Tier die einzelnen Laute gehörten, aber nach einigen Minuten wurde ihr das zu langweilig, und sie ging ins Haus. Niemand war hier. Annabel sah sich im Wohnzimmer nach einem Buch um, das sie ausleihen konnte, aber in den Regalen fand sie nur einige geschnitzte Figuren und jede Menge Literatur über Vanille.

Wie weit mochte es zu Fuß zum Strand sein? Sie trat auf die Veranda und versuchte, sich zu orientieren. Da das Haus auf einer Anhöhe erbaut war, konnte sie über den Regenwald hinwegsehen, der direkt hinter dem weitläufigen Garten begann. Vom Dorf war hier nichts zu sehen, auch nicht vom Meer. Es musste also auf der anderen Seite liegen. Ob sie es wagen konnte, alleine loszugehen? Oder sollte sie erst einmal die Plantage erkunden?

Sie entschied sich für die Plantage. Vielleicht fand sie ja hier jemanden, der bereit war, ihr mehr über ihren Vater zu erzählen.

Von der Terrasse aus führte ein Weg aus rohen Steinen durch den Garten zur Vorderseite des Hauses. In einiger Entfernung entdeckte sie ein lang gestrecktes niedriges Gebäude zwischen Haus und Dorf. Über dem Wellblechdach flirrte das grelle Sonnenlicht. Menschen gingen ein und aus.

Annabel zögerte bei dem Gedanken an Mami Vanille. Sie wollte der Voodoo-Priesterin nur ungern über den Weg laufen. Ihrer Meinung nach gab es für alles eine rationale Erklärung. Sie glaubte nicht an Übersinnliches oder an ein Leben nach dem Tod – auch wenn sie durchaus glaubte, dass einige Leute innerlich tot sein konnten, während sie äußerlich noch sehr lebendig wirkten. Manche ihrer Klienten waren solche Menschen gewesen.

Aber selbst, falls die Voodoo-Priesterin ein zutiefst böser Mensch wäre – warum sollte sie Annabel gefährlich werden? Bestimmt hatten ihre Verwandten die Gefahr übertrieben. Als sie den Hügel hinunterging, fielen ihr wieder die zahllosen *fadys* ein. Vorsichtshalber achtete sie darauf, auf dem ausgetretenen Pfad zu bleiben.

Je näher Annabel dem Gebäude kam, desto intensiver roch die Luft nach Vanille. Bald erkannte sie auch den Grund dafür. Auf dem Boden vor der Halle waren zahlreiche Jutesäcke ausgebreitet, auf denen die schwarzen Schoten in der Sonne trockneten. Annabel erinnerte sich daran, was der Vater ihr über die Vanilleherstellung erzählt hatte.

Die Ernte begann in jedem Jahr im Juli, zog sich aber über mehrere Wochen hin. Nur reife Vanilleschoten durften gepflückt werden, und pro Tag wurde nur eine einzige von den hundert bis zweihundert Schoten, die eine Pflanze tragen konnte, reif.

Die Schoten wurden grün geerntet und sahen aus wie Bohnen. In diesem Zustand waren sie noch geruchs- und geschmacklos. Erst durch die Wochen dauernde Fermentierung erhielten sie ihre typische Farbe und das Aroma.

Um die Fermentierung in Gang zu setzen, wurden die Schoten nach ihrer Ernte für einige Minuten in heißes Wasser getaucht und danach an der Luft getrocknet. Nacht für Nacht mussten die Jutesäcke mit den kostbaren Schoten zusammengerollt und ins Haus gebracht werden. Üblicherweise nahmen die Arbeiter auf den Plantagen sie mit zu sich nach Hause. Am nächsten Tag wurden die Säcke dann wieder in der Sonne ausgerollt. Dieser Vorgang wurde wiederholt, bis die Vanille ausreichend getrocknet war.

Auf den meisten Plantagen wurden die Schoten nach diesem Arbeitsschritt an Kollekteure verkauft, die dazu jedes Jahr aus aller Welt anreisten. Auf dieser Plantage hatte bisher Carsten Hansen die Arbeit übernommen.

Jedes Jahr hatte er die Vanille eigenhändig beurteilt. Er hatte die Schoten bestimmt, die noch zu feucht waren, damit sie aussortiert und nachgetrocknet werden konnten. Schließlich hatte er den Ertrag der Ernte nach Qualität sortiert und auch selbst für den Export gesorgt.

Annabel blieb einen Moment im Schatten einer Palme stehen. Durch die großen offenen Türen und Fenster konnte sie in die Halle sehen. Zahlreiche Frauen und Männer saßen an Tischen und sortierten die einzelnen Schoten nach der Größe in hölzerne Kästen, andere wendeten die Vanille auf den Jutesäcken oder schnürten sie zu Bündeln, die in Kartons gestapelt wurden.

Die Sonne brannte vom Himmel. Obwohl Annabel im Schatten stand, klebte ihr das helle Leinenkleid feucht am Körper. Dankbar über die breite Krempe, zog sie den Sonnenhut tiefer ins Gesicht. Sie versuchte erfolglos, sich ihren Vater hier bei der Arbeit vorzustellen.

Jetzt hatten die ersten der Arbeiter sie entdeckt. Freundlich winkten sie ihr zu. Annabel erwiderte ihren Gruß und ging näher. Bevor sie die Halle erreicht hatte, kam Bernd heraus. Er trug eine Kakihose, dazu ein kurzärmeliges Kakihemd und sah trotz der schwülen Hitze erstaunlich frisch aus.

Bei Annabels Anblick erhellte ein breites Lächeln sein Gesicht. Ihr Herz krampfte sich bei seiner äußerlichen Ähnlichkeit mit ihrem Vater zusammen.

„Annabel!“ Bernd kam zu ihr. „Was treibt dich denn hierher? Weiß Marlene, dass du hier bist?“

„Nein, sie wollte sich mit Jean-Pierre treffen. Ich dachte eigentlich, sie wäre hier. Ich hoffe, ich störe nicht. Ich war ganz allein im Haus und wusste nicht, was ich tun sollte.“

„Aber nein! Ganz und gar nicht! Möchtest du sehen, was wir hier treiben?“

„Gerne!“, erwiderte Annabel ehrlich.

Bernd führte sie durch die Halle, stellte ihr immer wieder einen der Arbeiter mit Namen vor und erklärte ihr die einzelnen Arbeitsschritte. „Ich sehe, Carsten hat gute Vorarbeit geleistet“, sagte er schließlich. „Du weißt ja schon genau über alles Bescheid. Und ich dachte, du würdest dich nicht für den Vanilleanbau interessieren.“

„Als Kind konnte ich nicht genug davon hören. Offenbar habe ich mir alles ganz genau gemerkt.“ Annabel nahm einige der Schoten auf und atmete den süßen warmen Duft ein. Unwillkürlich zog ein Lächeln über ihr Gesicht.

Bernd betrachtete sie einen Moment nachdenklich, dann nahm er scheinbar wahllos einige andere Schoten auf und reichte sie seiner Nichte. „Was hältst du von diesen?“, fragte er in beiläufigem Ton.

Annabel führte die Schoten nah an ihre Nase, dann schloss sie die Augen und sog tief das Aroma ein. Sie runzelte die Stirn, öffnete die Augen und betrachtete die Schoten. „Sie sehen alle genau gleich aus, aber diese hier riechen viel intensiver … auch süßer. Diese dagegen …“ Sie sortierte einige der Schoten aus und reichte sie Bernd. „Diese riechen … irgendwie … dumpf … ich weiß nicht, wie ich es beschreiben soll … ein bisschen ausdruckslos, mit einem leichten, fast muffigen Unterton. Diese dagegen sind etwas fad.“

Bernd Hansen starrte sie an.

Annabel fragte sich, ob sie ihn beleidigt hatte. „Entschuldige, ich wollte damit nichts gegen deine Vanille sagen. Ich habe einfach nur ausgesprochen, was mir durch den Kopf ging.“

„Du hast wirklich die Nase deines Vaters!“ Er legte ihr die Hände auf die Schultern und sah sie an. „Annabel, du bist ein Naturtalent!“

Annabel lächelte. In diesem Moment durchströmte sie pure Freude. Bei der Nachricht, dass sie Partnerin in der Kanzlei werden sollte, hatte sie vor allem Triumph verspürt, Befriedigung, dass sie endlich bekam, was sie verdiente. Sie hatte schließlich viele Jahre lang hart dafür gearbeitet. Plötzlich wurde ihr klar, wie selten sie echte Freude in ihrem Leben empfand.

„Annabel … Marlene würde mir die Leviten lesen, aber … Dein Vater war der Einzige hier, der die Qualität der Schoten beurteilen konnte. Ohne ihn weiß ich nicht ein noch aus. Würdest du mir beim Sortieren der Vanille helfen?“

Annabel schaffte es nicht, ihm die Bitte abzuschlagen. „Wir können es versuchen.“

Zwei Stunden später lagen einige ansehnliche Stapel Vanilleschoten vor Annabel auf dem Tisch. Unter Bernds Anleitung hatte sie gefühlt, getastet und gemessen. Er hatte ihr gezeigt, die Schoten nach Länge und Farbe einzuteilen und wie ihr genauer Feuchtigkeitsgehalt bestimmt wurde. Aber vor allem hatte sie gerochen und die Vanille nach der Qualität ihres Aromas unterschieden. Jetzt richtete sie sich auf und dehnte ihre verkrampften Schultern.

„Ich glaube, für heute reicht es", sagte Bernd.

„Ich habe ja nicht geahnt, wie viel Arbeit nötig ist, um Vanille zu gewinnen!", sagte Annabel.

„Darum ist sie auch so teuer. Angefangen beim Bestäuben jeder einzelnen Blüte, ist jeder Schritt Handarbeit. Keine Maschine kann diese Arbeiten übernehmen."

Sie sah sich um. Gemessen an den zahllosen Vanilleschoten in der Halle, waren die Stapel auf dem Tisch lächerlich klein. Und dazu kamen noch die Schoten, die draußen getrocknet wurden. „Von mir aus können wir gerne noch weitermachen. Es ist noch so viel zu tun", bot sie an.

„Du hast mir schon sehr geholfen. Ohne dich würde ich wahrscheinlich immer noch über den ersten zehn Schoten grübeln. Du kannst die feinsten Unterschiede wahrnehmen. Genau wie Carsten."

Für einen Moment schwiegen beide.

„Ich wünschte, Papa hätte mich schon viel eher mitgenommen", sagte Annabel leise. „Wenn er nach Hause gekommen ist, hat er mir kaum etwas erzählt. Ich konnte mir nie richtig vorstellen, was er hier getan hat. Die Arbeit … sein Haus … das Hotelprojekt …" Sie schüttelte den Kopf. „Hat er dir gesagt, warum er in all den Jahren nicht einmal wollte, dass ich nach Madagaskar komme?"

„War das denn wirklich so?" Bernd räusperte sich, dann stand er auf.

Annabel schob ihren Holzschemel zurück und erhob sich ebenfalls. „Ja. In diesem Jahr hat er mich zum ersten Mal gebeten, ihn zu begleiten, aber da waren die Kanzlei und die Partnerschaft … und außerdem war ich auch beleidigt, weil ich ihn schon so oft darum gebeten hatte, und er hat mich nie mitgenommen. Hätte ich doch bloß meinen verdammten Stolz runtergeschluckt und … aber er hat mich immer alleine gelassen!" Ihre Stimme brach. Erst als eine Träne auf ihre Hand tropfte, merkte sie, dass sie weinte. „Ich hätte bei ihm sein sollen!"

„Du hättest es nicht verhindern können, Annabel."

„Doch, das hätte ich wohl. Wenn ich gewusst hätte, dass er krank ist, hätte ich ihn nie alleine an den Strand gehen lassen."

„Dann wäre es bei einer anderen Gelegenheit passiert. Du hättest ihn nicht retten können."

Annabel wusste, dass er recht hatte, aber das Schuldgefühl blieb. Es ging nicht nur darum, ob sie bei seiner letzten Reise bei ihm gewesen war oder nicht. Das war nur die Spitze von einem ganzen Eisberg aus Schuld. Sie hatte sich von ihrem Vater zurückgezogen.

Sie konnte sich tausend Mal sagen, dass es nur an seiner distanzierten Art gelegen hatte. Im tiefsten Inneren hatte sie sich nur nach einem liebevollen Wort von ihm gesehnt. Aber sie erinnerte sich auch nur zu genau an all die Male, wenn er sie angerufen hatte und sie nicht ans Telefon gegangen war. Wenn sie Einladungen von ihm mit einem mehr oder weniger fadenscheinigen Vorwand abgelehnt hatte.

Sie wischte sich mit dem Handrücken über die Augen, aber immer neue Tränen kamen. Sie wusste nicht, wann sie zum letzten Mal die Fassung verloren hatte, aber sie konnte nichts dagegen tun.

„Ach Kind, es tut mir so leid."

Durch einen Tränenschleier sah Annabel, dass Bernd sie hilflos ansah. „Ich hab Papa im Stich gelassen", schluchzte sie.

„Was für ein Unsinn!" Bernd zog sie an sich und tätschelte unbeholfen ihre Schultern. „Du hast ihn doch nicht im Stich gelassen. Du hattest nun wirklich am wenigsten Schuld an allem."

„Was macht ihr zwei denn hier?"

Annabels Tränen versiegten, als sie Marlenes Stimme hörte. Sie löste sich aus Bernds Armen, richtete sich auf und trocknete mit beiden Händen ihr Gesicht.

„Annabel hat mir beim Sortieren geholfen", erklärte Bernd Hansen.

„Und jetzt siehst du, was dabei herausgekommen ist", sagte Marlene scharf.

„Ja. Ihr Vater ist gestorben, und das Mädchen trauert."

Annabel hörte überrascht, wie energisch der Onkel klang. Bisher hatte sie gedacht, dass die Tante in der Beziehung die Hosen anhatte. „Es geht schon wieder." Sie schniefte noch einmal.

„Sie ist gut, Marlene", erklärte Bernd. „Sehr gut sogar. Mit ein bisschen Übung kann sie so gut wie Carsten werden."

„Selbst wenn – für Übung braucht man Zeit, und genau die haben wir nicht."

„Ich bin noch fast zwei Wochen hier. In der Zeit kann ich euch helfen", hörte Annabel sich sagen.

Marlene seufzte. „Wenn du wirklich willst. Weder Bernd und ich noch Jean-Pierre haben so eine feine Nase." Ihr Gesicht wurde etwas weicher. „Danke. Wir könnten Hilfe gebrauchen."

5. KAPITEL

Annabel erwachte im Morgengrauen. Das Haus war noch still. Heute ist der Tag der Beerdigung, war ihr erster Gedanke. Sie schloss noch einmal die Augen und suchte Trost in einem lange vergessenen Gebet. Ihr Vater hatte es jeden Abend vor dem Schlafengehen mit ihr gesagt. Seit vielen Jahren hatte sie die Worte nicht mehr gesprochen. Sie waren in ihrem Gedächtnis eingegraben, aber sie spendeten keinen Trost.

Ihre Kehle brannte, doch die Augen blieben trocken. Immer hatte sie geglaubt, dass ihr Vater sie nicht genug geliebt hatte, aber am Ende war sie es, die ihn im Stich gelassen hatte. Ganz gleich, was alle sagten – diese Gewissheit konnte ihr niemand abnehmen.

Sie drängte den Gedanken zurück, stand auf und ging unter die Dusche. Sie ließ das heiße Wasser eine Weile über ihren Körper laufen, bis ihre Haut glühte, dann stellte sie es kalt. Wie Nadeln trafen die Strahlen auf ihre Haut. Aber sie zuckte nicht zurück. Alles war besser, als ständig im Kopf hin und her zu wälzen, was sie hätte besser machen können.

Als sie aus der Dusche stieg, war der Spiegel beschlagen. Sie fuhr mit der Handfläche über das Glas, wischte einen Streifen frei und betrachtete sich distanziert, als würde ihr Körper nicht zu ihr gehören. Der Spiegel zeigte ein verzerrtes Bild ihrer selbst. Die Frau mit den riesigen blauen Augen und der geröteten Haut war ihr seltsam fremd. Das Gefühl verstörte sie so sehr, dass sie sich rasch abtrocknete und zurück ins Schlafzimmer ging.

Sie kleidete sich sorgfältig an. Sie hatte für diesen Anlass ein schwarzes maßgeschneidertes Kostüm mit einer kurzärmeligen Jacke eingepackt, dazu einen breitkrempigen Hut und einen Chiffonschal.

Doch als sie sich jetzt im Spiegel betrachtete, kam ihr ihre elegante Erscheinung ausgesprochen unpassend, ja fast schon lächerlich vor. Sie entschied sich, auf den Schal zu verzichten, und verließ ihr Zimmer.

An der Treppe blieb sie abrupt stehen. Das Haus summte vor Stimmen wie ein Bienenstock. Langsam ging sie hinunter. Zahllose Menschen drängten sich in der Halle und auf der Veranda. Kinder spielten auf dem Rasen. Ein großer Tisch im Garten bog sich unter gefüllten Tellern und gewaltigen Schüsseln voller Reis.

Die Gäste waren gekleidet, als wollten sie zu einer Feier gehen, doch ihre Gesichter waren von Trauer und Schmerz gezeichnet. Ein Teil der Männer trug dunkle Hosen und weiße Hemden, viele eine Anzugjacke, die zur Hose passte oder auch nicht. Andere hatten sich eine weiße Lamba um die Hüften gewickelt, dazu trugen sie ein T-Shirt. Auf den Köpfen der meisten Männer thronte entweder ein abgewetzter Filzhut mit Krempe oder ein Panamahut. Die Frauen waren in jeweils zwei identische grellbunte oder schneeweiße Lambas gekleidet, eine als Oberteil, die andere als Rock gewickelt. Alle waren barfuß.

„Da bist du ja." Bernd legte Annabel halb tröstend, halb stützend den Arm um die Schultern. Er hatte sich frisch rasiert, und der schwache Duft seines Rasierwassers stieg Annabel in die Nase. Die üblichen formlosen Kakihosen waren ausnahmsweise makellos gebügelt. Seine Miene unter der breiten Krempe seines Panamahuts war ernst.

„Wo kommen denn die ganzen Menschen her?"

„Ganz Andranomandraotra ist hier. Carsten war sehr beliebt."

„Kannten die Leute ihn etwa alle persönlich?"

„Die meisten waren seine Freunde", erwiderte Bernd schlicht.

Es fiel Annabel schwer, sich vorzustellen, wie ihr Vater zu dieser bunten, fremdartigen Schar gepasst hatte. Wahrscheinlich kannten alle ihn hier besser als ich, dachte sie bitter. Sie hatte nicht einmal gewusst, dass er überhaupt Freunde besaß.

Annabel sah sich unbehaglich um. „Keiner trägt Schwarz", stellte sie fest.

„Hat Marlene dir das nicht gesagt? Auf Madagaskar ist Schwarz zu einer Beerdigung nicht üblich."

Annabel erinnerte sich schwach daran, aber sie hatte nicht weiter darüber nachgedacht. „Wird es als unhöflich angesehen, dass ich Schwarz trage?"

„Du bist eine *vazaha*." Bernd lächelte Annabel zu. „Die Menschen hier sind gewohnt, dass wir Weißen seltsame Dinge tun."

„Einen Moment." Annabel lief zurück auf ihr Zimmer und wickelte sich ihre purpurne Lamba über dem Rock um die Hüften. Sie nahm den schwarzen Hut ab. Stattdessen wählte sie einen roten Sonnenhut mit glockenförmiger Krempe und tauschte die hochhackigen Pumps gegen flache Sandalen.

Wenig später trat sie an der Seite von Bernd hinaus in den hellen Sonnenschein. Die Menschen machten ihnen ehrerbietig Platz. Etwas abseits auf dem Rasen stand eine füllige Frau mit einem runden honigfarbenen Gesicht, vollen Lippen und großen dunklen Augen.

Obwohl sie nicht groß oder in anderer Weise auffällig war, zog sie Annabels Blick auf sich. Sie strahlte eine unübersehbare Aura der Autorität aus. Ihre glatten, mit grauen Strähnen durchzogenen Haare waren zu einem Knoten im Nacken zusammengebunden. Sie trug makellos weiße Lambas und war umgeben von Frauen und Kindern. Die Haltung der anderen in ihrer Gruppe drückte Respekt aus.

Die Frau unterhielt sich offenbar angeregt mit dem Priester. Sie schlug ihm freundschaftlich auf die Schulter, dann lachten beide. Sein schwarzer Anzug war an den Ärmeln und Beinen zu kurz, und der weiße Kragen saß so locker über seinem vorstehenden Adamsapfel, als hätte die Kleidung einmal einem anderen Mann gehört.

Die Fremde sah auf, als hätte sie Annabels Blick gespürt. Ihre Augen trafen sich. Einen Moment lang kam es Annabel vor, als wollte die Frau auf sie zukommen, dann wandte sie sich ab und sagte etwas zu dem Priester. Annabel konnte noch immer den eindringlichen Blick ihrer dunklen Augen spüren.

„Wer ist diese Frau?", fragte Annabel ihren Onkel.

„Wer?" Er folgte ihrem Blick. Sein Schritt stockte kurz. „Das ist Mami Vanille."

„Ach was! Sie scheint ein Herz und eine Seele mit dem Priester zu sein", wunderte sich Annabel.

Mami Vanille war weder jung noch alt, nicht bedrohlich oder finster. Annabel konnte verstehen, warum die Menschen ihre Nähe zu suchen schienen.

„Das sieht nicht nur so aus. Die beiden arbeiten viel zusammen."

„Wirklich? Eine Zauberin und ein Mann der Kirche?"

Bernd lächelte. „Auf Madagaskar verschwimmen die Grenzen oft. Die beiden haben zum Beispiel gemeinsam die Schule aufgebaut."

Jetzt kam der Priester zu ihnen herüber und sprach Annabel sein Beileid aus. „Ihr Vater war ein großartiger Mann, Annabel."

„Vielen Dank, das habe ich in den letzten Tagen oft gehört." Annabel erwiderte seinen festen Händedruck. „Kannten Sie meinen Vater persönlich?"

„Sehr gut sogar. Wir werden ihn sehr vermissen. Er war zwar immer nur wenige Wochen hier, aber er war ein wertvolles Mitglied unserer Gemeinde."

„Vater war nicht gerade ein Kirchgänger."

Ben Pendergast lächelte. „Das stimmt. Aber auch wenn er vielleicht nicht an Gott geglaubt hat, bin ich mir sicher, dass Gott an ihn geglaubt hat. Carsten hat geholfen, wo er konnte. Wir haben gemeinsam daran gearbeitet, eine Krankenstation einzurichten, aber dazu ist es leider nicht mehr gekommen. Ihr Vater hat sehr viel Anteil am Leben der Dörfler genommen."

Anscheinend mehr als am Leben seiner Tochter, dachte Annabel, aber sie sprach es nicht aus. „Kannten Sie vielleicht auch noch meine Mutter?"

Er schüttelte bedauernd den Kopf. „Leider nicht. Ich bin erst vor zehn Jahren nach Madagaskar gekommen. Gleich im ersten Jahr habe ich Ihren Vater kennengelernt. Wir sind gemeinsam zum Angeln rausgefahren." Er schmunzelte bei der Erinnerung. „Nach ein paar Minuten hatte ich einen riesigen Thunfisch an der Angel und nicht die geringste Idee, wie ich ihn an Bord bekommen sollte."

„Ich wusste nicht, dass Vater angelt", sagte Annabel steif. Sie wünschte sich, Ben Pendergast würde aufhören, in seinen fröhlichen Erinnerungen zu schwelgen. Sie begriff, dass sie ihn um seine Vertrautheit mit ihrem Vater beneidete.

„Am Abend haben wir dann den Fisch ..."

Das immer lauter werdende Geräusch eines Flugzeugs übertönte die Worte des Pfarrers, dann tauchte eine kleine Propellermaschine am wolkenlosen Himmel auf und landete auf dem hinteren Teil der weiten Rasenfläche. Der Motor verstummte. Die Tür klappte nach oben, und ein Mann mit Sonnenbrille in dunkler Hose und weißem Hemd sprang aus dem Flugzeug. Vier Männer in weißen Lambas lösten sich aus der Menge der Trauergäste und gingen zu ihm. Gemeinsam hoben sie den Sarg aus dem Flugzeug und trugen ihn langsam den Hang hinunter. Gegen die große breitschultrige Gestalt des Piloten wirkten die Männer aus dem Dorf wie Halbwüchsige.

Annabel schaute den Sarg an. Das polierte Holz glänzte in der erbarmungslosen Sonne. Plötzlich war alles entsetzlich real. Ihr Kopf fühlte sich so leicht an, dass sie fürchtete, ohnmächtig zu werden. Jean-Pierre schien zu spüren, was in ihr vor sich ging. Eilig lief er zu ihr und legte ihr den Arm um die Schultern. Auch Marlene und Bernd kamen zu ihnen, und der Moment war vorüber. Gemeinsam mit den Dorfbewohnern folgten sie den Sargträgern in einem langen Trauerzug bis zu einem winzigen Friedhof.

Einige Palmen spendeten kärglichen Schatten über den verwitterten Grabsteinen und schiefen Holzkreuzen. Das Grab war bereits vorbereitet. Die ausgehobene Erde war zu einem Hügel aufgeworfen, um die Grube erneut damit zu füllen.

Die Männer ließen den in der Sonne glänzenden Sarg langsam an Seilen hinunter. Mit einem dumpfen Geräusch fielen die Seile auf das Holz, dann traten die Männer einen Schritt zurück und blieben mit gesenkten Köpfen neben dem Grab stehen. Erst jetzt erkannte Annabel in dem Piloten den blonden Fremden vom Strand. Er schien sie nicht zu bemerken, sondern hielt seinen ernsten Blick auf den Sarg gerichtet.

In diesem Moment begann der Priester mit der Predigt. In der Stille des Morgens bewegte sich kein Lufthauch. Dankbar für den Schatten trat Annabel unter eine kleine Palme neben dem Grab. Jean-Pierre, Marlene und Bernd blieben dicht bei ihr, und Annabel war froh darüber.

In respektvollem Abstand scharte sich die Menge im Halbkreis um Annabels kleine Gruppe, während der Priester seine Worte sprach. Manche setzten sich auch in das harte, trockene Gras oder in den Schatten der Bäume, und einige Mütter stillten in aller Ruhe ihre Kinder.

Annabel fühlte sich verloren. Bei dem Gedanken, dass der Körper ihres Vaters in der glänzenden Holzkiste lag, wollte sie schreien, weinen. Doch sie musste die Fassung bewahren. Sie durfte sich nicht gehen lassen. Noch nicht.

Verdammt, Papa, dachte sie, wie konntest du das tun? Warum hast du mich wieder allein gelassen? Sie hatte nicht geahnt, dass sie sich ohne ihn so allein fühlen würde. Solange ihr Vater gelebt hatte, wusste ein kleiner Teil von ihr immer, dass er da war. Ihr Verhältnis war distanziert gewesen, aber er hätte sie niemals abgewiesen. Mehr alles andere wünschte sie sich verzweifelt, sie könnte die Zeit zurückdrehen, ihn noch einmal sehen, nur noch einmal mit ihm reden.

Als der Priester schwieg, trat sie vor. Sie öffnete den Mund, dann schloss sie ihn wieder. Sie hatte lange darüber nachgedacht, was sie sagen wollte, doch jetzt war ihr Kopf ganz leer.

Sie sah nacheinander die ernsten Gesichter um sich herum an. Auch wenn sie es kaum glauben konnte, hatten diese fremden Menschen ihren Vater gerngehabt, ihn vielleicht sogar geliebt, mit ihm geredet, gelacht. Sie teilten ihren Kummer. Der Gedanke gab Annabel Kraft.

„Flieg!", sagte sie und wusste selbst nicht, woher das Wort gekommen war. Plötzlich fiel ihr das Gedicht ihrer Kindheit wieder ein.

Tränen liefen über ihre Wangen und tropften als dunkle Flecken auf die rote Erde zu ihren Füßen. Sie nahm das Fläschchen, das sie fest in der Hand gehalten hatte, zog den Korken ab und ließ den Inhalt auf den Sarg ihres Vaters rieseln. Sie räusperte sich:

„Flieg der Sonne entgegen
Über Berge und Meere
Durch Tränen und Regen
Wie ein Vogel im Wind."

Aus der Menge ertönte ein ersticktes Schluchzen. Annabel schloss die Augen und wünschte sich weit fort von hier. Sie sah auf, als jemand ihre Hand drückte. Jean-Pierre stand neben ihr. In seinen Augen lag Mitgefühl, als er zusammen mit ihr einige Schritte zurückging. Nun trat Bernd vor.

„Mein Bruder", sagte er. Seine Stimme versagte. Er wischte sich mit dem Handrücken über die Augen, bevor er weitersprach. „Du hast diese Insel so sehr geliebt. Du bist deinem Herzen gefolgt, auch wenn alles dagegen sprach. Aber jetzt musst du Madagaskar nie wieder verlassen. Du bist zu Hause."

Marlene trat vor. Sie stand einen Moment schweigend am Grab, dann ließ sie eine Schaufel Erde auf den Sarg fallen und stellte sich wieder neben ihren Mann.

Nach ihr kam der blonde Pilot zum Grab und warf eine Handvoll Erde hinab. Er neigte den Kopf, als er Annabel und ihre Verwandten anschaute. Eine Sekunde lang ruhte sein Blick ausdruckslos auf Annabel.

Erst jetzt merkte sie, dass Jean-Pierre noch immer ihre Hand hielt. Unwillkürlich zog sie die Finger zurück. Doch sofort bereute sie es. Jean-Pierres fester Griff hatte ihr etwas Halt gegeben.

Nun traten einer nach dem anderen die Dorfbewohner vor. Zuerst ein Mann mit vom Alter blassen Augen. Tiefe Furchen durchzogen sein dunkles Gesicht. Er trug einen eleganten Strohhut, aus dem sich einige Halme gelöst hatten, eine graue Hose und ein knielanges Hemd über einer weißen Lamba. Mit zittriger Stimme hielt er eine feierlich klingende Ansprache auf Malagasy. An einigen Stellen brachen seine Zuhörer in schallendes Gelächter aus. Als er seine Rede beendet hatte, warf er zu Annabels Erstaunen ein großes Messer ins Grab. Eine ebenso alt wirkende Frau mit einem Gesicht so braun und runzlig wie eine Walnuss, war seine Nachfolgerin. Nach ihrer Ansprache bückte sie sich und ließ vorsichtig einen Teller und eine Emailletasse in die Grube fallen.

Annabels Gedanken glitten ab. Erst jetzt fiel ihr auf, wie klein der Friedhof war, kaum dreißig Gräber für einen ganzen Ort. Das benachbarte Grab war sehr gepflegt. Auf dem makellos weißen Holzkreuz stand nur ein Name: *Thérese*.

Über das Grab warf ein Ylang-Ylang-Baum seinen Schatten und verströmte seinen süßen Duft. Schlagartig waren Annabels Gedanken wieder klar. Sie schnappte nach Luft. Konnte das ein Zufall sein? Sie sah zu ihren Verwandten, doch sie schienen aufmerksam der Rede eines barfüßigen Mannes mit Filzhut und Nadelstreifenanzug zu folgen.

Als der ältere Mann zurück in die Menge trat, bemerkte Annabel, dass ihre Tante plötzlich angespannt wirkte. Bernd legte den Arm um die Schultern seiner Frau und raunte ihr etwas ins Ohr.

Jetzt trat Mami Vanille zum Grab. Sie blieb hoch aufgerichtet stehen und schaute die Anwesenden der Reihe nach an. Marlene sah aus, als würde sie die Luft anhalten.

„*Tsy vazaha. Aho fa zana-tany*“, sagte sie mit tragender Stimme. „Das hat Carsten vor vielen Jahren zu mir gesagt: Ich bin kein Fremder, ich bin ein Kind dieses Landes. Für einen Madagassen gibt es nichts Schlimmeres, als in fremder Erde begraben zu werden. Carsten ist hier, bei uns. Er wird nun für immer bei uns sein und über uns wachen, für alle Zeit.“ Bei den letzten Worten sah sie Annabel an.

Für einen Moment war ihr, als könnte sie die Gegenwart ihres Vaters spüren. Sie glaubte nicht an solche Dinge, aber hier, unter dieser Sonne, schien es fast möglich.

Die Umstehenden nickten ehrfurchtsvoll. Mami Vanille ließ eine Handvoll Erde auf den Sarg fallen und warf einige Dinge hinterher, die Annabel nicht erkennen konnte, dann mischte sie sich wieder unter die anderen Trauergäste. Marlene entspannte sich sichtlich.

Jeder Dorfbewohner erwies Carsten Hansen die letzte Ehre, und jeder legte eine Kleinigkeit in sein Grab.

„Was machen die Leute da?“, fragte Annabel Jean-Pierre. „Was werfen sie in das Grab?“

„Nach ihrem Glauben muss der Tote im Jenseits gut ausgestattet sein, damit es ihm an nichts fehlt“, erwiderte Jean-Pierre. „Manchmal nimmt der Verstorbene seinen gesamten Besitz mit. Hat er Rinder besessen, werden die Beerdigungsfeierlichkeiten erst beendet, wenn die Trauergäste alle Tiere aufgegessen haben. Je nachdem, wie reich er war, kann das Jahre dauern.“

Grelle Vogelschreie zerrissen die Stille. Annabel sah auf. Hoch über ihnen zog am strahlend blauen Himmel ein großer Bussard träge seine Kreise. Er schwebte in der über dem Wald aufsteigenden Thermik immer höher und höher. Hin und wieder ließ er ein kummervolles Kreischen ertönen. Ein Raunen ging durch die Menge, und schließlich blickten alle zu dem Vogel auf, bis er nicht mehr zu sehen war.

Jean-Pierre nahm wieder Annabels Hand. „Ich bin sicher, gerade wurde ein *fady* geboren.“

6. KAPITEL

Die Sonne war längst über dem Regenwald versunken, doch die Trauergäste ließen sich keine Müdigkeit anmerken. Der Garten war von Feuern beleuchtet, Musiker mit Trommeln, Saiteninstrumenten und einer Art Panflöte spielten rhythmische fremdartige Lieder, und die Gäste tanzten dazu. Im flackernden Licht der Flammen wirkten die Tanzenden wie aus einer längst vergangenen Zeit.

Zusammen mit Jean-Pierre saß Annabel auf einem Rattansofa auf der Veranda und beobachtete das Treiben. Anfangs war ihr die ausgelassene Stimmung unpassend vorgekommen. Inzwischen gefiel ihr der Gedanke, dass ihr Vater mit einer rauschenden Party verabschiedet wurde. Jean-Pierre hatte ihr erklärt, dass die Menschen auf Madagaskar auch nach ihrem Tod noch einen wichtigen Platz bei den Lebenden einnahmen und Teil der Familie blieben.

Sie nippte an dem Vanillerum, den Jean-Pierre ihr in einem kleinen Glas gebracht hatte. Das süße Getränk brannte in der Kehle, besänftigte aber den Aufruhr in ihrem Inneren.

Bevor der Tanz begann, hatte fast jeder Einwohner von Andra bei einer langen feierlichen Zeremonie Reden auf ihren Vater gehalten. Was sie nicht verstanden hatte, hatte Jean-Pierre für sie übersetzt. Noch immer versuchte Annabel zu verarbeiteten, was sie gehört hatte. Das Problem war nicht, dass sie den Leuten nicht glaubte – warum sollten sie bei einem solchen Anlass lügen? Und doch konnte sie es einfach nicht in ihren Kopf bekommen.

Jeder Einzelne hier besaß offenbar seine ganz eigenen Erinnerungen an Carsten Hansen. Gemeinsam mit dem einen hatte er ein Strohdach repariert, das nach einem Sturm undicht war, den anderen hatte er mit einem kranken Baby zum Arzt in der Stadt gefahren. Bei seinen Besuchen hatte er Medikamente aus Deutschland mitgebracht, einer Familie sogar ein

Zebukalb gekauft, nachdem ihr einziges Rind an einem Fieber verendet war. In den vier Wochen, die er jedes Jahr hier verbracht hatte, hatte er Anteil am Leben der Dörfler genommen und geholfen, wo er konnte. Mit einigen Leuten wie dem Pfarrer schien er auch während der restlichen Zeit in Verbindung gestanden zu haben.

„Ich kann den Mann, von dem ich heute gehört habe, einfach nicht mit meinem Vater in Verbindung bringen", sagte Annabel leise zu Jean-Pierre.

„Er war ein warmherziger, hilfsbereiter Mann."

„Genau das macht mir ja so zu schaffen! Zu Hause hat er an nichts viel Anteil genommen. Ich glaube, er kannte nicht einmal die Namen unserer Nachbarn. Und warmherzig? Ich habe ihn immer eher kühl und distanziert erlebt. Ich bin mir nicht mal mehr sicher, ob es richtig war, herzukommen. Ich wollte mehr über ihn erfahren, über meine Mutter. Ich wollte Antworten, aber …" Sie brach ab.

„Aber die Antworten gefallen dir nicht?" Irgendwann im Laufe des Abends waren sie zum Du übergegangen.

„Das ist es nicht." Annabel schüttelte den Kopf. „Oder vielleicht doch? Ich weiß es nicht. Ich weiß gar nichts mehr. Mein Vater war offenbar ein wirklich toller Kerl – leider habe ich davon nie etwas mitbekommen. Und meine Mutter … ich dachte, sie wäre eine warmherzige, liebevolle Frau gewesen, aber nach allem, was ich von Marlene gehört habe, bin ich mir da auch nicht mehr so sicher."

„Nichts im Leben ist Schwarz oder Weiß." Jean-Pierre nahm ihre Hand. „Und leider bekommen wir nur selten die Antworten, die wir hören wollen. Bist du dir sicher, dass du weiterfragen willst?"

„Wie kommst du darauf, dass ich das vorhabe?"

„Ich halte dich nicht für eine Frau, die sich einfach zufriedengibt. Ich denke, du willst den Dingen immer auf den Grund gehen. Verstehen, anstatt nur zu akzeptieren."

Sie lächelte. „Dann hab ich wohl keine andere Wahl, als weiterzumachen. Ich weiß bloß nicht, wo ich anfangen soll. Die Pläne mit diesem Hotel … der Traumstrand … meine Mutter …“

„Hast du dir schon überlegt, was du mit dem Grundstück anfangen willst?“

„Das Naheliegendste wäre natürlich, es an Vaters Geschäftspartner zu verkaufen, aber …“

„Aber?“

Annabel zuckte mit den Schultern. „Ich weiß nicht recht. Hätte Vater mir nur gesagt, was ich tun soll. Er hat doch genau gewusst, wie krank er war! Was hat er sich bloß dabei gedacht, mir nicht mal einen Brief zu hinterlassen? Nichts, kein einziges Wort!“ Sie nahm das Glas vom Tisch, leerte es und stellte es neben sich auf den Boden.

„Warum lässt du dir nicht einfach Zeit mit einer Entscheidung? Niemand drängt dich zu irgendetwas. Du kannst in aller Ruhe zu Hause darüber nachdenken, was mit dem Grundstück geschehen soll.“

Annabel schüttelte den Kopf. „Das wäre nicht fair. Vaters Geschäftspartner wird wissen wollen, wie ich mich entscheide. In den nächsten Tagen werde ich einen Termin mit diesem Mr Coleman vereinbaren und sehen, ob er mir ein Angebot macht.“

„Wegen Coleman solltest du dir am wenigsten Gedanken machen. Du bist ihm zu nichts verpflichtet.“

„Das hört sich an, als würdest du ihn nicht sonderlich schätzen.“

„Ich traue ihm nicht über den Weg.“

„Wieso?“

„Ich will dich nicht gegen ihn aufhetzten, bevor du ihn kennengelernt hast.“

Annabel stieß Jean-Pierre den Ellbogen in die Seite. „Komm schon, erzähl mir, was du weißt.“

Er griff zu der Flasche Vanillerum auf dem Tisch, füllte ihre Gläser neu und reichte Annabel ihres. Er hob sein Glas. „Auf …?“

„Auf Antworten. Und Fragen.“

„Und Madagaskar.“

Mit einem leisen Klirren stießen sie ihre Gläser aneinander.

Annabel trank einen Schluck und wartete, bis das Brennen nachließ. „Los, erzähl!“

„Also gut. Dein Vater war ein großzügiger Mann. Er hat immer das Beste von den Menschen geglaubt. Und meiner Meinung nach hat Coleman das ausgenutzt.“

„Inwiefern?“

„Weißt du, wie sie ihr Hotel bauen wollten?“

Annabel schüttelte den Kopf.

„Carsten wollte das Grundstück beisteuern, Coleman die Durchführung finanzieren.“

„Und?“

„Hast du eine Vorstellung davon, wie viel hier Arbeitskräfte kosten? Ein paar Cent! Oder Material? Holz und Palmwedel bekommst du hier nachgeschmissen. Das Grundstück dagegen ist ein Vermögen wert. Eine sehr ungleiche Partnerschaft, findest du nicht?“

„Du glaubst, Daniel Coleman hat meinen Vater ausgenutzt.“

„Ich würde sogar noch weitergehen. Ich glaube, dass die ganze Idee von Coleman stammt. Meiner Meinung nach hat er Carsten so lange manipuliert, bis dieser das Hotelprojekt für eine grandiose Idee hielt. Darum denke ich auch, dass du nichts entscheiden solltest, bevor du dir kein genaues Urteil gebildet hast.“

Annabel hob ihr Glas und stellte verwundert fest, dass es schon wieder leer war.

„Versprichst du mir eins?“

„Was denn?“, fragte sie.

Jean-Pierre nahm wieder ihre Hand und schaute ihr in die Augen. „Bevor du dich entscheidest, das Grundstück zu verkaufen …“

Seine Worte rauschten an ihr vorbei. Annabel sah ihn an und merkte, wie sich alles um sie drehte. Oh mein Gott! dachte sie. Ich bin verliebt. So fühlt es sich also an!

Jean-Pierre hatte sie etwas gefragt. Sie sollte ihm etwas versprechen. Sie versuchte sich zu erinnern, was. „Ja“, sagte sie. „Ich verspreche es dir. Aber jetzt brauche ich ein Glas Wasser.“

Sie stand auf – und fiel sofort zurück auf das Sofa. Verwirrt sah sie sich um. Von wegen verliebt, sie war betrunken!

„Darf ich Sie einen Moment stören?“, fragte eine etwas heisere Stimme.

Sie sah auf. Sie musste ihren Kopf weit in den Nacken legen, bis sie in das Gesicht des Piloten sah. Er starrte ohne ein Lächeln auf sie herunter. Erst jetzt merkte Annabel, dass ihr Rock über die Oberschenkel hinaufgerutscht war. Hastig zog sie den Saum wieder bis zu den Knien.

Immer noch drehte sich alles um sie, trotzdem konnte sie die Verachtung in den Augen des Fremden nicht übersehen. Was bildete er sich ein, über sie zu urteilen? Er hatte ja nicht die geringste Vorstellung, was sie in den letzten Tagen durchgemacht hatte. Was wollte er überhaupt hier?

„Wer hat denn den Piloten eingeladen?“, fragte sie laut.

„Mein Name ist Coleman. Daniel Coleman. Ich wollte Ihnen mein Beileid aussprechen, aber ich sehe, der Zeitpunkt ist ungünstig.“

„*Sie* sind Vaters Geschäftspartner?“ Sie versuchte, seinem Blick standzuhalten, was nicht leicht war, während sein Gesicht wie ein Fahrstuhl von unten nach oben wanderte. „Wir sollten einen Termin vereinbaren.“ Sie bemühte sich, deutlich zu sprechen, merkte aber, wie ihr das letzte Wort leicht entglitt.

„Ja.“

„Morgen Vormittag?“

„Ich hole Sie um acht Uhr ab. Gute Nacht, Miss Hansen.“ Er nickte ihr knapp zu und tauchte in der Menge unter.

Annabel fühlte sich plötzlich wieder ganz nüchtern. Sie sah sich selbst mit Daniel Colemans Augen und errötete vor Scham. Sie erhob sich. „Ich muss ins Bett, Jean-Pierre. Wir reden morgen weiter. Gute Nacht."

Annabel erwachte vom Donner. Sie sah auf die Uhr. Es war fast fünf. Sie schob das Moskitonetz zur Seite und entzündete die Öllampe auf dem Nachttisch, dann setzte sie sich in den Sessel am Fenster und beobachtete die zuckenden Blitze über den Baumwipfeln. Die Nacht war tintenschwarz, aber im Licht der Blitze leuchteten immer wieder Schwarz-Weiß-Schnappschüsse der Landschaft auf. Schließlich wurden die Blitze seltener, dann hörten sie ganz auf. Das Unwetter schien vorübergezogen zu sein.

Annabel kuschelte sich in ihren Sessel und sah der aufziehenden Dämmerung zu. Sie war froh, dass die Nacht vorüber war und sie nicht versuchen musste, Schlaf zu finden. Bald erhellte sich der Himmel, und die aufsteigende Sonne zeichnete lange Schatten auf den Rasen vor Annabels Fenster.

Über dem Regenwald lag ein dichter Nebelschleier. Annabel öffnete das Fenster und ließ den freudigen Gesang der Vögel herein, die aus voller Kehle den Morgen begrüßten. Tau schimmerte auf den Blättern im Garten. Im ersten Sonnenlicht glitzerten Bäume und Büsche wie mit zahllosen Diamanten geschmückt.

Annabel duschte ausgiebig. Sie trocknete sich ab, cremte sich ein, dann wickelte sie sich ein Handtuch um die Haare. Während sie die Zähne putzte, betrachtete sie sich im Spiegel. Die Haut unter ihren Augen war etwas geschwollen, um ihren Mund zeichneten sich Fältchen ab – Nachwirkungen des Vanillerums, genau wie der dumpfe Schmerz hinter den Schläfen. Bei dem Gedanken an den gestrigen Abend schoss ihr das Blut in die Wangen. Sie wollte gar nicht wissen, was Daniel Coleman von ihr halten musste.

Andererseits – nicht sie war diejenige, die sich schämen sollte. Wenn es stimmte, was Jean-Pierre erzählt hatte, hatte er ihren Vater skrupellos ausnutzen wollen. Aber das konnte er jetzt vergessen! Keinen Cent würde sie ihm freiwillig überlassen.

Besonders sorgfältig legte sie Make-up auf, nahm ihr Haar im Nacken mit einer silbernen Spange zusammen und betrachtete den Inhalt ihres Kleiderschranks. Ihr Vater war vielleicht naiv und gutgläubig gewesen, aber sie würde diesem Hinterwäldler zeigen, dass mit einer Hamburger Anwältin nicht zu spaßen war. Sie entschied sich für eine maßgeschneiderte dunkelblaue Hose und eine weiße langärmlige Leinenbluse, dazu flache schwarze Slipper. Etwas zu warm für das Klima, aber perfekt für ein Geschäftsmeeting.

Als sie auf die Terrasse hinaustrat, stand die Sonne bereits hoch am Himmel und hatte den Nebel über dem Wald weggebrannt. Bernd und Marlene saßen am Frühstückstisch. Von Jean-Pierre war nichts zu sehen. Annabel war froh darüber. Sie war sich nicht ganz sicher, wie viele ihrer Gedanken sie gestern laut ausgesprochen hatte.

„Guten Morgen", grüßte Bernd. Auch unter seinen Augen zeichneten sich dunkle Ringe ab, und er sah müde aus. „Konntest du schlafen? Die letzten Gäste sind erst weit nach Mitternacht gegangen."

„Ich habe geschlafen, bevor mein Kopf das Kissen berührt hat. Das lag wahrscheinlich am Vanillerum. Ich danke euch für die Trauerfeier. Ich hatte ja keine Idee …" Es kam ihr vor, als würde sie seit ihrer Ankunft fast jeden Satz mit diesen Worten beginnen. „… wie viele Freunde mein Vater hatte – oder dass er den Menschen hier im Dorf so nahe stand. Aber ich bin froh, dass ich gestern durch die vielen Reden wieder etwas mehr über ihn erfahren konnte. Warum hat er mir nur nie etwas davon erzählt? Ich wäre stolz auf ihn gewesen."

Onkel und Tante wechselten einen Blick, sagten aber nichts.

„Du hast ja noch gar keinen Kaffee!" Bernd hob die Kanne und stellte fest, dass sie leer war. „Einen Augenblick! Ich hole sofort neuen aus der Küche." Er sprang auf und verschwand im Haus.

Marlene reichte Annabel einen Teller mit goldbraunen golfballgroßen Reisküchlein. „Nirina hat heute süße Kuchen gebacken, mit Zimt, Vanille und Muskat gewürzt. Du musst unbedingt einen kosten."

Annabel nahm einen Kuchen und biss in die knusprige Kruste. „Hmm, köstlich!"

Bernd kam mit der gefüllten Kanne zurück und schenkte Annabel Kaffee ein. Sie wischte sich mit der Serviette die Zuckerkrümel von den Lippen. „Mir ist aufgefallen, dass auf dem Dorffriedhof erstaunlich wenige Gräber sind."

„Die meisten Dorfbewohner bestatten ihre Toten in traditionellen Familiengruften etwas außerhalb", erklärte Marlene. „Nur wenige entscheiden sich für eine Beisetzung auf dem Dorffriedhof."

„Neben Vaters Grab liegt eine Frau mit dem Namen *Thérese*. Auf dem Kreuz stehen weder Nachname noch ein Datum. Wisst ihr, wer diese Frau war, ob sie vielleicht sogar Vater kannte?"

Einen Atemzug lang war es ganz still, nur das Zwitschern der Vögel war zu hören.

„Das ist mir noch nie aufgefallen", sagte Marlene schließlich. „Aber normalerweise gehe ich auch nicht auf den Friedhof. Du weißt bestimmt auch nicht mehr, oder, Bernd?"

Bernd schüttelte den Kopf und rührte in seiner Tasse.

„Hat in Andra denn einmal eine Thérese gelebt?"

„Nicht, dass ich mich erinnern würde." Marlene zuckte mit den Schultern. „Thérese ist hier ein Allerweltsname. Ich kann dir jedenfalls nicht mehr dazu sagen."

„Habt ihr Aufzeichnungen über eure Arbeiter? Vielleicht hat sie ja früher auf der Plantage gearbeitet."

„Ich kann gerne einmal nachsehen, ob ich etwas finde", sagte Marlene, aber ihr Tonfall überzeugte Annabel nicht.

„Ich hatte dir doch von dem Liebesbrief an Mutter erzählt, den ich bei Vaters Unterlagen gefunden habe, Marlene", versuchte sie es mit einem anderen Thema. „Darin stand ein seltsamer Satz, etwas von einer Schuld, die Vater mit ihrer Liebe auf sich geladen hätte. Habt ihr eine Idee, was er damit gemeint haben könnte?"

Marlenes Lippen wurden schmal. Sie legte mit einem leisen Klirren ihr Messer auf den Teller und schob ihn zurück, als hätte Annabels Frage ihr den Appetit verdorben. „Nein."

„Du auch nicht, Bernd? War einer von ihnen vielleicht vorher in einer anderen Beziehung und hat sich getrennt, als sie sich ineinander verliebt haben?"

„Deine Mutter hat niemals einen anderen Mann auch nur angesehen. Niemand außer Carsten hat je für sie existiert", sagte Marlene.

„Und Vater?"

Bernd schüttelte den Kopf. „Er war bei den Mädchen damals zwar sehr beliebt, aber Barbara war seine erste ernsthafte Beziehung. Warum hörst du nicht auf, in der Vergangenheit herumzustochern, Annabel?", fragte er nicht unfreundlich. „Was auch immer damals geschehen sein mag – seit der Zeit ist ein halbes Leben vergangen. Manches ist vielleicht hier passiert, anderes in Deutschland, aber so oder so ist es vorbei. Alles Wissen über sie kann sie dir nicht zurückbringen."

Einen Moment lang dachte Annabel darüber nach, ob er vielleicht recht hatte. Stocherte sie nur in der Vergangenheit herum, weil sie nicht akzeptieren wollte, dass sie ganz alleine war?

„Nein." Sie schüttelte den Kopf. „Darum geht es nicht, Bernd. Jedenfalls nicht nur. Ich habe ein Recht auf Antworten. Allein schon, um zu entscheiden, was ich mit meinem Erbe anfangen soll. Aber abgesehen davon – findet ihr es wirklich so verwunderlich, dass ich etwas über meine Mutter erfahren will? Oder über Vaters heimliches Leben auf Madagaskar?" Sie leerte ihre Tasse und schob den Teller zurück.

„Übertreibst du nicht etwas?", fragte Marlene gelassen. „Carsten ist dreißig Jahre lang jedes Jahr für einen Monat nach Madagaskar gekommen. Findest du es wirklich so verwunderlich, wenn er hier Freunde hatte? Wie ich es verstanden habe, hattet ihr nicht viel miteinander zu tun. Warum wunderst du dich dann, dass er dir nicht haarklein alles erzählt hat, was er hier getan hat? Wusste Carsten etwa über jede Kleinigkeit in deinem Leben Bescheid? Ihr habt doch nur alle paar Wochen miteinander gesprochen."

Annabel zuckte verletzt zusammen, aber sie versuchte, sich nicht anmerken zu lassen, wie sehr die letzten Worte der Tante sie getroffen hatten. „Tut mir leid, aber gerade wenn du recht hättest und alles achsonormal ist, kann ich nicht nachvollziehen, warum ihr so ein Geheimnis aus allem macht. Selbst wenn die Erinnerungen vielleicht schmerzhaft sind – ist es wirklich so schwer, mir ein paar Fragen nach der Vergangenheit zu beantworten? Was ist denn damals geschehen, dass man es unbedingt ruhen lassen muss?"

Bernd wirkte sehr unglücklich. Er räusperte sich, als wollte er etwas sagen. Marlene legte ihm die Hand auf den Arm. „Bernd, bitte …"

Gerade, als Annabel den Eindruck hatte, dass der Onkel ihr antworten wollte, kam Daniel Coleman ums Haus herum und stieg die Treppe zur Veranda herauf. Annabel sah zu, wie er mit seinen langen Beinen zwei Stufen auf einmal nahm. Sie versuchte herauszufinden, was an ihm so unübersehbar amerikanisch aussah. Er kaute weder Kaugummi noch trug er Cowboystiefel, sondern Flip-Flops. Vielleicht lag es an den langen Beinen in den ausgebleichten Jeans oder dem selbstbewussten Gang.

„Guten Morgen." Er begrüßte Marlene und Bernd mit Handschlag. „Miss Hansen." Er nickte Annabel zu.

„Mr Coleman. Pünktlich auf die Minute." Sie erhob sich und setzte ihre große Sonnenbrille auf. Gemeinsam gingen sie zu seinem Wagen.

Das Auto sah genauso aus, wie sie erwartet hatte, ein alter Land Rover, so verbeult wie der Wagen ihrer Verwandten, ohne annähernd so sauber zu sein. Roter Staub bedeckte in einer dicken Schicht den sandfarbenen Lack, nur auf der Windschutzscheibe waren zwei Halbkreise von den Scheibenwischern notdürftig gesäubert.

„Fahren wir in Ihr Büro?", fragte Annabel, als sie eingestiegen waren.

„Zu mir." Er startete den Wagen. „Ich habe sämtliche Unterlagen zu Hause. Ich wohne nicht weit von der Bucht Ihres Vaters entfernt." Er hielt seinen Blick auf die Straße gerichtet.

Sie sah ihn von der Seite an. Dass er groß war, war ihr schon auf dem Markt in Antananarivo aufgefallen. Seine Züge mit dem wie gemeißelt wirkenden Kinn waren zu markant, um klassisch hübsch zu sein. Die tief liegenden hellblauen Augen blickten durchdringend. Auch wenn er ernst war – wie jetzt – lag ein spöttischer Ausdruck um seinen Mund, als würde er sich insgeheim über etwas amüsieren. Er trug sein glattes sandfarbenes Haar kurz und nach hinten gekämmt, doch immer wieder fiel es ihm in die Stirn.

Annabel musste zugeben, dass er äußerst männlich wirkte, aber Männer mit Dreitagebart, die aussahen, als kämen sie gerade frisch aus dem Outback zurück, waren noch nie ihr Typ gewesen. Sie dachte an Peter, stets in teure Anzüge gekleidet, mit seidenen Krawatten, glänzenden Schuhen und teuren Haarschnitten. Selbst seine Freizeitkleidung war makellos gebügelt.

„Wie haben Sie meinen Vater kennengelernt?"

Daniel Coleman konzentrierte sich darauf, einem hüfttiefen Schlagloch auszuweichen, bevor er antwortete. „In diesem Jahr ist es fünf Jahre her. Ich hatte mein Zelt an seinem Strand aufgeschlagen, und anstatt mich von seinem Grundstück zu jagen, hat Ihr Vater mir sein Sofa angeboten." Bei der Erinnerung lächelte er.

Annabel hob die Brauen. „Ich vermute, Sie haben das Angebot angenommen."

„Allerdings. Carsten und ich sind gute Freunde geworden."

Jean-Pierre hatte also recht gehabt. Daniel Coleman hatte von Anfang an von ihrem Vater profitiert. „Das kann ich mir vorstellen. Sehr praktisch, ein reicher Freund mit einem Strandhaus, nicht wahr?"

„Woher wissen Sie das? Haben Sie einen?"

Annabel biss sich ärgerlich auf die Lippen. „Steht Ihr Haus auf dem Grundstück meines Vaters?"

„Nein."

„Wir kennen uns aus Antananarivo. Vom *zoma*", sagte Annabel nach einer Weile.

„Ja, ich erinnere mich an Sie. Ihr Gesicht ist ... einprägsam."

Annabel wandte sich ab und sah aus ihrem Fenster. Sie gab es auf, ein Gespräch in Gang zu bringen. Daniel Coleman war ihr heute genauso unsympathisch wie bei ihrer ersten Begegnung, aber das konnte ihr gleich sein. Sie hatte nicht vor, sich mit ihm anzufreunden.

Der Zustand der Straße wurde zunehmend schlechter, und Daniel fuhr mit langsamerer Geschwindigkeit weiter. Hin und wieder kamen sie an einem kleinen Dorf vorbei. Vor den meisten Häusern brannte ein Feuer, auf dem die Frauen kochten. Das weihrauchähnliche Aroma von verbranntem Eukalyptusholz wehte durch die geöffneten Fenster in den Wagen, gemischt mit dem Geruch nach Gebratenem. Bettzeug wurde ausgeschüttelt und Wäsche aufgehängt. Auf den Türschwellen saßen Männer in der Sonne und warteten auf das Mittagessen. Sobald die Menschen den Land Rover sahen, winkten sie ihnen zu.

Sie folgten der Straße für einige Kilometer, dann nahm Daniel eine Abzweigung auf einen schmaleren Weg, der durch eine hügelige Regenwaldlandschaft führte.

„Sie sagten, es wäre nicht weit."

„Wir sind gleich da."

Kurz darauf ging der Regenwald in ein Mangrovengehölz über, das einen Meeresarm säumte. Nach wenigen Minuten erreichten sie einen Sandstrand mit einem weiß gestrichenen Strandhaus. Zwischen den Mangroven war ein kleines weißes Boot mit Außenbordmotor vertäut.

Daniel parkte den Wagen neben der Hütte, und sie stiegen aus. Annabel spürte den Wind in ihrem Gesicht. Sie schob die Sonnenbrille in die Haare hinauf und sah sich um. Dieser Strand war bei Weitem nicht so schön wie der ihres Vaters, wilder und nur wenige Meter breit, aber er besaß seinen ganz eigenen Zauber.

Für eine beunruhigende Sekunde überwältigte sie das völlig irrationale Gefühl, als hätte alles in ihrem Leben zu diesem Moment, zu diesem Platz geführt. Sie schüttelte die unangenehme Empfindung ab.

„Eine hübsche Bucht", sagte sie schließlich. „Gehört sie Ihnen?"

„Ja. Carstens Bucht liegt direkt nebenan. Bei Ebbe kann man zu Fuß am Strand entlanggehen."

„Wie praktisch."

„Gehen wir ins Haus. Ich habe die Unterlagen schon vorbereitet", sagte Daniel in geschäftsmäßigem Tonfall.

Er ging voraus auf die Veranda und öffnete die Glastür, die direkt in den Wohnraum führte. Annabel war einen Schritt hinter ihm. Eine Brise vom Meer wehte ihr seinen Duft in die Nase, nicht aufdringlich nach einem Eau de Toilette, eher nach einer herben Seife oder einem Shampoo und nach Wind und Meer.

Das Erste, was ihr im Inneren auffiel, waren die breiten Fenstertüren mit einem atemberaubenden Blick auf das Wasser. Das Haus war klein, kaum größer als die Hütte ihres Vaters und sehr ähnlich aufgeteilt, ein rechteckiger Raum mit polierten Holzplanken auf dem Boden und einer Küchenzeile am hinteren Ende.

Die schlichte Einrichtung wirkte sehr maskulin. Die Wände und die gewebten Teppiche waren grau, die wenigen Möbel aus dunklem Eukalyptusholz. Die einzigen Farbtupfer im Raum bildeten Kissen in Grün- und Blautönen auf dem breiten Sofa. Auf einem kleinen Schreibtisch stand ein silbernes Notebook.

Teller, Töpfe und Pfannen waren in einem Wandregal aufgestapelt. Zwei Türen gingen von dem Raum ab. Wahrscheinlich Schlafzimmer und Bad, dachte Annabel, wie bei Vater. Auch dieses Haus stand auf Stelzen und besaß ebenfalls eine Veranda, die sich über die gesamte Vorderseite zog.

Im Gegensatz zum Haus ihres Vaters wirkte Daniels Heim sehr persönlich, als würde es seine Persönlichkeit widerspiegeln. In den Regalen standen Bücher, dazwischen lagen faustgroße Muscheln und einige geschnitzte Holzfiguren. Auf dem Tisch an einem der Fenster stand ein Tonkrug gefüllt mit Hibiskusblüten. Große, gerahmte Fotografien von Madagaskar hingen an den Wänden. Neben der Spüle sah Annabel eine benutzte Tasse.

Annabel betrachtete die Fotos. „Haben Sie die Bilder gemacht?"

„Die meisten. Das große Bild neben der Tür hat allerdings Ihr Vater aufgenommen."

Annabel trat näher zu dem Foto. Daniel stand in einem Motorboot und hielt einen großen Fisch an der Schwanzflosse hoch. Er lachte und sah jung und unbeschwert aus. „Sie waren zusammen angeln", stellte sie fest. Sie unterdrückte einen Anflug von Eifersucht. Offenbar war er mit jedem angeln gegangen, nur nicht mit seiner Tochter.

Daniel stellte sich neben sie. Sie konnte seine Körperwärme spüren. „Das Foto wurde in dem Sommer aufgenommen, als ich Ihren Vater kennengelernt habe."

„Wie lange haben Sie bei ihm gewohnt?"

Daniel zuckte mit den Schultern. „Bis er wieder abgereist ist."

„Dann sind Sie wieder in Ihr Zelt gezogen?"

Er trat einen Schritt zurück und sah sie aus schmalen Augen an. „Miss Hansen, warum sind Sie hier? Wollen Sie mit mir über das Hotel sprechen? Oder interessiert Sie, wie Ihr Vater und ich

Freunde geworden sind? Was uns verbunden hat? Wenn Sie etwas wissen wollen, können Sie mich direkt fragen, anstatt die ganze Zeit Andeutungen zu machen."

„Sie könnten mir zum Beispiel etwas über sich erzählen."

Sein Lächeln erreichte nicht die Augen. „Das könnte ich sicher, aber über mich gibt es nicht viel Interessantes zu berichten."

„Gut, kommen wir direkt zur Sache. Ich würde gerne wissen, was Sie mit dem Grundstück geplant hatten. Ich habe hier zum ersten Mal davon gehört, dass mein Vater ein Hotel bauen wollte."

Daniel nickte. „Ich weiß. Carsten hat mir gesagt, dass er bei dieser Reise mit Ihnen über alles reden wollte, aber dazu ist er leider nicht mehr gekommen."

„Sie wussten offenbar sehr viel mehr über meinen Vater als seine eigene Tochter", entfuhr es Annabel.

„Carsten war kein Mann, der sein Herz auf der Zunge trug", erwiderte Daniel. „Auch mir gegenüber nicht." In seinen Augen flackerte zum ersten Mal etwas wie Mitgefühl auf. „Kann ich Ihnen einen Kaffee anbieten? Oder Wasser? Cola?"

„Wasser, danke." Sie überlegte, was ihren Vater und Daniel Coleman verbunden hatte. Coleman war nicht charmant, nicht einmal besonders freundlich. Er wirkte einigermaßen offen. Eine angenehme Abwechslung nach der ganzen Heimlichtuerei ihrer Verwandten. Doch es blieb abzuwarten, ob er wirklich bereit war, ihre Fragen zu beantworten.

Er deutete auf den Esstisch am Fenster. Mehrere Aktenordner standen bereits auf dem Tisch. „Bitte nehmen Sie Platz."

Kurz darauf kam er mit zwei Gläsern und einer Wasserflasche zurück. Er schenkte ein, dann setzte er sich Annabel gegenüber. „Also, was möchten Sie wissen?"

Annabel lehnte sich zurück und schlug die Beine übereinander. „Wie in aller Welt sind mein Vater und Sie auf die Idee gekommen, ein Hotel im Dschungel zu bauen? War es Ihre Idee?"

„Nein, Carstens. Am Anfang war ich nicht mal besonders angetan von dem Gedanken, hier ein Hotel zu bauen. Ich war der Meinung, ein Hotel mit allem, was dazugehört, würde diesen unberührten Ort verschandeln. Aber Carsten wollte, dass es wieder ein Ort der Freude wird, ein Ort, an dem gelacht und geliebt wird, so hat er es ausgedrückt."

„Wieder?" Annabel horchte auf. „Was hat er damit gemeint?"

„Früher war er wohl einmal sehr glücklich an diesem Strand. Mehr weiß ich auch nicht."

„Er hat nie ein Wort davon gesagt, dass er ins Tourismusgeschäft einsteigen wollte."

„Es ging ihm um viel mehr als um ein Geschäft. So ist er überhaupt auf den Gedanken gekommen. Das Hotel sollte eine Einnahmequelle für ganz Andranomandraotra werden. Soweit wie möglich, sollte alles von Leuten aus dem Dorf gefertigt werden, die Möbel sollten von einheimischen Handwerkern gebaut und geschnitzt werden, die Stoffe von den hiesigen Frauen gewebt, Textilien selbst genäht ... Aber auch über den Bau hinaus sollten dauerhaft Arbeitsplätze geschaffen werden. Kellner, Koch, Zimmermädchen ... jeder Job sollte an Einheimische vergeben werden."

„Ein anspruchsvolles Projekt." Annabel griff nach einem der Aktenordner. „Darf ich?" Sie schlug ihn auf und blätterte durch Skizzen von Möbeln, Bungalows und Safarizelten sowie detaillierte Profitberechnungen. „Ich sehe, das Konzept ist ausgearbeitet."

„Carsten und ich hätten längst mit dem Bau begonnen, aber wir haben gerade erst die Genehmigung bekommen. Wir wollten ein authentisches Erlebnis anbieten. Abenteuer gepaart mit Sicherheit und Komfort. Allein die Lage zwischen dem unberührten Regenwald und dem Strand mit eigenem Korallenriff ist einzigartig. Durch das Riff ist die Bucht vor Haien geschützt, und die Gäste können direkt vom Bett aus ins Wasser springen, schnorcheln, Kajak fahren, surfen, mit Delfinen schwimmen ...

Im Juli und August haben wir draußen vor dem Riff sogar Buckelwale."

Als er schwieg, hob Annabel den Kopf und nickte auffordernd. Er hatte es geschafft, ihr Interesse zu wecken. Wie war sie je darauf gekommen, ihn für einen Hinterwäldler zu halten? Sie hätte gewettet, dass dies nicht seine erste Präsentation war.

„Wir wollten den Gästen ein Komplettpaket Madagaskar anbieten", fuhr Daniel fort. „Mit Walbeobachtungen, geführten Regenwaldtouren, Stadtrundgängen und Besuchen in einer authentischen Dorfgemeinschaft. Die Leute im Dorf könnten eigene Kunstgegenstände wie Schnitzereien oder Webarbeiten verkaufen, die Gäste zu einem Essen in ihr Haus einladen und Einblick in ihre Traditionen und Gebräuche vermitteln, um nur einige Beispiele zu nennen."

Annabel warf einen Blick auf die Skizzen. „Sind das die Gästebungalows?"

Daniel nickte. „Sie stehen auf Stelzen und bieten einen fantastischen Blick sowohl aufs Meer als auch auf den Regenwald. Die Palmdächer sollen aus schnell nachwachsenden Rohstoffen gefertigt werden, um die gefährdeten Tropenhölzer zu schützen."

Er starrte einen Moment lang schweigend auf die Skizzen. Als er weitersprach, war die Begeisterung aus seiner Stimme verschwunden, sein Ton klang wieder sachlich. „Ausgestattet mit jedem Komfort. Das Haupthaus sollte Restaurant, Bar und eine Lounge beherbergen." Er brach ab. „Aber so genau wollten Sie es wahrscheinlich gar nicht wissen."

„Wie sollte die Finanzierung aussehen?"

„Carsten wollte das Grundstück beisteuern, ich das Material für den Bau und die Kosten für die Arbeitskräfte. Wir wollten die prozentuale Aufteilung der Partnerschaft vertraglich festlegen, aber dazu sind wir nicht mehr gekommen."

„An welche Prozentsätze hatten Sie gedacht?"

„In Anbetracht der Tatsache, dass das Grundstück mehr wert ist, als der Bau voraussichtlich kosten würde, hatten wir dreißig Prozent für mich und siebzig für Ihren Vater überlegt. Wir wollten später, wenn alle Kosten festgestanden hätten, nachregulieren. Carsten und ich haben einander vertraut", setzte er nach einer kleinen Pause hinzu.

„Wann sollte der Bau starten?"

„Auf Madagaskar wird ausschließlich im Winter gebaut. Es ist *fady*, ein Haus zu einer anderen Zeit zu bauen. Das macht auch Sinn, da der Winter die trockenste Jahreszeit ist. Während der Regenzeit wollten wir uns ..."

„*Wir?*" Annabel vergaß die Rolle der Anwältin.

„Carsten und ich."

„Jetzt geht gerade die Trockenzeit zu Ende. Mein Vater wäre in der nächsten Regenzeit nicht mehr hier gewesen."

„Carsten hatte vor, auf Madagaskar zu bleiben."

„Nein!" Annabel machte eine Handbewegung und stieß dabei ihr Glas um. Das Wasser lief über den Tisch, über den Aktenordner und tropfte auf den Boden. „Unmöglich! Er hatte Geheimnisse, aber das hätte er mir niemals angetan! Er wäre nicht einfach hiergeblieben. Ich habe seit seinem Tod so vieles über ihn erfahren, das ich nie für möglich gehalten hätte, aber das hätte er einfach nicht getan!" Zu ihrem Entsetzen spürte sie, wie ihre Lippen zitterten und Tränen in ihre Augen stiegen.

Daniel sah sie über den Tisch hinweg an. Eine verrückte Sekunde lang wollte sie ihm anvertrauen, wie unglücklich und verwirrt sie war, wie wütend und voller Fragen. Dann verschwamm sein Gesicht vor ihren Augen, und der Augenblick war vorüber.

Sie sprang auf. Auf der Suche nach dem Badezimmer lief sie zu den beiden Türen am anderen Ende des Raums und öffnete die erste. Durch einen Schleier von Tränen sah sie in ein Schlafzimmer mit weißen Vorhängen vor großen Fenstern und einem geschnitzten Himmelbett und Moskitonetz.

Auf dem Nachttisch neben dem Bett entdeckte sie einen silbernen Bilderrahmen mit einem Foto. Für einen Moment konnte Annabel den Blick kaum von der blonden Frau mit dem strahlenden Lachen lösen, doch dann schloss sie hastig die Tür und lief ins Bad.

Sie starrte ihr Spiegelbild an. Das Augen-Make-up war verschmiert, schwarze Schlieren zogen sich über ihre Wangen wie Tarnbemalung. Normalerweise verlor sie nie die Beherrschung, erst recht nicht bei einem geschäftlichen Gespräch. Selbst am Tag, an dem sie vom Tod des Vaters erfahren hatte, hatte sie einen Gerichtstermin wahrgenommen – und die Verhandlung für ihren Klienten gewonnen. Aber hier auf Madagaskar stürzten ihre sorgfältig aufgebauten Mauern der Reihe nach ein.

Ich gebe auf, dachte sie, während sie ihr Gesicht mit kaltem Wasser wusch. Ihre Anwesenheit auf Madagaskar führte zu nichts. Es wurde Zeit, sich das einzugestehen. Sie war hergekommen, um sich ihrem Vater näher zu fühlen. Stattdessen entglitt ihr der Mensch, den sie zu kennen geglaubt hatte, mit jedem Tag mehr. Je mehr sie über ihn erfuhr, desto weher tat es.

Ich war ein verfluchter Dummkopf, überhaupt herzukommen, sagte sie sich. Jeder Versuch, mehr über ihre Eltern herauszubekommen, führte in eine Sackgasse. Entweder wussten die Leute nichts, oder sie waren nicht bereit, offen mit ihr zu reden. Vielleicht hatte Marlene ja recht. Vielleicht bildete sie sich alles nur ein, weil sie nicht wahrhaben wollte, dass es einfach kein Geheimnis gab.

Ihr Vater hatte ihr nicht vertraut. Das war alles! Ohne ein Wort hätte er Deutschland verlassen und wäre auf Madagaskar geblieben. Sie musste die Tatsachen akzeptieren und aufhören, nach Gründen oder Entschuldigungen zu suchen. Mittlerweile lagen ihre Nerven blank. Bevor sich der letzte Rest ihrer Selbstkontrolle auflöste und sie sich noch mehr blamierte, wurde es Zeit, zurück nach Hamburg zu fahren.

Plötzlich kam ihr der Gedanke, dass ihre Suche nach den Geheimnissen der Vergangenheit gar nichts mit ihrem Vater zu tun hatte. Vielleicht ging es ihr dabei um sich selbst. Solange sie zurückdenken konnte, fehlte ihr irgendetwas. Sie konnte es nicht genau benennen. Schon als Kind hatte sie eine Art Distanziertheit begleitet. Als wäre sie stets durch eine unsichtbare Wand von allem getrennt. Vielleicht hatte sie gehofft, den Grund dieser Einsamkeit hier auf Madagaskar zu finden.

Sie schüttelte den Kopf über die alberne Idee, trocknete ihr Gesicht und verließ das Badezimmer. „Ich fürchte, ich habe Ihr Handtuch mit Wimperntusche ruiniert."

Daniel lächelte. „Damit kann ich leben."

Annabel setzte sich nicht sofort wieder, sondern ging zu den geöffneten Türen und lehnte sich in den Türrahmen. Sie atmete tief die salzige Luft ein. Weit hinten am Riff brachen sich die Wellen, und das Wasser der Bucht glitzerte im Sonnenlicht. „Es ist so friedlich hier. Ich kann verstehen, warum Vater den Platz geliebt hat", sagte sie wie zu sich selbst. Sie drehte sich zu Daniel um. „Leben Sie hier allein?"

Er stand auf und kam zu ihr. „Ja. Aber ich habe mittlerweile Freunde auf Madagaskar gefunden, und durch meinen Job als Pilot komme ich viel mit anderen Menschen zusammen."

„Was hat Sie hierher geführt?"

Er zuckte mit den Schultern. „Zufall. Oder Schicksal, je nachdem, woran Sie glauben. Ich wollte weg aus New York, und das erste Flugzeug ging nach Madagaskar."

„Warum hatten Sie es so eilig fortzukommen?"

Seine Miene verschloss sich. „Private Gründe. Ich stehe nicht auf der Fahndungsliste, falls Sie das befürchten sollten."

Bevor Annabel diese interessante Wendung des Gesprächs weiterverfolgen konnte, wandte Daniel sich ab und ging zurück ins Zimmer. Annabel folgte ihm. Während sie im Bad gewesen war, hatte er das Wasser aufgewischt, die Ordner abgetrocknet und Tee gekocht. Jetzt stellte er eine dampfende Tasse auf ihren Platz und schob ihr ein Glas Honig zu. „Heißer Tee. Hilft immer. Jedenfalls hat meine Mutter das behauptet." Ein flüchtiges Lächeln zuckte um seinen Mund. „Oder hätten Sie lieber Vanillerum?"

„Danke.“ Annabel nahm einen Löffel Honig in den Tee und rührte um. „Ich wäre bereit, Ihnen das Grundstück zu verkaufen“, sagte sie. „Ich kenne mich mit den Immobilienpreisen auf Madagaskar nicht aus, aber eine Schätzung sollte kein Problem sein. Aber wie ich Sie verstanden habe, fehlt Ihnen für einen Kauf das Kapital.“

„Das ist richtig. Mit der Hotelgenehmigung wird das Grundstück sicherlich einige Hunderttausend Dollar wert sein. Ich habe nicht annähernd so viel. Es gehört auch noch ein recht großes Stück Regenwald dazu.“

Annabel pustete in den dampfenden Becher, dann nippte sie vorsichtig an dem süßen Tee. „Ich wäre bereit, einem Käufer Ihrer Wahl das Vorkaufsrecht einzuräumen. Gibt es jemanden, mit dem Sie anstelle meines Vaters das Projekt realisieren können?“

„Nein. Keiner, der das Projekt unterstützen würde, kann auch nur annähernd so viel Geld auftreiben.“

Unter seinem direkten Blick fielen ihr die nächsten Worte erstaunlich schwer. „Dann werde ich das Grundstück einem Makler anbieten. Tut mir leid um Ihr Projekt.“

„Es ist nicht *mein* Projekt, Miss Hansen, sondern der Wunsch Ihres Vaters. Das Hotel – und vor allem die Möglichkeiten, die wir damit für Andra geschaffen hätten – lagen ihm mehr am Herzen als alles andere.“

„Mehr als seine eigene Tochter meinen Sie?“

Er machte eine ungeduldige Handbewegung. „Nein. Das wollte ich damit nicht sagen, und das wissen Sie auch.“

„Wenn ihm das Projekt so am Herzen lag, Mr Coleman, hätte er mit mir darüber sprechen sollen. Wenn Sie beide wirklich jahrelang an der Planung gesessen haben, war doch wohl mehr als Zeit genug dazu. Vielleicht hätte er mich ja überzeugt, das Ganze weiterlaufen zu lassen. Was ich Ihnen anbieten kann, ist eine großzügige Spende vom Erlös zugunsten des Dorfes.“

„Die Leute hier brauchen keine Almosen, sondern Jobs. Verdammt, die Männer haben bereits Verträge! Carsten wollte mit

Ihnen über alles reden, Ihnen die Pläne zeigen. Darum hatte er Sie gebeten, ihn nach Madagaskar zu begleiten. Er hat nicht geahnt, dass ihm keine Zeit mehr blieb."

„Er hat aber nicht mit mir geredet, Mr Coleman. Falls ihm das Projekt wirklich so wichtig war, wie Sie behaupten, hätte er Ihnen ja das Grundstück vermachen können ... oder mir Anweisungen hinterlassen ... irgendetwas. Aber so weiß ich einfach nicht, was er wirklich wollte und was nicht. Ich habe nur Ihr Wort, und ehrlich gesagt, reicht mir das nicht, um Ihnen einige Hunderttausend Dollar einfach so zu schenken."

Ärger blitzte in Daniels Augen auf. „Sie sollen *mir* gar nichts schenken, Miss Hansen. Als Anwältin wissen Sie doch genau, dass man alles wasserdicht absichern könnte. Aber Sie haben ja nicht einmal einen Blick auf die Profitberechnungen geworfen. Hätte Carsten geahnt, dass Sie seine Bucht an den Meistbietenden verschachern und seine Wünsche ignorieren würden, hätte er garantiert gründlicher vorgesorgt. Aber er hatte wohl eine zu hohe Meinung von Ihrer Integrität."

Annabel schnappte nach Luft. Sie war es nicht gewohnt, dass Leute auf diese Weise mit ihr redeten.

Bevor Sie etwas erwidern konnte, fuhr Daniel fort. „Natürlich sind Sie verletzt, Miss Hansen", sagte er in versöhnlicherem Tonfall. „Es muss Ihnen wie ein Schlag ins Gesicht vorkommen, dass Carsten nichts mit Ihnen besprochen hat. Aber bitte ruinieren Sie deshalb nicht sein Vermächtnis. Ihr Vater hat Sie sehr geliebt, und er wusste, dass er viele Fehler gemacht hat. Er hat oft von Ihnen geredet, und er war sehr stolz auf Sie."

„Wissen Sie, warum er mir all das ..." Sie deutete mit einer ausholenden Geste um sich, „verschwiegen hat?"

„Nein", sagte Daniel leise. „Ich weiß nur, dass er endlich den Mut gefunden hatte, mit Ihnen zu reden. Er war glücklich bei dem Gedanken, endlich offen mit Ihnen zu sein. Er hatte große Angst vor dem Gespräch. Aber er hat auch gehofft, dass Sie ihn verstehen würden."

Annabel trank ihren Tee aus. Der letzte Schluck war zu süß. Sie verzog das Gesicht, dann stellte sie die Tasse hart auf dem Tisch ab. „Vielleicht hätte ich ihn ja verstanden. Aber das werden wir nun nie erfahren, nicht wahr? Jetzt würde ich gerne zurück zur Plantage fahren, Mr Coleman." Sie stand auf.

„Werden Sie wenigstens noch einmal darüber nachdenken, das Projekt weiterlaufen zu lassen? Es kämen keinerlei Kosten auf Sie zu, dafür wären innerhalb der ersten zwei Jahre bereits Gewinne zu erwarten." Er stand auf, nahm den Ordner vom Tisch und reichte ihn ihr. „Bitte gehen Sie noch einmal die Unterlagen durch, bevor Sie sich entscheiden."

Sie legten die Fahrt zur Plantage schweigend zurück. In ihrem Kopf drehten sich die Gedanken.

Er hat Sie sehr geliebt … er war sehr stolz auf Sie, hallten Daniels Worte in ihrem Kopf nach. Hatte ihr Vater das wirklich gesagt? Oder wollte Daniel sie damit nur manipulieren?

Sie dachte an die Männer, mit denen sie sonst zu tun hatte. Die meisten konnten ihrem Gegenüber in die Augen schauen, während sie ihn mit dem vertrauenswürdigsten Lächeln übervorteilten. Peter war ein Meister in diesem Spiel.

Daniel dagegen – auch wenn sie ihn nicht mochte, musste sie zugeben, dass er Aufrichtigkeit ausstrahlte. Ihr Gefühl sagte ihr, dass er kein Spiel mit ihr trieb. Aber konnte sie ihrem Gefühl vertrauen? Nach den Erlebnissen der letzten Tage sollte sie lieber auf ihren Verstand hören.

Alles war ganz einfach. Sie musste nur einen Makler anrufen, das Grundstück anbieten und wieder zurück nach Hamburg fliegen. Und bald würde sie ein Vermögen besitzen, mit dem sie sich selbstständig machen konnte. Wenn sie dann noch das Vanillekontor verkaufte, brauchte sie sich nie wieder Gedanken um ihre Zukunft zu machen.

Doch irgendetwas in ihr sträubte sich gegen diesen simplen Plan. Ein vages Schuldgefühl stieg in ihr auf, aber sie schob es zur Seite. Was bildete Daniel sich ein, ihr Vorhaltungen zu machen? Sie hatte sich diese Situation bestimmt nicht ausgesucht!

Als sie sich Andra näherten, war ihr plötzlich, als würde sie im Wagen ersticken. Sie wollte nur noch allein sein und bat Daniel anzuhalten. „Danke, aber ich gehe das letzte Stück zu Fuß. Ich brauche jetzt etwas Bewegung." Sie stieg aus. „Auf Wiedersehen, Mr Coleman." Sie warf die Tür zu.

Sie drehte sich noch einmal zu ihm um, als sie seine Stimme hörte. „Miss Hansen!" Daniel beugte sich über den Beifahrersitz und hielt den Aktenordner aus dem geöffneten Fenster. „Sie haben den Bericht vergessen."

Annabel wusste selbst nicht, warum sie den Ordner annahm. Ihre Entscheidung stand fest. „Machen Sie sich keine große Hoffnung, Mr Coleman."

7. KAPITEL

Schon von Weitem hörte Annabel den Gesang. Gruppen von Männern saßen vor den Häusern und spielten auf selbst gefertigten Gitarren. Mit ihren Stimmen mischte sich Kinderlachen. Das fröhliche Singen und Plaudern erstarb, als Annabel näher kam. Manche begrüßten sie mit fröhlichem Winken, andere lächelten nur scheu.

Kein Wunder, dachte sie. Vermutlich kamen außer den Leuten von der Plantage nicht viele *vazaha* zu Fuß durch ihren Ort. Langsam ging sie die Straße entlang. Die Häuser standen dicht beieinander, doch erstaunlicherweise wirkte dies nicht beengt, sondern heimelig. Jeder Eingang war nach Westen ausgerichtet. Jean-Pierre hatte ihr erzählt, dass irgendein *fady* der Grund dafür war.

Unwillkürlich glitt ihr Blick zu dem Haus von Mami Vanille. Es lag etwas außerhalb der Häusergruppe und näher am Rande der Lichtung. Jasmin und Hibiskus blühten im Garten zwischen Mango- und Orangenbäumen. Annabel war, als könnte sie den schweren Duft der Blumen riechen. Sie schüttelte den Kopf. Pure Einbildung! dachte sie. Das Haus war viel zu weit entfernt, außerdem kam der Wind aus der falschen Richtung.

Fensterläden und Tür standen weit offen. Der Schaukelstuhl auf der Veranda schwang vor und zurück, als hätte noch vor einem Augenblick jemand darin gesessen, aber niemand war zu sehen. Irgendetwas zog sie zu dem Haus. Sie musste sich zwingen, den Blick abzuwenden und weiter geradeaus die Dorfstraße entlangzugehen.

Die grelle Sonne brannte vom wolkenlosen Himmel. Annabel wischte sich mit dem Ärmel über die feuchte Stirn. Sie ärgerte sich, dass sie keinen Hut mitgenommen hatte, und wedelte sich mit dem Ordner Luft zu, während sie weiterging.

Vor vielen Häusern stampften Frauen in großen steinernen Mörsern. Annabel konnte nur raten, was sie mit ihren hölzernen

Stößeln bearbeiteten. Vielleicht bearbeiteten sie Reis, lösten Kaffeebohnen aus der Schale oder klopften Kassava zu Brei. Unwillkürlich passte sie ihre Schritte dem rhythmischen Klopfen an, während sie an einigen Bambusständen vorbeiging, auf denen Mangos, Bananen und Orangen lagen. Sie spürte, dass alle sie beobachteten, als sie langsam die Straße entlangging.

In einem der kleinen Gärten hängte eine Frau in zitronengelb und orange gemusterten Lambas Wäsche auf. Kraftvoll schlug sie jedes Teil aus, es klang, als würde ein schlecht gesetztes Segel im Wind knallen. Dann streckte sie es noch einmal glatt. Die Leine war zwischen zwei Palmen gespannt, und im leisen Wind bewegten sich die karierten Hemden und bunten Tücher wie Gebetsfahnen.

Neongelbe Ohrringe baumelten bis auf die Schultern der jungen Frau, und gelbe Haarbänder schmückten die zu vielen kleinen Knoten aufgesteckten Haare. Vor dem Haus saß ein alter Mann und rührte in einem schwarzen Eisentopf auf dem Feuer.

„Nirina!", rief Annabel und winkte, als sie die Haushälterin erkannte.

Die junge Frau stutzte, dann winkte sie zurück. Sie lachte schallend und voll Herzlichkeit. „*Mademoiselle* Hansen, *bonjour!*"

Annabel trat näher und zögerte. In ihrem eigenen Haus begrüßte Nirina sie viel offener als auf der Plantage. Vielleicht würde sie ihr hier auch mehr über den Vater erzählen. Sie überlegte, wie sie am besten ein Gespräch beginnen konnte.

Nirina nahm ihr die Entscheidung ab. „Kann ich Ihnen eine Erfrischung anbieten, *mademoiselle* Hansen?"

„Sehr gerne, vielen Dank." Annabel ging zu Nirinas Haus. Während diese im Inneren verschwand, betrachtete Annabel die übrigen Wäschestücke in dem flachen Weidenkorb. In der grellen Sonne würden sie in wenigen Minuten trocknen und faltig sein. Sie zögerte, dann bückte sie sich und hängte die restliche

Wäsche auf. Lambas und T-Shirts flatterten fröhlich in der auffrischenden Brise.

Nirina kam zurück. Sie breitete eine Bastmatte unter einem Mangobaum aus und stellte einen Teller mit Reiskuchen, zwei angeschlagene Emailletassen und einen Topf darauf. Dann fiel ihr Blick auf den leeren Wäschekorb. „*Mademoiselle* Hansen! Sie haben die Wäsche aufgehängt."

Annabel hoffte, dass sie kein *fady* verletzt hatte. „Ich wollte Ihnen nur helfen ..."

„Vielen Dank." Nirina lächelte und füllte mit einer Kelle eine braune Flüssigkeit, die wie sehr schwacher Kaffee aussah, aus dem Topf in die Tassen.

Annabel bedankte sich, dann ließ sie sich mit gekreuzten Beinen auf der Matte nieder und trank einen Schluck. Um ein Haar hätte sie alles wieder ausgespuckt. Sie hatte Kaffee erwartet, doch dieses Getränk hatte mit Kaffee nichts zu tun. Etwas Ähnliches hatte sie noch nie gekostet. Es schmeckte vor allem rauchig und leicht verbrannt mit einem Hauch von Süße im Nachgeschmack. Sie schluckte tapfer.

Nirina hatte sie beobachtet und lachte wieder schallend. „Das ist *ranovola*, Reiswasser. Der angebrannte Rest Reis im Topf wird mit Wasser aufgekocht. Wir trinken es statt Tee, Kaffee oder Limonade. Es kostet nichts, und der Topf wird sauber. Ihr Vater hat es geliebt", setzte sie hinzu. „Er hat es *whisky malgache* genannt."

Annabel trank noch einen Schluck. Eigentlich schmeckte das Gebräu gar nicht schlecht. Vor allem konnte sie sicher sein, dass es nach dem Abkochen steril war. Bevor sie es merkte, war ihre Tasse leer. Nirina füllte nach und reichte ihr den Teller mit Reiskuchen. „Die habe ich heute frisch gebacken, *mademoiselle*."

„Bitte nennen Sie mich Annabel." Sie nahm dankend einen Kuchen.

„Aber ..." Nirina schüttelte den Kopf.

„Sonst komme ich mir uralt vor."

Nirina nickte zögernd. „Annabel. Das ist mein Vater." Sie nickte zu dem zerbrechlich wirkenden Mann am Feuer. Als er sah, dass die beiden Frauen über ihn redeten, zeigte er beim Lachen seinen letzten Zahn. „Und Bodo, mein Mann." Sie deutete zu einigen Männern, die vor der Nachbarhütte zusammenstanden und Musik machten. „Er ist der mit dem schwarzen Hut und der Gitarre", erklärte sie mit sichtbarem Stolz.

Verständlicherweise, dachte Annabel. Wie viele der Männer, die Annabel bisher auf Madagaskar gesehen hatte, sah Bodo auffallend gut aus mit seiner bronzefarbenen Haut, hohen Wangenknochen, kräftigem Kinn, einer breiten Nase und dichtem, welligem Haar. Über einer zerschlissenen Jeans trug er ein knallrotes T-Shirt mit dem Aufdruck einer amerikanischen Universität über der breiten Brust.

„Haben Sie auch Kinder, Nirina?"

Nirina nickte stolz. „Zwei Mädchen und zwei Jungen. Sechs, sieben und acht Jahre alt. Die Jungen sind Zwillinge. Sie sind alle in der Schule."

„Wo ist denn die nächste Schule? In Sambava?"

„Nein!" Nirina lachte wieder schallend. „Wir haben hier unsere eigene Schule! Mami Vanille hat eine Lehrerin eingestellt und ein Schulhaus gebaut."

„Wie ... großzügig. Mami Vanille muss ja ziemlich reich sein", wunderte sich Annabel. Schwarze Messen und Liebestränke wurden offenbar gut bezahlt. Sie setzte sich bequemer auf der Matte zurecht, aß noch einen Kuchen und leerte ihre dritte Tasse Reiswasser.

„Wir sind ihr sehr dankbar", sagte Nirina. „Mami Vanille hat auch dafür gesorgt, dass jeder Haushalt Moskitonetze bekommen hat, und sie vergibt Minikredite an Frauen, die einen guten Geschäftsplan haben. Merry hat sie zum Beispiel Geld für ein Fahrrad gegeben, mit dem sie jetzt ihre Kürbisse zum Markt fahren kann, ohne dass sie dafür den ganzen Tag lang unterwegs ist. Aber ich bin besonders froh über unsere Lehrerin. In der

Regenzeit war es früher kaum möglich, die nächste Schule zu erreichen. Aber jetzt lernen unsere Kinder sogar Französisch *und* Englisch. Bis jetzt gibt es nur eine Schule für die Kleinen, aber wenn wir erst einmal das Hotel haben, bekommen wir vielleicht genug Geld zusammen, um noch einen Lehrer zu bezahlen." Sie bot Annabel noch einmal von den Küchlein an. „Ich habe vor, Reiskuchen für die Gäste zu backen, wenn sie unseren Ort besuchen. Finden Sie, sie sind gut genug?"

„Köstlich, Nirina." Annabel hoffte inständig, dass Nirina sie nicht nach ihren Plänen für das Hotel fragte.

„Haben Sie schon mit Daniel über das Hotel gesprochen? Werden Sie weitermachen, wie *monsieur* Carsten geplant hatte? Bodo soll die Stühle bauen. Später, wenn Gäste kommen, kann er vielleicht Touren durch den Regenwald führen. Er spricht sehr gut französisch, besser als die meisten im Ort, und auch ein bisschen englisch."

Annabel zeigte auf den roten Ordner. „Ich … ich muss mir die Pläne noch in Ruhe durchlesen."

„Aber Sie werden weitermachen, nicht wahr?"

Annabel hoffte, dass Nirina das Glühen ihrer Wangen auf zu viel Sonne zurückführte. „Ich habe heute zum ersten Mal mit Mr Coleman über die Pläne gesprochen", wich sie aus und fühlte sich entsetzlich feige. „Ich weiß noch zu wenig über das Projekt, um endgültig zu entscheiden."

Nirinas rundes Gesicht wurde ernst. „Sie können viel Geld für das Grundstück bekommen."

Annabel nickte. „Sehr viel Geld. Wenn ich verkaufe … *falls* ich verkaufen sollte, würde ich einen Teil des Geldes dem Ort spenden … vielleicht für ein Lehrergehalt. Für ein Jahr." Sie sah Nirina an. „Oder zwei."

So einfach ließ Nirina sich nicht abspeisen. Sie hob stolz den Kopf. „Das ist sehr großzügig. Aber ich wollte Sie nicht um Geld bitten, Annabel. Für unsere Männer gibt es hier auf dem Land keine Arbeit. Um Geld zu verdienen, müssen sie in die Stadt gehen. Aber auch dort gibt es kaum Jobs. Und selbst wenn sie etwas finden, bekommen sie mit etwas Glück vielleicht einen Dollar am Tag. Carsten und Daniel wollten nicht nur Arbeitsplätze schaffen, sondern auch fair bezahlen."

„Ich habe mich noch nicht endgültig entschieden, Nirina." Annabel konnte ihr nicht in die Augen sehen. „Aber ich werde auf jeden Fall berücksichtigen, was Sie mir gerade erzählt haben. Darf ich Ihnen eine ganz andere Frage stellen?", wechselte sie das Thema. „Kannten Sie vielleicht eine Frau mit dem Namen Thérese? Ihr Grab liegt neben dem meines Vaters."

„Oh, Ihre Tasse ist leer. Ich hole neues *ranovola.*" Nirina stand auf und ging ins Haus, als hätte sie die Frage nicht gehört. Annabel war sich nicht sicher, ob die junge Frau sie nicht verstanden hatte oder nicht antworten wollte.

Durch die geöffnete Tür konnte sie ins dämmrige Innere der Hütte sehen. Hölzerne Läden sperrten das grelle Licht und die Hitze aus. Das Häuschen schien nur aus einem einzigen Raum zu bestehen. Annabel rechnete nach. Der Haushalt bestand aus sieben Personen – falls nicht noch eine Tante oder Oma dazugehörte, die Nirina nicht erwähnt hatte. Wohnten etwa alle in der winzigen Hütte?

Die Einrichtung war einfach, aber hübsch und gemütlich. Auf jeder Bank und jedem Stuhl lagen leuchtend bunte Kissen. In einer Ecke lehnten aufgerollte Bastmatten, wahrscheinlich Schlafmatten, vermutete Annabel. Auf dem Tisch standen rote Hibiskusblüten in einer leeren Konservendose.

Annabel sah zu, wie Nirina mit einer Kelle *ranovola* aus einem großen eisernen Topf vom Herd in einen kleineren schöpfte. Dann nahm sie die letzten Reisküchlein aus einer Pfanne, legte sie auf einen Teller und arrangierte sie sorgfältig zu einer Pyramide.

Plötzlich schämte sich Annabel. Dafür, dass sie Nirinas ehrliche Gastfreundschaft nur angenommen hatte, um Informationen von ihr zu bekommen. Aber vor allem, weil sie mit ihrer

Entscheidung die Zukunft des Dorfes ruinieren würde, nachdem alle fest mit dem neuen Hotel gerechnet hatten.

Sie beschloss, Nirina wenigstens nicht länger mit Fragen zu bedrängen. Als die junge Frau zurückkam, begann Annabel ein unverfängliches Gespräch über Madagaskars Schönheit. Nirina erwies sich als eine unerschöpfliche Quelle von Geschichten über ihre Heimat. Sie schien jedes Tier auf der Insel zu kennen und erzählte von seltsamen Gestalten, halb Mensch, halb Tier, die angeblich nachts im Regenwald herumgeisterten.

„Darum legen wir unsere Fensterläden vor, wenn es dunkel wird. Und wegen der *dahalo*, der Banditen, natürlich", erklärte sie, worüber Annabel sich bereits gewundert hatte. Nach Anbruch der Dunkelheit wirkte es meist, als wäre das Dorf ausgestorben. Aber in den Häusern saß man noch bis spät in den Abend hinein zusammen.

Erst als sich die Leute der umliegenden Häuser zum Mittagessen an den Kochfeuern vor ihren Häusern versammelten, merkte Annabel, wie viel Zeit vergangen war. Sie verabschiedete sich von Nirina und bedankte sich für die Gastfreundschaft.

Meist spiegelte Nirinas lebhafte Mimik ihre Gefühle deutlich wider. Doch in diesem Moment konnte Annabel nicht erkennen, was sie dachte. „Bitte entscheiden Sie nicht zu schnell, Annabel. Wir setzen unsere Hoffnungen auf Sie."

„Ich werde nichts übereilen. Auf Wiedersehen, Nirina."

Als in der Ferne ein Grollen ertönte, sah Annabel besorgt zum Himmel auf. In der letzten Stunde war die Hitze fast unerträglich drückend geworden. Dunkle Wolken waren aufgezogen und hingen tief und bedrohlich über ihren Köpfen.

Annabel hoffte, das Unwetter würde sich Zeit lassen, bis sie die Plantage erreicht hatte. Als plötzlich eine gespenstische Silhouette aus dem bleigrauen Himmel auf sie zusegelte, traute sie im ersten Moment ihren Augen nicht.

Ein Flughund flog so dicht über ihren Kopf, dass sie genau den pelzigen Körper, das spitze Hundewelpengesicht und die lederartigen Flügel mit den winzigen gekrümmten Händchen erkennen konnte. Dann tauchte ein zweiter auf, ein dritter, und immer mehr folgten. Innerhalb weniger Minuten schwärmte ein Strom von Flughunden aus dem Gewitterhimmel und zog zu den Nahrungsgründen im Regenwald.

Annabel vergaß den drohenden Regen und starrte zum Himmel, bis ihr Nacken schmerzte und die Flughunde außer Sicht waren.

„Sie sind köstlich“, schreckte sie eine Stimme neben sich auf.

Sie drehte sich um. Über den Flughunden hatte sie Nirina ganz vergessen. Die junge Frau stand immer noch neben ihr und schaute ebenfalls den riesigen Fledermäusen hinterher.

Annabel schmunzelte über die etwas unpassende Beschreibung. „Ja, sie sind wirklich süß.“

Nirina nickte erfreut über Annabels Zustimmung. „Und sehr zart! Am liebsten mag ich sie ganz einfach geröstet.“

8. KAPITEL

Annabel ging schneller. Immer wieder schaute sie zum Himmel auf. Sie bereute ihren Besuch bei Nirina. Das Gespräch mit der jungen Frau verursachte ihr nachhaltig Magendrücken. Vielleicht vertrug sie auch nur das *ranovola* nicht – oder der Gedanke an geröstete Fledermäuse war schuld an ihrer Übelkeit.

Als sie die kleine Häusergruppe hinter sich ließ, wurde der Weg schmaler und führte in den Regenwald hinein. Im grünen Schatten des Blätterdachs bewegte sich kein Windhauch. Die Pflanzen und Bäume schluckten die Geräusche des Dorfes. Nur der Wind rauschte in den Baumwipfeln, Insekten summten und brummten.

Annabel lauschte der Stille. Irgendwo im undurchdringlichen Dickicht hörte sie den Schrei eines Tieres. Und Nirinas Stimme: *Wir setzen unsere Hoffnungen auf Sie.* Das hätte sie nicht sagen sollen. Annabel wollte nicht mit den Problemen der Einheimischen belastet werden. Sie war schließlich nicht verpflichtet, mit ihrem Erbe ein jämmerliches Kaff am Ende Welt zu unterstützen – in dem man Flughunde aß. Sie schüttelte sich.

Wäre sie gar nicht erst hergekommen, sondern in Hamburg geblieben, hätte sie ohne einen weiteren Gedanken das Grundstück verkauft und sich mit dem unerwarteten Reichtum eine herrliche Zukunft aufgebaut. Der rote Ordner rutschte in ihren schweißnassen Händen hin und her. Am liebsten hätte sie ihn in hohem Bogen in die Büsche geschmissen.

Er hatte wohl eine zu hohe Meinung von Ihrer Integrität, hörte sie jetzt auch noch Daniels anmaßende Worte. Es kam ihr vor, als würde sie plötzlich von allen zur Schuldigen gemacht.

Sie dachte daran, mit welchen Illusionen sie das Jurastudium begonnen hatte. Sie würde für Recht und Gerechtigkeit kämpfen, hatte sie stolz verkündet. Ha! Sie lachte bitter auf. Davon war nicht viel übrig geblieben. Aber wenn sie erst einmal eine eigene Kanzlei eröffnete, konnte sie sich ihre Fälle aussuchen. Mach dir nichts vor! sagte sie sich ehrlich. Mit einer eigenen Kanzlei war sie nur noch mehr darauf angewiesen, dass Geld hereinkam. Anwälte, die nur die Guten verteidigten und auch davon leben konnten, gab es nur in Hollywood-Schmonzetten.

Ärgerlich stapfte sie durch den Wald. Nach einigen Minuten wurde die Vegetation lichter, und die Arbeitshalle tauchte hinter den Bäumen auf. Vor der Halle stand Jean-Pierre und sprach mit zwei älteren Frauen. Als Annabel aus dem Wald auf ihn zuging, kam er ihr entgegen.

„Annabel!“ Er küsste sie zur Begrüßung auf beide Wangen. „Wo kommst du denn her?“

„Ich hatte heute Morgen einen Termin mit Mr Coleman. Danach war mir nach einem Spaziergang zumute.“

„Oh, so anstrengend?“

Annabel schüttelte einen Stein aus ihrer Sandale. „Es gab nicht viel zu besprechen. Mr Coleman hat mir mitgeteilt, dass er nicht das nötige Kapital besitzt, um mir das Grundstück abzukaufen.“

„Aha“, erwiderte Jean-Pierre gedehnt. „Und was hast du jetzt damit vor?“

Sie seufzte tief. „Ich werde es wohl einem Makler anbieten.“

„Glaubst du, das wäre im Sinne deines Vaters?“

Nicht auch noch Jean-Pierre! Annabel stöhnte innerlich auf. „Ich *weiß* nicht, was in seinem Sinne wäre! Darum geht es ja gerade“, erwiderte sie gereizt. „Er wird wohl kaum erwartet haben, dass ich meinen Job kündige, meine Zelte in Hamburg abbreche und an einem einsamen Strand am Ende der Dritten Welt ein Hotel baue.“ Annabel schüttelte den Kopf. „Wenn er wollte, dass ich in seinem Sinne handle, hätte er mir vielleicht einen Brief mit seinen Wünschen hinterlassen sollen!“

„Vielleicht hat er das ja.“

Sie legte die Stirn in Falten. „Was meinst du damit?“

„Na, es kann doch sein, dass er dir zum Beispiel einen Brief mit der Post geschickt hat, und wenn du nach Hause kommst, wartet er im Briefkasten auf dich."

„Das kommt mir ziemlich unwahrscheinlich vor", sagte sie, nachdem sie kurz darüber nachgedacht hatte. „Hier steht nicht gerade an jeder Ecke ein Briefkasten herum. Nein, einen Brief hätte er eher Bernd gegeben. Oder Coleman."

„Vielleicht hat er ja zu Hause in seinen Unterlagen etwas für dich notiert."

„Da habe ich schon nachgesehen."

„Überall?"

„Na ja, vielleicht nicht überall, aber ..."

„Aber du kannst dir nicht hundertprozentig sicher sein, oder? Warum wartest du mit einer Entscheidung nicht einfach, bis du wieder zu Hause bist und dich überzeugt hast? Warum willst du etwas übers Knie brechen, wenn du noch Zweifel hast?"

Sie zuckte mit den Schultern. „Vielleicht hast du recht ..."

„Hast du schon eine Vorstellung, wie viel du für das Land haben willst?"

„Als Nächstes werde ich es schätzen lassen. Warum? Überlegst du, es zu kaufen?" Sie lachte.

Jean-Pierre blieb ernst. „Das kommt ganz auf den Preis an."

Annabel begriff, dass er es ernst meinte. Sie starrte ihn überrascht an. „Coleman meinte, es wäre einige Hunderttausend wert. Ich könnte mir vorstellen, dass es noch weitaus mehr ist. Hast du etwa so viel Geld auf der Bank?"

„Nicht direkt auf der Bank. Ich habe vor einiger Zeit eine Erbschaft gemacht. Ein Landgut in Südfrankreich. Es würde allerdings einige Zeit dauern, es zu Geld zu machen. Aber bitte erzähl Marlene und Bernd nichts davon. Sie würden sich nur Sorgen machen, dass ich vorhabe, wegzugehen."

„Und – hast du das vor?"

„Nein. Ich bin hier zu Hause. Darum würde ich auch gern dein Grundstück kaufen. Ich könnte mir hier etwas Eigenes aufbauen, ohne Marlene und Bernd im Stich zu lassen. Es ist erst mal nur eine Idee, aber bitte sag mir Bescheid, bevor du an irgendeinen Fremden verkaufst."

„Kein Problem."

„Gut. Ich werde mich in der Zwischenzeit erkundigen, wie lange es dauert, das Geld flüssig zu machen. Dann können wir ja jetzt das Geschäftliche beiseitelegen. Was hältst du davon, wenn wir morgen unseren Ausflug unternehmen? Ich dachte an ein Picknick und vielleicht schwimmen."

„Meinst du nicht, es zieht ein Unwetter auf?" Sie sah zum Himmel auf. Die dunklen Wolken hatten sich mittlerweile zu einer Gewitterfront zusammengeballt, die die Sonne verdeckte.

„Oh, die Sonne kommt wieder zurück, selbst wenn es heute noch regnen sollte. Das ist der ganz normale Anfang der Regenzeit. Aber die Sonne kommt immer zurück, selbst in der Regenzeit."

„Dann sehr gern." *Die Sonne kommt immer zurück.* Annabel lächelte. Jean-Pierres optimistische Einstellung gefiel ihr.

„Ich muss vor dem Mittagessen noch kurz etwas auf der Pflanzung kontrollieren, aber ich kann dich vorher am Haus absetzen. Der Regen kann jeden Moment losgehen."

Annabel nahm sein Angebot gern an. Fünf Minuten später hielt er den Jeep vor dem Haupteingang an, stieg aber selbst nicht aus, sondern fuhr direkt weiter.

Im Haus sah Annabel sich nach Bernd und Marlene um. Im Wohnzimmer war niemand, auch im Garten nicht, aber auf der Terrasse war bereits der Tisch gedeckt.

Erleichtert, Marlene nicht zu begegnen, eilte Annabel direkt auf ihr Zimmer. Sie schleuderte die Sandalen von den Füßen, öffnete das Fenster und ging barfuß ins Bad. Sie war mit Schweiß und Staub bedeckt und hatte sich in ihrem ganzen Leben selten mehr auf eine Dusche gefreut.

Als ihr Blick auf ihr Spiegelbild fiel, blieb sie verblüfft stehen. Eine Fremde schien sie mit riesigen leuchtend blauen Augen anzustarren. In den wenigen Tagen hatte ihre Haut bereits einen dunkleren Ton angenommen. Zusammen mit der verschmierten Wimperntusche hatte sie bei Daniel auch das restliche Make-up abgewaschen. Irgendwann auf dem Weg musste sie ihre Haarspange verloren haben, und das Haar fiel offen über ihre Schultern. Sie wirkte viel jünger, weicher.

Lag es nur an der fehlenden Schminke und den offenen Haaren? Oder vielleicht daran, dass sie zum ersten Mal seit Jahren nicht von morgens bis spätabends damit beschäftigt war, Leuten dabei zu helfen, andere zu übervorteilen oder sich vor ihrer Schuld zu drücken? Okay, manchmal half sie auch Unschuldigen, zu ihrem Recht zu kommen, aber das kam seltener vor, als sie gehofft hatte.

Egal, ihr gefiel jedenfalls, was sie sah. Sie lächelte ihrem Spiegelbild zu.

„… aber du hast kein Recht dazu! Es ist nicht *deine* Entscheidung“, hörte sie von draußen die laute Stimme ihres Onkel.

Neugierig, mit wem er streiten mochte, ging sie nach nebenan und spähte durch die Balkontür. Über den Rasen stapften Bernd und Marlene zum Haus. Ihre Bewegungen verrieten ihren Ärger. Sie sahen sich nicht an.

Nach ein paar Schritten blieb Marlene vor Bernd stehen. Sie stemmte die Fäuste in die Taille. „Ist es doch. Schließlich geht es um meine Schwester“, rief sie nicht weniger aufgebracht als vorher ihr Mann.

Hastig zog Annabel sich hinter den Vorhang zurück.

„Barbara ist tot, Marlene. Ihr Leben lang hast du getan, was für sie das Richtige war. Immer kam sie an erster Stelle für dich. Bis heute kann ich kaum glauben, dass du nicht mit ihr zurück nach Deutschland gegangen, sondern bei mir geblieben bist.“ Bei den letzten Worten hatte seine Stimme einen weicheren Klang angenommen. „Aber jetzt geht es um die Lebenden.“

Marlene wirkte weniger versöhnlich. „Ach ja? Und Carsten? Glaubst du wirklich, die Wahrheit wäre in seinem Interesse?“

Die beiden waren ein Stück von der Veranda entfernt stehen geblieben, aber ihre Stimmen trugen deutlich bis zu Annabel hinauf. Sie stand in ihrem Versteck und lauschte atemlos.

„Ja, das glaube ich, und Carsten hatte das endlich auch begriffen!“, erwiderte Bernd. „Er hatte nur keine Zeit mehr, ihr alles zu sagen.“

„Das ist mir egal. Ich halte es einfach nicht mehr aus! Ich kann nicht länger dasitzen und mit ihr über Barbara reden. Sobald sie den Mund aufmacht, will ich am liebsten aufspringen und weglaufen.“

Die Wut in ihrer Stimme schockierte Annabel. Gleichzeitig wurde sie immer neugieriger.

„Du bist unfair“, sagte Bernd ruhig. „Du kannst ihr doch nicht vorwerfen, dass ihre Anwesenheit alles wieder an die Oberfläche holt.“

„Denkst du, das weiß ich nicht? Mir ist selbst klar, dass ich nicht das geringste Recht habe, ihr irgendetwas vorzuwerfen. Sie hat nichts falsch gemacht, sie ist an allem völlig unschuldig und sie tut mir entsetzlich leid. Aber das ändert nichts. Wenn sie mich nach Barbara fragt, will ich sie nur anschreien, damit sie endlich ruhig ist. Ich kann einfach nichts dagegen tun.“ Marlene brach ab, als würde sie ein Schluchzen unterdrücken. „Das Ironische an der Sache ist, wie ähnlich sie Barbara ist“, fuhr sie ruhiger fort. „Das macht alles nur noch schlimmer. Selbst ich kann sehen, dass allein ihre Schuhe mehr gekostet haben, als eine Familie hier in einem Monat verdient. Und für das Geld, dass ihr schwarz-weiß gestreiftes Kleid gekostet hat, könnte man wahrscheinlich das Dach der Kirche neu decken.“

Annabel warf einen Blick auf ihre Wildledersandalen in der Zimmerecke. Nach dem Gespräch mit Nirina schätzte sie, dass der Preis das Monatseinkommen einer Durchschnittsfamilie weit überstieg. Sie unterdrückte einen Anflug von schlechtem Gewissen und konzentrierte sich auf den Streit im Garten.

„Weißt du noch, wie Barbara sich immer genauso elegant gekleidet hat?", hörte sie Marlenes Stimme. „Wenn sie in ihren teuren Kleidern hier herumgelaufen ist, hat sie immer genauso fehl am Platze gewirkt, und auch sie hat fast nie die Sonnenbrille abgesetzt."

„Es muss endlich Schluss mit den ganzen Lügen sein, Marlene. Das Kind hat ein Recht darauf, die Wahrheit zu erfahren", sagte Bernd ruhig.

„Aber Barbara …"

„Barbara kann nichts mehr verletzen", fiel er ihr ins Wort.

„Sie hätte es nicht gewollt. Ich musste ihr schwören …"

„Ich weiß, Marlene. Aber das heißt noch lange nicht, dass es nicht das Richtige ist. Ganz im Gegenteil. Wenn du ehrlich bist, weißt du doch selbst genau, dass es ihr nie darum ging, andere …"

Ein Donner krachte und verschluckte seine restlichen Worte. Annabel sah, wie Bernd und Marlene ins Haus rannten, dann brach der Regen los. Zuerst brodelte der Boden einige Sekunden lang unter den dicken Tropfen, dann stürzte das Wasser in einer silbernen Wand vom Himmel. Hastig schloss Annabel das Fenster.

Sie versuchte erfolglos, Sinn in das Gehörte zu bringen. Die Worte wirbelten in ihrem Kopf umher. Unten im Haus wurden jetzt eilig Türen und Fenster geschlossen. Bevor sie der Mut verließ, lief Annabel nach unten und suchte Bernd und Marlene. Sie fand die beiden im Wohnzimmer. Schweigend standen sie nebeneinander am Fenster und sahen zu, wie der Regen unbarmherzig auf die Erde niederprasselte. Die Atmosphäre war merklich angespannt. Annabel blieb einen Moment stehen und wartete, ob sie ihr Gespräch weiterführten.

Als sie still blieben, trat sie ins Zimmer. „Von welchen Lügen habt ihr vorhin geredet?", fragte sie direkt. „Ich hatte oben das Fenster auf und konnte nicht anders, als euren Streit mit anzuhören."

Bernd kam einen Schritt auf sie zu und öffnete den Mund. Bevor er etwas sagen konnte, legte seine Frau die Hand auf seinen Arm. „Das hatte nichts mit dir zu tun." Ihre Stimme duldete keinen Widerspruch.

Annabel sah Bernd ins Gesicht, aber er schüttelte nur hilflos den Kopf und verließ das Zimmer. Sie fragte sich, ob er einfach nur feige war, kam dann aber zu dem Schluss, dass er nur seine Frau zu sehr liebte, um etwas zu tun, was sie verletzte.

„Das ist doch Unsinn", wandte sie sich an Marlene. „Ihr habt über Mutter und Vater geredet, über mich, über Lügen, über Wahrheiten, darüber, dass du meine Fragen nach meiner Mutter nicht ertragen kannst. Worum ging es dabei?" Am liebsten hätte sie Marlenes schmale Schultern genommen und die Tante geschüttelt. Es machte sie rasend, dass sie mit ihren Fragen einfach nicht weiterkam.

„Um eine Sache mit der Plantage. Für dich ist das Ganze absolut unbedeutend – es sei denn, du interessierst dich für ein paar Quadratmeter Anteil an der Plantage." Marlenes Tonfall zeigte, dass sie das Thema damit für beendet hielt. Sie wandte sich zur Tür. „Entschuldige, Annabel, aber jetzt muss ich mich wirklich umziehen. Ich bin ganz durchgeschwitzt. Heute ist es besonders schwül, findest du nicht?"

„Oh nein! So einfach kannst du mich nicht abspeisen! Hältst du mich wirklich für so dumm? Ich merke doch die ganze Zeit schon, dass ihr mir etwas verheimlicht."

„Wenn du es unbedingt wissen musst." Marlene sah zur Decke und seufzte. „Barbara hat damals gelogen, weil sie nicht wollte, dass Carsten noch einen Anteil an der Plantage behält. Sie hatte Angst, dass es ein Grund für ihn sein könnte, irgendwann wieder zurück nach Madagaskar zu wollen. Wenn du darauf bestehst, können wir in den nächsten Tagen auch die Einzelheiten durchgehen, aber das führt mir jetzt wirklich zu weit. Und ja, es hat mit dir zu tun, weil du damit Anspruch auf einen Teil der Plantage hast, auch wenn er nur klein ist."

Annabel schüttelte den Kopf. „Das macht doch gar keinen Sinn. Ihr habt vorhin so getan, als würde die Wahrheit ... ich weiß nicht ... verheerend sein. Aber ein albernes Stück von der Plantage? Das ist doch kein Grund für dieses ganze Drama."

„Für dich vielleicht nicht! Für uns hat es sehr wohl eine Bedeutung!" Marlene trat einen Schritt auf sie zu. In ihren Augen funkelte ein kaltes Licht.

Annabel wäre fast einen Schritt zurückgewichen, aber sie zuckte mit keinem Muskel und hielt dem Blick der Tante stand.

„Du hast dich kein bisschen verändert, Annabel! Schon als Baby warst du so starrsinnig." In der Stimme der Tante lag nicht die geringste Zuneigung. „Wenn du es wirklich wissen musst: Deine Mutter hat damals eine Unterschrift gefälscht. Da hast du deine Wahrheit! Aber wag ja nicht, Barbara deswegen zu verurteilen! Sie hat es nur aus Verzweiflung getan. Und? Bist du jetzt zufrieden?"

Annabel erstarrte. Nach den ersten Worten der Tante war der Rest an ihr vorbeigerauscht. „Als *Baby*? Woher weißt du, dass ich ein starrsinniges Baby war?", flüsterte sie. „Du hast mich doch nie gesehen."

„Wird das jetzt etwa eine neue Verschwörungstheorie?" Marlene verdrehte die Augen und seufzte genervt. „Natürlich hat Barbara mir damals ständig von diesem Baby – von dir – erzählt. Wir haben uns lange Briefe geschrieben und so oft wie möglich telefoniert. Sie hat dich geliebt, aber manchmal hast du sie mit deiner Sturheit auch zur Verzweiflung getrieben."

Eins jedenfalls wurde Annabel immer klarer: Selbst als sie noch ein Baby gewesen war, hatte Marlene nicht viel für sie übriggehabt.

9. KAPITEL

Das Mittagessen verlief in unbehaglichem Schweigen. Bernd versuchte immer wieder, ein Gespräch in Gang zu bringen, aber Marlene und Annabel hoben kaum den Blick vom Teller. Schließlich gab er auf und säbelte an seinem Zebusteak herum, als wäre es für die Situation verantwortlich.

Im Gegensatz zu den sonstigen Mahlzeiten füllte Marlene sich nur eine kleine Portion Reis mit scharfer Soße und etwas von den grünen Papayas mit Knoblauch auf. Sobald sie ihren Teller geleert hatte, stand sie mit einer gemurmelten Entschuldigung auf.

Annabel sah ihrer Tante nach, wie sie das Wohnzimmer verließ. Sofort kam es ihr vor, als könnte sie freier atmen. Sie glaubte kein Wort von Marlenes merkwürdiger Geschichte, aber es hatte keinen Sinn, Bernd zu fragen. Er hatte schon mehrfach gezeigt, dass er seiner Frau nicht in den Rücken fallen würde.

Bernd wirkte sichtlich bedrückt. Trotz ihres Ärgers war Annabel gerührt, wie sehr der Streit mit seiner Frau ihn aus der Bahn warf. Während sie schweigend die Mahlzeit beendeten, hörte der Regen so plötzlich auf, als hätte jemand den Hahn zugedreht. Bleigraue Wolken rasten über den Wald, aber es blieb trocken. Der Regen hatte keine Abkühlung gebracht, und in der Hitze dampfte die feuchte Vegetation.

Den Rest des Tages verbrachte Annabel auf der Terrasse und brütete über den Hotelplänen. Erst als die Sonne untergegangen war, sammelte sie die Blätter ein, die mittlerweile den ganzen Tisch bedeckten, heftete sie wieder in den Ordner und ging zurück ins Haus. Nirina hatte den Tisch für vier gedeckt, doch Marlene erschien nicht zum Abendessen.

Bernd stocherte lustlos auf seinem Teller herum. Annabel überlegte, ob sie den Streit mit der Tante ansprechen sollte, entschied sich aber dagegen. Jean-Pierre gab sich Mühe, ein

Gespräch in Gang zu bringen, aber immer wieder gab es lange Pausen, in denen nur das Klappern des Bestecks zu hören war.

Jean-Pierre nahm einen Bissen von dem Hühner-Curry und nickte anerkennend. Sein kurzes Haar war noch feucht von der Dusche und stand wirr in alle Richtungen. „Ein neues Rezept", stellte er fest. „Köstlich!"

Annabel hatte gerade darüber nachgedacht, wie es in den nächsten Tagen weitergehen sollte. Nach dem Streit – und vor allem, seitdem sie wusste, dass Marlene ihren Anblick kaum ertrug – konnte sie nicht länger unter ihrem Dach wohnen.

„Ich habe mir etwas überlegt", sprach sie aus, was ihr gerade durch den Kopf gegangen war. Je mehr sie darüber nachdachte, desto besser gefiel ihr die Idee. Sie begriff nicht, warum sie nicht schon früher darauf gekommen war. „Morgen ziehe ich in Vaters Haus."

Bernd und Jean-Pierre redeten gleichzeitig los:

„Was? Nein, das kannst du nicht …?"

„Auf keinen Fall kannst du alleine …"

Annabel hob die Hand, um sie zum Schweigen zu bringen. „Denkt doch mal nach! Das ist die perfekte Lösung. Dort habe ich meinen eigenen Platz und bin keinem im Wege. Für Marlene wäre es bestimmt auch einfacher", setzte sie nach einer winzigen Pause hinzu.

Das Argument überzeugte Bernd sofort. „Das stimmt. Es ist nicht so, dass sie dich nicht gern im Haus hätte, Annabel", ergänzte er hastig. „Du bist ihre Nichte, und natürlich hat sie dich gern. Aber … wenn es um ihre Schwester geht, war sie immer schon sehr empfindlich."

Jean-Pierre war nicht so leicht zu überzeugen. „Das ist viel zu gefährlich!", widersprach er. „Purer Leichtsinn! Mein Gott, Bernd, jetzt sag auch mal was! Denk doch bloß an die ganzen Überfälle in den letzten Monaten!"

Aber Bernd schien der Frieden mit seiner Frau wichtiger zu sein. „Keine davon waren in unserer Gegend", sagte er beschwichtigend. „Und wozu sollten sie die Hütte ausgerechnet dann überfallen, wenn jemand für ein paar Tage drin wohnt, wenn sie den Rest des Jahres sowieso leer steht?“

„Trotzdem, mir ist überhaupt nicht wohl bei dem Gedanken!“, beharrte Jean-Pierre. „Und was ist, wenn der Regen einsetzt?“

Seine Besorgnis rührte Annabel. Sie hatte seinen Charme für sein normales Verhalten Frauen gegenüber gehalten, nicht für ernsthaftes Interesse. Aber dafür machte er sich erstaunlich große Sorgen um sie. „Vater hat dort schließlich auch alleine gewohnt. Und wenn ich mich nicht wohlfühle oder es mir zu abgeschieden sein sollte, kann ich immer noch zurückkommen.“

„Für alle Fälle kannst du auch unser Satellitentelefon mitnehmen“, bot Bernd an.

Annabel ließ Jean-Pierre keine Zeit zu widersprechen. „Gut, das ist also abgemacht!“

In der Nacht zog das Unwetter vorüber. Ein neuer heißer, wolkenloser Tag lag vor ihr. Nach einer kühlen Dusche wickelte Annabel sich in ein großes Frotteetuch und ging barfuß zum Kleiderschrank. Ohne nachzudenken, nahm sie ihr schwarzweißes Lieblingskleid vom Bügel. Dann fielen ihr wieder Marlenes Worte ein.

Niemand hier sollte denken, dass sie ihr Geld zur Schau stellen wollte! Shopping war eigentlich eins ihrer größten Vergnügen, aber im Moment war ihr die Vorstellung nur unangenehm. Sie stellte sich vor, wie sie in Hamburg bei ihrem nächsten Einkauf an der Kasse stand und ihre schwarze Kreditkarte aus dem Portemonnaie zog. Sie war nicht sicher, ob sie je vergessen würde, wie die Menschen hier lebten. Ob sie es vergessen wollte.

Es lag in ihrer Hand, die Lebensumstände hier zu verändern. Aber das war schließlich nicht ihre Verantwortung. Außerdem – was würde das bringen? Andra war nur ein winziger Ort am

Ende der Welt mit einer Handvoll Einwohner. *Andranomandraotra*, dachte sie und lächelte. Was für ein Name!

Sie warf das Kleid über die Sessellehne und durchstöberte ihre restlichen Sachen. Sie seufzte, als sie feststellte, dass jedes einzelne Stück sündhaft teuer gewesen war – und auch danach aussah.

Schließlich zog sie ein ärmelloses locker fallendes T-Shirt-Kleid aus dem Schrank, von einem so blassen Blau, dass es fast weiß wirkte. Eigentlich hatte sie es als Nachthemd oder Strandkleid eingepackt, aber der lockere Schnitt betonte ihre weibliche Figur, und die Farbe ließ ihre Haut leuchten.

Marlene, Bernd und Jean-Pierre saßen bereits am Frühstückstisch, als Annabel hinaus auf die Veranda trat. Bernd ließ eine zerknitterte Zeitung sinken, die vermutlich schon einige Tage alt war.

Er lächelte Annabel zu. „Guten Morgen."

Zu ihrer Erleichterung begrüßte Marlene sie, als wäre nichts gewesen. Jean-Pierre stand auf und zog Annabel einen Stuhl zurecht. Heute Morgen trug er eine weite Baumwollhose und ein blaues T-Shirt mit einer Knopfleiste. Die obersten Knöpfe waren geöffnet und ließen schwarze seidige Härchen sehen. „Hast du gut geschlafen?"

„Wunderbar." Annabel setzte sich und schenkte sich Kaffee ein. „Die Regenzeit lässt wohl noch auf sich warten."

„Was habe ich dir gesagt! Die Sonne scheint, und unserem Picknick steht nichts im Wege."

Marlene reichte Annabel den Brotkorb. „Oder möchtest du lieber Reis?"

„Oh, es gibt Baguette! Wunderbar! Danke." Annabel brach ein großes Stück von dem knusprigen Brot ab und bestrich es mit Butter.

„Nirina hat heute Morgen schon gebacken", sagte Marlene. Offensichtlich bemühte sie sich, Annabel freundlich zu begegnen.

Bernd faltete die Zeitung zusammen und legte sie zur Seite. „Wohin soll es denn heute gehen?“

„Ich wollte Annabel den Wasserfall zeigen.“ Jean-Pierre nahm sich eine Mango aus der Obstschale, zerteilte sie in Stücke und schob den Teller zur Tischmitte. „Bedient euch, wenn ihr auch möchtet.“

„Ich würde auch gern einige Sachen für die nächsten Tage in Vaters Haus einkaufen.“

Bernd seufzte. „Ich hatte gehofft, du hättest über Nacht Vernunft angenommen.“

Marlene nickte. „Bernd hat mir erzählt, was du vorhast, Annabel. Aber er hat recht, es ist zu gefährlich für dich, ganz allein im Wald.“

„Vater hat doch auch immer dort gewohnt, oder nicht?“

„Ja, aber du bist eine …“ Jean-Pierre brach ab und schob sich ein Stück Mango in den Mund.

Annabel lachte humorlos auf. „Eine Frau? Oder was wolltest du sagen?“

Jean-Pierre grinste ertappt und spießte noch ein Stück Mango auf seine Gabel. „Ja, aber ich meinte damit nicht, dass du hilflos oder schwach wärest.“ Sein Lächeln war entwaffnend wie das eines kleinen Jungen. „Na ja, vielleicht schon etwas in die Richtung, aber es war jedenfalls nicht beleidigend gemeint.“

Annabel merkte, wie sie fast unfreiwillig sein Lächeln erwiderte. „Nach unserem Ausflug ziehe ich um. Falls ich mich allein nicht sicher genug fühle, kann ich ja jederzeit zurückkommen.“ Ihr Ton ließ keinen Widerspruch zu. Sie lehnte sich zurück und trank einen Schluck Kaffee.

Für einen Moment war es still.

„Wenn wir sowieso zum Einkaufen nach Sambava fahren, könnten wir auch in der Stadt essen gehen, anstatt zu picknicken“, schlug Jean-Pierre vor. Offensichtlich hatte er begriffen, dass es klüger war, Annabel nicht länger zu bedrängen.

„Eine gute Idee.“ Sie nickte.

Er stand auf. „Von mir aus kann es gleich losgehen, Annabel. Treffen wir uns in einer halben Stunde unten am Wagen? Und vergiss dein Schwimmzeug nicht."

Jean-Pierre hatte die Plane von seinem Jeep entfernt und den Wagen so zu einem Cabrio umfunktioniert. Sobald er etwas schneller fuhr, wehte der Fahrtwind Annabel das Haar ins Gesicht. Während sie durch das Dorf fuhren, versuchte sie erfolglos, es mit den Händen zurückzuhalten. Schließlich nahm sie ein Haargummi aus der Tasche und band die Haare im Nacken zusammen.

Verwundert stellte sie fest, dass sie einige der grüßenden Gesichter wiedererkannte. „Wie vertraut Andra mir schon vorkommt. Kaum zu glauben, dass ich erst …", sie rechnete kurz nach, „… sechs Tage hier bin."

„Willst du wirklich nicht noch mal drüber nachdenken …"

„Ich hoffe, du fängst nicht wieder vom Haus an!", fiel sie ihm ins Wort.

„Schon gut, schon gut." Er hob lachend eine Hand, als wollte er sich ergeben. „Ich dachte, wir fahren erst zum Wasserfall, gehen schwimmen, und dann kaufen wir für dich ein. Was hältst du davon?"

„Einverstanden. Danach haben wir wahrscheinlich auch schon Hunger. Kennst du ein echtes madagassisches Restaurant, nicht so eine Touristenfalle?"

Jean-Pierre warf ihr einen Blick zu. „Klar kenne ich eins – mehrere sogar. Aber ich dachte, du wärst mehr der Typ für die feine französische Küche und hättest gern eine Abwechslung zu Nirinas Hausmannskost."

„Nirinas Essen schmeckt mir sehr gut. Und ich würde gern mehr von der Insel sehen, von dem echten Madagaskar."

„Kein Problem, aber sag hinterher nicht, ich hätte dich nicht gewarnt."

Sie lachte. „Willst du für immer hierbleiben?"

„Wenn es geht. Ich kann mir allerdings nicht vorstellen, auf ewig für Bernd und Marlene zu arbeiten. Die beiden sind herzensgute Leute, und ich liebe ihre Plantage, aber auf Dauer fehlt mir die Herausforderung."

„Das kann ich gut verstehen! Hast du keine Lust, zurück nach Frankreich zu gehen und auf deinem Landgut zu leben?"

„Nie wieder Europa!" Jean-Pierre brach ab und wich einem Schlagloch aus.

Irgendwann musste er von der Hauptstraße abgebogen sein, ohne dass Annabel es gemerkt hatte. Die Piste durch den Regenwald wurde jetzt so schmal, dass die Sträucher zu beiden Seiten über die Fenster kratzten. Immer wieder klafften hüfttiefe Schlaglöcher vor ihnen oder dicke Äste lagen quer über dem Weg. Jean-Pierre schwieg und konzentrierte sich auf das Fahren.

Nach einigen Kilometern endete der Wald abrupt. Vor ihnen erstreckte sich ein lang gestrecktes smaragdgrünes Tal. Durch die Reisfelder schlängelte sich ein Fluss. Eine kleine Ansammlung von Häusern lag an seinem Ufer. Annabel konnte den Rauch der Kochfeuer sehen. Als sie das Fenster öffnete, hörte sie in der Ferne schwach das Gebrüll von Vieh und Hundebellen.

„Das ist mal eine Aussicht!"

Bevor Jean-Pierre antworten konnte, klingelte ihr Telefon. Nachdem es fast eine Woche still gewesen war, kam Annabel das Geräusch seltsam fremd vor. Sie konnte sich nicht erinnern, dass sie das Handy eingesteckt hatte. Alte Gewohnheit, dachte sie, griff in die Tasche und tastete suchend nach dem Telefon.

„Ausgerechnet hier gibt es ein Funknetz?", murmelte sie. Als sie endlich das Telefon gefunden hatte, war es still.

„Das ist typisch für Madagaskar. Hier passiert nie das, womit man rechnet, sondern immer genau das Gegenteil."

Annabel runzelte die Stirn und starrte auf den kleinen Monitor. „Oh mein Gott!"

„Was ist? Schlechte Nachrichten?"

„Das kann ich noch nicht sagen – jedenfalls viele! Ich habe *zweiundvierzig* Anrufe! Alle aus meiner Kanzlei.“ Während sie sprach, wählte sie die Nummer ihrer Mailbox.

„Annabel, hier ist noch einmal Peter“, hörte sie die letzte Nachricht. Für Peters Verhältnisse klang seine Stimme laut und aufgeregt, fast schon panisch. „Warum meldest du dich nicht? Ich warte jetzt seit einer Woche auf ein Lebenszeichen von dir. Wenn ich bis morgen nichts von dir gehört habe, alarmiere ich die Deutsche Botschaft auf Madagaskar. Melde dich! Bitte.“

Sie ließ das Telefon sinken. „Das war meine Kanzlei. Entschuldige, Jean-Pierre, aber ich muss zurückrufen.“ *Meine Kanzlei?* dachte sie. Gut, dass Peter das nicht gehört hatte.

Jean-Pierre grinste. „Natürlich. Wir wollen doch nicht, dass deine Kanzlei die Botschaft alarmiert.“ Er hielt den Wagen an, stieg aus und ging langsam ein Stück den Weg hinunter.

Annabel sah ihm nach und wünschte, sie hätte das Telefon nicht eingesteckt. Sie seufzte, dann rief sie Peter an.

„Annabel! Endlich! Mein Gott, wo steckst du? Warum hast du mich nicht zurückgerufen?“, rief er noch, bevor sie sich melden konnte.

„Beruhige dich, Peter! Ich hatte in den letzten Tagen kein Netz und habe gerade erst deine Nachrichten gesehen. Was ist passiert?“

„Abgesehen davon, dass du auf einer Dritte-Welt-Insel verschollen bist, meinst du?“

„Ich bin nicht verschollen, ich hatte nur keinen Empfang.“

Er lachte spöttisch. „Wie hältst du das bloß aus? Ist dort alles so primitiv? Wenn ich da an meinen letzten Urlaub in Bali denke …“

„Warum hast du überhaupt angerufen?“ Kaum hatte sie ausgesprochen, tat ihr die Frage schon leid.

Vor einer Woche hatte sie noch über ein gemeinsames Leben mit Peter nachgedacht. Auch wenn zwischen ihnen nichts ausgesprochen worden war, hatten beide genau gewusst, was kommen würde. Ihr fiel auf, dass sie gerade in der Vergangenheitsform an ihn gedacht hatte.

Peter schwieg. Sie konnte fast durch die Stille in der Leitung hören, wie verletzt er war.

„Ist etwas in der Kanzlei passiert? Kommt Frank nicht mit Frau Johannsens Fall zurecht?"

Annabel konnte sich genau vorstellen, wie Peter gerade mit der freien Hand alle Gegenstände auf dem Schreibtisch fein säuberlich an ihren Platz schob und millimetergenau ausrichtete. Etwas, das er immer tat, wenn er nachdachte oder sich ärgerte und es nicht zeigen wollte.

„Nein, ich habe mir einfach nur Sorgen um dich gemacht. Findest du das wirklich so überraschend?"

„Ich ... nein ... nein, natürlich nicht, Peter. Aber hier haben sich die Ereignisse überschlagen, und ich hatte gar keine Zeit, an etwas anderes zu denken. Wie ist das Wetter bei euch?"

„Ziemlich kühl, und es gießt in Strömen."

Annabel sah auf das grüne Tal und den wolkenlosen Himmel und versuchte erfolglos, sich Hamburg vorzustellen, kalt, nass und grau. Sie dachte an Peter, wie er nach teurem Eau de Cologne duftend in einem seiner Maßanzüge hinter dem Schreibtisch saß und immer wieder auf die Uhr schaute, um sein nächstes Meeting nicht zu versäumen. Sie war froh, nicht dort zu sein, und diese Freude erfüllte sie sofort mit Schuldgefühl.

„... Annabel? Bist du noch da?"

„Äh, ja. Entschuldige, gerade war ein Rauschen in der Leitung. Was hattest du zuletzt gesagt?"

„Ich hatte gefragt, ob du wenigstens alles hast regeln können."

Etwas mehr Teilnahme hätte er schon zeigen können, fand Annabel. Schließlich war sie hergekommen, um ihren Vater zu beerdigen. „Noch nicht. Ich habe nämlich erfahren, dass ich eine nicht unbedeutende Erbschaft gemacht habe", sagte sie ihm das, was er vermutlich am besten verstehen würde. „Ein Grundstück, das ein Vermögen wert ist."

„Das ist doch großartig.“ Er klang, als hätte sie den Hauptgewinn in der Lotterie gezogen und nicht das Erbe ihres Vaters angetreten. „Gibt es vor Ort kompetente Makler? Bestimmt nicht, sicher alle korrupt. Wenn du mir die Fakten zukommen lässt, sehe ich, was ich von hier aus tun kann. Aber du bist ja auch bald wieder hier.“

„Ehrlich gesagt …“ Sie wusste selbst nicht genau, was sie sagen wollte.

„Ja?“

„Es gibt hier einige Komplikationen. Ich muss noch einige Dinge klären und … denkst du, es wäre ein Problem, wenn ich noch ein paar Tage länger bleiben würde?“

Ein verlängerter Urlaub war in ihrem Job viel verlangt, aber sie war der Meinung, dass sie es verdient hatte. In ihren zwei Jahren in der Kanzlei hatte sie nicht mehr als fünf freie Tage genommen.

„*Länger bleiben?* Ist das dein Ernst, Annabel? Du hast doch noch eine ganze Woche vor dir!“

„Ja, aber ich weiß nicht, ob ich es in der Zeit schaffe, die Erbschaftsformalitäten zu klären. Hier läuft alles ein bisschen anders als in Deutschland. Außerdem … auf dem Gelände, das ich geerbt habe, ist ein Hotel geplant … Es ist kompliziert, Peter.“ Wenigstens das war nichts als die Wahrheit.

„Das glaube ich dir sofort. Allerdings weiß ich nicht, ob Vater auch so verständnisvoll sein wird. Er rechnet fest mit dir. Und zwar pünktlich. Vergiss nicht – du sollst Partnerin werden. Was könnte wichtiger sein?“

Genau das ist die Frage, dachte Annabel, aber sie sprach es nicht aus.

„Ich werde mit Vater reden“, versprach Peter. „Aber bitte versuch, so bald wie möglich zurückzukommen.“

„Das tue ich.“

„Wie kann ich dich erreichen?“

„Gar nicht, fürchte ich. Das heißt, irgendwo gibt es hier angeblich ein Satellitentelefon. Sollte ich es je zu Gesicht bekommen – und sollte es auch wirklich funktionieren –, gebe ich dir die Nummer durch. Mach's gut, Peter. Und vielen Dank."

„Pass auf dich auf, Annabel!"

Der Anruf hatte sie übergangslos in die Realität zurückgeworfen. Plötzlich konnte sie den Gedanken kaum ertragen, bald wieder im Büro zu sitzen.

Warum überhaupt *Realität*? fragte sie sich. Am Strand entlangzulaufen, mit Nirina zu reden oder mit Jean-Pierre über die Insel zu fahren, fühlte sich ausgesprochen echt an.

Ihr Vater hatte es gewagt, sein Leben mit sämtlichen Verpflichtungen aufzugeben und sich für seinen Traum zu entscheiden. Für die Möglichkeiten, die auf ihn warteten. Noch vor wenigen Tagen hatte Annabel sein Verhalten völlig verrückt gefunden. Doch plötzlich spürte sie einen Anflug von Neid – und vielleicht auch einen Hauch Bewunderung. Sie hoffte, dass seine Entscheidung ihn wenigstens zum Schluss noch glücklich gemacht hatte.

Annabel hatte nicht wahrgenommen, dass sie traurig wurde, aber über ihre Wangen liefen Tränen.

„Schlechte Nachrichten von zu Hause?" Unbemerkt von ihr war Jean-Pierre zurückgekommen. Er lehnte sich durch das geöffnete Fenster und musterte sie besorgt.

Sie wandte den Kopf ab und wischte die Tränen weg. „Nein, ich habe nur gerade an meinen Vater gedacht. Ich hoffe, dass er zum Schluss glücklich mit seiner Entscheidung war."

Jean-Pierre setzte sich neben sie. „Ich bin sicher, das war er."

Hinter sich hörte sie ein Rascheln. Sie zuckte zusammen, drehte sich um und sah noch, wie ein flauschiges Tier, das wie eine Kreuzung zwischen einem Panda und einem Affen aussah, in den Bäumen verschwand.

Sie vergaß ihre Tränen. Aufgeregt griff sie nach Jean-Pierres Arm. „Ein Albino-Affe!"

Er lachte. „Nicht ganz, das war ein Sifaka. Du hast gerade deinen ersten Lemuren gesehen. Guck, da oben sitzt er noch."

Sie folgte seinem ausgestreckten Finger und erhaschte noch einen Blick auf den schneeweißen Körper und den schwarzen Kopf, bevor er durch die Baumwipfel davonschoss.

Sie fuhren weiter. Niemand sagte etwas, aber Annabel hatte seltsamerweise nicht das Bedürfnis, die Stille zu füllen.

Bald verließen sie das grüne Tal und bogen von der Straße ab auf einen schmalen Weg, der in den Wald führte. Wenige Minuten später wurde der Weg zu eng, um weiter mit dem Auto durchzukommen. Jean-Pierre lenkte den Wagen an den Straßenrand und stellte den Motor ab.

„Zum Wasserfall müssen wir noch ein paar Minuten zu Fuß durch den Wald gehen." Er warf einen Blick auf ihre nackten Füße in den Riemchensandaletten. „Ich hätte dir vielleicht vorher Bescheid sagen sollen."

„Muss ich Angst vor giftigen Schlangen oder Insekten haben?"

„Nein, so etwas gibt es auf Madagaskar nicht."

„Na, dann los!" Annabel nahm ihre Tasche und folgte ihm.

Jean-Pierre ging auf dem gewundenen Pfad voraus. Immer wieder blieb er stehen und hielt ihr Lianen oder Zweige aus dem Weg. Nach einiger Zeit hörte Annabel ein schwaches Donnern. Als sie weitergingen, wurde das Donnern zu einem Rauschen.

Kurz darauf traten sie aus dem Wald auf eine Lichtung, und Annabel erblickte einen Wasserfall. Das Wasser fiel einige Meter tief in einen klaren grünen See. Der Ort strahlte eine heitere Ruhe aus. Wilde Orchideen in allen Farben rankten in den Bäumen ringsum. Ein großer Schwarm blauer Schmetterlinge hob und senkte sich über den Blüten. Jean-Pierre und Annabel blieben nebeneinander stehen. Ihre Arme berührten sich.

„Wunderschön", murmelte Annabel. Ihre Stimme brach den Zauber. „Kann man hier schwimmen, oder lauern vielleicht Blutegel oder giftige Schlangen im Wasser?"

Jean-Pierre lachte. „Hast du dein Wissen über Madagaskar aus einem Reiseführer? Falls ja, schmeiß ihn weg! Auf ganz Madagaskar gibt es keine Tiere, die dem Menschen gefährlich werden könnten. Nein, du kannst ganz beruhigt ins Wasser gehen."

Nach der Wanderung in der schwülen Luft konnte Annabel sich nichts Schöneres vorstellen. Sie zogen sich sofort aus – beide trugen schon ihre Badesachen unter der Kleidung – und sprangen in das Wasser, kalt und klar wie Glas. Annabel versuchte, zum Grund zu tauchen, aber der Teich war zu tief. Fünf oder sechs Meter, schätzte sie.

Bald wurde ihr zu kalt. Sie stieg aus dem Wasser, legte sich das Badetuch wie ein Cape um die Schultern und setzte sich ans Ufer. Jean-Pierre gab seine Tauchversuche noch nicht auf. Schließlich kam er prustend und nach Luft schnappend an die Oberfläche und legte Annabel einen durchscheinenden bläulichen Stein zu Füßen.

Als sie ihn in der Sonne hin und her bewegte, glühten bunte Lichter im Inneren auf. „Wunderschön. Weißt du, was das für einer ist?"

„Keine Ahnung."

„Es könnte ein Opal sein", überlegte Annabel. Sie bewegte den Stein noch immer im Licht.

Er zuckte mit den Schultern. „Mit Steinen kenne ich mich leider nicht aus. Angeblich kann man mit etwas Glück auf Madagaskar überall Edelsteine finden, aber bisher hatte ich noch kein Glück. Vielleicht bist du ja mein Glücksbringer."

Bei seinen Worten schaute sie auf. Ihre Augen begegneten sich für einen langen Blick, dann sah Jean-Pierre zur Seite. Sie breiteten ihre Badetücher nebeneinander aus und ließen sich in der Sonne trocknen.

„Ich kann mir gar nicht vorstellen, zurück nach Deutschland zu gehen", sagte Annabel leise. Sie lag mit geschlossenen Augen da und stellte sich vor, wie er lächelte.

„Das sagst du nur, weil das Wetter noch trocken ist. In der Regenzeit würden sogar wir Einheimischen ab und zu gerne flüchten. Wartet zu Hause niemand auf dich?"

Annabel zögerte. „Nein", sagte sie dann. Sie öffnete die Augen.

Er lag neben ihr, auf einen Ellbogen gestützt, und sah sie an.

„Und was ist mit dir?"

Er lächelte. „Ich bin Single. Einmal hätte ich fast geheiratet, aber das ist lange her."

„Was ist passiert?"

„Ihr Vater hat gewonnen. Er konnte mich von Anfang an nicht leiden."

„Das tut mir leid."

„Muss es nicht. Inzwischen bin ich froh darüber. Wäre es die wahre Liebe gewesen, hätten wir einen Weg gefunden."

„Das ist eine sehr romantische Einstellung."

„Ich bin romantisch. Hast du das noch nicht gemerkt?"

Annabel schloss wieder die Augen. Halb rechnete sie damit, jeden Moment seine Lippen auf ihren zu spüren. Aber er küsste sie nicht.

10. KAPITEL

Die Männer saßen dicht gedrängt an den langen Tischen. Als Annabel und Jean-Pierre das kleine Restaurant betraten, begrüßten sie die beiden wie gute Bekannte und rückten noch etwas enger zusammen.

Annabel hatte Jean-Pierre sprachlos angestarrt, als er ihr vorschlug, in ein *hôtely* zu gehen. Nachdem er sie am See nicht geküsst hatte, kam die Frage etwas unerwartet. Zum Glück hatte sie nicht Ja gesagt, bevor er ihr erklärt hatte, dass dies auf Madagaskar die Bezeichnung für ein Speiselokal war.

Das Restaurant war das Stammlokal der hiesigen Buschtaxifahrer. Auf den nackten Holztischen standen Wasserkrüge und Plastiktassen für die Gäste bereit.

Als Annabel sich einschenken wollte, schüttelte Jean-Pierre den Kopf. „Das ist die Garantie für einen *hôtely belly*", erklärte er und bestellte zwei Cola. „Man sollte auf Madagaskar grundsätzlich kein offenes Wasser trinken, auch nicht in einem Restaurant."

Sie war erstaunt, wie wohl sie sich in diesem engen stickigen Lokal zwischen den Einheimischen fühlte. Ihr war, als würde sie schon immer dazugehören. Auf einer Schiefertafel standen die Gerichte des Tages: Huhn, Rind und Fisch.

„Das Huhn ist meist zäh, der Fisch immer grätig, aber das Rind schmeckt gut", erklärte er Annabel.

Sie bestellten beide ein Steak. Zubereitet wurde das Essen auf einem offenen Holzkohlefeuer hinter der Hütte. Durch die geöffnete Tür konnten sie dem Koch bei der Arbeit zuschauen.

Das Fleisch wurde mit zarten, geschmorten Kassava-Blättern serviert, die aussahen wie Spinat, aber leicht bitter schmeckten. Wie üblich gab es eine gewaltige Portion Reis und nur ein kleines Stück Fleisch. Beim ersten Bissen verzog Annabel das Gesicht.

„Keine Sorge", versicherte Jean-Pierre. „Der Wildgeschmack ist ganz normal, das ist Zeburind."

Annabel konnte sich nicht ganz an den strengen Geschmack gewöhnen, aber zum Glück servierte der Kellner eine Schüssel mit würziger Tomatensoße.

„Die Soße ist köstlich." Annabel löffelte sich großzügig davon über den Reis. „Ich würde dich ja gern als Dank für deine Hilfe bei meinem Einkauf zum Essen einladen, aber ich fürchte, damit würde ich dir nichts Gutes tun."

In der Stadt hatten sie alles besorgt, was Annabel für einige Tage im Strandhaus brauchte, und der Jeep war mit Tüten und Kartons beladen.

„Sag nicht, du kannst nicht kochen!" Jean-Pierre riss in übertriebenem Erstaunen die Augen auf. „Ich hätte darauf gewettet, dass du der Typ bist, der Fünf-Gänge-Menüs für seine Freunde zubereitet und wie ein Sternekoch dekoriert."

Annabel hob die Brauen. „Interessant. Ich wüsste ja gerne, auf was du sonst noch bei mir wetten würdest – und verlieren. Kochen gehört jedenfalls nicht zu meinen Stärken. Wenn ich abends nach Hause komme, bin ich meist viel zu müde, um noch den Herd anzustellen. Außerdem bin ich dafür viel zu ungeduldig. Wenn ich doch mal nach einem Rezept kochen will, fehlt immer das eine oder das andere, und dann schmeiße ich irgendwas zusammen. Manchmal wird es köstlich, manchmal ungenießbar. Aber ich kann mich kaum erinnern, wann ich das letzte Mal etwas gekocht habe. In meiner Küche würden Kühlschrank und Kaffeemaschine völlig ausreichen."

Sie schob mit ihrer Gabel das Steak auf dem Teller hin und her. „Eigentlich schade", murmelte sie nachdenklich. „Ich hatte schon ganz vergessen, wie gern ich koche." Sie erzählte ihm von den abenteuerlichen Gewürzmischungen ihrer Kindheit. „Die Köchin war wütend, aber Papa hat immer behauptet, es wäre köstlich." Sie lächelte. „Selbst wenn es grässlich schmeckte."

Jetzt setzte sich eine Gruppe von Neuankömmlingen mit großem Getöse an ihren Tisch. Jean-Pierre stand auf. „Wenn wir noch im Hellen zu Hause ankommen wollen, sollten wir fahren."

Annabel trank den letzten lauwarmen Schluck aus ihrer Colaflasche und folgte ihm ins Freie.

Während sie durch grüne Täler und Wälder zurück zur Plantage fuhren, sahen sie, dass sich neue Wolken am Horizont sammelten.

„Ich denke, bald ist es so weit, und der Regen kommt", sagte Jean-Pierre. „Ich bin froh, dass du Madagaskar noch im Sonnenschein erleben kannst."

Annabel biss sich auf die Lippe. „In der Regenzeit kommen wohl nicht viele Touristen her?"

„Nein. Warum fragst du?"

„Ach … ich hatte über das Hotel nachgedacht …"

„Sag nicht, du denkst daran, es doch zu bauen."

„Nein, natürlich nicht." Annabel wehrte mit einem Lachen ab. „Was weißt du über Daniel Coleman?"

„So viel wie jeder hier, und das ist ziemlich wenig. Coleman stammt aus New York, angeblich war er dort ein großes Tier an der Börse, aber das kann genauso gut auch nur Gerede sein. Seine Frau hat ihn verlassen, glaube ich. Oder sein Kind wurde überfahren?" Er zuckte mit den Schultern. „Irgendwas in der Richtung jedenfalls."

Annabel schnappte nach Luft. „Wie entsetzlich!"

„Ja. Er konnte das Ganze wohl nicht verkraften und musste New York verlassen. Er hat seinen gesamten Besitz verkauft und ein paar Monate lang Robinson Crusoe auf Madagaskar gespielt. Dabei hat er dann deinen Vater kennengelernt. Etwas später hat er ihm einen Teil seines Landes abgekauft und sich ein Flugzeug angeschafft. Seitdem lebt er dort in seiner Hütte und arbeitet als Pilot."

Jean-Pierre musterte sie von der Seite. „Was ist? Schmilzt dein Herz? Es geht doch nichts über eine tragische Liebesgeschichte, nicht wahr?“ Er grinste. „Dich als Anwältin hätte ich allerdings für etwas desillusionierter gehalten.“

„Ich kann nichts Romantisches daran finden, wenn man einen geliebten Menschen verliert.“

Jean-Pierre trat auf die Bremse. „Um Himmels willen, Annabel, das wollte ich damit auch nicht sagen. Es tut mir leid! Das war nur ein völlig dummer und gedankenloser Spruch!“

„Schon gut, vergiss es.“ Sie schüttelte den Kopf. „Ich bin im Moment ein bisschen empfindlich.“ Sie sagte sich, dass er es nicht böse gemeint hatte, aber der Zauber des Tages war dahin.

Jean-Pierre hielt den Jeep vor dem Haus der Hansens an und stellte den Motor ab. Die restliche Fahrt war mit mehr oder weniger gezwungener Konversation vergangen, und Annabel war froh, dass sie vorbei war.

„Ich hole rasch den Wagen von meinem Vater, dann können wir die Einkäufe umladen“, sagte sie und stieg aus.

„Wir können die Tüten direkt in meinem Auto lassen. Ich fahre noch mit dir zum Haus und helfe dir beim Reintragen.“

„Das ist wirklich nicht nötig, du hast mir heute schon genug geholfen.“

„Ich tue es gern. Hol einfach deine Sachen, dann fahren wir zusammen.“

Annabel widersprach nicht länger. Während ihrer Rückfahrt hatte sich der Himmel zugezogen. Die Wolken hingen tief und wirkten bedrohlich. Immer wieder zuckten gelbe Blitze über den dunklen Himmel, und insgeheim war sie froh über Jean-Pierres Begleitung.

Sie verabschiedete sich von Bernd und Marlene, packte ihre Reisetasche in den Land Rover und stieg ein. Gerade als sie den Motor angelassen hatte, kam Bernd aus dem Haus und lief zu ihrem Wagen. „Warte Annabel, das Satellitentelefon! Marlene sucht es gerade heraus“, rief er ihr zu.

Annabel lachte. „Danke, Onkel Bernd, aber das brauche ich wirklich nicht. Ich bin ja nur ein paar Minuten von euch entfernt."

Sie winkte ihm noch einmal zu, dann fuhr sie gefolgt von Jean-Pierre zum Strandhaus. Sobald sie alles ins Haus gebracht hatten, fielen die ersten Tropfen.

Nachdem Jean-Pierre einmal mit ihr durch das Haus gegangen war, um nach dem Rechten zu schauen, und ihr gezeigt hatte, wie sie den Generator einschaltete, bot Annabel ihm noch eine Erfrischung an, aber er lehnte dankend ab. Er wollte es noch vor dem Regen zurück zur Plantage schaffen.

Nachdem der Jeep nicht mehr zu sehen war, ging Annabel zurück ins Haus. Sie öffnete die Türen weit und ließ den Duft des Ozeans ins Haus. Der Gedanke, dass alles hier von ihrem Vater stammte, machte sie seltsamerweise nicht traurig, sondern tröstete sie. Sie fühlte sich in seiner kleinen Hütte geborgen.

Als die Einkäufe verstaut waren, nahm sie sich ein Bier aus dem Kühlschrank und setzte sich auf die Terrasse. Der Gewitterhimmel lag wie eine schwarze Decke über dem aufgewühlten Meer. Am Horizont zuckten immer wieder Blitze auf. Annabel lehnte den Kopf zurück und schloss die Augen.

Ein Tag wie dieser wäre mit Peter undenkbar. Peter hätte das *hôtely* nicht einmal betreten, geschweige denn, dort einen Bissen angerührt. Er war der Typ, der in einem Luxusresort an einem Traumstrand wohnte, mit Whirlpool in der Suite, und wenn er sich später die Fotos anschaute, konnte er nicht mehr genau sagen, ob sie in Bali, Thailand oder Madagaskar aufgenommen waren.

Was sie von Jean-Pierre halten sollte, wusste sie nicht. Sie wurde einfach nicht schlau aus ihm. Manchmal kam es ihr vor, als könnte er kaum den Blick von ihr abwenden. In seinen Augen glaubte sie zu sehen, dass er sie anziehend fand. Dann wieder verhielt er sich seltsam distanziert. Sie verstand nicht, warum er sie heute am Wasserfall nicht geküsst hatte.

Aus ihren eigenen Gefühlen wurde sie auch nicht viel schlauer. Sie war zwischen Enttäuschung und Erleichterung hin und hergerissen. Sicher, Jean-Pierre war ein attraktiver und charmanter Mann, intelligent und selbstbewusst. Gegen seine Anziehungskraft war Annabel nicht immun. Sie konnte sich lebhaft vorstellen, wie er mit seinem jungenhaften Lächeln und den schwarzen Augen die Pariser Frauenwelt bezaubert hatte.

Auf der anderen Seite ging in einer Woche ihr Rückflug nach Deutschland. Sie hoffte, dass Madagaskar dann rasch zu einer unbedeutenden Erinnerung verblasste. In den letzten Tagen hier noch eine Affäre zu beginnen, würde dabei bestimmt nicht helfen. Und mehr als eine Affäre konnte es nicht sein.

Sie seufzte und sah wieder dem Gewitter über dem Meer zu. Nach einer Weile fühlte sie sich in dieser mächtigen Natur so klein und schutzlos, dass sie zurück ins Haus ging und alle Fensterläden vorlegte. Sie streifte die Sandalen ab, zog das verschwitzte Kleid über den Kopf und warf es auf das Sofa. Dann duschte sie, putzte die Zähne und schlüpfte in Shorts und ein weites weißes T-Shirt.

Bei dem Einkauf hatte sie für die restlichen Tage in Madagaskar noch einige einfache Kleidungsstücke gekauft. Das Geld, das sie für drei ärmellose Baumwollkleider in leuchtenden Farben, mehrere T-Shirts und zwei Paar Jeansshorts ausgegeben hatte, hätte ihr in Hamburg kaum für eine Seidenstrumpfhose gereicht. Aber sie konnte sich nicht erinnern, dass sie sich in ihrer Kleidung schon einmal so wohl gefühlt hatte.

Sie ging ins Schlafzimmer und überlegte, ob sie noch die Reisetasche auspacken sollte. Das würde sie morgen tun, entschied sie. Heute war sie zu müde. Sie wollte einfach nur noch ins Bett fallen. Aus dem Regal holte sie frische Bettwäsche, bezog die Decke, dann nahm sie das Kopfkissen hoch.

Vor Entsetzen schrie sie laut auf.

Unter dem Kissen lag eine Puppe. Wie das Zerrbild eines Kinderspielzeugs hob sich die schwarze Figur von der weißen Bettwäsche ab. Der Anblick erfüllte Annabel mit lähmender Angst. Einen Moment lang stand sie nur da und starrte auf die kleine schwarze Figur. Ihr Herz raste. Sie hatte das Gefühl, etwas wirklich Böses vor sich zu sehen. Übelkeit stieg in ihr auf, gleich danach kam die Angst.

Reiß dich zusammen, das ist nur eine lächerliche Puppe, sagte sie sich vernünftig, aber sie zitterte so heftig, dass ihre Zähne aufeinanderschlugen. Sie konnte nicht sagen, warum diese Figur sie mit so unsäglichem Grauen erfüllte.

Annabel zwang sich, ein- und auszuatmen, bis ihr Puls sich beruhigt hatte. Als sie ihre Beine wieder bewegen konnte, war ihr erster Gedanke, zu ihrem Telefon zu gehen und Jean-Pierre anzurufen. Dann fiel ihr ein, dass sie weit und breit keinen Empfang hatte. Sie wollte zur Plantage fahren, aber die Vorstellung, hinauszugehen und die Sicherheit der Hütte gegen die undurchdringliche Dunkelheit einzutauschen, machte ihr noch mehr Angst.

Schließlich überwand sie sich und betrachtete die Puppe näher. Sie war nicht einmal unterarmlang. Es handelte sich nicht um eine richtige Puppe, nur um eine grob ausgeschnittene, schwarz angemalte Pappfigur, doch auf ihrem Kopf waren schwarze, ekelerregend echt aussehende Haare befestigt. Mit blutroter Farbe war säuberlich ein Mund aufgemalt. Ausgestochene Löcher anstelle der Augen. Wie die Karikatur einer *Lamba* war ein Fetzen hellblauer Stoff um den Körper gewickelt und mit einer Nadel festgesteckt worden.

Vielleicht wollte jemand Vater einen Streich spielen, dachte Annabel, als ihre Panik etwas nachließ. Diese Puppe hatte bestimmt gar nichts mit ihr zu tun. Sie streckte die Hand aus, um das scheußliche Ding in den Müll zu werfen, aber sie konnte sich nicht überwinden, es zu berühren. Sollte sie morgen die Polizei informieren? War es beim Tod ihres Vaters ohne jeden Zweifel mit rechten Dingen zugegangen?

Sie starrte unschlüssig auf die Figur und überlegte, was sie damit anfangen sollte, als schlagartig das Entsetzen zurückkam.

Sie kannte den hellblauen Stoff!

Annabel lief zu ihrer Reisetasche und wühlte fieberhaft in ihrer Kleidung, bis sie die hellblaue Bluse fand. Sie fasste sie an den Schultern und hielt sie hoch. Ihre Hände zitterten so sehr, dass sie flatterte wie eine Fahne im Wind. Als sie das rechteckige Loch über der Brust sah, schleuderte sie den Stoff von sich, als wäre er mit Gift getränkt.

Und die Haare … Von Ekel und Grauen erfüllt, zog sie den Reißverschluss ihrer Kulturtasche auf und starrte auf ihre Bürste. Sie war nicht überrascht, dass kein einziges Haar zwischen den Borsten steckte.

Annabel stöhnte auf. Ihre Knie gaben nach, und sie sank zwischen ihrer verstreuten Kleidung auf den Boden.

Die Puppe war für sie gedacht!

Ihr Blick fiel auf die Öllampe und das Feuerzeug auf dem Nachttisch. Am liebsten hätte sie die Pappfigur verbrannt, bis nichts als Asche mehr übrig war.

Besser nicht, nachher gehe ich noch in Flammen auf, dachte sie mit einem Anflug von bitterem Humor. Aber sie konnte einen Schauer nicht unterdrücken.

Falls ihr jemand einen Schrecken einjagen wollte, hatte es hervorragend geklappt! Oder steckte Schlimmeres dahinter? Angeblich glaubten die Menschen auf Madagaskar an Voodoo. Wollte ihr jemand möglicherweise ernsthaften Schaden zufügen?

Ihr Gefühl sagte ihr, dass es sich nicht um einen fehlgeleiteten, aber harmlos gemeinten Scherz handelte. Ihr war, als könnte sie die böse Absicht hinter der Puppe körperlich spüren. Aber warum? dachte sie. Wer könnte einen so tiefen Groll gegen sie hegen?

Vermutlich ganz Andra, wurde ihr mit Entsetzen klar. Mit ihrem Entschluss, das geplante Hotel nicht zu realisieren, hatte sie viele Arbeitsplätze und eine wichtige Einnahmequelle für das ganze Dorf zerschlagen.

Und auch für Daniel, ging ihr durch den Kopf. Er hatte jahrelang für das Hotel gekämpft und an den Plänen gearbeitet. Aber wie sie ihn einschätzte, war eine so hinterhältige Gemeinheit nicht seine Art.

Woher willst du denn wissen, was seine Art ist? sagte eine warnende Stimme in ihrem Inneren. Auch wenn ihr Vater ihm offenbar vertraut hatte, war dieser Mann ein Fremder für sie.

Wer hätte Gelegenheit gehabt, ihre Sachen zu nehmen? Wahrscheinlich jeder, entschied sie nach kurzem Nachdenken. Marlene und Bernd schlossen ihre Türen tagsüber nicht ab, auch dann nicht, wenn sie das Haus verließen. Im Laufe eines Tages gab es mehr als genug Möglichkeiten, ungesehen ins Haus und in ihr Zimmer zu schlüpfen.

Ihr war, als würde sie in dem kleinen Raum ersticken, aber sie wagte nicht, die Fensterläden zu öffnen. Plötzlich ertrug sie die Gegenwart der Puppe keinen Augenblick länger. Sie verließ das Schlafzimmer, schloss die Tür hinter sich und schob noch einen Stuhl unter die Klinke, auch wenn ihr bewusst war, wie albern das sein mochte. Dann wickelte sie sich in ihre Lamba und rollte sich auf dem Sofa zusammen.

Annabel wusste nicht, was ihr mehr Entsetzen einflößte – die grauenerregende Puppe mit ihren eigenen Haaren auf der Stirn oder die Erkenntnis, wie sehr ein Mensch in ihrer Nähe sie hassen musste. Vielleicht sogar mit Recht, ging ihr durch den Kopf. Erfolglos versuchte sie, den unangenehmen Gedanken beiseitezuschieben.

Auf dieser Insel begann sie, ihr Leben klarer zu sehen, so als würden sich unter diesem weiten Himmel all ihre geheimen Wahrheiten an die Oberfläche drängen. Sie war selbst über die beiläufige Herzlosigkeit erschrocken, mit der sie das Projekt ihres Vaters beenden wollte. *Brillant* nannten sie ihre Kollegen, wenn sie wieder einmal einen fast unmöglichen Fall gewonnen hatte. Doch jetzt gestand Annabel sich ein, dass *rücksichtslos* vielleicht das treffendere Wort war.

Ist das alles, was von mir geblieben ist? fragte sie sich. Aber sie wusste keine Antwort.

Annabel war in einem dunklen Raum. Er war dunkel und so eng, dass sie mit den Fingerspitzen die Wände berühren konnte, wenn sie die Arme ausstreckte. Der Raum war mit Wasser gefüllt. Wie schwerelos trieb sie darin ein wenig hin und her. Auch wenn sie nichts sehen konnte, wusste sie, dass sie in ihrem alten Kinderzimmer war. Sie kicherte bei dem Gedanken, was ihr Vater dazu sagen würde, dass alles unter Wasser stand.

Das Wasser war wohlig warm. Sie rollte sich zusammen, streckte sich wieder, und eine Weile genoss sie es, sich einfach hin und her treiben zu lassen. Mit einem Mal spürte sie einen Druck auf der Brust. Das Wasser schien wärmer zu werden, unangenehm warm. Der Druck legte sich jetzt auf ihren ganzen Körper. Das Wasser schien irgendwie zähflüssiger zu werden, schwerer, als wollte es sie zerdrücken. Nur mit Mühe konnte sie ihre Glieder bewegen.

Sie versuchte, Luft zu holen, aber sofort füllte die klebrige Flüssigkeit ihren Mund. In ihrem Kopf breitete sich ein dumpfes Hämmern aus, als käme es aus ihrem Inneren.

Das Hämmern wurde lauter. „Annabel!“

Sie versuchte, zur Tür zu gelangen, aber sie konnte sich kaum bewegen. Mit jeder Sekunde wurde die zähe Flüssigkeit fester.

„Annabel! Hallo?“

Sie öffnete den Mund und wollte um Hilfe rufen, aber die Flüssigkeit erstickte ihren Schrei. Mit einem lauten Keuchen erwachte sie. Ihr Herz raste, ihr Atem ging schnell. Sie war so schweißnass, als hätte man einen Eimer Wasser über ihr ausgeleert.

„Ich komme!“ Ihre Stimme war heiser. Sie räusperte sich und sah sich um. Im ersten Augenblick wusste sie nicht, wo sie war, dann fiel ihr alles wieder ein.

„Annabel! Ist alles in Ordnung?“ Sie erkannte Jean-Pierres Stimme.

„Ja, ich mache sofort auf.“ Sie wischte sich mit der Lamba das Gesicht ab, dann stand sie auf und öffnete die Tür.

Sie musste so schlimm aussehen, wie sie sich fühlte. Jean-Pierre trat einen Schritt zurück und starrte sie entsetzt an.

„Ein Glück, dass du mich geweckt hast! Ich hatte einen Albtraum“, erklärte Annabel. Sie öffnete die Fensterläden und ließ die Luft herein.

„Ich wollte sehen, wie du die erste Nacht ganz allein in der Wildnis überstanden hast.“ Jean-Pierre betrachtete den Stuhl unter der Klinke und grinste. „Was war denn hier los? Hat sich gestern etwa eine Spinne ins Schlafzimmer verirrt?“

„Eher eine Voodoo-Puppe.“

Sein Lächeln verschwand wie weggewischt. „Was?“

„Im Bett liegt eine Voodoo-Puppe“, wiederholte Annabel. „Nicht, dass ich eine Expertin auf dem Gebiet wäre. Aber ich wüsste nicht, was es sonst sein sollte. Das widerliche Ding ist mit meinen Haaren verziert und in ein Stück von meiner Bluse gekleidet wie in einem schlechten Horrorfilm.“

„Das kann doch wohl nicht wahr sein!“ Jean-Pierre stellte den Stuhl zur Seite, öffnete die Tür und ging ins Schlafzimmer. „Bist du sicher, dass du das nicht geträumt hast?“

Annabel folgte ihm langsam, blieb aber im Türrahmen stehen.

Er beugte sich über das Bett. Sein Rücken verdeckte die Voodoo-Figur. „Verdammt, du hast wirklich recht!“ Er drehte sich zu ihr um, dann starrte er wieder auf die Puppe hinunter. „Soll ich das scheußliche Ding wegwerfen?“ Er nahm sie auf.

„Das wäre wahrscheinlich das Beste … obwohl …“

„Obwohl?“

„Natürlich ist dieser ganze Aberglaube albern, aber … ähm …“ Sie konnte nicht glauben, dass sie das wirklich sagte: „Vielleicht sollte man zuerst jemanden fragen.“

Jean-Pierre drehte und wendete die Puppe und betrachtete sie eingehend von allen Seiten. „Wonach fragen?“, fragte er, ohne Annabel anzusehen.

Sie zuckte unbehaglich mit den Schultern. „Na ja, was man mit so was am besten macht, eben. Vielleicht erkennt ja auch jemand die … Arbeit, und man kann herausfinden, wer dafür verantwortlich ist.“

„Entschuldige, aber ist es vielleicht möglich, dass du Angst hast, der Zauber könnte wirken?“ Jean-Pierres Mundwinkel zuckten, als würde er nur mit größter Mühe ein Grinsen unterdrücken. „Soll ich mal hineinstechen? Dann sehen wir ja, ob dir was wehtut.“

Annabel errötete. „Red nicht so einen Unsinn! Natürlich glaube ich nicht an so was. Aber es ist einfach ein unbehagliches Gefühl. Ich meine, immerhin hat sich jemand eine Menge Mühe mit diesem Ding gegeben. Wenn das deine Haare und dein Hemd wären, würdest du vielleicht nicht so lachen!“

Er versuchte ernst zu bleiben, konnte sein Grinsen aber nicht länger unterdrücken. „Wahrscheinlich nicht.“

„Glaubst du, dass Mami Vanille diese Puppe gemacht hat? Bernd und Marlene haben erzählt, sie wäre hier im Ort für Voodoo zuständig.“

„Das traue ich ihr nicht zu. Ich denke, jemand hat sich bloß einen ganz dummen Scherz mit dir erlaubt. Vergiss die Sache einfach. Aber du solltest auf keinen Fall alleine hier in der Hütte bleiben.“

Annabel hob ihr Kinn. „Jetzt erst recht nicht! Ich lasse mich nicht verscheuchen!“

Jean-Pierre schüttelte den Kopf. „Du willst doch wohl nicht ernsthaft hierbleiben und dich noch eine Nacht mit Albträumen quälen?“

„Du hast doch gerade selbst gesagt, ich soll die Sache nicht so ernst nehmen.“

„Damit meinte ich aber bestimmt nicht …“

Ein Geräusch aus dem Wohnzimmer unterbrach ihn. Annabel zuckte zusammen, drehte sich um – und sah in kugelrunde leuchtend orangebraune Augen. Im Schneidersitz saß ein hellgraues Tierchen mitten auf dem Sofa, als wäre es zu einer Meditationsstunde eingeladen. Die zierlichen Hände lagen locker auf den Knien, und der lange schwarz-weiß geringelte Schwanz hing über die Polster bis auf den Boden hinunter. Als das Tierchen Annabel anschaute, begann es laut zu schnurren wie eine Katze.

„Ein echter Katta! Ist der süß!", stieß Annabel aus. Sie wagte kaum, sich zu bewegen, um ihn nicht zu erschrecken. „Wie zahm er ist!"

„Zahm? Dreist nenne ich das!" Jean-Pierre drängte sich an ihr vorbei. Er stampfte auf das Tierchen zu und fuchtelte dabei mit den Armen. „Hey, verschwinde! Los, hau bloß ab!"

Der Katta rührte sich nicht, hörte aber auf zu schnurren.

Annabel hielt Jean-Pierres Arm fest und zog ihn zurück. „Was soll das? Du verscheuchst ihn ja."

„Natürlich. Das ist der Sinn der Sache! Du willst dieses dreckige Vieh doch wohl nicht im Haus haben."

„Vielleicht hat er Hunger." Ohne den Katta aus den Augen zu lassen, ging sie vorsichtig zum Küchenschrank, nahm eine Banane und schälte sie, dann bewegte sie sich langsam auf ihn zu. Zwei Schritte vor ihm blieb sie stehen und bot ihm mit ausgestrecktem Arm die Frucht an. „Willst du die Banane, mein Kleiner? Isst du so was?"

Sofort fing das Tierchen wieder an zu schnurren. Mit einem Seitenblick auf Jean-Pierre sprang es mit einem einzigen graziösen Sprung auf Annabel zu, nahm die Banane fest in beide Hände, sprang zurück auf das Sofa und begann schmatzend zu essen.

„Ich glaube, das ist noch ein halbes Baby." Gerührt sah Annabel zu, wie es die Banane vertilgte. „Guck mal, wie ausgehungert er ist!"

„Bloß gefräßig", brummte Jean-Pierre. „Das Vieh verteilt dir sein ganzes Ungeziefer im Haus. Lass uns zusehen, dass wir es rausbekommen, dann fahren wir zurück zur Plantage."

„Ich habe es ernst gemeint", sagte Annabel freundlicher, als ihr zumute war, um den Katta nicht zu verschrecken. „Ich bleibe im Haus wohnen."

„Annabel! Nimm doch Vernunft an! Du kannst nicht alleine bleiben."

Der kleine Katta betrachtete Jean-Pierre argwöhnisch, dann stopfte er sich hastig das letzte Stück Banane in den Mund.

„Jetzt bin ich ja nicht mehr alleine", versuchte Annabel dem Gespräch eine leichtere Note zu geben.

Jean-Pierre ging nicht darauf ein. Er sah sie ernst an. „Ich könnte es nicht ertragen, wenn dir etwas passiert", sagte er heiser.

Überrascht sah Annabel zu ihm auf.

Bevor ihr eine Erwiderung einfiel, fuhr er fort: „Ich mag dich, Annabel. Ich mag dich sogar sehr." Er fuhr sich mit den Händen durch sein Haar, das danach in alle Richtungen stand. Den Katta schien er für einen Moment vergessen zu haben. „Aber alles ist so entsetzlich kompliziert! Du reist in einer Woche ab, ich möchte dir dein Grundstück abkaufen, brauche aber Zeit, und du willst jetzt verkaufen ... Ich wünschte mir, du würdest dir einfach Zeit lassen, zu Hause in aller Ruhe über alles – über uns – nachdenken und dann, vielleicht, wiederkommen. Zu mir. Das ist mein größter Traum, Annabel. Aber ganz gleich, wie du dich entscheidest, ich könnte es nicht ertragen, wenn dir etwas zustößt", sagte er noch einmal. „Komm zurück zur Plantage, Annabel. Bitte, tu es mir zuliebe."

Sie sah in seine dunklen Augen. Ein Teil von ihr wollte Ja sagen, sich an ihn schmiegen, seine Lippen spüren. Aber sie wusste, dass sie es sich damit zu einfach gemacht hätte. „Ich kann nicht, Jean-Pierre. Ich muss hierbleiben. Ich kann mich nicht einfach so leicht vertreiben lassen, egal, ob es nur um ein Stück Pappe geht, oder um jemanden, der mir etwas Böses will. Kannst du das wirklich nicht verstehen?"

Jean-Pierre presste die Lippen aufeinander. Er wirkte verletzt. „Ich werde mit Bernd und Marlene reden. Wenn du nicht auf mich hören willst, können sie dich ja vielleicht zur Vernunft bringen."

„Wenn du sie siehst, würdest du ihnen dann ausrichten, dass ich heute zum Arbeiten zur Plantage komme? Ich dusche nur noch schnell, dann fahre ich los."

Jean-Pierre stapfte zur Tür. Auf der Veranda drehte er sich noch einmal um. „Sieh zu, dass du vorher dieses Vieh rauswirfst."

Kurz darauf hörte sie, wie er die Autotür zuknallte, den Motor aufheulen ließ und losfuhr. Ihr war, als wäre gerade eine Lokomotive über sie hinweggebraust. Nach der Puppe nun auch noch Jean-Pierres Geständnis, dass er sie ... mochte. *Sehr mochte.* Was genau wollte er ihr damit überhaupt sagen?

Gestern hätte sie auf sein Geständnis vermutlich noch ganz anders reagiert, aber heute ... Sie schüttelte den Kopf. Zwischen allem, was passiert war, kamen ihr Jean-Pierres Gefühle plötzlich seltsam unwichtig vor. Falls sie sich gefragt hatte, ob sie sich in ihn verliebt hatte, lautete die Antwort offensichtlich Nein.

Erst jetzt fiel ihr die Voodoo-Puppe wieder ein. Sie sah sich suchend um, aber Jean-Pierre musste sie mitgenommen haben. Sie zuckte mit den Schultern. Sollte er das widerliche Ding wegwerfen! Wahrscheinlich war es so das Beste.

Sie hörte ein leises Zwitschern. Als sie den kleinen Katta anschaute, konnte sie fast schon wieder lachen. „Hast du vielleicht noch mehr Hunger?"

Er machte ein schmatzendes Geräusch, als hätte er sie verstanden. Als sie wieder zum Küchenschrank ging, folgte er ihr in sicherem Abstand. Annabel nahm eine Mango aus der Obstschale und schnitt ein Stück ab, dann hockte sie sich auf den Boden und hielt es dem kleinen Katta hin.

„Komm und hol's dir, mein Kleiner", lockte sie ihn.

Ohne sie aus den Augen zu lassen, kam er näher. Er bewegte sich langsam, wie in Zeitlupe. Blitzschnell streckte er dann die Hand aus und nahm die Mango. Aber er wich nicht wieder zurück, sondern blieb dicht bei ihr stehen.

Aus der Nähe erkannte Annabel, dass sie sich nicht geirrt hatte. Es handelte sich um ein sehr junges Tier. „Wo ist deine Mama, Süßer? Ist sie in der Nähe oder bist du auch ganz alleine?"

Er sah sie an, dann stieß er wieder einige zwitschernde Laute aus.

Annabel lachte. „Birdie", sagte sie. „Vögelchen. Ja, ich denke, ich werde dich Birdie nennen."

11. KAPITEL

Auf ihrem Weg durch das Dorf kam es Annabel vor, als würde man ihr nicht ganz so freundlich zuwinken wie beim letzten Mal. Vielleicht bildete sie sich das aber auch nur ein.

Einige Kilometer vom Meer entfernt war die Luft noch drückender als in der Bucht. Die Sonne stand hoch am Himmel, und trotz der Klimaanlage im Wagen spürte Annabel, wie die Hitze gnadenlos aus dem hellblauen wolkenlosen Himmel sickerte.

Als sie Nirinas Haus erreichte, fuhr sie langsamer, aber nur der Vater der jungen Frau trat aus dem Haus, als er den Land Rover hörte, und schenkte Annabel sein zahnloses Lächeln. Heute trug er ein langes graukariertes Hemd über einer gestreiften Pyjamahose, dazu eine mit Pailletten bestickte knallrote Mütze.

Annabel erwiderte seinen Gruß und winkte ihm zu, hielt aber nicht an. Sie entschied, zuerst nach *Deux Palmes* zu fahren. Falls Nirina auf der Plantage war, konnte sie die junge Frau nach der Puppe fragen.

Sobald sie das Haus betrat, kam Nirina ihr aus der Küche entgegen. Sie wischte die Hände an ihrer Lamba ab. „Annabel! Ich dachte, Sie wären ins Strandhaus umgezogen."

„Das bin ich auch ... ehrlich gesagt, bin ich nur hier, weil ich gehofft habe, dass ich Sie hier finde."

Nirina lächelte. „Wie kann ich Ihnen helfen?"

„Es geht um Voodoo."

Nirinas Gesicht verschloss sich. „Damit habe ich nichts zu tun."

Aus Angst, dass die junge Frau sich umdrehen und weggehen würde, legte Annabel die Hand auf ihren Arm. „Bitte, Nirina, ich weiß nicht, wen ich sonst danach fragen soll. Gestern Abend habe ich eine Puppe in meinem Bett gefunden."

„Eine Puppe? Wie kommen Sie darauf, dass es mit einem Zauber zu tun hat?"

Annabel beschrieb es ihr. „Was sollte es sonst sein?"

Nirina sah sich um, als wollte sie sich vergewissern, dass sie alleine waren. „Das hört sich wirklich nach einem *kri-kri* an. Aber eine Puppe aus Pappe ausschneiden und ins Bett legen?" Sie schüttelte den Kopf. „Nein, von so etwas habe ich noch nie gehört!"

„Was ist mit Mami Vanille? Ich habe gehört, dass sie eine Zauberin sein soll. Fertigt sie solche Dinge an?"

„Sie ist eine *ombiasy*, eine Heilerin. Sie hat große Kräfte. Aber Mami Vanille nutzt ihr Wissen nur, um Menschen zu helfen. Sie würde niemals einen bösen Zauber ausüben. Das tun nur *mpamorika*, böse Zauberer."

Warum hat Marlene mich vor ihr gewarnt, wenn sie so harmlos ist? fragte sich Annabel, aber Nirina war offensichtlich fest davon überzeugt, dass Mami Vanille niemandem ein Haar krümmen konnte.

Die junge Frau betrachtete Annabel voller Mitgefühl. „Wer würde Ihnen denn so etwas antun?"

„Darüber habe ich mir die halbe Nacht den Kopf zerbrochen. Ich dachte, vielleicht hat Daniel Coleman erzählt, dass ich mich gegen das Hotel entschieden habe, und man nimmt es mir im Dorf übel."

„Natürlich sind wir enttäuscht. Auch mein Mann hatte auf einen Job gehofft. Aber selbst wenn manch einer vielleicht ärgerlich ist – Ihnen zu schaden, würde uns doch auch nicht weiterhelfen." Nirina sah Annabel verständnislos an.

„Vielleicht geht es um Rache?"

„Nein. Das ist nicht unsere Art. Wenn sich jemand an Ihnen rächen wollte, kann es nur ein *vazaha* sein."

„Aber wer? Ich kenne ja kaum jemanden hier."

„Haben Sie die Puppe mitgebracht?"

„Nein, Jean-Pierre hat sie genommen. Er wollte sie vernichten."

„Hm. Schade, ich hätte sie mir ansehen können ... oder vielleicht Mami Vanille zeigen." Nirina legte ihre Stirn in tiefe Falten.

„Ich glaube nicht, dass es sich wirklich um einen echten Zauber handelt. Aber seien Sie trotzdem vorsichtig, Annabel! Sie sind ja nur noch ein paar Tage hier."

Nirinas letzter Satz ging Annabel nicht aus dem Kopf. Ihr Urlaub war fast vorbei. Eine Abreise kommt im Moment gar nicht infrage, wurde ihr klar. Morgen würde sie ihren Chef anrufen und um eine Verlängerung ihres Urlaubs bitten. Sie freute sich nicht auf das Gespräch. Peter hatte zwar versprochen, bei seinem Vater ein gutes Wort für sie einzulegen, aber Annabel machte sich keine Illusionen. Wenn sie Glück hatte, gewährte Konrad Jansen ihr noch zwei oder drei Tage mehr, aber schon mit einer Frage nach zusätzlichen zwei Wochen gefährdete sie ihre Partnerschaft – vielleicht sogar ihren Job. Doch ihr war, als hätte sie keine Wahl.

Den Rest des Tages versuchte Annabel, sich mit Arbeit abzulenken. Sie sortierte Vanille, bis die Schoten vor ihren Augen tanzten und ihre Nase sich taub anfühlte.

Bernd und Marlene hatten schon von Jean-Pierre von dem Vorfall gehört. Die beiden taten alles, um sie zu überreden, auf die Plantage zurückzukehren, hatten aber auch keine Idee, wer für die Puppe verantwortlich sein könnte.

„Bald wird es dunkel. Bleib doch wenigstens heute Nacht bei uns", bat Marlene, als sie am Nachmittag gemeinsam die Halle verließen. „Bernd hat mir gesagt, dass du denkst, ich wollte dich nicht hier haben. Aber so ist es nicht, Annabel. Glaub mir, ich möchte vor allem, dass du sicher bist. Es tut mir sehr leid, falls ich dir einen anderen Eindruck vermittelt habe."

„Das ist lieb von dir, Marlene, aber mein Entschluss hat nichts mit dir zu tun. Ich weigere mich nur, mich so einfach einschüchtern zu lassen." Schon der Gedanke daran, ganz alleine und ohne Verbindung zur Außenwelt in der Strandhütte zu sitzen, jagte Annabel furchtbare Angst ein. Aber schon als kleines Kind hatte sie es nicht über sich bringen können, klein beizugeben.

„Dann begleite ich dich wenigstens zum Haus und sehe zusammen mit dir nach, ob alles in Ordnung ist", bot Bernd an.

Annabel wollte Ja sagen, aber ihr Stolz ließ es nicht zu. „Danke, aber ich komme schon zurecht, wirklich! Und ich verspreche, dass ich mich sofort in den Wagen setze und zu euch komme, wenn heute wieder eine Überraschung auf mich warten sollte. Aber ich bin sicher, dass es nur ein dummer Streich war."

Widerstrebend ließen die beiden sie schließlich gehen. Annabel sah im Rückspiegel, wie sie Hand in Hand dastanden und ihrem Wagen nachschauten. Einen Moment lang spielte sie mit dem Gedanken, nach Jean-Pierre zu suchen. Aber nach seinem überraschenden Geständnis vom Morgen hatte er sich den ganzen Tag nicht blicken lassen. Annabel beschloss, die Situation nicht noch komplizierter zu machen.

Sie dachte darüber nach, zu Daniel Coleman zu fahren. Er kam mit seinem Flugzeug auf der ganzen Insel herum. Vielleicht hatte er schon von einem ähnlichen Vorfall gehört. Doch sie wusste nicht, ob sie einfach unangemeldet bei ihm auftauchen konnte.

Vor allem konnte sie nicht sicher sein, ob sie ihm vertrauen durfte. Er hatte genauso viel Grund zur Rache wie jeder Einzelne aus dem Dorf.

Mit jedem Meter, den sie ihrer Hütte näher kam, wurde ihr Unbehagen größer. Sie parkte den Land Rover neben dem Haus und blieb einen Moment sitzen. Schließlich holte sie tief Luft und stieg aus.

Alles sah noch genauso aus, wie sie es heute Morgen verlassen hatte. Die Fensterläden waren vorgelegt, die Tür war verschlossen. Ihr Herz raste, als sie die Klinke niederdrückte. Annabel hätte schwören können, dass das Rauschen der Palmen ihr zuflüsterte, so schnell zu rennen, wie sie konnte.

Sie wusste genau, dass ihre überreizten Nerven ihr einen Streich spielten, aber deswegen fühlte es sich nicht weniger real an. Sie nahm ihren Mut zusammen und zwang sich, nicht auf das unheimliche Rauschen zu hören.

Das Rascheln wurde lauter, ein dunkler Schatten erschien zwischen den Palmwedeln und verharrte einen Moment regungslos, dann sprang der kleine Katta auf die Terrasse. Sein schwarz-weißer Ringelschwanz wehte wie eine Fahne hinter ihm her. Er sah Annabel mit seinen runden hypnotischen Augen an und schnatterte und kreischte aufgeregt.

„Hey, Birdie." Annabel war überrascht, wie sehr sie sich über seinen Besuch freute. „Hast du schon wieder Hunger?"

Alle Angst verflog mit ihrem Lachen, als das Tierchen mit einem anmutigen Satz auf ihre Schulter sprang, leise Laute ausstieß und begann, mit seinen kleinen schwarzen Fingern sanft ihr Haar zu kämmen. „Suchst du nach Läusen?"

Mit dem Katta auf der Schulter betrat sie das Haus. Er rührte sich nicht vom Fleck, während sie in jeder Ecke nachschaute.

„Alles ist gut", murmelte Annabel schließlich. Sie nahm eine Feige aus der Obstschale und reichte sie Birdie, dann öffnete sie den Kühlschrank und betrachtete den Inhalt ohne Appetit. Schließlich nahm sie eine Dose Kondensmilch heraus.

„Ich sehe, Sie haben sich einen Hausgenossen zugelegt."

Annabel ließ vor Schreck die Milch fallen und wirbelte herum.

Auf der Terrasse stand Daniel Coleman. „Entschuldigung." Betreten sah er sie an. „Ich wollte Sie nicht erschrecken."

Der Katta sprang von ihrer Schulter. Mit seiner Feige in der Hand verzog er sich unter den Küchentisch.

Annabel stieß hörbar die Luft aus. Sie presste die Hand auf ihr hämmerndes Herz. Ihre Knie gaben nach. Sie ließ sich auf einen Stuhl fallen und starrte untätig auf die sich ausbreitende Milchpfütze. Ohne Umstände kam Daniel herein, nahm ein kaltes Wasser aus dem Kühlschrank und schenkte ihr ein Glas ein. Dann wischte er mit einem Lappen die Milch auf. Er bewegte sich so selbstverständlich, als wäre er hier zu Hause. Annabel erinnerte sich daran, dass er bei ihrem Vater ein und aus gegangen war.

„Danke." Sie leerte ihr Glas. Ihre Hand zitterte noch so sehr, dass es gegen ihre Zähne schlug. „Normalerweise bin ich nicht so schreckhaft. Aber die Sache mit der Puppe hat mich wohl mehr mitgenommen, als ich dachte." Sie erzählte Daniel, was passiert war.

Sein Entsetzen wirkte echt. „Haben Sie die leiseste Idee, wer Ihnen so etwas antun könnte?"

„Nein."

„Danach sollten Sie nicht alleine hier sein."

„Das sagen mir alle. Aber ich lasse mich nicht so einfach vertreiben."

Eine Weile blieben sie stumm. Nur das friedliche Schmatzen des Kattas unter dem Tisch war zu hören.

Daniel lächelte. „Ist er Ihnen zugelaufen?"

„Er saß heute Morgen auf meinem Sofa und hatte Hunger. Ich glaube, es ist noch ein Jungtier."

Daniel nickte. „Er ist höchstens vier oder fünf Monate alt. Noch zu jung, um alleine durchzukommen. Seine Mutter wurde wahrscheinlich von Wilderern getötet. Es kann erst vor Kurzem passiert sein. In dem Alter kann er allein nur wenige Tage überleben."

„Werden diese Tierchen hier etwa gejagt?"

„Nun, offiziell ist die Jagd streng verboten. Kattas sind vom Aussterben bedroht. Zum Glück werden sie an vielen Orten von einem *fady* geschützt, nach dem es großes Unglück bringt, einen Lemur zu töten. *Fadys* sind hier weitaus wirksamer als Gesetze. Aber ja, sie werden trotz allem immer noch gejagt und getötet."

„Was für ein barbarischer Ort!", stieß Annabel hervor.

Er lächelte flüchtig. „Das sagt sich leicht, wenn man nicht weiß, wie es ist, wenn die Kinder vor Hunger weinen und man kein Geld für die nächste Mahlzeit besitzt, Miss Hansen."

Sein Tonfall war freundlich, doch Annabel fühlte sich zurechtgewiesen. Bevor ihr eine geistreiche Erwiderung einfiel, fuhr er fort: „Ich arbeite mit einer Lemur-Auffangstation zusammen. Dort kümmert man sich um Fälle wie den Kleinen hier. Die Station liegt in der Nähe von Tana. Ich bringe ihn gern hin.“ Er zögerte einen Moment. „Wenn Sie möchten, können Sie mitkommen.“

„Danke, aber ich würde ihn lieber noch etwas hierbehalten. Wenn er bei mir ist, fühle ich mich nicht ganz so allein. Er frisst mein Obst mit Begeisterung, und es scheint ihm sehr gut zu gehen, finden Sie nicht?“

„Im Moment ja, aber in einigen Tagen sind Sie nicht mehr hier.“ Er hockte sich auf den Boden vor dem Tisch und hielt dem Katta seine Hand hin. Annabel erwartete, dass das Tier daran schnüffeln würde wie ein Hund. Zu ihrer Überraschung streckte der Kleine seine eigenen Fingerchen aus und stupste vorsichtig gegen Daniels Hand.

„Ich bleibe länger hier.“ Als Annabel die Worte aussprach, wurde ihr klar, dass sie ihre Entscheidung längst getroffen hatte – ganz gleich, was Konrad Jansen dazu sagen würde.

Daniel setzte sich wieder an den Tisch. „Haben Sie Ihren Urlaub verlängert?“

„Ich habe noch nicht mit meinem Chef gesprochen, aber … ich kann jetzt nicht einfach abreisen.“

„Was ist, wenn Ihr Chef Nein sagt?“

„Dann bleibe ich trotzdem.“ Sie zuckte mit den Schultern. „Allerdings wäre ich dann wahrscheinlich meinen Job los.“

„Und was würden Sie dann tun?“

„Ich habe nicht die geringste Idee.“

Daniel grinste. „Es geht doch nichts über einen gut durchdachten Plan.“

„Immerhin habe ich einen Plan.“

„Sind Ihnen ein paar Urlaubstage mehr denn so wichtig, dass Sie dafür einen Job hinschmeißen, für den Sie jahrelang hart gekämpft haben?“

Annabel hob die Brauen und sah ihn überrascht an.

„Carsten hat viel von Ihnen erzählt“, erklärte Daniel.

„Hat er das wirklich getan?"

„Das habe ich Ihnen doch gesagt. Dachten Sie, ich lüge Sie an?"

„Woher soll ich das wissen?"

„Das stimmt." Er lächelte. „Also, warum wollen Sie für einen Urlaub Ihren Traumjob riskieren?"

„Ist er das wirklich?"

„Fragen Sie etwa mich?" Daniel hob abwehrend die Hände. „Woher soll ich das wissen?"

„Ich weiß es auch nicht. Nicht mehr." Annabel seufzte. „Ich weiß nur, dass ich noch nicht abreisen kann. Zu viele Dinge sind unerledigt."

„Meinen Sie damit …"

Er wurde vom Geräusch eines Autos unterbrochen, das neben dem Haus hielt. Eine Tür schlug zu. Daniel und Annabel sahen sich an, dann wandten sie den Kopf zur Tür und horchten. Schritte näherten sich über den Korallenkies. Ein Schatten fiel über den Sonnenstreifen auf den Boden vor dem Eingang, und eine dunkle, schmale Gestalt stand im Türrahmen. Gegen die grelle Sonne konnte Annabel das Gesicht nicht erkennen.

„Hallo Ben!" Daniel stand auf und begrüßte den Pfarrer mit Handschlag.

„Daniel! Wie praktisch, dass ich dich hier treffe. Ich wäre sonst gleich auch noch zu dir gekommen. Wie sieht es mit Samstag aus?" Heute hatte Ben Pendergast auf seinen Priesterkragen und die schwarze Jacke verzichtet. Die Ärmel seines weißen Hemdes waren aufgekrempelt, ebenso wie die Beine seiner schwarzen Hose. Dazu trug er die hier allgemein üblichen Flip-Flops.

„Wenn sich das Wetter hält, bin ich dabei", sagte Daniel.

„Dann werden wir sehen, wer diesmal den größten Thunfisch rauszieht. Irgendwann lässt dich dein Glück auch mal im Stich."

Jetzt schien Ben Pendergast sich wieder zu erinnern, warum er gekommen war. „Annabel! Ich habe gehört, was passiert ist." Er schlüpfte vor der Tür aus seinen hellblauen Flip-Flops und kam auf sie zu, während Daniel im Türrahmen stehen blieb. „Dann verabschiede ich mich direkt. Bis bald, Annabel."

„Sehen wir uns nachher bei Nathy?", fragte der Pfarrer.

„Wahrscheinlich, aber ich weiß es noch nicht hundertprozentig. Mach's gut, Ben! Vielleicht bis später, sonst Samstag."

Annabel machte eine Geste, als wollte sie ihn zurückhalten. „Was ist mit Birdie?"

„Birdie?", fragte er.

Beide Männer sahen erst sie an, dann warfen sie sich einen Blick zu und hoben die Brauen, als wären sie nicht sicher, ob vielleicht alles etwas zu viel für sie gewesen war.

„Der Katta", erklärte Annabel ungeduldig. „Ich nenne ihn Birdie. Denken Sie, es ist in Ordnung, wenn ich ihn noch hierbehalte?"

„Sie sorgen bestimmt gut für ihn. Denken Sie nur daran, dass sie ihm immer eine Schale Wasser hinstellen. Auch draußen, wenn Sie weggehen und er nicht ins Haus kann. Und sollten Sie es sich doch noch anders überlegen, sagen Sie mir einfach Bescheid, dann komme ich und hole ihn ab." Er hob die Hand zum Abschied und ließ sie allein.

„Bitte setzen Sie sich, Herr Pfarrer."

„Ben, bitte." Er lachte. „Keiner hier nennt mich *Herr Pfarrer.*"

Annabel besann sich auf ihre Gastgeberpflichten. „Darf ich Ihnen etwas zu trinken anbieten?"

„Haben Sie vielleicht eine Cola? Ich finde, bei dieser Hitze gibt es nichts Erfrischenderes. Außer einem eiskalten Bier natürlich, aber dazu ist es noch etwas zu früh." Er sah auf seine Armbanduhr. „Kein Bier vor vier, sage ich immer." Er lachte herzhaft über seinen Witz.

Annabel stellte zwei Dosen Cola aus dem Kühlschrank auf den Tisch, dazu noch ein frisches Glas für den Pfarrer. „Sind Sie wegen der Sache mit der Puppe gekommen?"

Ben Pendergast nickte. „Mir wäre an Ihrer Stelle wahrscheinlich das Herz stehen geblieben."

„Oh, das ist meines auch, wenigstens für einen Moment. Wer hat Ihnen denn davon erzählt?"

„Ach! Das ganze Dorf redet über nichts anderes! Hier passiert ja normalerweise nicht viel. Das dürfte die aufregendste Sache sein, seitdem Cryspus damals im Wald einen *vazimba* aufgescheucht hat."

„*Vazimba?*"

„Angeblich die Ureinwohner von Madagaskar und längst ausgestorben. Das muss jetzt vier … nein fünf Jahre her sein. Cryspus hat Stein und Bein geschworen, er wäre nicht wieder am Rum gewesen. Ganz Andra hat tagelang den Wald auf den Kopf gestellt. Aber nichts, nicht die winzigste Spur." Er schüttelte den Kopf, als wäre er immer noch tief enttäuscht. „Es muss wohl doch der Rum gewesen sein. Aber das wäre *die* Sensation gewesen."

„Das heißt, alle hier wissen Bescheid?"

„Wie? Oh, ja! Absolut alle. Keiner kann sich vorstellen, was dahintersteckt. Von so etwas haben wir hier noch nie gehört."

„Ich dachte, hier wäre Voodoo an der Tagesordnung."

„Ach was! Wer hat Ihnen so einen Unsinn erzählt?"

„Marlene. Sie meinte, Mami Vanille wäre eine Voodoo-Priesterin."

„Papperlapapp. Mami ist eine sehr gute Freundin von mir. Sie kennt jede Pflanze auf der Insel und weiß, wie man sie einsetzt, aber es ist noch mehr als das … sie besitzt *Kräfte*. Als Mann der Kirche dürfte ich so etwas vermutlich nicht sagen, aber ich denke immer, Gott ist froh über jedes bisschen Hilfe, das er bekommen kann. Sie kennt die Sterne, sie kennt die Menschen. Und vor allem würde sie niemals jemandem schaden."

Das schien hier die vorherrschende Meinung zu sein. Es reichte nicht, um Annabel zu überzeugen, aber sie sah auch keinen Sinn darin, dem Pfarrer zu widersprechen.

„Außerdem ist sie nicht einfach irgendeine selbsternannte Scharlatanin", fuhr der Pfarrer fort. „Die Ausbildung zum *ombiasy* dauert Jahrzehnte und umfasst unter anderem eine sehr fundierte Pflanzenheilkunde. Außerdem ist sie die beste Psychologin, die ich je kennengelernt habe. Nein, ich weiß nicht, wer Ihnen so einen bösen Streich gespielt haben kann. Aber Mami Vanille war es auf keinen Fall. Es gibt hier Zauberei. Durchaus auch bösen Zauber, in der Beziehung hat Marlene nicht ganz unrecht." Er wirkte plötzlich sehr ernst. „Aber von einer Pappfigur habe ich noch nie gehört. Amulette, Talismane, Perlen, Steine, Gift", das letzte Wort hatte er geflüstert, „das wohl. Aber keine komischen Puppen."

„Ich begreife es einfach nicht."

„Ich habe auch keine Erklärung. Aber darum war ich eigentlich gar nicht hergekommen. Ich wollte Sie heute Abend zum Tanz im Dorf einladen."

„Tanz?" Annabel hatte Bilder von Trommeln und halb nackten glänzenden Körpern vor Augen, die um ein Feuer tanzten. „Danke, das ist sehr freundlich, aber ich bin wirklich nicht in der Stimmung für eine Tanzveranstaltung."

„Aber dann kommen Sie auf andere Gedanken. Es tut Ihnen nicht gut, wenn Sie die ganze Zeit alleine hier herumsitzen, meine Liebe."

„Bestimmt will keiner, dass ich komme. Warum denn auch? Ich bin schließlich diejenige, die das Hotel nicht bauen will. Die allen die Zukunft ruiniert." Annabel merkte entsetzt, wie jämmerlich sie sich anhörte.

„Haben Sie diesbezüglich denn schon etwas unterschrieben?"

„Nein, das nicht."

„Na also! Dann haben Sie auch noch nichts ruiniert!"

„Ja, aber ..."

„Kein Aber. Alles zu seiner Zeit. Ziehen Sie sich was Hübsches an und kommen Sie!"

„Wann findet die Party denn überhaupt statt? Und wo?"

„Heute nach Sonnenuntergang, bei Nathy Ravaoarinoro." Ben Pendergast lachte wieder. „Kommen Sie, wann Sie wollen. Sie können es gar nicht verfehlen. Stellen Sie den Wagen irgendwo an der Straße ab und klopfen Sie einfach an die Tür, hinter der die Musik am lautesten spielt."

12. KAPITEL

Annabel brauchte sich nur die Blicke der Dorfbewohner vorzustellen, und ihr war klar, dass sie nicht zu der Party gehen würde. Die Einladung des Pfarrers war sicher lieb gemeint, aber unter diesen Voraussetzungen konnte niemand außer einem Mann Gottes wünschen, dass ausgerechnet sie an dem Dorffest teilnahm.

Doch dann wurden die Schatten länger, und selbst Birdies fröhliches Geschnatter konnte sie nicht mehr aufheitern. Die Aussicht, im Dunkeln in der Hütte zu sitzen und auf jeden Laut zu horchen, jagte ihr größeres Unbehagen ein, als die Aussicht, von den Blicken der Dorfbewohner durchbohrt zu werden.

Ziehen Sie sich was Hübsches an, hatte der Pfarrer gesagt. Sie betrachtete ihre neue Kleidung und überlegte, was passend sein mochte. Eine Lamba mit T-Shirt war wohl zu jedem Anlass das Richtige, könnte aber vielleicht auch etwas anbiedernd wirken. Schließlich wählte sie ein ärmelloses hellblaues Baumwollkleid mit winzigen bunten Blumen bedruckt. Der Schnitt mit der durchgehenden Knopfleiste vorn war schlicht, und obwohl es kaum etwas gekostet hatte, saß es perfekt.

Sie schlüpfte in ihre neuen fliederfarbenen Flip-Flops, legte etwas Lippenstift und Mascara auf und strich mit den Fingern die offenen Haare zurück, dann stellte sie Birdie eine Schale Wasser neben die Haustür und machte sich auf den Weg nach Andra.

Was tun sie hier, wenn der Mond nicht scheint? dachte Annabel, als sie die Scheinwerfer des Land Rovers ausschaltete. Die Sonne war bereits untergegangen. Keine Laterne beleuchtete den festgestampften Lehmweg, der durch Andra führte.

Die Häuser mit ihren breitgiebligen, geschwungenen Strohdächern waren nur dunkle Umrisse vor dem Nachthimmel. Bei einigen fiel etwas Licht durch die Ritzen der fest vorgelegten Fensterläden. In einigem Abstand zu den Häusern umschloss der Regenwald die Lichtung. In der Dunkelheit wirkte er so undurchdringlich wie eine Stadtmauer und erzeugte den Anschein von Sicherheit und Geborgenheit.

Aus einer der Hütten hörte Annabel Popmusik. Das blasse Licht des Vollmonds war hell genug, ihr den Weg zu dem Haus zu zeigen. Für einen Moment kam es ihr vor, als hätte man in einem Film die Zeiten verwechselt und eine Diskothek des zwanzigsten Jahrhunderts ins tiefste Mittelalter verlegt.

Nach der Schwüle des Tages war die Nachtluft angenehm erfrischend, und Annabel genoss den kurzen Spaziergang. Erfolglos versuchte sie, sich an den Nachnamen ihrer Gastgeberin zu erinnern. Sie fragte sich schmunzelnd, ob es irgendwann leichter wurde, sich die madagassischen Namen zu merken. Aber selbst wenn, würde sie dazu nicht mehr lange genug bleiben.

Als sie das Haus erreichte, blieb sie vor der verschlossenen Tür stehen. Plötzlich erschien ihr der Gedanke, allein im Strandhaus zu sitzen, weniger Furcht einflößend, als an diese Tür zu klopfen. Sie hob die Hand, hielt inne und ließ sie wieder sinken. Gerade, als sie sich umwandte, um zurück zum Land Rover zu gehen, kam eine Frau um die Hütte herum zur Tür. Ein Baby hatte sie in einer Lamba auf den Rücken geschnürt, ein kleines Mädchen hielt sie an der Hand. Mit der freien Hand trug sie eine große Schüssel.

„*Bonjour, mademoiselle* Hansen“, grüßte sie ohne sichtbare Überraschung. In der Dunkelheit schimmerten beim Lachen ihre weißen Zähne. Sie klopfte mit dem Ellbogen an die Tür. Sofort wurde von innen geöffnet.

In dem Raum war offensichtlich die ganze Dorfgemeinschaft versammelt. Erwachsene saßen auf dem nackten Boden, dazwischen spielende Kinder und Teenager, die sich besonders schick gemacht hatten. Die jungen Mädchen trugen kurze enge Stretchkleider und hatten die Haare zu kunstvollen Zöpfen geflochten. Besonders beeindruckt war Annabel allerdings von den bunten Plastikkämmen, die in den Haaren einiger Jungen steckten.

Als Annabel eintrat, erstarrten die Menschen mitten in der Bewegung. Jemand schaltete sofort die Musik aus. Die Jugendlichen hatten offensichtlich getanzt, setzten sich jetzt aber zu den Erwachsenen. Im Licht der schwachen Glühbirne glänzte ihre Haut von Schweiß.

Ein grob gezimmerter Tisch an der linken Seite des Raums war mit Tellern und Schüsseln voller unterschiedlicher Speisen gedeckt, ansonsten gab es keine Möbel, nur einen kleinen dreibeinigen Schemel, auf dem ein uralter Radiorekorder stand.

Eine Frau mittleren Alters trat würdevoll auf sie zu. Sie trug zwei orange und schwarz gemusterte Lambas. Trotz ihrer sehr üppigen Figur bewegte sie sich mit der Anmut einer Balletttänzerin. Sie trug die einfachen Tücher wie eine glamouröse Robe.

„*Bonjour, mademoiselle* Hansen. Ich bin Nathy. Willkommen in meinem Haus“, sagte sie und reichte Annabel die Hand, indem sie dabei mit der linken Hand ihr rechtes Handgelenk umfasste.

Annabel zögerte nur kurz, dann umfasste auch sie ihr Handgelenk, bevor sie die Hand der Gastgeberin schüttelte. Hilfe suchend sah sie sich nach dem Pfarrer um, aber weder er noch Daniel oder Nirina waren hier.

Aus einem Nachbarraum schleppten jetzt zwei Männer einen Ohrensessel mit einem abgewetzten jadegrünen Cordbezug herein, während Nathy sich für das Fehlen von Sitzgelegenheiten entschuldigte. Wenn Annabel ihr holpriges Französisch richtig verstand, besaß sie kein Geld für Stühle, da sie für neun Kinder sorgen musste, während ihr Mann in der Hauptstadt lebte und versuchte, dort Arbeit zu finden.

Die Männer setzten den Sessel neben Annabel auf dem gestampften Lehmboden ab, und Nathy bot ihr den Ehrenplatz an. Annabels Gesicht glühte. Sie verwünschte sich für die Idee, herzukommen, und nahm mit einem höflichen Lächeln Platz, während alle Anwesenden freundlich dazu nickten.

Nathy schwebte zum Buffet und kam mit einem Teller voller Köstlichkeiten für Annabel zurück. „Gebratenes Huhn, Zebu-Curry, Reis, mit Apfel gefüllte Reiskuchen und *sokondro*“, erklärte sie sichtlich stolz.

Annabel betrachtete Letztere skeptisch. Dem Aussehen nach tippte sie auf etwas wie Maden oder Raupen, goldbraun frittiert. Offenbar erwartete man von ihr, dass sie anfing zu essen. Unter den erwartungsvollen Blicken der Anwesenden aß Annabel, zuerst Huhn und Curry, dann den Reiskuchen, aber sie konnte sich nicht überwinden, eine Made in den Mund zu stecken. Offenbar dachte Nathy, sie wüsste nicht, was man damit tat. Sie nahm eine mit Daumen und Zeigefinger von Annabels Teller, schob sie sich in den Mund und sah Annabel auffordernd an.

Annabel brach der Schweiß aus. Wo blieb bloß der Pfarrer? Sie wischte sich mit dem Handrücken über die Stirn. Sie hatte keine Idee, wie sie aus der Situation herauskommen konnte, ohne Nathy und die anderen vor den Kopf zu stoßen. Mit Todesverachtung steckte sie eine *sokondro* in den Mund, kaute, schluckte.

„Köstlich!“, stellte sie überrascht fest und kostete eine zweite.

Alle lachten zufrieden. Annabel fiel auf, wie gut sämtliche Menschen im Raum aussahen, mit markanten Gesichtszügen, ausdrucksvollen Augen und bereitwilligem Lächeln. Statt schnell vertraulich zu werden, schienen sie höflich abzuwarten, wie Annabel sich ihnen gegenüber verhielt.

Sie wünschte sich verzweifelt, jemand wäre hier, der ihr helfen könnte, in keines der tausend kulturellen Fettnäpfchen zu treten. Während sie ihren Teller leerte, lächelte sie immer wieder in die Runde, da sie nicht wusste, was sie sonst tun sollte. Auch wenn die Anwesenden ihr das Gefühl gaben, willkommen zu sein, hatte sie den Eindruck, dass sie die Party abrupt unterbrochen hatte.

Auf ihrem Ehrenplatz thronte sie hoch über den Köpfen der übrigen Gäste und fühlte sich dabei sehr unbehaglich. Nach ein paar Minuten stand sie auf, deutete auf den Sessel und sagte das einzige Wort auf Malagasy, das sie kannte: „*Misaotra.* Danke.“ Dann gestikulierte sie, dass jemand anderer im Sessel Platz nehmen möge, und setzte sich mit gekreuzten Beinen zu den anderen auf den Boden.

Nach einer längeren Diskussion, von der sie kein Wort verstand, erhob sich schließlich ein alter Mann. Annabel erkannte Nirinas Vater. Er humpelte zu dem Sessel, als hätte er Schmerzen und ließ sich in das weiche Polster fallen. Ein zufriedenes Lächeln zog über sein Gesicht, als er den anderen zunickte wie ein König seinen Untertanen. Alle brüllten vor Lachen.

Nathy ließ sich graziös neben Annabel auf den Boden sinken und reichte ihr eine Dose Cola. Sie war lauwarm, wahrscheinlich besaß Nathy keinen Kühlschrank. Ein kostbares Geschenk von jemandem, der sich zwischen Stühlen und Schuluniformen entscheiden musste. Annabel überlegte gerade, wie sie sich revanchieren konnte, als sich die Tür wieder öffnete und Daniel eintrat.

Sie fragte sich, ob es nur am Kontrast zu den Dorfbewohnern lag, dass er viel größer und blonder aussah, als sie ihn in Erinnerung hatte. Er winkte ihr vom anderen Ende des Raumes kurz zu, dann sagte er einige Worte in schnellem Malagasy zu dem Jungen neben dem Radio. Dieser sah zweifelnd zu Annabel herüber. Daniel lachte und schüttelte den Kopf, und der Junge schaltete das Radio wieder ein.

Zuerst standen die jungen Mädchen auf und begannen, zu der blechern klingenden Musik zu tanzen. Nach wenigen Takten leisteten die Jungen ihnen Gesellschaft. Auch Nathy stand auf und gesellte sich zu den Tanzenden.

Annabel fing Daniels Blick auf. Er machte eine Bewegung, als wollte er zu ihr kommen, als ein kleines Kind zu ihm lief und seine Beine umklammerte. Lachend beugte er sich hinunter, hob es hoch und schwenkte es durch die Luft. Annabel konnte durch die Musik das begeisterte Kreischen hören. Schließlich setzte er es wieder ab. Er hockte sich zu ihm auf den Boden, zog etwas aus der Hosentasche und gab es dem Kind. Der Junge drückte

Daniel einen dicken Kuss auf die Wange, dann lief er zu seinen Freunden. Sofort umringten ihn alle, als wäre er ein kleiner Star.

Daniel sah ihm einen Moment lächelnd nach, dann stand er auf und kam zu Annabel. „Miss Hansen, ehrlich gesagt, bin ich überrascht, Sie hier zu sehen."

„Bestimmt nicht mehr als ich selbst. Fast wäre ich an der Tür wieder umgedreht."

Er lachte.

In dem schwachen Licht sind seine Augen so grau wie die Nordsee im Regen, ging Annabel durch den Kopf. „Ich bin immer noch überrascht, wenn ich sehe, wie sich die Madagassen im Dunkeln in ihren Häusern verschanzen."

„Wegen der *dahalo*. Aber noch mehr Angst als vor den Banditen haben sie vor den unheimlichen Wesen, die in der Nacht unterwegs sind."

„Na, das macht mir ja nicht gerade Mut für den Nachhauseweg."

„Vor den Banditen brauchen Sie keine große Angst zu haben. Die *dahalos* sind noch nie bis in unsere Gegend gekommen. Aber nehmen Sie sich in Acht vor den unheimlichen Wesen."

Annabel versuchte erfolglos zu erkennen, ob er sich einen Spaß mit ihr erlaubte. Sie zuckte mit den Schultern, dann schaute sie sich um. „Ich sehe Bernd und Marlene gar nicht."

„Heute Abend kommen nur Freunde zusammen."

„Gehören die beiden denn nicht dazu?"

„Bernd und Marlene sind Arbeitgeber für das ganze Dorf. Gute Arbeitgeber. Sie werden zu offiziellen Anlässen eingeladen, aber sie halten nichts davon, Arbeit und Privatleben miteinander zu vermischen."

„Und mein Vater?"

„Carsten war enger mit der Dorfgemeinschaft verbunden als mit der Plantage."

„Aber ... warum bin ich dann heute Abend hier? Ich bin eine Fremde."

„Sie sind Carstens Tochter."

„Dann vermute ich, Sie haben meine Entscheidung noch nicht bekannt gegeben. Dass ich verkaufen werde, meine ich."

„Ich weiß, was Sie meinen." Er schaute nicht sie an, sondern die Menschen im Raum. „Nein, es ist Ihre Entscheidung, und es ist nicht meine Aufgabe, sie den Leuten mitzuteilen."

Annabel biss sich auf die Lippen. *Den Leuten ihre Hoffnung zu nehmen,* meinte er wohl. Bei dem Gedanken verging ihr jede Partystimmung. Sie dachte gerade darüber nach, wie sie sich verabschieden konnte, ohne Nathalie vor den Kopf zu stoßen, als Daniel sie ansah. „Haben Sie Lust zu tanzen?"

„Nein." Sie sah zu den Tänzern, die sich geschmeidig zu Songs bewegten, zu denen Annabel schon vor fünfzehn Jahren getanzt hatte. Immer wieder unterbrachen Störgeräusche im Radio oder die Ansage des Moderators die Musik.

Daniel stand auf und reichte ihr die Hand. „Kommen Sie, wenigstens ein Lied. Sie sind heute der Ehrengast, und erst wenn Sie auch tanzen, können sich alle sicher sein, dass Sie den Tanz billigen."

Sie sah zu ihm auf und runzelte die Stirn. „Wirklich? Oder nehmen Sie mich wieder auf den Arm?"

Er hockte sich vor ihr auf seine Hacken. „Sie glauben mir aber auch wirklich kein einziges Wort, nicht wahr? Sind Sie bei jedem Menschen so misstrauisch, Miss Hansen, oder habe ich etwas getan, um mir Ihr besonderes Misstrauen zuzuziehen?"

„Ich bin überhaupt nicht misstrauisch!", protestierte Annabel. Sie stand auf. Jetzt sah sie auf ihn hinunter und reichte ihm die Hand. „Los, dann kommen Sie auch! Lassen Sie uns tanzen. Ich will auf keinen Fall die Spaßbremse sein."

Daniel nahm ihre Hand. Zusammen gingen sie zu der Ecke im Raum, in der sich die Tänzer versammelt hatten. Annabel schlüpfte aus den Flip-Flops. Unter ihren nackten Füßen spürte sie kalt und glatt den festgestampften Lehmboden. Madonna sang davon, dass Mädchen nur ihren Spaß haben wollten, und die

Teenager stimmten lauthals in den Refrain ein. Annabel überließ sich dem scheppernden Rhythmus.

Nach einer Weile merkte sie, dass bis auf Nirinas Vater jetzt alle Leute im Raum tanzten. Er thronte noch immer im Sessel und klatschte ausgelassen zur Musik. „Sie hatten offenbar recht!“, rief sie Daniel zu.

„Natürlich.“ Er lächelte. „Sie haben nur darauf gewartet, dass Sie mit gutem Beispiel vorangehen.“

Die Stimmung wurde immer ausgelassener. Zwischendurch legte der eine oder andere Tänzer ein schwungvolles Solo auf das Parkett, während die Umstehenden dazu klatschten.

Das ist die beste Party, auf der ich je war, stellte Annabel fest. Sie dachte an die Feiern mit ihren Anwaltskollegen. Zu Champagner und perfekt temperiertem Wein wurden Canapés serviert, die gerade angesagt waren, dazu spielte im Hintergrund unaufdringlicher Jazz. Die Gäste standen in Gruppen zusammen, redeten über Geschäfte oder den letzten Urlaub in irgendeinem traumhaften Luxusresort. Annabel konnte sich nicht erinnern, dass sie auf einer dieser Feiern je gelacht hatte.

Sie kreischte auf, als Daniel sie herumwirbelte, und konzentrierte sich wieder auf ihre Tanzschritte. Am anderen Ende des Raums entdeckte sie Ben Pendergast. Zusammen mit einigen anderen bildete er eine Reihe, und sie tanzten alle dieselben Schritte. Dabei hielt er ein kleines Mädchen auf dem Arm, das nicht ganz im Takt mitklatschte.

Als Daniel sich für einen Moment entschuldigte, tanzte Annabel allein weiter und sang aus voller Kehle mit. Sie sah, wie er einige Worte mit Nathy wechselte, bevor er zu ihr zurückkam.

Kurz darauf nahm Nathy sie zur Seite. „*Mademoiselle* Hansen …“

„Annabel …“ Sie wischte sich mit der Hand über die Stirn und wünschte, sie hätte ein Handtuch mitgebracht.

„Annabel, darf ich Ihnen anbieten, die Nacht in meinem Haus zu verbringen?“

Überrascht starrte sie Nathy an, dann sah sie zu Daniel. Ihre Blicke trafen sich, und er lächelte ihr zu. „Hat Daniel Sie darum gebeten?“

„Nein. Nicht direkt. Bei uns ist es üblich, einen Gast über Nacht zu beherbergen, wenn er einen weiten Weg nach Hause hat. Es ist *fady*, einem Gast die Tür zu weisen und ihn in die Nacht hinauszuschicken. Aber ich hätte nie gewagt, Ihnen meine Gastfreundschaft für die Nacht anzubieten. Ich habe ja nicht einmal ein Bett. Aber Daniel hat mir versichert, dass Sie sich nicht zu schade sind, auf einer Matte zu schlafen.“

Annabel dachte daran, durch den nächtlichen Regenwald zu ihrem dunklen Haus zu fahren. Ihr Magen krampfte sich zusammen. Für ein paar Stunden hatte sie die Puppe vergessen können. Dankbar lächelte sie Nathy an. „Wenn es Ihnen keine Umstände macht, nehme ich Ihre Gastfreundschaft gerne an.“

Annabel zog das Baumwolllaken bis zum Kinn und versuchte, eine einigermaßen bequeme Stellung auf der geflochtenen Palmstrohmatte zu finden.

Punkt elf war das Radio verstummt und die einzige Glühbirne im Raum erloschen. Ganz selbstverständlich wurden Öllampen angezündet, und die Gäste brachen auf. Jeden Abend um elf wurde der Generator abgeschaltet, der das Dorf mit Strom versorgte, hatte Nathy ihr erklärt.

Müde lauschte Annabel jetzt dem melodischen Geplauder auf Malagasy im Nachbarzimmer. Hin und wieder raschelte etwas in den Ecken. Sie verdrängte den Gedanken an Riesenspinnen und Kakerlaken, überzeugte sich aber noch einmal, dass ihr Moskitonetz fest unter den Rändern der Matte festgesteckt war. Bei dem Gedanken, was ihre Kollegen in der Kanzlei sagen würden, wenn sie sie hier sehen könnten, musste sie lachen. Wahrscheinlich wären sie immer noch weniger entsetzt als Annabel selbst, wenn man ihr dies vor einer Woche prophezeit hätte.

Sie fragte sich, ob ihr Vater auch schon auf einer dieser Matten übernachtet hatte. Vielleicht steckte hinter seiner Verbundenheit mit diesem Ort gar kein großes, düsteres Geheimnis. Es war leicht, sich hier heimisch zu fühlen, zwischen diesen sanften, freundlichen Menschen. Zum ersten Mal konnte Annabel tief in ihrem Inneren nachvollziehen, dass ihr Vater diesen Ort Hamburg vorgezogen hatte.

Jedoch verstand sie noch immer nicht, warum er ihr nie von seinen Reisen erzählt oder sie mit nach Madagaskar genommen hatte.

Daniel Coleman ist netter, als ich gedacht hatte, ging ihr durch den Kopf. Und ein ausgezeichneter Tänzer. Sie war immer noch etwas enttäuscht, weil er plötzlich, ohne sich von ihr zu verabschieden, einfach verschwunden war. Mit einem Song von den Beatles im Kopf schlief sie ein.

13. KAPITEL

Ein Hahn, der direkt vor der Tür aus voller Kehle den frühen Morgen begrüßte, weckte Annabel. Von nebenan hörte sie Stimmen und unterdrücktes Lachen.

Sie gähnte und streckte sich. Nach dem harten Nachtlager schmerzte jeder Muskel. Sie stand auf, strich so gut es ging ihr Kleid glatt und legte Moskitonetz und Bettzeug zusammen, dann öffnete sie die knarrende Haustür, um frische Luft hereinzulassen. Sofort kam Nathy mit den Kindern aus dem Schlafzimmer. Offenbar hatten sie sich bemüht, den Gast nicht aufzuwecken. Normalerweise standen sie mit der Sonne auf, erzählte Nathy, während sie Wasser für den Kaffee aufsetzte.

Annabel setzte sich auf die Stufen vor der Tür und beobachtete, wie das Dorf zum Leben erwachte. Kochfeuer wurden vor den Hütten entzündet. In der Windstille stiegen die Rauchwolken senkrecht in die Luft. Obwohl der Regenwald bereits unter der Hitze der ersten Sonnenstrahlen dampfte, traten die Bewohner in ihre Bettdecken gewickelt hinaus in den anbrechenden Morgen, als würden winterliche Temperaturen herrschen. Männer und Frauen gingen mit Eimern zum einzigen Brunnen im Ort, um Wasser zu holen. Eine Frau in der benachbarten Hütte stampfte Reismehl in ihrem Mörser, während sie gleichzeitig immer wieder ein kleines Kind davon abhielt, zu nah ans Feuer zu krabbeln.

Als Nathy zum Frühstück rief, ging Annabel zurück ins Haus. Ihre Gastgeberin rührte Teig aus gesüßtem Reismehl in einer leeren Konservendose an. Auf dem Herdfeuer stand eine eiserne Pfanne mit mehreren Vertiefungen, die an eine Schneckenpfanne erinnerte. Nathy schüttete erst etwas Öl in die Vertiefungen, dann löffelte sie Teig hinterher. Sofort erklang ein appetitliches Brutzeln. Der Duft ließ Annabels Magen knurren.

Während die Küchlein brieten, sah sie zu, wie Nathy ein Eigelb in den Topf mit Kaffee einrührte. „Ich habe keine Milch im

Haus", sagte sie, als wäre das eine ganz normale Erklärung für rohe Eier im Kaffee.

Mit Überwindung nippte Annabel tapfer an ihrem Becher, aber das hellbraune Gebräu sah nicht nur fast aus wie echter Milchkaffee, sondern schmeckte auch überraschend lecker.

Während sie ihren Kaffee trank, drehte Nathy die Pfannkuchen mit einer Gabel um, sodass die knusprig-braune Kruste nach oben schaute. Wenige Minuten später legte sie ihrem Gast das erste Küchlein auf den Teller. Annabel biss mit Appetit hinein. Außen waren die Bällchen kross, innen süß und flauschig weich.

Als sie sich etwas später mit gefülltem Magen verabschiedete, bestand Nathy darauf, ihrem Gast noch zwei rohe Eier mitzugeben. Annabel war nicht sicher, ob sie als Wegzehrung gedacht waren, oder ob es eine Sitte war, Gästen Eier mit auf den Weg zu geben. Sie bedankte sich jedenfalls herzlich.

Aus einer spontanen Eingebung heraus hörte sie sich sagen: „Am nächsten Samstag gebe ich eine Party im Haus am Strand. Ich würde mich freuen, wenn Sie kommen. Und bitte sagen Sie auch allen anderen Bescheid." Mit einer ausholenden Geste umfasste sie das ganze Dorf.

Noch bevor sie ausgesprochen hatte, durchzuckte sie der Gedanke, ob dies auch bedeutete, dass sie ganz Andra ein Nachtlager anbieten musste. Aber Nathy strahlte bei der Einladung über ihr rundes Gesicht, und Annabel konnte ihre Worte nicht wieder zurücknehmen.

Wenig später suchte sie sich den Weg zwischen den Schlaglöchern auf der mittlerweile schon vertrauten Straße zum Strand. Als Annabel ihre Bucht erreichte, regte sich nicht der Hauch einer Brise. Das Wasser sah aus wie türkisfarbenes Glas. Auf der Suche nach Futter segelten Möwen über der Lagune, die Flügel weiß vor dem blauen Himmel.

Annabel ließ den Wagen am Ende des Weges stehen. Als sie am nach Salz und Meer duftenden Strand entlang zum Haus spazierte, überlegte sie, wie sie ein ganzes Dorf bewirten sollte – auch wenn es nur ein winziges Dorf war. Sie zuckte zusammen, als ihr Handy klingelte.

Während sie in ihrer Tasche suchte, ging sie einige Schritte weiter, nur um festzustellen, dass es dort schon wieder keinen Empfang gab. Mit dem Blick auf den Handy-Monitor ging sie im Sand auf und ab. Nur auf einer knapp zwei mal zwei Meter großen Fläche wurde ein schwaches Funknetz angezeigt.

Gut zu wissen! dachte Annabel und versuchte, sich die genaue Lage einzuprägen. Dann kontrollierte sie ihre Mailbox. Sie fand nur eine Textnachricht von Peter vor:

Ich habe alles versucht, aber Vater erwartet dich pünktlich zurück.
Ich freue mich auf dich!
Peter

Annabel ließ sich in den warmen Sand sinken und starrte trübsinnig auf die SMS. Auch wenn sie nichts anderes erwartet hatte, kam die Nachricht wie ein Schlag.

Sie wusste, Konrad Jansen rechnete nicht ernsthaft damit, sie als Mitarbeiterin zu verlieren. Wahrscheinlich war ihm nicht einmal der Gedanke gekommen, sie würde seine Anweisung nicht befolgen. Gerade darum konnte sie nicht mit seiner Nachgiebigkeit rechnen.

Aber war sie wirklich bereit, ihr Leben in Hamburg hinter sich zu lassen? Mit jedem Tag schien es weiter entfernt zu sein. Fast, als würde sie einen Teil von sich selbst aufgeben, wenn sie zurückkehrte.

Sie wählte Konrad Jansens Nummer.

„Annabel, wie geht es Ihnen? Peter hat mir erzählt, dass Probleme aufgetaucht sind. Ich hoffe, Sie konnten inzwischen alles regeln, meine Liebe."

Sie schloss die Augen, als sie seine salbungsvolle Stimme hörte. Nach all den Jahren in seiner Kanzlei wusste sie, dass er keinen Funken Mitgefühl besaß, nicht für seine Klienten, nicht für seine Mitarbeiter, vielleicht nicht einmal für seinen Sohn.

„Leider nicht, Konrad." Sie erzählte ihm von der komplizierten Erbschaft und betonte die Probleme mit dem Hotelprojekt.

Nicht überraschend kam er ihr keinen Schritt entgegen. „Ich kann Sie leider nicht länger entbehren, Annabel. So gerne ich Ihnen auch helfen würde – ich erwarte Sie am Donnerstag zurück." Er zögerte. Einen Moment schwiegen beide. „Zwei Tage kann ich Ihnen geben. Aber spätestens Montag brauche ich Sie hier."

Sie hatte das Gefühl, als wäre Hamburg nicht nur fast neuntausend Kilometer entfernt, sondern Lichtjahre. „Das ist leider nicht möglich."

„Annabel, für Sie steht eine Menge auf dem Spiel ..."

„Ich weiß, Konrad."

„Wenn Sie nicht spätestens Montag in der Kanzlei sind, kann ich das Angebot Ihrer Partnerschaft leider nicht aufrechterhalten."

Sie seufzte. Kein Gespräch war banaler als eines, das man Wort für Wort vorhersagen konnte. „Dann teile ich Ihnen hiermit mein Ausscheiden aus der Kanzlei mit. Die formelle Kündigung lasse ich Ihnen noch zukommen."

„Annabel! Das kann doch nicht Ihr Ernst sein!" Zum ersten Mal erlebte sie, dass Konrad Jansen fassungslos klang.

„Und bitte richten Sie Peter meinen Gruß aus." Sie beendete das Gespräch.

Noch eine ganze Weile blieb Annabel im warmen Sand sitzen und starrte auf das Handy in ihrer Hand. Sie hörte nur das Rauschen der Brandung, hin und wieder schrie irgendein Tier im Wald. In ihrem Kopf ging sie noch einmal das Gespräch durch. Sie war nicht sicher, ob sie das Richtige getan hatte, aber sie hätte nicht anders handeln können. Sie war noch nicht so weit abzureisen.

Nur – was muss passieren, damit ich so weit bin? ging ihr durch den Kopf. Ihr fiel keine Antwort ein.

Schließlich stand sie auf. Mit einer endgültigen Geste steckte sie das Telefon zurück in die Tasche. Passiert war passiert. Zurück konnte sie jetzt nicht mehr. Sie war arbeitslos! Es fühlte sich nicht annähernd so schlecht an, wie sie befürchtet hatte.

Sie horchte in sich hinein, aber sie spürte nicht den geringsten Zweifel, keine Gewissensbisse, keine Reue. Ihr war, als hätte sie eine zweite Chance bekommen, ihr Leben in die Hand zu nehmen.

Wärst du doch nur hier, um das alles mit mir zu teilen, Papa!

Trotz ihrer Traurigkeit merkte sie, dass sie lächelte. Zum ersten Mal dachte sie, anstatt mit Bitterkeit, voller Dankbarkeit und Bewunderung an ihn, für alles, was er an diesem wunderbaren Ort aufgebaut hatte.

Als Annabel aufs Wasser hinausschaute, wurde ihr bewusst, dass sie einen eigenen Traumstrand besaß, aber noch nicht einmal im Meer gewesen war. Sie überlegte, ob sie zuerst ihr Schwimmzeug aus dem Haus holen sollte, aber dann knöpfte sie einfach ihr Kleid auf, ließ es in den Sand fallen und lief in Slip und BH ins Wasser. Für einen Moment hatte sie daran gedacht, ganz auf Badekleidung zu verzichten, doch bei dem Gedanken an ihre Besucher der letzten Tage die Idee schnell verworfen. Auf keinen Fall wollte sie splitternackt aus der Lagune auftauchen, wenn der Pfarrer oder Daniel am Ufer warteten.

Nachdem sie Bahnen durch die Lagune gezogen hatte, bis sie keuchte, ließ sie sich in dem warmen Wasser treiben. Mit ausgebreiteten Armen lag sie auf dem Rücken und sah zu, wie über ihr die Möwen am wolkenlosen Himmel kreisten. Ihr Puls beruhigte sich, und in dem sanften Schaukeln des Wassers wurde sie ganz schläfrig. Wenn ich wollte, könnte ich sogar für immer hier bleiben, ging ihr durch den Kopf.

Bei dem Gedanken versteifte sie sich. Sofort ging sie unter. Prustend und spuckend tauchte sie wieder auf und strich sich das Haar aus dem Gesicht. Aber der Gedanke hielt sich hartnäckig.

Niemand zwang sie, zurück nach Hamburg zu gehen. Es gab keinen Grund, sich mit der Rückkehr zu beeilen. Keine Menschenseele wartete dort auf sie. Vielleicht Peter, dachte sie. Aber sie war realistisch genug, um zu wissen, dass sein Interesse an ihr den Bruch der Kanzlei-Partnerschaft sowieso nicht überstanden hätte. Ein Teil von ihm brachte ihr vielleicht ehrliche Zuneigung entgegen – obwohl sie sich selbst da nicht ganz sicher war –, aber vor allem hatte er in ihr eine sehr vorzeigbare Partnerin für ein angemessenes Privat- und Geschäftsleben gesehen.

Bei dem Gedanken, dass es keinen kümmerte, wo sie war und was sie tat, kein Mensch sich um sie sorgte, fühlte sie sich plötzlich einsam. Doch dann dachte sie: Man kann es auch positiv sehen! Ich kann tun und lassen, was ich will. Ich bin frei.

„Frei!“, murmelte Annabel. Sie genoss den Klang des Wortes. Ein Lächeln breitete sich auf ihrem Gesicht aus.

Solange sie denken konnte, hatte sie ihr Leben der Arbeit gewidmet. Erst in der Schule, dann im Studium, im Beruf … Sie konnte sich nicht erinnern, wann sie das letzte Mal eingeschlafen war, ohne im Kopf die anstehenden Aufgaben für den nächsten Tag durchzugehen.

Jetzt lag nichts als freie Zeit vor ihr, keine Pflichten, keine Termine. Irgendwann in den nächsten Tagen musste sie Silke anrufen und mit ihr besprechen, wie es mit dem Laden weitergehen sollte. Aber das eilte nicht. Nach dreißig Jahren war sie es gewohnt, das Kontor fast eigenständig zu führen.

Hier hätte ich sogar einen Job, ging Annabel plötzlich durch den Kopf. Sie könnte das Projekt ihres Vaters vorantreiben. Zwar hatte sie nie geplant, ins Hotelgeschäft einzusteigen, aber ihr fiel auch nichts ein, was dagegen sprach. Sie brauchte dazu nicht einmal Kapital. Sie würde das Grundstück beisteuern, den Rest der Kosten übernahm Daniel.

Je länger sie darüber nachdachte, desto mehr begeisterte sie sich für die Idee. Dennoch beschloss sie, erst einmal niemandem ein Wort davon zu sagen. Manch einer, zum Beispiel Marlene, wäre vielleicht nicht ganz so froh, andere dagegen würden sich Hoffnungen machen. Zuerst musste sie sich ganz sicher sein, was sie wirklich wollte, und darüber konnte sie sich nur ganz alleine klar werden.

Sie stieg aus dem Wasser, hüpfte über den heißen Sand zu ihrem Kleid, trocknete sich damit ab und zog es wie einen Bademantel über, ohne es zuzuknöpfen. Sofort trocknete die Sonne den feuchten Stoff. Mit ihren Flip-Flops in einer Hand schlenderte sie auf dem festen nassen Sand zur Hütte. Immer wieder schwappten seichte Wellen über ihre Füße. Sie stellte sich vor, wie es wäre, jeden Tag hierher nach Hause zu kommen.

„Au!", rief sie aus, als ihre Zehen an etwas Hartes stießen. Eine faustgroße weiße Muschel lag vor ihren Füßen im Sand.

Annabel ging in die Hocke, nahm sie auf und schüttete das Wasser heraus. Sie erinnerte sich plötzlich an eine Muschel, die ihr Vater ihr vor vielen Jahren von einer Reise mitgebracht hatte. Er hatte ihr gezeigt, wie sie die Öffnung an das Ohr legen musste, um das Rauschen des Meeres zu hören. Jetzt hielt sie diese Muschel an ihr Ohr und lauschte einen Augenblick lang. Doch inzwischen wusste sie, dass sie nur das Rauschen ihres eigenen Blutes hörte.

Mit der Muschel in der Hand ging sie langsam weiter zur Hütte. Plötzlich empfand sie Trauer und Niedergeschlagenheit –, aber nicht das geringste Heimweh nach Hamburg. Der Gedanke, nach Deutschland zurückzukehren in ihre elegante Wohnung mit Blick über die Alster, besaß nichts Tröstliches.

Als sie die Hütte erreichte, war von dem kleinen Katta weit und breit nichts zu sehen. Vielleicht hätte ich ihn doch Daniel mit zur Station geben sollen, dachte sie schuldbewusst. Hoffentlich hatte er nicht aufgegeben, weil er die ganze Nacht auf sie gewartet hatte, und war nun wieder im Wald verschwunden.

Bestimmt kommt er wieder, wenn er Hunger hat, beruhigte sie sich. Sie legte Flip-Flops und Muschel auf den Holzstufen zur Veranda ab und lief weiter zum Waldrand.

„Birdie!", rief sie. „Ich bin wieder da!" Schließlich kam sie sich albern vor und ging zurück zum Haus.

Eine Sekunde lang weigerte sich ihr Verstand, zu begreifen, was sie sah. Sie unterdrückte den Drang, laut herauszuschreien.

Vor ihrer Türschwelle lag ein graues Fellbündel. Die Augen in dem weißen Gesicht mit der schwarzen Maske standen halb offen, glasig wie Murmeln. Aus dem kleinen Maul war ein dünnes Rinnsal Blut herausgesickert. Nicht viel, nur wenige rote Tropfen glänzten auf der schwarzen Schnauze. Der schwarzweiße Ringelschwanz wirkte viel zu lang, als gehörte er nicht zu dem Körper.

Ohne den kleinen Körper aus den Augen zu lassen, wich sie zurück, bis sie rücklings über die Treppenstufen stolperte. Sie versuchte, sich am Geländer festzuhalten, rutschte aber ab und landete unsanft im Sand. Sie blieb einfach sitzen, nicht weil sie sich bei dem Sturz verletzt hatte, sondern weil ihr die Kraft fehlte, sich mit der Situation auseinanderzusetzen.

Bitte, bitte, lass es nicht Birdie sein! flehte sie inbrünstig, während sie sprachlos vor Grauen im Sand saß. Sie konnte nicht sagen, wie viel Zeit vergangen war, bevor sie es schaffte, aufzustehen und wieder zur Tür zu gehen. Sie kniete nieder, um den Körper anzusehen.

Es war nicht Birdie. Annabel erkannte, dass dieser Katta viel größer und kräftiger war. Es handelte sich um einen ausgewachsenen Lemuren. Der Körper zeigte keine sichtbaren Verletzungen.

Irgendetwas gab ihr die Kraft, ins Haus zu gehen, die Gummihandschuhe anzuziehen, die sie in Sambava gekauft hatte, und eine Plastiktüte zu holen. Als sie das leblose Tier sanft umdrehte, fiel das Köpfchen in einem unnatürlichen Winkel zurück. Annabel begriff, dass das zarte Genick gebrochen war. Der schlaffe

Körper war schwer, als wär er mit nassem Sand gefüllt. Während sie ihn aufhob, verzog sich ihr Gesicht, und sie stöhnte vor Abscheu auf. Sie ließ das Tier in die Tüte gleiten, zog die Handschuhe aus und warf sie hinterher. Ihre Hände waren feucht. Die Tüte fühlte sich schmierig an und wäre um ein Haar aus ihren Fingern geglitten. Sie spürte, wie ihr der Schweiß über das Gesicht lief. Achtlos wischte sie mit dem freien Arm über ihre Stirn.

Eine Wolke schob sich vor die Sonne, und eine leichte Brise strich über ihre schweißbedeckte Haut. Gern hätte sie jetzt eine menschliche Stimme gehört, irgendetwas Normales, an dem sie sich festhalten konnte. Wie um ihren Wunsch zu verspotten, ertönte ein lang gezogener Schrei aus dem Regenwald.

Zum zweiten Mal war nun das kleine bisschen Frieden, das sie in der Strandhütte finden konnte, hinterhältig zerstört worden. Eiskalte Angst erfüllte Annabel. Dies war das Werk desjenigen, der auch die Puppe in ihr Bett gelegt hatte. Jetzt stand endgültig fest, dass es um mehr als um einen harmlosen Streich ging. Der Katta hatte sich nicht zufällig vor ihrer Tür das Genick gebrochen, jemand hatte das Tier vor ihrer Tür platziert – es wahrscheinlich zu diesem Zweck getötet.

Annabels Angst verschwand, an ihre Stelle trat eine alles verzehrende Wut. Sie packte die Plastiktüte und lief zurück zum Land Rover.

Sie würde nicht länger untätig abwarten, was der nächste Schritt ihres Gegners war, sondern endlich den Menschen zur Rede stellen, den sie von Anfang an in Verdacht hatte!

Während der Fahrt verflog Annabels Wut. Zurück blieb eisige Kälte. Noch nie in ihrem Leben hatte sie sich so einsam und losgelöst gefühlt.

Mechanisch erwiderte sie das Winken der Leute, die sie freundlich wie immer grüßten. Sie parkte den Land Rover neben Mami Vanilles Haus und stieg aus, dann nahm sie die Plastiktüte, knallte die Wagentür zu und ging zum Eingang. Sie achtete nicht auf den sorgsam geharkten Weg aus Korallenkies oder den voll praller Früchte hängenden Mangobaum, unter dessen ausladendem Blätterdach eine kleine Sitzgruppe stand, roch nicht den Duft der verschwenderisch blühenden Blumen in dem Gärtchen.

Annabel hob die Faust und schlug vor die hellblau lackierte Haustür, passend zu den Läden neben den großen Fenstern. Alles blieb still. Sie pochte noch einmal. Nichts passierte. Versteck dich ruhig! dachte Annabel. Sie drückte die Klinke herunter. Die Tür schwang geräuschlos auf, und sie ging ins Haus.

Zuerst nahm sie den anheimelnden Duft von Bienenwachs wahr. Überraschung verdrängte ihre kalte Entschlossenheit. Sie hatte sich nicht ausgemalt, wie es bei der Voodoo-Priesterin aussehen mochte, jedenfalls hatte sie kein so behagliches Häuschen erwartet.

Die Holzdielen waren auf Hochglanz poliert und mit gewebten Teppichen ausgelegt, an einigen Stellen fadenscheinig, aber die Farben immer noch leuchtend. Von der Diele aus sah sie in eine geräumige Küche. Über dem Holzkohleherd hingen eiserne Töpfe und Pfannen von der Decke. Alles sah gemütlich und hübsch aus, mit aus Palmstroh geflochtenen Deckchen und einem Krug voller Hibiskus auf dem Küchentisch. Am Ende der Diele führte eine mit aufwendigen Schnitzereien verzierte Treppe in die obere Etage.

Zögernd betrat sie das Wohnzimmer und sah sich um. Die Regale waren gefüllt mit Büchern in Englisch und Französisch – Klassiker, Krimis, Nachschlagewerke über die Pflanzen- und Tierwelt Madagaskars. Im ganzen Zimmer verteilt funkelten rohe und geschliffene Edelsteine und Kristalle in allen erdenklichen Farben. An den weiß gekalkten Wänden hingen gerahmte Zeichnungen von einheimischen Pflanzen und Tieren, und in einer Ecke stand ein moderner Computer auf einem Schreibtisch. Nicht das geringste Zeichen von Zauberei oder anderen magischen, suspekten Dingen.

Ihr Blick wurde von einem Wandteppich gegenüber dem Fenster gefangen genommen. Auf nachtblauem Untergrund leuchtete eine vanillegelbe Mondsichel. Sie trat einen Schritt näher und bewunderte das Kunstwerk. Der Stoff wirkte antik, doch die Farben hatten nichts von ihrer Kraft verloren. Die schmale Sichel war in zahllosen Schattierungen so meisterlich gewebt, dass sie vor dem tiefen Blau zu schweben schien. In einer Ecke des dunklen Hintergrunds glaubte sie, ganz schwach ein Muster zu erkennen, wie Buchstaben ... Sie trat noch näher.

Plötzlich wurde ihr bewusst, was sie hier eigentlich tat. Ihre Entschlossenheit löste sich in nichts auf. Was in aller Welt hatte sie sich bloß dabei gedacht, in ein fremdes Haus einzudringen und in den Ecken herumzuschnüffeln? An einen unauffälligen Rückzug war nicht zu denken. Das halbe Dorf hatte gesehen, wie sie an die Tür gehämmert und dann ins Haus gegangen war. Aber wenigstens konnte sie verschwinden, bevor die Bewohnerin zurückkam.

Sie hatte fast den Eingang erreicht, als sie rasche Schritte auf der Veranda hörte, dann öffnete sich die Haustür, und Mami Vanille trat ein. Bei Annabels Anblick wirkte sie nicht überrascht – was Annabel nicht auf ihre seherischen Kräfte zurückführte, sondern auf den Land Rover vor dem Haus. Außerdem hatten ihr die Nachbarn wahrscheinlich schon von dem ungebetenen Gast erzählt.

Mami Vanille blieb an der Tür stehen. Ihr Atem ging schnell, als wäre sie gerannt. Das glatte, grau melierte Haar war im Nacken zu einem Knoten aufgesteckt, aber einige Strähnen hatten sich gelöst. Einen Moment lang sah sie Annabel nur an. Ihre Augen glänzten. Sie presste ihre Hände fest übereinander auf die Brust, und Annabel hatte das vollkommen unangebrachte Gefühl, dass sie sich mit der Geste davon abhalten wollte, ihre Besucherin zu umarmen.

„Annabel, wie schön, dass du hier bist.“ Ihr Gesicht mit den mandelförmigen schwarzen Augen und den hohen Wangenknochen schien vor Freude zu leuchten.

Fast hätte sie Annabel überzeugt, dass ihre Freude echt war. „Es tut mir leid, dass ich einfach in Ihr Haus gegangen bin, aber es war nicht abgeschlossen." Sie biss sich auf die Lippen. Wie kam sie dazu, sich auch noch zu entschuldigen?

„Meine Tür hat keinen Riegel. Und du bist jederzeit willkommen."

Mühsam suchte Annabel nach den Überresten ihrer Wut. „Ich bin nicht zu einem Besuch gekommen. Ich wollte Ihnen das hier zurückbringen!" Sie ließ die Plastiktüte vor Mami Vanilles Füße fallen. Die Tüte öffnete sich und gab den Blick auf ihren Inhalt frei.

Mami Vanille bückte sich, streckte eine Hand aus und berührte den toten Katta. Als sie wieder aufblickte, lag Mitgefühl in ihrer Miene, doch in ihren Augen glühte ein Ausdruck, den Annabel nicht deuten konnte. Wut? Sorge?

„Ich kümmere mich darum", sagte sie ruhig. Ihr perfekter Akzent hätte direkt aus Paris stammen können. „Warum setzt du dich nicht schon einmal?" Sie deutete auf das Rattansofa mit dicken weißen Kissen im Wohnzimmer. „Ich bin in einigen Minuten bei dir, dann können wir reden."

Sosehr Annabel sich auch dagegen wehrte, war ihr, als wäre sie hier, in diesem behaglichen Häuschen, in Sicherheit. Sie versucht mich einzulullen, sagte sie sich. Auf keinen Fall durfte sie diesem falschen Frieden trauen. Doch die ruhige Gewissheit blieb, dass ausgerechnet diese Frau, die ihr Verstand für das Böse in ihrem Leben verantwortlich machte, alles in Ordnung bringen würde.

Annabel war zu unruhig, um sich zu setzen. Mit großen Schritten ging sie durch das Wohnzimmer. Vor dem Fenster blieb sie stehen und sah hinaus. Erst jetzt fiel ihr auf, dass dieses Häuschen auf einer kleinen Anhöhe lag. Vom Fenster aus sah man über das Dorf hinweg. Draußen schälten zwei Frauen Reis, im Takt stießen sie die Bambusstößel in die gewaltigen Mörser. Auf dem Platz zwischen den Häusern jagten Kinder kreischend hintereinander her, ein Mann fütterte die Hühner im Vorgarten.

Sie fuhr herum, als sie hinter sich Geschirrklappern hörte. Mami Vanille hatte einen Teller mit Keksen auf den Tisch gestellt und füllte Tee in zwei zarte Porzellantassen. Sofort erfüllte warmer Vanilleduft das Zimmer.

„Was haben Sie mit dem Katta angestellt? Muss ich jetzt als Nächstes mit einem Zombie-Katta in meinem Bett rechnen?“, versuchte Annabel zu spotten.

Mami Vanille setzte sich in einen der Rattansessel und wartete, bis auch Annabel Platz genommen hatte, bevor sie antwortete. „Von mir hast du nichts Böses zu erwarten.“

Annabel glaubte ihr. Eine leise Stimme in ihrem Hinterkopf warnte sie noch immer, dass dies bestimmt nur auf eine Art Zauberei zurückzuführen war. Gleichzeitig fühlte sie mit jeder Faser, dass Mami Vanille die Wahrheit sagte. Ihre ruhige Würde beeindruckte Annabel, aber das war nicht alles. Sie mochte diese Frau. Sehr sogar. In ihrer Gesellschaft war ihr, als könnte ihr nichts Schlimmes auf der Welt zustoßen.

Wahrscheinlich war genau das die Kunst einer erfolgreichen Schamanin. Ihr Geheimnis, mit dem sie die Menschen in ihren Bann zog. Doch Annabels Gefühle hörten nicht auf diese vernünftige Erklärung.

Mami Vanille sah sie ernst an. „Wo hast du den toten Katta gefunden?“

„Vor meiner Tür, als ich nach Hause gekommen bin.“

„Ich habe von der Puppe gehört. Stimmt es, dass sie in deinem Bett lag?“

„Stammt sie denn nicht von Ihnen?“

„Ich würde dir niemals etwas Böses antun“, sagte Mami Vanille noch einmal.

„Wer war es dann?“

Mami Vanille schüttelte den Kopf. „Ich weiß es nicht, und das beunruhigt mich am meisten. Hier geht nicht vieles vor, von dem ich nichts weiß.“

„Kennen Sie jemanden, der solche Puppen anfertigt?“

„Nein. Dinge dieser Art gehören nicht zu unseren Gebräuchen. Hast du eine Idee, wer dir so etwas antun würde? Hast du dich mit jemandem gestritten, seitdem du hier bist?“

„Nein … Marlene mag mich zwar nicht besonders, aber sie würde so etwas nie tun … denke ich.“

Mami Vanille schüttelte den Kopf. „Nein. Das würde sie nicht.“

„Dann war es vielleicht jemand aus Andra?“

„Warum sollte dir jemand aus unserem Dorf Böses wünschen?“

„Aus Rache, weil man denkt, dass ich das Hotel nicht bauen will.“

Mami Vanille legte den Kopf schräg. „Weil man denkt?“, wiederholte sie gedehnt. „Heißt das, du hast es dir anders überlegt?“

„Ja … ich weiß noch nicht, aber vielleicht …“ Annabel konnte sich gerade noch zurückhalten, Mami Vanille ihr Herz auszuschütten.

Zu ihrer Erleichterung fragte die ältere Frau nicht weiter nach. „Nein, so etwas würde niemand hier tun. Du solltest nicht länger alleine in der Hütte wohnen.“

„Ich *kann* nicht aufgeben. Warum versteht das bloß keiner?“

„Oh, ich kann es verstehen, besser, als du vielleicht denkst, mein Kind.“ Mami Vanille lächelte. „Möchtest du Sahne zum Tee?“

„Nein, danke.“ Annabel nippte an ihrer Tasse. Sie hatte irgendeinen Kräuteraufguss erwartet, nicht diesen köstlichen schwarzen Tee, nur mit einem Hauch Vanille aromatisiert. Ohne nachzudenken, nahm sie einen Keks und biss hinein. Sofort war ihr, als wäre sie Jahre zurück in ihre Kindheit versetzt worden. Auf ihrer Zunge explodierte eine Mischung aus scharfem Ingwer und mild-buttrigem Keksteig. Sie sah wieder die silberne Keksdose auf ihrem Küchenschrank vor sich, die nie leer gewesen war.

Mami Vanille lächelte, als könnte sie Annabels Gedanken lesen. Sie stand auf und öffnete eine Schranktür. Ihr Rücken verdeckte, was sie tat. Als sie zurückkam, reichte sie Annabel eine Schnur, an der ein ledernes Säckchen hing.

Annabel hob die Brauen. „Was soll das sein?"

„Ein *ody*. Ein Amulett. Es schützt dich, vor allem vor spirituellen Gefahren, aber manchmal kann es auch in ganz realen Situationen helfen."

Also doch! dachte Annabel. Zum guten Schluss kam Mami Vanille doch noch mit ihrem Hokuspokus an.

„Was ist da drin?"

„Nichts Besonderes. Ich habe hier eine ganze Sammlung von alltäglichen Dingen. Angelhaken, Krokodilzähne, Sand. Ochsenfett."

Was man im täglichen Leben eben so braucht. Annabel unterdrückte ein Grinsen.

„Wird ein *ody* benötigt, wähle ich das Richtige für die Person aus", fuhr Mami Vanille fort.

„Danke." Annabel steckte das ekelhafte Ding in ihre Tasche und nahm sich vor, es so schnell wie möglich zu entsorgen.

„Du musst es um den Hals tragen oder an deinem Körper aufbewahren, damit es dich schützen kann."

Wieder überkam sie das unangenehme Gefühl, dass Mami Vanille genau wusste, was sie dachte.

„Natürlich kann das *ody* dich nicht vor allem schützen. So viel Macht besitze ich nicht."

„Nochmals vielen Dank." Annabel stand auf. Zusammen gingen sie zur Tür. „Bitte entschuldigen Sie noch einmal, dass ich einfach so in Ihr Haus gegangen bin."

„Mein Haus ist dein Haus, Annabel."

Annabel griff nach der Klinke und öffnete die Tür. Bevor sie gehen konnte, legte Mami Vanille die Hand auf ihren Arm. „Annabel ..." Bisher hatte ihr glattes Gesicht mit den ausgeprägten Zügen alterslos gewirkt, doch jetzt zeichneten sich plötzlich scharfe Linien neben ihrem Mund ab, und die Augen schienen tiefer in den Höhlen zu liegen.

„Ja?“

Die nächsten Worte kosteten Mami Vanille offensichtlich Überwindung: „Wenn jemand auf Madagaskar einem anderen etwas Böses will, ist das Mittel der Wahl üblicherweise Gift. Es tut mir sehr leid, wenn ich dir damit Angst mache, glaube mir, das ist das Letzte, was ich will. Aber die Situation ist zu ernst, um dich nicht zu warnen. Bitte nimm von niemandem ein Getränk oder eine Speise an, bevor die Sache nicht geklärt ist.“

Im ersten Moment dachte Annabel, Mami Vanille hätte einen geschmacklosen Witz gemacht. Sie versuchte zu lachen. Dann begriff sie, dass es der älteren Frau sehr ernst mit ihren Worten war. Ihr Mund wurde trocken. „Sie glauben doch nicht ernsthaft, dass mich jemand vergiften will?“

„Es gibt Gifte, die Krankheiten auslösen, Gifte, die einen Menschen dazu bringen sollen, etwas Bestimmtes zu tun. Gifte, die töten. Irgendjemand will offensichtlich irgendetwas von dir. Wenn dieser Hokuspokus mit Puppen und toten Kattas nicht wirkt, greift derjenige vielleicht zu anderen Mitteln.“

Annabel schüttelte den Kopf. Ihr war, als wäre sie in einen Albtraum geraten.

„Das *ody* wird dich schützen, aber bitte geh kein Risiko ein!“

„Das werde ich nicht. Danke für die Warnung.“

Im Wagen blieb Annabel noch einen Moment sitzen und starrte das *ody* in ihrer Hand an. Sie fragte sich, ob sie die bizarre Warnung ernst nehmen sollte. Sie kam zu dem Schluss, dass Mami Vanille jedenfalls selbst überzeugt war, dass ihr eine Gefahr drohte. Aber falls man sie wirklich vergiften wollte, konnte ihr ein albernes Ledersäckchen mit Ochsenfett oder Krokodilzähnen auch nicht helfen.

Sie wollte das Amulett am liebsten aus dem Fenster werfen, stattdessen warf sie es ins Handschuhfach und fuhr los. Nach wenigen Metern hielt sie noch einmal an, nahm das *ody* heraus, legte es um den Hals und schob es unter ihr Kleid. Es kann ja nichts schaden, sagte sie sich. Sofort fühlte sie sich gelassener, doch sie weigerte sich, weiter darüber nachzudenken.

Inzwischen lag brütende Hitze über der Landschaft. Die Sonne knallte unbarmherzig nieder. Am Horizont bildete sich eine dunkle Linie am tiefblauen Himmel. Annabel vermutete, dass es nur eine Frage der Zeit war, bis ein Unwetter losbrechen würde. Sie fuhr schneller. Mittlerweile war ihr die Straße vertraut. Auf ihrem Weg zur Plantage umkurvte sie zielstrebig die Schlaglöcher.

Sie hielt den Wagen vor der Halle an und sah hinein. Nur die Arbeiter saßen an den Tischen und verpackten die Schoten oder wendeten sie auf den Jutesäcken in der Sonne. Sie fuhr weiter zur Plantage. Wie sie gehofft hatte, standen beide Jeeps vor dem Eingang. Dem Klang der Stimmen folgend, ging Annabel durchs Haus zur Veranda. Der Duft nach Curry, Reis und Knoblauch lag in der Luft.

Bernd, Marlene und Jean-Pierre saßen beim Mittagessen. Sie sahen auf, als Annabel auf die Terrasse trat. Jean-Pierre rückte ihr einen Stuhl an den Tisch, und sie setzte sich.

„Du kommst gerade rechtzeitig zum Essen. Das Mango-Curry ist köstlich“, sagte Marlene. „Ich sage Nirina Bescheid, dass sie noch einen Teller für dich bringt.“

Annabel legte ihr die Hand auf den Arm. „Danke, aber ich bin noch pappsatt vom Frühstück. Ich wollte nur kurz Hallo sagen.“

„Heißt das, du willst nicht bleiben?“ Jean-Pierre schob seinen Teller zurück, als wäre ihm der Appetit vergangen.

„Nein, ich fühle mich sehr wohl in meinem Häuschen.“ Annabel lächelte. Sie hatte entschieden, nichts von dem toten Katta zu erzählen, um ihre Verwandten nicht noch mehr zu beunruhigen.

„Aber … fühlst du dich nach dem Vorfall immer noch sicher, so ganz allein am Strand?“, fragte Jean-Pierre.

„Du meinst, wegen der Puppe?“ Annabel machte eine abwehrende Handbewegung. „Das war bestimmt wirklich nur ein harmloser Streich.“

„Wahrscheinlich könnte ich nichts sagen, um dich umzustimmen, habe ich recht?“

„Das stimmt. Ich bin nur gekommen, um euch zu meiner Party am Samstagabend einzuladen.“

„Deine Abschiedsfeier?“, fragte Jean-Pierre.

„Eher ein Dorffest“, wich Annabel aus. „Ganz Andra ist eingeladen.“

„Wie kommst du dazu, eine Party für das ganze Dorf zu geben?“, fragte Marlene.

„Oh, das hat sich so ergeben. Ben Pendergast hatte mich zu einem Fest ins Dorf eingeladen, und ich dachte, es wäre eine passende Geste, um mich für die Gastfreundschaft zu revanchieren.“

Jean-Pierre hob die Brauen. „Eine Riesenparty ist etwas mehr als eine passende Geste.“

Annabel lachte. „Ja, ich bin mir auch nicht ganz sicher, ob ich mich vielleicht ein bisschen übernommen habe.“

„Wenn du Hilfe brauchst, schicke ich dir Nirina“, bot Marlene an.

„Vielen Dank, aber ich schaffe das schon.“ Annabel stand auf. „Dann hoffe ich, wir sehen uns Samstag.“

Sie ging zum Wagen, stieg ein und ließ den Motor an, als Jean-Pierre aus dem Haus kam. Sie schaltete den Motor wieder aus und kurbelte das Fenster hinunter.

Er stellte einen Fuß auf das Trittbrett und stützte sich auf dem Fensterrahmen ab. „Bitte, Annabel, komm zurück auf die Plantage. Was hältst du davon, wenn wir die Party zusammen vorbereiten? Ich habe keine ruhige Sekunde, wenn ich dich so ganz allein dort am Strand weiß. Muss dir erst etwas zustoßen, damit du endlich aufgibst?“

Langsam sollte er doch begriffen haben, dass es mir ernst ist, dachte Annabel gereizt. „Bitte hör auf mich zu drängen!“, entgegnete sie.

Er seufzte. „Ich würde gern in Ruhe mit dir reden.“

„Dazu haben wir noch Zeit genug. Ich werde meinen Rückflug verschieben, bis ich mich entschieden habe, was mit dem Grundstück geschehen soll."

„Hast du den Rückflug schon storniert?"

„Nein, aber ..."

„Warum fliegst du nicht erst einmal zurück und ..."

„Ich dachte, du freust dich, wenn ich etwas länger bleibe. Aber im Moment habe ich eher das Gefühl, als könntest du mich nicht schnell genug loswerden."

„Natürlich würde ich mir wünschen, dass du hierbleibst, Annabel. Mehr als alles andere. Aber nur, wenn du dir wirklich ganz sicher bist. Ich will nicht, dass du etwas tust, was du hinterher bereust! Wenn du erst einmal die Brücken hinter dir abgebrochen hast, kannst du nicht wieder zurück."

Er beugte sich weiter zu ihr in den Wagen. Ihre Gesichter waren nur wenige Zentimeter voneinander entfernt. Sie sahen sich an. Wieder dachte Annabel für einen Moment, er würde sie küssen. Doch dann richtete er sich auf und trat einen Schritt zurück.

Ein Lächeln spielte um seine Lippen. „Aber inzwischen kenne ich dich gut genug, um zu wissen, dass du sowieso nur das tust, was du willst. Pass wenigstens gut auf dich auf. Versprichst du mir das?"

Sie lachte und ließ den Motor an. „Versprochen."

14. KAPITEL

Am Himmel ballten sich Gewitterwolken, und unablässig rollten Donner über dem Regenwald. Inzwischen war es so schwül, dass Annabel sich wünschte, der Himmel würde endlich seine Schleusen öffnen. Sie kurbelte ihr Autofenster herunter, aber selbst der Fahrtwind blies heiß wie ein Fön in ihr Gesicht.

Sie fuhr mit dem Land Rover am Strand entlang zur Hütte, als der Regen einsetzte. Erbarmungslos prasselte er herunter und peitschte den Sand. In Sekundenschnelle war der Strand überflutet. Bevor Annabel das Fenster hochkurbeln konnte, war sie nass, als hätte jemand einen Eimer Wasser in den Wagen geschüttet. Die Scheibenwischer konnten gegen die Flut nichts ausrichten. Annabel ließ den Wagen stehen und lief die letzten Meter zum Haus zu Fuß. Sie spürte, wie das Wasser über ihre Haut strömte. Ihre Füße patschten durch knöcheltiefe Pfützen.

Sie schickte ein Stoßgebet zum Himmel, dass Birdie in Sicherheit war. Wie durch einen silbrigen Vorhang sah sie die Umrisse der Hütte vor sich. Sie sprang die Stufen hinauf unter das schützende Dach, wischte sich den Regen aus den Augen und schloss mit zitternden Fingern die Tür auf.

Irgendwo am Strand hatte sie ihre Flip-Flops verloren, aber das kümmerte sie nicht. Ihre nassen, sandigen Füße hinterließen Abdrücke auf dem Boden, als sie ins Badezimmer ging und ein Handtuch um die nassen Haare wickelte. Dann streifte sie ihre tropfnasse Kleidung ab und warf alles ins Waschbecken. Nackt ging sie zur Tür. Während sie sich mit einem trockenen Handtuch abrieb, bis sich ihre kalte Haut rötete, sah sie den Wolken zu, die über den schwefelgelben Himmel rasten. Draußen vor der Bucht wurde das offene Meer von Schaumkronen gepeitscht, die Wellen brachen sich donnernd am Riff. Hin und wieder erzitterte die Hütte unter dem Anprall des Sturms.

Das Vordach schützte die Veranda, doch bisweilen peitschte eine Sturmbö den Regen bis ins Wohnzimmer. Dennoch konnte Annabel sich nicht überwinden, die Tür zu schließen. Sie warf das feuchte Handtuch auf den Boden, streifte Unterwäsche und ein T-Shirt über, das bis zu den Oberschenkeln reichte, und wischte den Boden mit dem Fuß trocken, während sie Ausschau nach dem kleinen Katta hielt. Sie verfluchte sich, weil sie Daniels Angebot nicht angenommen hatte. Wenn ihm etwas zustieß, war es ganz allein ihre Schuld.

Weil sie den Trost des putzigen Tierchens gebrauchen konnte, hatte sie ihn bei sich behalten wollen, ihm aber nicht einmal einen sicheren Unterschlupf geboten. Sie stellte sich vor, wie er hungrig zur Hütte gekommen war und vor der verschlossenen Tür gestanden hatte. Sie ging hinaus, setzte sich auf den Boden der Veranda und lehnte sich an die Wand.

Als Tränen über ihre Wangen liefen, wusste sie, dass sie nicht nur um den kleinen Katta weinte. Schluchzen schüttelte ihren Körper, während sie an das Leben dachte, das hinter ihr lag. An verpasste Chancen, an Kämpfe, die sie nie hatte gewinnen wollen, nie gewinnen konnte. Es kam ihr vor, als hätte sie Jahre ihres Lebens damit vergeudet, gegen Windmühlen zu kämpfen, ohne dass sie dabei je glücklich gewesen war.

„Hätte ich nur noch einen Tag mit dir, Papa“, schluchzte sie. Es gab so vieles, das sie ihm sagen wollte.

Etwas Nasses klatschte gegen ihre nackten Beine. Sie spürte, wie patschnasse dünne Ärmchen ihren Unterschenkel umklammerten, und hörte schrille Schreie, die an ein protestierendes Baby erinnerten.

„Mein Kleiner, du bist wieder da!“ Annabel schloss den zitternden Körper in die Arme und trug ihn ins Haus.

Die Schreie wurden leiser und gingen schließlich in ein fast wimmerndes Jammern über. Unter ihren Händen spürte sie seine zarten Knochen. Zitternd und zerbrechlich wie ein Vögelchen, das aus dem Nest gefallen war, sah Birdie zu ihr auf. Die leuchtenden kugelrunden Augen wirkten riesig in dem spitzen Gesicht.

Tropfnass sprang er auf ihre Schulter, hielt sich an ihrem Hals fest und schmiegte sich schutzsuchend an ihr Haar. Annabel spürte seinen schnellen, verängstigten Herzschlag.

Sie ging mit ihm ins Haus, wickelte ihn in ein Handtuch und rieb ihn vorsichtig trocken, während er kleine Laute von sich gab. Wehrlos ließ er alles mit sich geschehen. Er wirkte verstört, und Annabel fragte sich, ob das Unwetter ihm so große Angst eingejagt hatte. Vielleicht hatte er auch den toten Katta auf ihrer Türschwelle gesehen, vielleicht sogar mit angesehen, wie ihm jemand das Genick umgedreht hatte, aber das würde sie niemals erfahren.

Als er einigermaßen trocken war, ging sie mit ihm auf der Schulter zur Obstschale und gab ihm eine Feige. Mit wenigen Bissen hatte er sie verschlungen und starrte gierig die Banane an, die Annabel währenddessen für ihn geschält hatte. Sie verschwand fast ebenso schnell wie die Feige.

Annabel füllte eine Plastikschüssel mit Wasser. Sobald sie diese auf den Boden gestellt hatte, sprang Birdie von ihrer Schulter und trank, als wäre er halb verdurstet. Jetzt war Annabel fast sicher, dass er den toten Katta gesehen hatte. Wahrscheinlich hatte er darum zu viel Angst gehabt, aus der Schüssel auf der Veranda zu trinken.

Kaum hatte er genug getrunken, sprang er ihr wieder auf die Schulter, doch er war so müde, dass ihm die Augen zufielen. Sie spürte, wie sein kleiner Körper immer wieder ganz schlaff wurde, bevor er zur Seite gegen ihren Kopf fiel und sich mit einem Ruck wieder aufrichtete. Sie gab ihm noch eine Feige, dann setzte sie sich mit ihm auf dem Schoß aufs Sofa. Mit der Frucht ganz fest in seiner kleinen Hand, schlief er fast augenblicklich ein.

Als Annabel erwachte, schien die Sonne von einem wolkenlosen Himmel. Der Regen hatte die Luft gereinigt, und eine frische

Brise wehte vom Meer her. Die Farben der Landschaft wirkten satter und kräftiger. An den langen Schatten und dem goldenen Schimmer auf dem nassen Sand erkannte Annabel, dass es bereits später Nachmittag sein musste.

Bald würde die Sonne untergehen. Ihr wurde bewusst, dass sie bei offener Tür eingeschlafen war. Sie erschauerte und ärgerte sich sofort über den Anflug von Angst. Birdie schlief noch immer auf ihrem Schoß. Seltsamerweise gab sein winziger Körper ihr Mut. Das kleine Tierchen hatte seine Angst überwunden und war zurückgekommen. Sie würde sich erst recht nicht einschüchtern lassen.

Mit dem kleinen Katta auf dem Arm ging sie hinaus auf die Veranda. Sie legte ein Kissen auf den Boden, setzte sich und sah zu, wie die Sonne tiefer sank. Wie zum Geschenk für ihren Mut glühte der Himmel wie kostbare Juwelen – gold, saphirblau, lila, rot und pink. Auch Birdie schien seine Angst vergessen zu haben und hüpfte auf die Verandabrüstung. Als er die Arme ausbreitete und seinen Körper in die letzten Sonnenstrahlen reckte, sah er aus, als würde er die Sonne anbeten.

Als die rote Scheibe im Meer versank, setzte im Regenwald ein Chor von Insekten und Vögeln ein und mischte sich mit den Schreien einer späten Möwe über der Lagune. Annabel konnte fast vergessen, was sie hier Schreckliches gesehen hatte, als aus dem Regenwald ein lang gezogener Schrei ertönte. Unwillkürlich griff sie zu ihrem Hals und tastete nach dem *ody* an seiner Lederkette. Kein Grund zur Sorge, das ist nur irgendein völlig harmloses exotisches Tier! sagte sie sich. Sie hätte sich fast sicher geglaubt, wäre nicht Birdie vom Geländer gesprungen und hätte sich zitternd neben sie gehockt.

Sie musste ihre Selbstbeherrschung zusammennehmen, um nicht aufzuspringen, ins Haus zu laufen und die Tür hinter sich zu verrammeln. So stand sie nur langsam auf, nahm das Kissen und ging gefolgt von Birdie hinein. Dann schloss sie sorgfältig die Tür hinter sich ab.

Ärgerlich über ihre Angst ließ sie sich auf das Sofa fallen. Die Fensterläden waren vorgelegt und sperrten ungebetene Besucher aus, aber auch den Ausblick auf die Lagune. So konnte es nicht weitergehen. Morgen würde sie noch einmal mit ihren Verwandten sprechen, vielleicht auch mit Mami Vanille. Sie musste den Schuldigen finden, damit sie sich hier wieder sicher fühlen konnte!

Dabei fiel ihr auf, dass sie die Gedanken an ihre Zukunft immer weiter vor sich herschob. Es wurde Zeit, eine Entscheidung zu treffen. Sie dachte an die letzten Tage, die sie in der einfachen Strandhütte verbracht hatte, an die Einwohner von Andra, und unwillkürlich trat eine Reihe unzusammenhängender Bilder vor ihre Augen – eine lauwarme Dose Cola, ihr Ehrenplatz in Nathys zerschlissenem Cordsamtsessel, Ben Pendergast mit einem lachenden Kind auf dem Arm, die ehrliche Besorgnis in Mami Vanilles Augen. Die Leidenschaft in Daniels Augen, als er ihr von dem geplanten Hotel erzählt hatte.

Es überraschte sie, dass keins dieser Bilder mit materiellen Werten zu tun hatte. Hatte sie noch vor Kurzem überlegt, wie viel ihr der Verkauf des Grundstücks einbringen würde, erschien es ihr plötzlich wichtiger, die Schönheit der Bucht zu erhalten, Nathys Mann einen Job zu geben, damit diese ihre neun Kinder nicht länger allein großziehen musste – und sich vielleicht sogar ein paar Stühle leisten konnte. Das war alles, worauf es ankam. Worauf wartete sie also noch?

Mit einem Schlag war ihr klar, was sie zu tun hatte. Ein Leben an einem anderen Ort als diesem war undenkbar, heute, in einer Woche, in einem Monat.

Sie erkannte, dass sie tief in ihrem Inneren schon längst wusste, was sie zu tun hatte. Es gab keinen Grund für sie, zurück nach Hamburg zu gehen. Zum ersten Mal seit langer Zeit – vielleicht zum ersten Mal in ihrem Leben – erfüllte sie das Gefühl, am richtigen Ort angekommen zu sein.

Ihr war, als hätte sie seit Jahren, vielleicht schon ihr Leben lang, versucht, einen steilen Berg zu erklimmen. Erst seit ihrer

Ankunft auf Madagaskar fand sie zum ersten Mal die Ruhe, durchzuatmen, sich umzuschauen und zu überlegen, wohin sie eigentlich wollte.

„Hallo!" Sie hörte Schritte auf den Holzdielen der Veranda. „Hallo, Annabel, ich bin's Daniel."

Sie merkte, dass sie die Luft angehalten hatte, und atmete aus. „Ich komme."

Ihre Finger zitterten noch, und es dauerte einen Moment, bis sie die Tür aufgeschlossen hatte. „Hallo Daniel."

Er musterte sie verwundert. „Sie haben sich aber gründlich eingeschlossen."

Annabel versuchte zu lächeln, aber es wurde nur eine Grimasse.

Seine Verwunderung wurde zu Besorgnis. „Ist etwas passiert?"

Sie erinnerte sich an ihre Gastgeberpflichten. „Setzen Sie sich erst mal. Möchten Sie etwas trinken?"

„Haben Sie ein Bier?"

„Natürlich." Sie holte zwei Flaschen Bier aus dem Kühlschrank und reichte ihm eine. „Ein Glas?"

„Nein, danke." Daniel schraubte den Verschluss ab und trank einen Schluck, während er darauf wartete, dass sie sich zu ihm auf das Sofa setzte. Er warf dem Katta, der sich auf dem Sofa zusammengerollt hatte, einen Blick zu. „Ich sehe, Birdie geht's gut."

„Hatten Sie etwas anderes erwartet?"

„Natürlich nicht. Ich hoffe, ich störe Sie nicht."

„Nein, ganz im Gegenteil. Abends kann es hier ziemlich einsam sein, finden Sie nicht?"

Er musterte sie prüfend. „Was ist passiert, Annabel?", fragte er noch einmal.

Sie seufzte und trank einen langen Schluck aus ihrer Flasche. „Haben Sie etwa noch nichts von dem Katta gehört? Ich dachte, das Buschtelefon verbreitet die Neuigkeiten schneller als der Schall."

Er schüttelte den Kopf. „Ich habe nichts gehört."

Annabel erzählte Daniel, was passiert war. Sie versuchte, sich ihre Angst nicht anmerken zu lassen, aber Daniel wirkte von Minute zu Minute entsetzter. Als sie von dem gebrochenen Genick erzählte, sprang er auf und begann, mit großen Schritten durch das Zimmer zu gehen. An der Tür blieb er stehen und sah hinaus auf den Strand, als suchte er dort nach dem Schuldigen.

Als er sich wieder zu ihr umwandte, war sein Gesicht angespannt. „Sie können nicht länger alleine hierbleiben, Annabel. Ich habe hier noch nie etwas Ähnliches gehört, und ich kann mir beim besten Willen nicht vorstellen, wer dahinterstecken könnte. Das Ganze ergibt keinen Sinn! Sie sagen, es könnte vielleicht mit dem Hotelprojekt zusammenhängen, aber keiner aus dem Dorf würde so etwas tun, um sich an Ihnen zu rächen. Das liegt einfach nicht in der Natur der Menschen hier. In Deutschland würde ich Ihnen raten, zur Polizei zu gehen, aber hier …" Er zuckte mit den Schultern.

„Die Idee habe ich auch schon verworfen. Aber ich werde *nicht* das Haus verlassen!" Sie erwiderte trotzig seinen Blick. In dem Moment knurrte ihr Magen so laut, dass Birdie zusammenzuckte, sich aufsetzte und verwirrt um sich schaute.

„Haben Sie schon gegessen?", fragte Daniel.

Annabel war erleichtert, dass er das Thema so schnell fallen ließ. „Ich habe keinen Hunger."

„Was halten Sie von einem Picknick?"

„Ein Picknick? Wissen Sie, wie spät es ist?"

Er lächelte. „Ein Mitternachtspicknick."

Eine Stunde später kam Daniel mit seinem Boot zurück. Als Annabel den Motor hörte, trat sie auf die Terrasse und verschloss sorgfältig die Tür hinter sich. Sie hatte darüber nachgedacht, was sie mit Birdie anstellen sollte. Am liebsten würde sie ihn im Haus lassen, aber ein Baby-Katta war vermutlich auch nicht stubenrein. Er nahm ihr die Entscheidung ab, als er blitzschnell durch ihre Beine flitzte und im Wald verschwand.

Die Sonne war längst untergegangen, und Mondlicht verwandelte den Strand in eine düstere Märchenlandschaft. Die Bäume warfen schwarze Schatten auf den mondbeschienenen Sand. Aus dem Regenwald hörte Annabel ein Flattern, dann stieß ein Tier einen fast menschlich klingenden Schrei aus. Sie sah sich nach dem kleinen Katta um, doch er war zwischen den Palmen verschwunden. Annabel spürte nicht die geringste Angst. Sie überlegte, ob das mit Daniels Besuch zu tun hatte.

Vom Meer wehte salzige Luft herüber und legte sich feucht auf ihre Haut, als sie über den Strand ging. Das Motorgeräusch wurde lauter, dann tauchte zwischen den Mangroven das Boot auf und steuerte den Bootssteg am Ende der Bucht an. Der breite Bug zerschnitt die schwarze, gläsern wirkende Wasseroberfläche. Vor dem Nachthimmel zeichnete sich dunkel Daniels Gestalt am Steuer ab.

Annabel erwartete ihn auf dem Bootssteg. Er schaltete den Motor aus, und mit einem Mal war es sehr still. „Ich hoffe, es hat nicht zu lange gedauert", sagte er.

Als er ihr die Hand reichte und ins Boot half, spürte sie seine raue Handfläche. „Nein, gar nicht. Wenn wir schon zu einem Mitternachtspicknick fahren, könnten wir uns auch duzen, finden Sie nicht?"

„Gute Idee."

Annabel sah sich in dem kleinen Boot um, bevor sie auf der Bank hinter dem Steuer Platz nahm.

Im Mondlicht schimmerten Daniels Zähne, als er lächelte. „Hast du etwa nichts zu essen mitgebracht?"

Annabel schnappte nach Luft. „Oh. Daran habe ich gar nicht gedacht."

Dann merkte sie, dass er sie nur geneckt hatte. „Keine Sorge, ich habe mehr als genug für uns eingepackt. Oliven, Brot, Salami,

Käse, Obst, und ich hatte noch etwas Huhn vom Mittagessen übrig."

„Keinen Reis?"

Daniel lachte. „Keinen Reis!" Er drehte den Zündschlüssel, und das Brummen des Motors durchbrach die Stille.

„Wenn du etwas trinken möchtest – in der Kühlbox sind Bier, Wasser und Cola." Er deutete auf eine große silberne Box neben der Bank.

Annabel nahm sich eine Dose Cola heraus, zog den Verschluss ab und trank einen Schluck. Sie schloss die Augen und genoss den kühlen Wind auf ihrer Haut. In diesem Moment fühlte sie sich als Teil dieser Welt. Sie konnte sich problemlos vorstellen, den Rest ihres Lebens hier zu verbringen. Selbst ihre Probleme wirkten plötzlich nicht mehr so erdrückend. „Wohin fahren wir?"

„Zu einer winzigen Insel, draußen im offenen Meer." Er steuerte durch eine schmale Schneise im Riff. Sobald sie die geschützte Lagune verlassen hatten, hob und senkte sich das Boot in der Dünung.

Der Mond stieg höher. Die weiße Scheibe schien so nah, als brauchte Annabel nur die Hand auszustrecken, um sie zu berühren. Während sie an Fahrt gewannen, beobachtete sie Daniel, seine Hände, die das Steuer sicher hielten, seine langen Beine, mit denen er das Schwanken des Bootes ausglich.

Die ganze Welt um ihr kleines Boot herum schien in Bewegung zu sein. Hin und wieder brach sich eine Welle an der Bootswand und sprühte Gischt über sie. Obwohl die Wellen höher wurden, fühlte sie sich sicher und vertraute darauf, dass Daniel genau wusste, was er tat.

Wieder hatte sie etwas Spontanes unternommen. Eine nächtliche Bootsfahrt über den Indischen Ozean. In einem winzigen Boot! Noch vor wenigen Tagen wäre das undenkbar gewesen!

„Dafür, dass du Pilot bist, scheinst du nicht oft zu fliegen", sagte sie nach einer Weile, um das Schweigen zu durchbrechen. „Besitzt du wirklich ein eigenes Flugzeug?"

Daniel lachte leise. „Es steht bei Bernd und Marlene auf dem Grundstück. Ich brauche eine Landebahn, und bei mir ist nicht genug Platz. Sie haben mir auch erlaubt, einen Unterstand auf ihrem Grundstück aufzustellen. Dafür erledige ich kostenlos ihre Versorgungsflüge."

„Marlene hat mir erzählt, dass das Leben auf der Plantage wesentlich leichter geworden ist, seitdem du vieles für sie mit dem Flugzeug beschaffen kannst."

„Ich nehme dich gern auf einen Rundflug mit und zeige dir mehr von Madagaskar", bot Daniel an. „Wenn dir vor deiner Abreise noch Zeit bleibt."

Annabel trank einen Schluck von ihrer Cola. „Ich habe meinen Rückflug verschoben."

Daniel wandte sich überrascht um, und das Boot schlug hart auf einer Welle auf. Schnell sah er wieder nach vorn. „Warum?", rief er über die Schulter.

Annabel betrachtete seinen breiten Rücken und versuchte zu erkennen, was er dachte. „Ich muss mir noch über einige Dinge klar werden."

Er warf ihr einen raschen Blick über die Schulter zu, aber sie konnte seinen Gesichtsausdruck nicht sehen. „Über welche Dinge?"

Inzwischen schwankte ihr kleines Boot wie eine Nussschale auf dem offenen Meer, und Annabel befürchtete, dass ein Moment der Unaufmerksamkeit sie kentern lassen würde. „Ach, so einiges. Aber vielen Dank für die Einladung", wechselte sie das Thema.

Zu ihrer Erleichterung beharrte Daniel nicht auf einer Antwort. „Das Vergnügen ist ganz meinerseits. Es ist schön, auch mal Gesellschaft zu haben."

„Bist du sonst immer allein?"

„Oft. Nach einem langen Tag kann ich am besten entspannen, wenn ich mit dem Boot rausfahre."

Wich er ihr absichtlich aus?

„Bist du gern Anwältin?“, fragte er, bevor sie nachhaken konnte.

Sie schwieg einen Moment. Diese Frage hatte sie sich noch nie gestellt, wurde ihr klar. „Ehrlich gesagt, weiß ich das nicht“, sagte sie schließlich ehrlich. „Auf einmal schien es mein Leben zu sein … ich habe nicht mehr darüber nachgedacht. Dann ist Vater gestorben, ich bin hergekommen, und plötzlich ist nichts mehr so, wie ich dachte.“

Er nickte. „Wir glauben, wir hätten alles so perfekt geplant, und dann macht uns das Leben plötzlich einen Strich durch die Rechnung.“ Plötzlich war jede Freude aus seinem Tonfall verschwunden.

Er sah starr geradeaus. Schweigend fuhren sie durch die Nacht, nur das Brummen des Motors war zu hören und das Klatschen der Wellen, die gegen das Boot schlugen. Nach einer Weile bemerkte Annabel das lauter werdende Geräusch der Brandung, ein Zeichen für nahes Land. Annabel stand auf und stellte sich neben Daniel. Er deutete mit einer Hand auf einen Punkt im Ozean, der sich für Annabel nicht von der Umgebung unterschied. „Dort. Siehst du es?“

Sie kniff die Augen zusammen und starrte gespannt in die Dunkelheit. Langsam erschien ein heller Umriss vor ihren Augen. Zuerst sah sie nur einen helleren Schatten, dann erkannte sie eine sichelförmige Bucht, so blass wie der Mond am Himmel.

„Hier gibt es keinen Steg. Wir können recht nah ans Ufer fahren, aber die letzten Meter müssen wird durchs Wasser gehen“, erklärte Daniel. Er drosselte den Motor, und das Dröhnen schwächte zu einem sanften Brummen ab. Geschickt manövrierte er sie näher an den Strand, dann warf er den Anker aus und sprang aus dem Boot.

Annabel prustete, als er bis über die Knie versank.

„Soll ich dich tragen?“

„Ach was! Ich bin doch nicht aus Zucker.“

Daniel lachte, nahm die Kühlbox und ging zur Insel. Annabel hob ihren Rocksaum, kletterte aus dem schwankenden Boot, schnappte sich die Bastmatte und watete hinter ihm her an Land.

Sie fragte sich, wie viele Menschen schon ihren Fuß auf diesen Platz gesetzt hatten. Ihr war, als würde der Rest der Welt nicht mehr existieren. Hier auf dieser winzigen Insel mitten im wilden Ozean schien plötzlich alles möglich. Hamburg war unendlich weit entfernt.

Sie breitete die Bastmatte auf dem Boden aus. Während Daniel Treibholz sammelte, zu einem Feuer aufschichtete und entzündete, verteilte Annabel Essen und Getränke auf der Matte.

Daniel setzte sich mit untergeschlagenen Beinen zu ihr und nahm sich eine Dose Cola aus der Box, während Annabel sich für Bier entschied. „Und warum hast du dich nun entschlossen, deinen Flug zu verschieben?“, fragte er, als hätten sie ihr Gespräch auf dem Boot nicht unterbrochen.

„Ich möchte nicht darüber reden. Vielleicht später.“ Um seinem Blick auszuweichen, beschäftigte Annabel sich mit dem Essen. Sie brach ein Stück Baguette ab, legte einige Scheiben Salami darauf und biss ab, dann spülte sie alles mit einem großen Schluck Bier herunter. „Köstlich. Ich bin am Verhungern, ich habe seit heute Morgen nichts mehr gegessen.“

Als sie sich vorbeugte, fiel das *ody* aus dem Ausschnitt ihres T-Shirts. Annabel steckte es hastig zurück und hoffte, dass Daniel nicht erkannt hatte, was es war.

„Du trägst ein *ody*? Hat Mami Vanille es dir gegeben?“

Sie biss sich auf die Lippen und schaute zur Seite. „Natürlich glaube ich nicht an so was … aber …“ Sie zuckte mit den Schultern. „Es kann wahrscheinlich auch nichts schaden.“

„Was ist in dem Säckchen drin?“

„Ich weiß nicht. Ich wollte nachschauen, aber es ist zugenäht. Ich hoffe, nichts Ekliges. Wenn es anfängt zu stinken, schmeiße ich es jedenfalls weg.“

Daniel biss in einen gegrillten Hühnerschenkel. „Erzähl mir etwas über dich."

Annabel blinzelte irritiert. „Was willst du denn wissen? Dass ich ein dickes Kind und eine Streberin war und jetzt eine erfolgreiche Anwältin bin, immer noch unverheiratet, hat dir wahrscheinlich schon mein Vater erzählt." Sie trank noch einen Schluck und merkte, dass die Flasche schon leer war.

Daniel schmunzelte. „Das hat er – bis auf den Teil vom dicken Kind. Er war sehr stolz auf dich. Wenn man ihm glauben kann, warst du eine Art Wunderkind."

„Nur ein sehr unbeliebtes Kind. Ich habe mich mit Lernen darüber hinweggetröstet. Dass ich deshalb immer Klassenbeste war, hat leider alles nur noch schlimmer gemacht. Auch heute denken wahrscheinlich noch viele, ich wäre langweilig und ein humorloser Streber, aber ich habe auch andere Seiten. Bunte Seiten." Es war ein Fehler gewesen, das Bier so schnell zu trinken. Normalerweise redete sie nicht so viel über sich, aber Daniel gab ihr das Gefühl, dass er sich für jedes ihrer Worte interessierte. Oder vielleicht lag auch das am Bier.

Er grinste. „Hört sich an, als würdest du über einen Zauberwürfel reden."

Anstatt gekränkt zu sein, dass er sie nicht ernst nahm, musste sie kichern. „Warum erzählst du mir nicht lieber etwas von dir? Du bist eindeutig im Vorteil. Wahrscheinlich weißt du von meinem Vater sowieso schon alles über mich, was es zu wissen gibt. Bevor ich auch nur ein weiteres Wort über mich erzähle, will ich erst mehr von dir wissen. Also, was hast du in New York gearbeitet?"

„Ich war Börsenmakler an der Wall Street."

„Hast du deinen Job verloren? Wolltest du darum so dringend aus der Stadt weg?"

„Nein, ich habe selbst gekündigt. Ich ... ich musste etwas Neues sehen, etwas, das nichts mit allem zu tun hatte, was mein Leben bis dahin ausgemacht hatte."

„Warst du erfolgreich?“

„Ja.“

Annabel legte den Kopf schräg und betrachtete Daniel. „Ich kann mir nicht vorstellen, dass du ein Mann bist, der von einem Tag auf den anderen alles hinschmeißt. Wovor bist du geflüchtet?“ Ihr fiel wieder ein, was Jean-Pierre über Daniel erzählt hatte.

Daniel wandte sich ab und sah aufs Meer hinaus. Das Licht des Feuers zuckte über sein Gesicht und ließ seine Züge wie aus Stein gemeißelt erscheinen. Er schwieg, und Annabel versuchte erfolglos, in seiner Miene zu lesen. Sie fragte sich, wie viel Wahrheit in den Gerüchten steckte.

„Meine Frau ist gestorben“, sagte Daniel, ohne sie anzuschauen. „Ein Betrunkener hat ein Rotlicht übersehen. Zwei Monate später wäre unser Sohn geboren worden.“

Annabel schlug die Hand vor den Mund und verfluchte ihre Neugier. „Das tut mir so leid, Daniel“, flüsterte sie.

Er sah sie an. „Ja.“ Seine Stimme klang heiser.

„Wenn du nicht darüber reden möchtest … es tut mir leid, dass ich dich gedrängt habe.“

„Schon gut. Außer mit Carsten habe ich noch nie mit jemandem darüber gesprochen …“

„Wie war ihr Name?“, fragte Annabel leise.

„Kristin.“

„Wie habt ihr euch kennengelernt?“

„In der Grundschule. Im zweiten Jahr sind ihre Eltern nach Long Island gezogen, und sie ist in meine Klasse gekommen.“ Er lachte. „Direkt am ersten Schultag habe ich ihr mein Pausenbrot geschenkt und ihr gesagt, sie wäre das tollste Mädchen, das ich in meinem ganzen Leben gesehen habe. Von da an waren wir unzertrennlich.“

Er lächelte. „Du kannst dir nicht vorstellen, wie frech sie war! Alle hatten Angst vor ihr, ich glaube, sogar einige der Lehrer. Aber mit ihrem Charme hat sie alle um den Finger gewickelt.

Nach unserem Schulabschluss hat sie mich für ein Jahr verlassen, obwohl wir beide eine Zusage für Harvard hatten. Sie wollte ein Jahr durch die Welt reisen. Ich wollte sie begleiten, aber sie hat darauf bestanden, dass sie es allein tun muss. Sie wollte wissen, wie es sich anfühlt, nur sie selbst zu sein. Allein. Ohne mich. *Weil* sie mich liebt, hat sie gesagt. Wie könnte sie sonst den Rest ihres Lebens mit mir verbringen? Ich wollte einfach nur, dass sie ruhig ist, ich habe jedes Wort gehasst, und am meisten habe ich gehasst, dass sie recht hatte. Das Jahr war das längste meines Lebens. Dann ist sie zu mir zurückgekommen."

Er brach ab und rieb mit beiden Händen über sein Gesicht. „Eine Sekunde", sagte er dann. „Eine einzige Sekunde hat alles zerstört. Eine Sekunde hätte gereicht, damit alles anders gekommen wäre. Der Gedanke hat mich fast um den Verstand gebracht. Hätte ich Kristin zum Abschied eine Sekunde länger geküsst, nur noch einen einzigen belanglosen Satz zu ihr gesagt, wäre ich an jenem Morgen wie so oft gemeinsam mit ihr ins Büro gegangen. Wäre sie nicht gerade in jenem Moment auf die Straße getreten ..."

Er atmete einige Male tief durch, bevor er weitersprach. „Danach habe ich einfach nur in unserem Bett gelegen und versucht, ihren Duft in den Kissen festzuhalten, aber auch das habe ich nicht geschafft. Jede Straßenecke in New York, jeder Laden, der Zeitungskiosk vor unserem Haus, das Café, in dem wir unseren Cappuccino gekauft haben, selbst das schmale Stück Himmel, das zwischen den Häuserschluchten zu sehen war, hat mich an sie erinnert. Daran, dass ich sie nie wiedersehen würde. Als mir klar wurde, dass ich den Verstand verliere, wenn ich in New York bleibe, hat es eine Stunde gedauert, die Formalitäten zu regeln und zum Flughafen zu fahren. Die nächste freie Maschine ging nach Madagaskar."

Annabel wandte den Kopf zur Seite, damit er ihre Tränen nicht sah. In ihren Gedanken füllte sie seine Erzählung mit der Frau von dem Foto, das sie auf seinem Nachttisch gesehen hatte.

Sie dachte an ihr glückliches Lachen, das so gar nicht zu seinen Worten passte.

Daniel stand auf, hockte sich vor das Feuer und stocherte in den Flammen. Ein Zweig fiel zusammen und schickte einen Regen orangeroter Funken hinaus in die Nacht.

Viele Stunden lang starrten sie ins Feuer und erzählten sich von ihrem Leben. Annabel erzählte von dem Gefühl, immer und überall ein Außenseiter zu sein, dass es ihr das Herz brach, den Vater verloren zu haben, bevor sie ihn richtig gekannt hatte. Wie verzweifelt sie wünschte, sie könnte noch einmal die Zeit zurückdrehen und ihn auf seiner letzten Reise begleiten. Sie erzählte Daniel, wie sie ihre Konkurrenten überholt hatte, bis sie einen Platz in einer der erfolgreichsten Kanzleien Deutschlands bekommen hatte. Wie unwichtig ihr das alles plötzlich geworden war. Als sie schwiegen, tauchte am Horizont bereits die Sonne aus dem Meer auf.

Er stand auf und reichte ihr die Hand. „Es wird schon hell, lass uns nach Hause fahren."

15. KAPITEL

Durch die Ritzen in den Fensterläden fiel Sonnenlicht in den Raum und zeichnete schmale Streifen auf die Bodenplanken.

Seit drei Stunden lag Annabel jetzt im Bett und wälzte sich von einer Seite auf die andere. Nach der Nacht auf der Insel hatte sie eigentlich erwartet, dass sie sofort einschlafen würde. Doch ihre Gedanken hielten sie wach.

Daniel hatte sie bis zu ihrer Tür gebracht. Erst als er gegangen war, war ihr aufgefallen, dass sie ihm nicht von ihren Plänen für das Hotel erzählt hatte. Im Nachhinein freute sie sich umso mehr über ihre Entscheidung. Daniel hatte schon genug verloren, auch ohne dass sie ihm das Hotelprojekt ruinierte. Sie dachte an den Tag in seinem Strandhaus zurück, an dem er sie so leidenschaftlich von den Plänen hatte überzeugen wollen. Sofort war sie wieder hellwach.

Sie gab die Hoffnung auf, wenigstens für eine Stunde noch Schlaf zu finden, schlug das Laken zurück und stand auf. Während sie im Bad die Zähne putzte, pfiff der Wasserkessel. Sie spülte sich den Mund aus, dann lief sie in die Küche und goss den Kaffee auf, als es an der Tür klopfte. Die Hütte mochte ja abgelegen sein, aber in Hamburg hatten in einem Monat nicht so viele Leute an ihre Tür geklopft wie hier an einem Tag.

„Annabel, ich bin's, Jean-Pierre!"

„Moment!" Sie zog ihr geblümtes Baumwollkleid an. Während sie es zuknöpfte, ging sie zur Tür, dann schloss sie auf. „Komm rein. Möchtest du Kaffee?"

„Wunderbar. Ich komme wohl gerade recht." Er drückte ihr einen Leinenbeutel in die Hand. „Ich habe Reiskuchen mitgebracht, Nirina hat heute Morgen gebacken."

Annabel schüttete die Kuchen in ein Körbchen und stellte Teller und Tasse für Jean-Pierre auf den Tisch.

„Und du? Isst du nichts?"
„Ich habe keinen Hunger."
Er musterte sie besorgt. „Ist wieder was Neues passiert?"
„Nein, ich hab mir nur heute Nacht noch so spät den Bauch vollgeschlagen, dass ich immer noch voll bin." Sie schmunzelte bei der Erinnerung an die Mengen Salami, Huhn und Baguette, die sie mit Daniel vertilgt hatte.
„Hattest du Besuch?"
„Ich war mit Daniel picknicken."
„Mit Daniel." Jean-Pierre verzog das Gesicht, als hätte sie einen verdorbenen Fisch auf den Tisch gelegt, sagte aber nichts weiter dazu. „Hast du mittlerweile schon deinen Rückflug storniert?"
„Nein, noch nicht." Sie nahm sich vor, es so bald wie möglich zu erledigen.
„Ich denke wirklich, es wäre das Klügste, zuerst zurückzufliegen und dann zu Hause in aller Ruhe zu entscheiden."
„Langsam bekomme ich den Eindruck, du kannst es kaum abwarten, mich loszuwerden."
„Das ist doch nicht wahr, Annabel! Ganz im Gegenteil. Ich würde gern mehr von dir sehen, viel mehr! Dich besser kennenlernen. Warum kommst du nicht für die letzten Tage zu uns auf die Plantage zurück?"
„Jetzt muss ich erst mal die Party hinter mich bringen, danach kümmere ich mich um die Rückreise", wich sie aus. Sie wollte Jean-Pierre ihre Entscheidung noch nicht verraten.
Er schob den Teller zurück und stand auf. Er wirkte eingeschnappt. „Dann will ich dich nicht länger aufhalten."
„Ach, Jean-Pierre." Sie zuckte die Achseln und wusste nicht, was sie sagen sollte.
Seine ständigen Fragen nach ihrem Rückflugtermin gingen ihr langsam auf die Nerven. Sie war froh, dass er schon wieder ging, und vermied, ihm noch einen Kaffee anzubieten. „Du kommst doch morgen zur Party?"

Er lächelte sie so strahlend an, dass sie sich sofort für ihre unfreundlichen Gedanken schämte. „Aber natürlich. Als würde ich deine Party versäumen! Sag mir Bescheid, wenn ich dir irgendwie helfen kann!“

Als sie darüber nachdachte, was sie heute alles erledigen musste, hätte Annabel sich am liebsten wieder ins Bett verkrochen. Mit Stift und Papier setzte sie sich an den Küchentisch und machte eine Liste, was sie für die Party einkaufen wollte. Sie fragte sich, ob sie Nirina bitten sollte, ihr beim Kochen zu helfen, aber sie wollte der jungen Frau das Gefühl geben, einfach nur ein Gast zu sein, nicht die Köchin.

Sie beschloss, einen großen Topf Curry zu kochen und Unmengen an Reis. Die kleinen süßen Reiskuchen konnte sie in Sambava fertig kaufen, dazu noch so viel Bier und Cola, wie in den Land Rover passte und vielleicht noch ein paar Flaschen Rum, das sollte reichen.

Als Prunkstück des Buffets würde sie einen dreistöckigen Schokoladenkuchen mit Vanilleglasur zu backen. Das war der einzige Kuchen, für den sie das Rezept auswendig kannte. Ihr Vater hatte ihn früher jedes Jahr zu Weihnachten gemacht. Ob die Gäste erwarteten, über Nacht zu bleiben, war ein Problem, mit dem sie sich auseinandersetzen würde, falls es dazu kam.

Sie gähnte, dann nahm sie ihre Tasche. Nachdem sie Birdie frisches Wasser auf die Veranda gestellt hatte, fuhr sie los. Sie hatte schon den Hauptweg nach Andra erreicht, als ihr einfiel, dass sie Daniel gestern nicht zu ihrer Party eingeladen hatte. Bestimmt hatte er inzwischen davon gehört, aber wie sie ihn einschätzte, würde er ohne Einladung nicht kommen.

Sie wendete den Wagen und fuhr zurück, vorbei an dem kleinen Weg zu ihrer Bucht, bis sie die Abzweigung zu Daniels Strandhaus erreichte. Sein Land Rover stand neben dem Haus. Sie stellte ihren dahinter ab. Annabel stieg aus und merkte plötzlich, dass ihr Herz rascher schlug.

Sie fand Daniel am Strand. Er hatte sein Boot auf den Sand gezogen und beugte sich mit einem Schraubenzieher in der Hand über den Motor. Die Sonne ließ sein Haar aufleuchten. Einen Moment lang beobachtete sie ihn bei der Arbeit, dann ging sie zu ihm. Er schaute erst hoch, als ihr Schatten über ihn fiel. Sie sah, wie sich ein Lächeln auf seinem Gesicht ausbreitete, als er sie erkannte.

Er richtete sich auf. „Guten Morgen, Annabel."

Einen Moment blieben sie stumm voreinander stehen.

„Du fragst dich wahrscheinlich, warum ich gekommen bin", begann Annabel, als er schwieg. „Ich habe ganz vergessen, dich zu meiner Party morgen Abend einzuladen."

„Ich hatte mich schon gefragt, ob ich das persönlich nehmen muss."

Vielleicht lag es nur am Licht, aber seine Augen schimmerten hell und klar. „Nein, natürlich nicht. Ich hatte es einfach nur vergessen – aber da ist noch etwas, worüber wir reden müssen."

Er hob die Brauen, legte den Schraubenzieher ins Boot und wischte sich die Hände an seiner abgeschnittenen Jeans ab. „Das hört sich an, als sollten wir uns besser setzen."

Sie gingen auf die Veranda. Annabel machte es sich in einem der beiden Rattansessel gemütlich, während Daniel zwei Dosen Cola aus dem Haus holte. Er reichte ihr eine und sah sie abwartend an.

Sie zog den Verschluss ab und schlürfte hastig den Schaum, der aus der Dose sprudelte. Dabei verschluckte sie sich und musste husten. „Ich habe mich entschieden, das Hotelprojekt durchzuziehen", sagte sie, als sie die Situation wieder unter Kontrolle hatte.

Seine Augen wurden schmal. „Ich hoffe, nicht aus Mitleid."

„Natürlich nicht aus Mitleid, Daniel! Ich hatte mich schon vor unserem Picknick dazu entschieden. Ich hatte nur über … allem anderen vergessen, dir davon zu erzählen. Mein Mitgefühl geht sicher nicht so weit, dass ich auf ein paar Hunderttausend Euro verzichte, nur weil mir jemand seine traurige Lebensgeschichte erzählt." Sie biss sich auf die Lippen. Die Worte waren schärfer herausgekommen, als sie beabsichtigt hatte, dabei hatte sie nur versucht, ihre Verletzung über seine Reaktion zu überspielen. Sie wandte sich ab und hielt ihr Gesicht in den salzgetränkten Wind.

Zu ihrer Überraschung lachte er. „Sehr beruhigend! Dann freue ich mich auf unsere Zusammenarbeit. Eine gute Entscheidung, Annabel. Was genau stellst du dir jetzt vor?"

„Erst einmal denke ich nur, ich habe einen neuen Job im Hotelbusiness."

„Wann willst du anfangen?"

Sie zuckte mit den Schultern. „Bald. Irgendwann in der nächsten Zeit werde ich noch einmal nach Hamburg fliegen, meine Wohnung auflösen, mich von meinen Kollegen und Peter verabschieden und mich um das Vanillekontor kümmern ... Vorher sollten wir uns zusammensetzen und besprechen, wie es mit dem Hotel weitergehen soll. Aber nicht heute. Ich bin eigentlich auf dem Weg nach Sambava, um für die Party einzukaufen." Sie stand auf.

„Brauchst du Hilfe beim Einkaufen?"

„Nein, ich muss nur ein paar Sachen besorgen, Essen und Getränke und vor allem einen riesigen Topf, um Reis und Curry für fünfzig Leute zu kochen. Wahrscheinlich eher doppelt so viele, wenn alle ihre Kinder mitbringen."

Er erhob sich ebenfalls. „Einen Topf kann ich dir leihen." Er verschwand im Haus und kam mit einem gewaltigen Aluminiumtopf zurück. Gemeinsam gingen sie zu ihrem Wagen. Daniel öffnete die Beifahrertür und stellte den Topf in den Fußraum vor dem Beifahrersitz. „Bis morgen, Annabel. Sag Bescheid, falls du mich brauchst."

Sie hob noch einmal grüßend die Hand, dann fuhr sie los. Sie war enttäuscht, ohne dass sie genau sagen konnte, worüber. Sie hatte nicht erwartet, dass er vor Begeisterung in die Luft springen würde. Aber vielleicht etwas in der Art. Sie schob die Gedanken an Daniel zur Seite und konzentrierte sich auf den Tag, der vor ihr lag. Sie hatte genug zu tun, ohne sich den Kopf über ihren zukünftigen Geschäftspartner zu zerbrechen.

Nachdem sich die Wolken vom Morgen aufgelöst hatten, war der Tag klar und heiß geworden. Die Palmwedel bewegten sich kaum merklich in der sachten Brise. Plötzlich erinnerte sich Annabel, dass dieses Stück der Straße am Friedhof vorbeiführte. Sie fuhr langsamer, bis sie durch das flaschengrüne Dickicht das gerodete Stück Land mit den weißen Kreuzen entdeckte.

Sie hielt am Straßenrand an und dachte darüber nach, zum Grab ihres Vaters zu gehen. Bei der Vorstellung, vor einem Erdhügel zu stehen, unter dem die sterblichen Überreste ihres Vaters vergraben lagen, glaubte sie, keine Luft mehr zu bekommen. Eines Tages würde es vielleicht tröstlich sein, an seinem Grab zu stehen, aber nicht heute.

Gerade als sie weiterfahren wollte, blitzte dort, wo auch das Grab ihres Vaters sein musste, zwischen den Bäumen etwas Rotes auf. Annabel beschattete die Augen mit der Hand, um mehr zu erkennen. Eine Gestalt in roten Lambas kniete an einer der Grabstätten. Als sie sich erhob, glaubte Annabel, Mami Vanille zu erkennen. Sie war sich nicht ganz sicher, aber es sah aus, als wäre Mami Vanille nicht am Grab ihres Vaters, sondern am Nachbargrab mit der Inschrift *Thérese*.

Annabel sprang aus dem Wagen, stürmte quer durch das Dickicht, ohne sich um die Spinnennetze zu kümmern, die mit funkelnden Taudiamanten besetzt, überall zwischen den Büschen gespannt waren. Immer wieder wischte sie sich ungeduldig die zähen Fäden aus dem Gesicht und von den nackten Armen. Als sie endlich die Gräber erreicht hatte, war von der Frau nichts mehr zu sehen. Doch vor dem weißen Kreuz auf Théreses Grab lag ein frischer Strauß blutroter Hibiskus.

Es war Nacht, aber Annabel schlief nicht. Mit vor Müdigkeit brennenden Augen starrte sie in die Dunkelheit. Irgendetwas hatte sie geweckt. Ein schlechter Traum? Ein Geräusch? Birdie hatte offenbar nichts gehört. Er lag zusammengerollt im Wäscheregal und rührte sich nicht.

Annabel lauschte in die Dunkelheit. Nur die Wellen, die sich am Riff brachen, und das Orchester der nächtlichen Geräusche aus dem Regenwald waren zu hören. Sie warf sich im Bett herum und kämpfte mit den feuchten Laken und dem zum Klumpen geballten Kopfkissen.

Schließlich knipste sie die Nachttischlampe an, um zu sehen, wie spät es war. Fünf Uhr. Sie löschte die Lampe wieder. Hatte sie wirklich Mami Vanille am Grab mit der Aufschrift *Thérese* gesehen? Unwillkürlich tastete sie nach dem Lederbeutelchen an ihrem Hals. Das Einfachste wäre, sie direkt zu fragen. Mami Vanille wirkte nicht wie eine Frau, die sie anlügen würde. Allerdings auch nicht wie jemand, der bereitwillig jede Frage beantwortete.

Ihr fiel ein, dass sie auch Mami Vanille nicht zu ihrer Feier eingeladen hatte. Aber heute war keine Zeit mehr, zu ihr zu fahren. Vielleicht kam sie trotzdem zusammen mit den anderen Dorfbewohnern. Falls nicht, beschloss Annabel, sie morgen zu besuchen und nach Thérese zu fragen. Da sie frühestens in ein paar Wochen nach Hamburg fliegen würde, hatte sie jetzt alle Zeit der Welt, die Geheimnisse der Vergangenheit zu lüften. Falls es etwas zu lüften gab. Inzwischen glaubte sie selbst kaum noch daran.

Sie dachte an Daniels Reaktion auf ihre Neuigkeit. Er hatte bei Weitem nicht so begeistert gewirkt, wie sie erwartet hatte. Sie sah seinen Mund, seine grauen Augen so klar vor sich, als läge er hier an ihrer Seite. Bei ihrem Besuch war ihr aufgefallen, dass er vermieden hatte, sie anzuschauen. Bereute er, dass er ihr seine Geschichte anvertraut hatte? Der Gedanke tat weh.

Annabel versuchte, sich abzulenken, indem sie im Kopf eine Liste mit den Dingen aufstellte, die sie heute zu tun hatte. Nach ein paar Minuten war ihr klar, dass sie nicht wieder einschlafen würde. Sie warf die zerwühlten Laken zurück und stand auf.

Als sie Türen und Fensterläden öffnete, zeigte sich am Himmel bereits das erste Lavendelblau der Morgendämmerung.

Um wach zu werden, schwamm sie vor dem Frühstück einige Runden durch die Lagune. Als sie schließlich zurück zum Strand watete, wrang sie das Wasser aus dem langen schwarzen Haar, dann legte sie sich zum Trocknen in die Sonne. Fast wäre sie wieder eingeschlafen. Gerade rechtzeitig erinnerte sie sich an die Arbeit, die noch vor ihr lag, bis ihre Gäste kamen. Sie lief ins Haus, duschte und zog Shorts und T-Shirt an, während das Wasser kochte.

Nach einer schnellen Tasse Tee begann sie mit den Vorbereitungen. Die Türen zum Strand standen weit offen, und durch das Haus zog eine kühlende Brise. Immer wieder blickte Annabel zum Himmel, um sich zu vergewissern, dass sich keine Wolke zeigte. Sie hatte vor, den Großteil der Party nach draußen zu verlegen, auf die große Veranda und den Strand. Falls Madagassen abends draußen feiern, überlegte sie etwas besorgt. Falls nicht, würde es in der Hütte eng werden.

Eine Stunde später schob Annabel den Schokoladenkuchen in den Ofen und begann, Fleisch und Gemüse für das Curry vorzubereiten. Sie schälte die Zwiebeln, schnitt sie klein und atmete dabei durch den Mund, damit ihr keine Tränen kamen.

Inzwischen bereute sie die Einladung bitterlich. Nicht nur, weil es eine Untertreibung wäre, ihre Kochkünste als *eingerostet* zu beschreiben. Der Ofen verlangte sowieso eher eine Mischung aus Wachsamkeit und Glück als echte Kochkunst. Er schien einen eigenen Willen zu besitzen. Seine Flammen stellten sich größer, dann wieder kleiner, ganz wie es ihnen gefiel. Annabel konnte nur hoffen, dass wenigstens der Gasherd die Temperatur einigermaßen hielt, damit der Kuchen nicht zu Pudding oder Backstein wurde.

Sie verließ sich auf ihre Kreativität und ihren gesunden Menschenverstand und begann tapfer, Fleisch und Zwiebeln anzubraten. Sie schätzte, dass die Chancen fünfzig zu fünfzig standen, ob das Essen scheußlich oder köstlich wurde. Sie fürchtete, dass sich die Waagschale eher dem Ersteren zuneigte. Mehr als sie sich eingestehen wollte, hoffte sie, dass Daniel ihr Essen schmecken würde.

„Du hast es gut, Birdie“, sagte sie zu dem Katta, der zusammengerollt auf einem Kissen neben dem Küchenschrank schlief. Als er seinen Namen hörte, zuckten die kleinen Ohren, aber er rührte sich nicht.

Aus dem gut gefüllten Gewürzregal nahm Annabel Kurkuma, Chili, Kardamom, Lorbeer und Senfsaat und zerstampfte die Gewürze im Mörser, bevor sie sie zum Fleisch schüttete, alles mit Wasser ablöschte, das Gemüse zugab und einen Deckel auflegte. Während das Curry vor sich hin schmorte, nahm sie den Kuchen aus dem Ofen, damit er abkühlen konnte.

Das größte Problem hatte sie bisher verdrängt. In der Küche gab es sieben Teller und zehn Messer und Gabeln, von mangelnden Sitzgelegenheiten ganz zu schweigen. Sie hasste den Gedanken, zur Plantage zu fahren und sich dort das Fehlende auszuleihen. Es kam ihr vor, als würde sie damit zugeben, dass sie es allein nicht schaffte.

Sie entschied, zuerst den Kuchen fertigzustellen, bevor sie sich weiter damit auseinandersetzte. Der Boden war besser aufgegangen, als sie erwartet hatte. Ein Stück war beim Herauslösen aus der Form abgebrochen, aber sie hoffte, dass sie es mit der Glasur unauffällig wieder ankleben konnte. Sie trug ihn zum Küchentisch, zerteilte ihn mit einem langen Messer in drei flache Scheiben, bereitete die Schokoladencreme zu und rührte den Zuckerguss an.

Sie leckte sich etwas Glasur vom Finger, dann fügte sie noch großzügig Vanillemark hinzu. Betrübt sah sie zu, wie sich der weiße Guss gräulich färbte, aber wenigstens stimmte der Geschmack. Großzügig verteilte sie Schokoladencreme auf dem ersten Boden, setzte den zweiten darauf und bedeckte alles mit

Vanilleglasur. Sie trat einen Schritt zurück und begutachtete ihr Werk. Es erinnerte eher an eine Sandburg nach der ersten Welle als an einen Kuchen, aber wenn sie die Glasur erst mit einigen Früchten verziert hatte, würde er bestimmt hübscher aussehen.

Jemand klopfte an die offene Tür. „Das riecht schon köstlich!"

Annabel schrie leise auf und hätte fast den Kuchen vom Tisch geworfen, bevor sie Daniels Stimme erkannte.

„Ich wollte sehen, ob du Hilfe brauchen kannst." Mit einem anmutigen Satz sprang der kleine Katta auf seine Schulter. „Hallo Birdie. Ich hab dir was mitgebracht." Er zog eine Streichholzschachtel aus der Hosentasche und zeigte dem kleinen Katta den Inhalt.

Beim Anblick einiger Insektenlarven verzog Annabel das Gesicht, aber Birdie nahm offensichtlich begeistert eine Larve aus der Schachtel und stopfte sie in den Mund.

„Komm rein! Du kannst das Curry probieren." Sie füllte etwas auf einen Löffel und reichte ihn Daniel.

„Lecker." Seine Mundwinkel zuckten, als er den Kuchen betrachtete, aber er sagte nichts.

Annabel seufzte. „Ich habe keine Stühle, keine Teller und kein Besteck. Und glaubst du, dass heute Nacht alle hier schlafen wollen?"

Er lachte. „Das überlegst du dir aber früh. Was Teller und Besteck betrifft, kann ich dir aushelfen. Stühle sind nicht nötig. Ich bringe noch Kissen von mir mit, die kannst du auf den Boden legen. Und was das Übernachten betrifft, können die Leute, die mit dem Auto kommen, hinterher einige mit nach Hause nehmen. Aber der Rest wird wohl erwarten, hier zu übernachten. Keiner will in der Nacht eine Stunde durch den Regenwald laufen. Am besten bringe ich auch noch Laken und Matten mit."

16. KAPITEL

Annabel warf einen letzten Blick in den Spiegel. Noch immer stutzte sie einen Moment, wenn sie sich anschaute.

Bis auf etwas Wimperntusche und rosafarbenen Lippenstift trug sie kein Make-up. Doch es lag nicht an ihrem ungeschminkten Gesicht und auch nicht an dem neuen hellblauen Maxikleid, dass sie sich über ihren eigenen Anblick wunderte. Sie warf die offenen Haare zurück, hob die Arme und drehte sich übermütig einmal um sich selbst.

Früher hatte sie vor allem in den Spiegel geschaut, um zu kontrollieren. War das Haar korrekt aufgesteckt? Saß die Kleidung makellos? Musste das Make-up aufgefrischt werden? Den Mund hatte sie nur verzogen, um Lippenstift aufzutragen.

Doch jetzt lachte ihr eine fröhliche Frau aus dem Spiegel entgegen. Sie achtete nicht darauf, ob der Wind ihr die Haare ins Gesicht wehte oder ob das Kleid eine kleine Falte warf. Sie schaute sich in die Augen – und ihr gefiel, was sie sah.

Während sie die letzten Knöpfe an ihrem Kleid schloss, trat sie auf die Veranda und genoss das überwältigende Bild, das die Landschaft bot. Der Wind hatte aufgefrischt und trieb kleine Wellen über das Wasser der Lagune. Sie merkte, dass sie lächelte. Nicht wegen des Ausblicks, sondern vor Freude, weil Daniel gekommen war und seine Hilfe angeboten hatte.

Bevor sie länger über den Grund dafür nachdenken konnte, hörte sie seinen Land Rover. Er hielt neben dem Haus, eine Autotür schlug zu. Sie lief zu ihm, um ihm beim Tragen zu helfen. Einen Augenblick später kamen sie beladen mit Kissen, Matten aus Palmstroh und prall gefüllten Taschen zurück.

Mit Daniels Hilfe verwandelten sie Strand und Veranda in eine Märchenwelt, mit Kerzen, Lichterketten und Kissen in Blau, Grün und Türkis, die die Farben der Lagune widerspiegelten. Daniel stellte seinen Grill am Ende der Veranda auf und entzündete die Holzkohle, während Annabel in der Küche große Platten mit Ananas, Mangos, Papayas und Bananen vorbereitete und die knusprigen Reiskuchen auf Tellern verteilte. Auf dem Herd kochte der Reis, und der Kühlschrank war bis obenhin mit Schokoladenkuchen, Bier und Cola gefüllt.

Sie trat neben Daniel und betrachtete betrübt das Feuer. „Ich habe nichts zum Grillen, nur zwei oder drei Pakete Würstchen, dafür lohnt das Anzünden nicht."

„Ich habe noch ein paar Zebusteaks mitgebracht, das wird reichen."

Während sich über der Lagune langsam die Sonne zum Horizont senkte, trafen die ersten Gäste ein. Annabel blickte sich nach Daniel um, um ihn etwas zu fragen. Gerade hatte er noch neben ihr gestanden, aber jetzt sah sie ihn nicht mehr.

Plötzlich erschien ihr die warme Brise, die von den Palmen herüberwehte, stickiger, das Licht der Kerzen dunkler. Dann kam er zurück und legte Würstchen und Koteletts auf das Feuer. Er bemerkte nicht, dass sie ihn ansah. Das helle Haar fiel ihm in die Stirn. Ungeduldig schob er es zurück.

Ich habe mich verliebt, begriff sie. Endlich wusste sie, was diese Worte bedeuteten. Dieses Gefühl hatte sie noch nie zuvor für ein Lebewesen empfunden.

Verliebt in einen Mann, dessen Liebe einer anderen gehört.

Wenn er jetzt den Blick hob und sie ansah, würde die Flutwelle ihrer Gefühle sie verschlingen und mit sich fortreißen. Er würde sofort wissen, was sie fühlte – und es würde für immer zwischen ihnen stehen. Sie wandte sich ab.

Als sie sich vorgestellt hatte, eines Tages ihr Herz zu verlieren, hatte sie angenommen, dieser Tag würde einer der glücklichsten ihres Lebens sein. Jetzt empfand sie nur Schmerz.

Sie sah wieder sein Gesicht vor sich, wie er ihr auf der kleinen Insel von seiner Frau erzählt hatte, die tiefe Liebe in seinen Augen, sein selbstvergessenes Lächeln. Bei seiner Erzählung hatte sie sich nicht eingestehen wollen, warum ihr seine Worte so wehtaten.

Nicht einmal eifersüchtig konnte sie sein. Wie sollte sie eine Tote beneiden? Eine Frau, die gestorben war, als sie sein Kind unter dem Herzen trug.

„Annabel, Liebes, wie wunderschön der Strand aussieht mit all den Kerzen und Kissen!“ Bernd und Marlene kamen die Stufen zur Veranda hinauf, und Annabel zwang ihre Gedanken von Daniel fort.

Bernd nahm sie in den Arm, Marlene küsste nur flüchtig ihre Wange, aber ihr Lächeln wirkte ausnahmsweise herzlich. Wahrscheinlich hoffte sie, dass dies Annabels Abschiedsparty war. Sie trug die Kakihose, in der Annabel sie schon oft gesehen hatte, dazu eine weiße Bluse. Wie gut die schnörkellose, saubere Kleidung zu ihr passt, dachte Annabel.

Sie sah sich nach Jean-Pierre um. Mit einer Bierflasche in der Hand stand er in der Nähe mit zwei Männern zusammen. Als er ihren Blick bemerkte, prostete er ihr lachend zu.

Annabel entschied, heute Abend bekannt zu geben, dass sie das Hotel bauen würde. Vielleicht hörten dann ja auch die bösartigen Überraschungen auf. Noch immer war sie nicht ganz überzeugt, dass nicht doch Rache oder Wut über das abgesagte Hotelprojekt der Grund waren.

Sie nahm Marlene und Bernd ein Stück zur Seite. „Nachher teile ich es allen mit, aber ich möchte, dass ihr es als Erste erfahrt. Ich habe mich entschieden, auf Madagaskar zu bleiben. Ich werde das Hotel bauen, so wie Vater es geplant hatte.“

„Das ist ja wunderbar, Annabel!“ Bernd lachte, als wäre damit sein größter Wunsch in Erfüllung gegangen.

Marlene wirkte dagegen, als hätte Annabel sie geschlagen. Sie wich einen Schritt zurück. Ihr schmales Gesicht war bleich, sie presste die Lippen zusammen. „Das kann nicht dein Ernst sein!“

Annabel seufzte. Ihre Geduld war am Ende. „Wenn du etwas zu sagen hast, dann sag es, Marlene! Ich weiß nicht, was du gegen mich hast. Wir können darüber reden oder es lassen. Meine Entscheidung steht jedenfalls."

Mit Panik in den Augen sah Bernd von einer zur anderen. Bevor ihm etwas einfiel, um die Situation zu retten, drehte seine Frau sich um und verließ wortlos die Veranda.

„Annabel, es ist nicht so, dass Marlene dich nicht mag ..."

„Das hast du schon mal gesagt, und du weißt genau, dass das nicht stimmt", fiel Annabel ihm ins Wort. „Es tut mir wirklich leid, aber da ich nicht mal weiß, was sie gegen mich hat, kann ich auch nichts daran ändern. Ich hoffe, du und ich können trotzdem gut miteinander auskommen – weil ich dich wirklich gernhabe, Bernd."

„Ach, Kind." Er schüttelte den Kopf und legte den Arm um ihre Schultern. „Ich bin jedenfalls sehr froh, dass du bleibst."

„Glaubst du, Marlene ist nach Hause gefahren?", fragte Annabel nach einer Weile.

Bernd grinste humorlos. Er zog einen Schlüsselbund aus der Hosentasche, hob ihn hoch und klingelte damit. „Nicht ohne Autoschlüssel. Am besten suche ich sie und sehe zu, ob ich sie irgendwie beruhigen kann."

Von der Veranda aus beobachtete Annabel die Ankunft weiterer Gäste. Gefolgt von einem braunen Hund, kämpfte sich ein klappriger Renault durch den Sand. Aus den offenen Fenstern ertönte Lachen und Gesang. Das kleine Auto schien vor guter Laune zu vibrieren, als es vor der Hütte hielt. Die Beifahrertür öffnete sich, und zwei Frauen mit kleinen Kindern stiegen aus. Immer mehr Leute folgten, bei elf hörte Annabel auf zu zählen. Fröhlich bellend begrüßte der Hund jeden Einzelnen.

Jetzt strömten vom Waldrand immer mehr Menschen herbei. Alle trugen ihre Festtagskleidung, dunkle Anzüge, mit Hemden oder Lambas kombiniert, breitkrempige Strohhüte und Tücher in allen Farben. Annabel ging ihnen entgegen und hieß sie willkommen. Ein Blick zum Haus zeigte ihr, dass Daniel die Gäste dort mit Essen und Getränken versorgte.

Sie freute sich, dass er ihr half, aber bildete sich deshalb nicht ein, dass er ihre Gefühle erwiderte. Sie war die Tochter seines besten Freundes, und er hätte ihr wohl auch geholfen, wenn sie ihm nicht besonders sympathisch gewesen wäre. Wahrscheinlich mochte er sie, sonst hätte er ihr wohl kaum seine Lebensgeschichte anvertraut, aber gestern hatte er deutlich gezeigt, wie sehr er noch immer seine Frau liebte.

Eine Gruppe von Neuankömmlingen lenkte sie ab. Mehrere Männer schleppten einige Gitarren und Trommeln über den Strand, außerdem ein großes Saiteninstrument, das selbst gezimmert wirkte und zu zweit getragen werden musste. Nachdem sie Annabel begrüßt hatten, stellten sie ihre Instrumente auf der Veranda ab und nahmen dankbar ein kaltes Bier an. Immer mehr Gäste kamen, sie grüßten Bekannte oder machten es sich in kleinen Gruppen auf den Kissen bequem. Die meisten hatten ein Geschenk mitgebracht, manche eine kleine Schale mit Reis oder ein Ei, andere einige Scheite Feuerholz.

Langsam ging der Tag in den Abend über, doch abgesehen von einigen dunklen Wolken war der Himmel noch immer klar. Zum Glück, dachte Annabel, als sie den Blick über die Gäste schweifen ließ. Sie fragte sich, ob wirklich so viele Leute in den wenigen Hütten des Dorfes wohnen konnten, oder ob alle noch ihre Verwandten aus den Nachbardörfern mitgebracht hatten.

Sie entdeckte Nirina und ihren Mann. Die beiden schichteten am Strand Feuerholz auf und bemühten sich, es anzuzünden. Gefolgt von dem schwarzen Hund liefen Kinder zum Wasser, schlüpften aus ihrer Kleidung und sprangen in die Fluten.

Nach einigen Versuchen loderte das Feuer auf. Die Flammen glühten orange vor dem dunkler werdenden Himmel. Im selben Moment setzte die Musik ein, Trommeln, Gitarren, Flöte und die raue Stimme einer Frau. Die ersten begannen zu tanzen. Annabel lächelte und wiegte sich im Rhythmus. Trotz allem war das Leben schön.

Zwei Stunden später war es vollkommen dunkel. Nur die Kerzen und das Feuer beleuchteten den Strand. Unermüdlich spielten die Musiker, die meisten Gäste tanzten auf der Veranda.

„Ich muss eine Pause machten", teilte Annabel ihrem Tanzpartner Ben Pendergast mit.

Sie wischte sich mit dem Handrücken eine feuchte Haarsträhne aus der Stirn und ging die Stufen zum Strand hinunter. Die schwarzen Umrisse der Palmen warfen noch schwärzere Schatten auf den mondbeschienenen Sand. Irgendwo im Regenwald schrie ein Tier, der Schrei klang so menschlich, dass Annabel ein Schauer über den Rücken lief. Langsam ging sie am Strand entlang. Der Sand hatte die Hitze des Tages gespeichert und war warm unter ihren nackten Füßen. Auffrischender Wind trocknete ihre Haut.

In ihrem Kopf drehte sich alles, und sie brauchte ein paar Minuten allein. Sie hatte ihre Entscheidung doch nicht bekannt gegeben. Plötzlich war ihr die Geste zu melodramatisch vorgekommen. Da Mami Vanille nicht gekommen war, wollte Annabel am nächsten Tag zu ihr fahren, sich entschuldigen, weil sie die Einladung vergessen hatte, und sie nach Thérese fragen. Bei der Gelegenheit konnte sie der *ombiasy* mitteilen, dass sie das Hotel bauen würde, und sie bitten, das Dorf über ihre Entscheidung zu informieren.

Plötzlich hörte sie hinter sich ein Geräusch. Sie wandte sich um und sah, dass Daniel ihr gefolgt war. Als er sie erreichte, passte er seine Schritte ihren an. Schweigend gingen sie nebeneinanderher, bis die Geräusche der Party leiser wurden. Annabels Herzschlag pochte in ihren Ohren.

„Gefällt dir deine Party?", fragte Daniel schließlich.

Sie sah ihn von der Seite an. Es war so dunkel, dass sie nur seine Umrisse erkennen konnte. „Sehr sogar. Vielen Dank für deine Hilfe."

„Willst du immer noch auf Madagaskar bleiben?"

„Natürlich! Wenn es mir nicht ernst damit wäre, hätte ich wohl kaum meinen Job hingeschmissen. Morgen werde ich Mami Vanille bitten, das Dorf zu informieren."

„Was hat dich dazu gebracht, plötzlich alle Brücken hinter dir abzubrechen?"

Sie dachte einen Moment über seine Frage nach. „Ich kann es nicht erklären, aber hier fühle ich mich zum ersten Mal in meinem Leben nicht wie ein Außenseiter", antwortete sie schließlich. „Außerdem glaube ich wirklich an das Hotelprojekt. Ich bin sicher, wir beide können zusammen etwas Großartiges aufbauen. Abgesehen davon fühlt es sich gut an, zu tun, was Vater sich gewünscht hätte. Reicht dir das als Grund?"

Er schwieg so lange, dass sie dachte, er habe sie vielleicht nicht verstanden. „Die letzten Tage waren die besten für mich … seit langer Zeit."

Im ersten Moment glaubte Annabel, sie hätte sich verhört, dann machte ihr Herz einen Sprung wie ein kleiner Grashüpfer.

„Seitdem du gekommen bist …" Er blieb stehen und sah sie an. „Jeden Morgen, wenn ich aufwache, freue ich mich darauf, dein Gesicht zu sehen."

Ein Windstoß wehte ihr das Haar vor die Augen. Daniel hob die Hand und strich es zurück. Die Berührung war so sanft, dass sie kaum seine Finger auf ihrer Haut spürte. Sie legte ihre Hand auf seine und schmiegte ihre Wange in seine Handfläche. Für den Bruchteil einer Sekunde hüllte ein Blitz den Strand in gleißende Helligkeit.

„Wir sollten zurückgehen." Daniels Stimme war heiser.

„Ja."

Sie rührten sich nicht, sahen sich nur an. Wellen schwappten auf den Sand und überspülten ihre Füße, aber sie achteten nicht drauf. Mit einem heiseren Laut zog er sie in seine Arme. Als sein Mund ihre Lippen berührte, glaubte sie, nach Hause zu finden. Ihr war, als hätte sie diesen Körper schon immer gekannt, sich schon immer nach ihm gesehnt, nach seinem Duft, seinem Haar, seinen rauen, unrasierten Wangen unter ihren Händen.

Sie hatte nicht geahnt, dass so ein Glück möglich war.

Irgendwann, viel zu früh, löste er sich von ihr. In seinen Augen spiegelten sich die Sterne. Sie wollte sich hineinfallen lassen. Doch er wandte den Blick ab und ließ die Arme sinken, als wäre er über sein eigenes Verlangen entsetzt. „Es tut mir so leid, Annabel, aber ich kann nicht. Ich kann einfach nicht …" Er drehte sich um, stürmte mit langen Schritten über den Strand davon und ließ sie allein zurück.

Sie schaute ihm nach, wie er von der Nacht verschluckt wurde. Sie wollte ihm zurufen, er solle bei ihr bleiben, sie in die Arme nehmen und vor der Dunkelheit schützen, die sie ohne ihn zu verschlingen drohte. Über sich sah sie eine Milliarde Sterne, kalte Lichter. Noch nie zuvor hatte sie sich so unendlich klein, so unbedeutend gefühlt. So allein.

Hätte er sie nur niemals geküsst!

Sie ließ sich in den Sand sinken und rollte sich zusammen. Und sie begann zu weinen. Sie weinte um Daniel und um seine tote Frau, sein Kind, das nie geboren wurde, um ihren Vater und seine unerfüllten Träume, vor allem aber weinte sie um sich selbst. Ihr Leben lang hatte sie an einem Ort gelebt, an dem sie sich fremd gefühlt hatte. Wenn sie jetzt nach Hamburg zurückkehrte, würde alles nur noch schlimmer als vorher sein.

Doch auch Madagaskar war nicht ihre Heimat. Die Menschen hier waren freundlich zu ihr. Das änderte nichts daran, dass Annabel für sie eine Fremde war. Sie wusste nicht, ob sie je dazugehören konnte oder auch hier immer eine Außenseiterin bleiben würde. In Wahrheit war sie nirgendwo zu Hause. Seit ihr Vater gestorben war, besaß sie keine Wurzeln mehr.

Jahrelang war sie nur stark gewesen, hatte alles erreicht, was sie sich vornahm. Hatte gehandelt statt gefühlt – und dabei den Zugang zu sich selbst verloren. Hier auf Madagaskar hatte sie endlich ihre Gefühle wiedergefunden. Aber alles, was ihr das gebracht hatte, war Schmerz.

Annabel schluchzte, bis ihr ganzer Körper wehtat. Sie wusste nicht, wie viel Zeit vergangen war, bevor ihre Tränen versiegten. Erst jetzt hörte sie das Donnern der Brandung am Riff. Sie setzte sich auf und sah zuckende Blitze über dem Wasser. Selbst die sonst so ruhige Lagune war aufgewühlt. Der Himmel war tintenschwarz. Nur die Lichter ihrer Hütte und das große Feuer leuchteten am anderen Ende der Bucht. Über das Wasser kam der Regen wie eine Wand auf sie zu.

Ein Teil von ihr wollte einfach sitzen bleiben und zusehen, wie das Unwetter hereinbrach, aber ihr Verstand gewann die Oberhand. Sie stand auf und rannte zum Haus. Als der Regen sie erreichte, war sie nur noch wenige Meter von der Hütte entfernt. In breiten Schwaden fegte er über den Strand. Er löschte das Feuer, hämmerte auf das Wellblechdach, und mit einem Knall erlosch die Lichterkette am Geländer der Veranda.

Ihre Gäste ließen sich davon nicht die Stimmung verderben. Annabel hörte ihr Lachen und Kreischen, als alle ins Haus liefen. Als sie das schützende Vordach erreichte, war sie bis auf die Haut durchnässt, ebenso wie die meisten anderen. Die Nacht war so schwül, sodass niemandem kalt wurde, aber innerhalb weniger Minuten hatte sich das Innere der Hütte in eine Sauna verwandelt. Die Musiker hatten ihre Instrumente im Haus in Sicherheit gebracht. Auf der Veranda hatte jemand einen Kassettenrekorder mit madagassischer Popmusik eingeschaltet und auf volle Lautstärke gestellt, damit er das Rauschen des Regens übertönte.

Annabel suchte vergeblich nach Daniels hellem Kopf zwischen den dunklen. Auch Bernd war nicht zu sehen, nur Marlene stand am Verandageländer. Sie wirkte beunruhigt. Immer wieder beugte sie sich vor und sah nach rechts und links über den Strand. Aber nach ihrem Streit wollte Annabel nicht zu ihr gehen.

Sie wollte einfach nur allein sein, ins Bett gehen, die Decke über den Kopf ziehen und in Ruhe weinen. Stattdessen war das Haus voller Gäste, und das wahrscheinlich noch bis zum nächsten Tag. Die Leute waren zu Fuß aus Andra gekommen, hatten ihr, obwohl sie selbst kaum etwas besaßen, Geschenke gebracht, und sie hatten verdient, dass sie ihnen eine gute Gastgeberin war. Das Weinen musste warten.

So durchnässt, wie sie war, sah man ihr wenigstens nicht an, dass sie geweint hatte. Sie atmete einige Male tief durch, straffte die Schultern und zwang ein Lächeln auf ihr Gesicht.

Jemand griff von hinten recht unsanft nach ihrem Arm. „Annabel! Endlich! Wo ist Bernd?", hörte sie Marlenes Stimme.

Sie wandte sich um. „Keine Ahnung. Warum?"

„Ich weiß nicht, wo er ist! Bei dem Regen sind alle ins Haus gekommen, aber Bernd ist nicht da." Marlenes Stimme zitterte.

„Ich hatte mich schon gewundert, aber ich dachte, ihr wäret vielleicht nach Hause gefahren. Das letzte Mal habe ich ihn gesehen, als er nach unserer Auseinandersetzung hinter dir hergelaufen ist."

Marlene schlug die Hände vor den Mund. „Was? Das ist doch schon Stunden her!"

„Hat er dich denn nicht gefunden?"

„Ich wollte allein sein und bin eine Weile rumgelaufen, am Strand, im Wald ... Ich wusste doch gar nicht, dass Bernd mich sucht. Eigentlich wollte ich nach Hause fahren, dann habe ich gemerkt, dass Bernd die Autoschlüssel hat ... irgendwann hatte ich mich beruhigt und bin zurück zur Party gekommen."

„Und da war er nicht?"

„Nein, aber da habe ich mir noch keine Sorgen gemacht. Du warst ja auch nicht da, und ich dachte, ihr seid zusammen."

Annabel schüttelte den Kopf. „Waren wir nicht."

Ben Pendergast schob sich durch die Menge zu ihnen. Er runzelte die Stirn und sah die beiden Frauen an. „Ist etwas nicht in Ordnung? Wo ist überhaupt Bernd?"

„Ich *weiß* es nicht!“, rief Marlene verzweifelt. „Offenbar hat ihn seit Stunden keiner mehr gesehen.“ Sie machte einen Schritt auf die Treppe zu, als wollte sie sich ins Unwetter stürzen und nach ihm suchen. „Wo kann er bloß sein? Bei dem Regen!“

„Ist euer Wagen denn noch hier?“

„Ja.“ Marlene sah aus, als wäre sie den Tränen nahe.

„Vielleicht ist er zu Daniel rübergegangen und wartet jetzt dort den Regen ab. Daniel ist auch nicht mehr hier, und am Wasser entlang sind es nur zehn Minuten zu seinem Haus“, schlug der Pfarrer vor.

„Ich gehe sofort zu ihm“, erklärte ihre Tante.

Ben trat ihr in den Weg. „Das hat keinen Sinn, Marlene. Bei dem Wetter kommst du nicht durch. Der Strand steht unter Wasser.“

„Dann fahre ich mit dem Wagen.“

„Aber nicht allein, ich komme mit.“

„Bitte sagt sofort Bescheid, wenn er dort ist.“ Dies war einer der Momente, in denen Annabel schmerzlich ein Telefon vermisste.

Sie sah den beiden nach, wie sie durch den Regen zum Jeep des Pfarrers rannten. Am liebsten wäre sie mitgefahren, aber sie konnte Daniel noch nicht wieder begegnen. Sie hoffte, dass der Onkel wohlbehalten bei ihm war, aber tief in ihrem Inneren spürte sie plötzlich schreckliche Angst.

Eine Stunde später kamen Ben und Marlene zurück, Daniel begleitete sie. An ihren ernsten Gesichtern erkannte Annabel sofort, dass sie den Onkel nicht gefunden hatten.

Annabel hatte den Gästen noch nicht gesagt, dass Bernd verschwunden war. Jetzt ging Daniel mit großen Schritten zu dem Kassettenrekorder auf der Veranda und schaltete die Musik aus. Alle sahen ihn überrascht an. Die Leute aus dem Haus strömten auf die Veranda, um nachzusehen, was los war. In ihrer Mitte entdeckte Annabel Jean-Pierre. In den vergangenen Stunden hatte sie ihn ganz vergessen.

„Bernd ist verschwunden“, sagte Daniel. „Hat jemand von euch ihn in den letzten Stunden gesehen?“

Beim Klang seiner Stimme schloss Annabel einen Moment lang die Augen, dann verdrängte die Angst um Bernd alles andere. Als sie zu Marlene und Ben ging, spürte sie, wie Daniels Blick ihr folgte.

Jean-Pierre kam zu ihnen. „Offenbar hat seit Stunden keiner mehr Bernd gesehen. Was ist denn passiert?“

Während Annabel ihm alles erzählte, wurde seine Miene immer besorgter. „Wir sollten die Leute losschicken, ihn zu suchen.“

„Sie müssen nicht geschickt werden.“ Daniel hatte die letzten Worte gehört, als er zu ihnen trat. Seine Stimme klang kalt, als er Jean-Pierre ansah. „Sie sind bereits dabei, die Suche zu organisieren.“

Wenige Minuten später schwärmte das ganze Dorf aus, um Bernd Hansen zu suchen. Annabel war, als würde eine Hand ihr die Kehle zudrücken, als sie sah, wie einige Männer durch das Wasser wateten und suchend in die Lagune blickten.

Die meisten gingen zum Wald. Einige trugen Taschenlampen. Ruhig und zielstrebig bildeten sie eine Reihe und verschwanden zwischen den Bäumen. Jean-Pierre trat zu ihrer kleinen Gruppe und legte Marlene den Arm um die Schultern. Sie sah aus, als könnte sie seinen Halt gebrauchen. Die sonst so starke, beherrschte Frau wirkte plötzlich alt, fast gebrechlich.

„Das Problem ist, dass der Regen alle Spuren verwischt hat“, sagte Ben Pendergast. Als er sah, wie Marlene bei seinen Worten blass wurde, biss er sich auf die Lippen.

Annabel hielt es nicht länger aus. Sie hatte noch nie Talent zum Warten gehabt. „Ich gehe auch raus und suche ihn.“

„Das hat keinen Sinn, Annabel", widersprach Jean-Pierre. „Im Gegensatz zu uns kennen die Einheimischen den Wald wie ihre Westentasche. Du würdest dich nur selbst in Gefahr bringen."

„Ich *muss* etwas tun."

„Jean-Pierre hat recht", sagte Daniel. Er vermied ihren Blick. „Es ist keinem geholfen, wenn du auch noch verschwindest."

„Es sind so viele Leute draußen, ich kann gar nicht verloren gehen. Aber ich kann nicht einfach untätig hier rumstehen." Ohne ihre Antwort abzuwarten, zog sie knöchelhohe Schuhe an, nahm ihre Taschenlampe und ging zum Waldrand. Ihr Gefühl sagte ihr, dass Bernd nicht im Meer zu finden war.

Inzwischen hatte der Regen nachgelassen und war kaum mehr als Nebel auf ihrer Haut. Sie sah in das dunkle Dickicht. Ihre Angst wurde größer. Angst vor dem Wald, noch größere Angst um Bernd.

Sie schob die Zweige auseinander. Das dichte, vom Regen gekräftigte Grün erschien ihr fast undurchdringlich. Als sie sich ihren Pfad zwischen den tropfenden Schlingpflanzen bahnte, schienen sie nach ihr zu greifen. Der Schein ihrer Taschenlampe reichte nicht weit und blendete eher, als dass er ihr den Weg zeigte. Nach wenigen Metern löschte sie die Lampe und wartete, bis sich ihre Augen an die Dunkelheit gewöhnt hatten. Hin und wieder sah sie das flackernde Licht einer Fackel durch die Bäume.

Unwillkürlich tastete sie nach dem *ody*. Das kleine Amulett zwischen ihren Brüsten gab ihr Mut.

In ihrer Nähe hörte sie die Stimmen der Dörfler. Sie verstand nicht, was sie riefen, aber sie schienen auf diese Weise untereinander in Verbindung zu bleiben. Sie kämpfte sich weiter durch das Dickicht und achtete darauf, in der Nähe der Stimmen und Lichter zu bleiben. Hin und wieder blieb sie stehen, um Luft zu schnappen. Plötzlich kam es ihr vor, als wären die Pflanzen hier nicht ganz so dicht verschlungen. Das Vorwärtskommen wurde etwas leichter. Ihr Puls ging schneller, als sie eine abgerissene Ranke und geknickten Baumfarn entdeckte.

Stammte das vom Unwetter, oder war jemand vor ihr hier hergegangen? In ihrer Nähe bewegte sich etwas, es raschelte und knackte, als würde ein kleines Tier durch den Wald rennen. Nach wenigen Schritten wurde die Vegetation wieder dichter.

Ihre Nervenenden kribbelten, Adrenalin schoss durch ihren Körper. Und eine Stimme in ihr sagte: *Nicht weiter. Etwas fühlt sich falsch an, geh zurück!*

Sie unterdrückte einen Schrei, als vor ihren Füßen ein Vogel aufflog. Sie sammelte ihren Mut und lief weiter. Der Atem stockte in ihrer Kehle, als sie auf etwas Weiches und zugleich Festes trat.

Einen Moment lang blieb sie stehen. Die Haare in ihrem Nacken stellten sich auf, und bittere Galle stieg ihr in die Kehle. Sie schaffte es nicht, auf den Boden zu sehen. Dann nahm sie all ihren Mut zusammen, schaltete die Taschenlampe ein und richtete den Schein auf den Körper zu ihren Füßen. Es war nicht Bernd.

Vor ihr lag der schwarze Hund, der noch am Nachmittag mit den Kindern am Strand gespielt hatte. Sein Hals war in einem unnatürlichen Winkel zurückgebogen, sodass der Kopf fast den Rücken berührte.

Annabel schrie.

17. KAPITEL

„Es geht mir gut! Hört doch endlich auf, so ein Theater um mich zu machen!“ Ungeduldig lehnte Annabel das Glas Rum ab, das Jean-Pierre ihr aus dem Haus geholt hatte. „Nein, ich brauche auch keine Decke, vielen Dank, Ben.“

Nach ihrem Schrei waren die Leute der Suchmannschaft zu ihr gekommen. Während die anderen in der Umgebung des toten Hundes nach Spuren suchten, hatte Nirinas Mann sie zurück zum Haus begleitet. Nur Jean-Pierre und der Pfarrer warteten dort auf sie. Marlene war mit Daniel zur Plantage gefahren, um nachzusehen, ob ihr Mann dort war.

„Wir müssen Bernd finden, und zwar schnell.“ Annabel spürte mit absoluter Gewissheit, dass die Zeit drängte. „Hat jemand schon die Polizei gerufen?“

„Vor morgen früh wollen sie keine Suchmannschaft losschicken“, sagte Jean-Pierre.

„Hast du denn auch von dem Hund erzählt?“

Ben lachte humorlos. „Ein toter Hund ist für die Polizei auch kein Grund, nachts den Regenwald abzusuchen. Aber wenn Bernd im Wald ist, finden ihn seine Leute auch.“

„Ich fürchte nur, der Regen hat alle Spuren weggeschwemmt“, sagte Annabel.

„Vielleicht ist er ja wirklich auf der Plantage.“ Jean-Pierre leerte mit einem großen Schluck selbst das Glas Rum.

Annabel schüttelte zweifelnd den Kopf. „Ohne Auto?“

„Vielleicht dachte er, Marlene wäre nach Hause gelaufen, und wollte ihr nachgehen.“

„Dann hätte er den Wagen genommen“, beharrte Annabel.

Jean-Pierre zuckte mit den Schultern. „Wer weiß? Vielleicht brauchte er einfach ein bisschen Bewegung.“

Annabel war nicht überzeugt, aber sie hielt es auch nicht länger aus, mit den beiden herumzusitzen und auf Neuigkeiten zu warten. Sie stand auf. „Ich fahre auch zur Plantage.“

„Ich komme mit.“ Jean-Pierre erhob sich ebenfalls.

„Nein, Ben kann nicht ganz alleine hier bleiben“, wehrte Annabel ab. „Falls sie Bernd finden, ist es besser, wenn ihr beide hier seid.“

„Spring mir bitte nicht gleich wieder an die Kehle, weil ich mir Sorgen um dich mache.“ Jean-Pierre hob die Hände, als wollte er sich verteidigen. „Aber vor ein paar Stunden ist der Hund noch quicklebendig mit den Kindern im Wasser herumgetobt. Wer auch immer ihm das Genick gebrochen hat, ist wahrscheinlich noch da draußen.“ Er deutete auf den Regenwald.

Sie wusste, dass er recht hatte, aber seltsamerweise spürte sie nicht die geringste Angst. „Ich war die ganze Zeit draußen im Wald. Hätte er mir etwas antun wollen, wäre das die beste Gelegenheit gewesen. Außerdem ist der Weg zur Plantage nicht weit.“

Eine Viertelstunde später bereute sie fast, dass sie Jean-Pierres Begleitung abgelehnt hatte. Hinter den schwachen Lichtkegeln des Land Rovers wirkte die Dunkelheit umso schwärzer. Sie unterdrückte die aufkeimende Furcht und konzentrierte sich auf die vom Regen aufgeweichte Straße. Unter keinen Umständen wollte sie in einem der zahlreichen Schlammlöcher stecken bleiben und den Rest der Strecke zu Fuß laufen müssen.

Endlich sah sie die Lichter des Hauses. Daniels Wagen stand direkt vor der Veranda. Annabel stellte ihren auf dem Parkplatz neben dem Haus ab. Sie schaltete den Motor aus und wollte gerade aussteigen, als sie sah, wie Marlene die Stufen hinunterlief, in den Wagen sprang und losfuhr.

Hier war Bernd also offenbar auch nicht. Sie fragte sich, wohin die Tante wollte. Wahrscheinlich zurück zum Strandhaus, aber warum war dann Daniel nicht bei ihr? Annabel zögerte. Auf keinen Fall würde sie ins Haus gehen und allein mit Daniel sein.

Sie lehnte den Kopf gegen die Rückenlehne und schloss die Augen. Sofort spürte sie wieder seine Lippen auf ihren. Hätte er sie bloß nie geküsst! Nichts wäre ausgesprochen worden. Sie hätte ihren Stolz bewahrt, und an einem gebrochenen Herzen war noch niemand gestorben. Erst recht nicht sie, Annabel. Wenn sie eines beherrschte, dann mit unerwiderter Zuneigung zu leben.

Aber sein Kuss hatte alles an die Oberfläche gespült. Es war schlimm genug, dass er jetzt wusste, dass sie in ihn verliebt war. Aber vor allem hatten die wenigen leidenschaftlichen Minuten ihr gezeigt, was hätte sein können. Noch nie in ihrem Leben war sie so glücklich gewesen. Sie drängte die aufsteigenden Tränen zurück. Sie wollte ihn nie wiedersehen! Wie sollte sie mit ihm zusammen ein Hotel bauen?

Doch jetzt ging es nicht um ihren Liebeskummer. Sie richtete sich auf, atmete einige Male tief durch, dann ließ sie den Motor an und fuhr denselben Weg wieder zurück, den sie gerade gekommen war. Von Marlene war nichts zu sehen, aber sie hatte auch einen kurzen Vorsprung. Nach einigen Minuten leuchteten ihre roten Rücklichter winzig wie Stecknadeln vor Annabel auf. Als sie das Dorf erreichten, sah Annabel, wie die Tante von der Straße abbog und auf einem schmalen Weg zwischen den Hütten zum Haus von Mami Vanille fuhr. Die Läden waren vorgelegt, aber durch die Ritzen fielen schmale Streifen Licht.

Aus einem Impuls heraus stellte Annabel ihren Wagen an der Straße ab und folgte Marlene. Sie hätte nicht erwartet, dass die Tante Zuflucht bei einer Schamanin suchte. Sie fragte sich, ob sie Bernd vielleicht doch im Haus gefunden hatten und er medizinische Hilfe brauchte. Mami Vanille war wohl das Beste, was man in erreichbarer Nähe finden konnte. Aber wenn es ernst war, hätte Daniel ihn bestimmt nach Tana geflogen.

Neugierig folgte sie der Tante. Sie sah gerade noch, wie sich Mami Vanilles Tür hinter ihr schloss. Als sie die Veranda erreichte, ging sie langsamer. Erst jetzt dachte sie darüber nach, was sie tun sollte. Sie stieg die Stufen hinauf und zögerte. Plötzlich kam sie sich wie ein Eindringling vor.

Sie hob die Hand, um zu klopfen, als sie von drinnen Stimmen hörte: „... nach dreißig Jahren!" Mami Vanille klang aufgebracht.

Sie konnte nicht verstehen, was Marlene antwortete, und beugte sich näher zur Tür. „... du hast meine Schwester in den Tod getrieben ... Kind verkauft ...!"

Annabel zuckte zurück. Was die beiden Frauen im Haus besprachen, ging nur sie selbst etwas an. Jetzt hörte sie lautes Schluchzen. Sollte sie doch klopfen? Brauchte Marlene vielleicht ihre Hilfe? Das Schluchzen wurde leiser. Sie schlich an der Hauswand entlang zum nächsten Fenster und versuchte, durch eine Ritze zu spähen. Sie konnte in die Küche sehen, aber die war leer. Sie ging weiter zum nächsten Fenster.

Die Stimmen wurden wieder lauter. Eine Frau weinte, die andere sprach leise auf sie ein. Annabel erstarrte, als eine Diele unter ihren Füßen knarrte. Im Haus schien man nichts gehört zu haben. Sie ging weiter und suchte sich einen Spalt im Holz. Sie sah, wie Marlene an Mami Vanilles üppiger Brust weinte. Ihr schmaler Körper verschwand fast zwischen den kräftigen Armen der Schamanin.

Schließlich ließ Mami Vanille die Tante los. Die beiden Frauen gingen durch das Zimmer, bis Annabel sie nicht mehr sehen konnte. Sie sprachen, aber nur sehr leise. Ihr Streit schien beigelegt zu sein. Eine Weile war es still im Haus. Annabel wollte schon unauffällig gehen, als sich die Tür öffnete und Marlene herauskam. Sie wandte sich noch einmal um. „Genauer kannst du es wirklich nicht sehen?"

„Sag den Leuten nur, was ich dir gesagt habe. Dann werden sie ihn finden."

Annabel drückte sich tiefer in die Schatten. Ohne einen Blick zurück lief Marlene zum Land Rover und fuhr in Richtung Strand. Annabel rührte sich nicht, doch als die Schamanin den Kopf wandte und in ihre Richtung schaute, hatte sie das unbehagliche Gefühl, als könnten Mami Vanilles Augen die Dunkelheit durchdringen.

18. KAPITEL

„Alles wird wieder gut“, sagte Marlene jetzt zum dritten Mal. Aber in ihrer Stimme hörte Annabel keine Zuversicht, nur Panik, Verzweiflung und Trauer.

Sie nahm Marlenes Hand und drückte sie tröstend. Die Finger waren eisig. Annabel schluckte ihre eigene Angst herunter, die ihr die Kehle zuschnürte. „Natürlich wird es das.“

„Er ist zäh. Und außerdem weiß er, dass ich ihn brauche.“ Marlenes letzte Worte endeten in einem Schluchzen. Nach der Anspannung der vergangenen Nacht war ihr Gesicht blutleer, ihre Augen mit den riesigen Pupillen wirkten groß und dunkel. Auch Annabel wollte um den Onkel weinen, aber wenigstens einer von ihnen musste stark bleiben. Daniel war gegangen, sobald Bernd von einer Schar weiß bekittelter Menschen in Empfang genommen und in aller Eile über lange Korridore weggefahren worden war.

Annabel hatte den Eindruck gehabt, dass Daniel ihretwegen nicht länger geblieben war. Seit dem Kuss am Strand vermied er es, ihr ins Gesicht zu schauen oder auch nur mit ihr zu reden. Darum musste wenigstens sie jetzt Marlene beistehen.

Ihr war noch immer nicht ganz klar, was genau in den vergangenen Stunden passiert war. Als sie sich irgendwann aus ihrem Versteck auf Mami Vanilles Veranda herausgetraut hatte, war sie zu ihrem Auto gelaufen und der Tante zum Strand gefolgt.

Die Suchmannschaft teilte offenbar nicht Annabels Skepsis und behandelte das Orakel wie eine – wenn auch leicht kryptische – Anweisung eines Navigationssystems. Aber was soll es schaden? dachte Annabel. Es war ihre einzige Chance, bevor die Polizei am nächsten Tag eine Suche organisieren würde.

Es dauerte keine Stunde, bis sie Bernd bewusstlos und mit einer blutenden Kopfwunde in einem alten ausgehöhlten Baum im Mangrovendickicht in der Nähe von Daniels Haus entdeckten.

Auf einer improvisierten Trage brachte man ihn zurück zum Strand. Ben Pendergast war direkt zur Plantage gefahren und hatte Daniel informiert. Als sie dann mit Bernd eintrafen, hatte er das Flugzeug bereits startklar gemacht. Innerhalb weniger Minuten waren sie auf dem Weg ins Krankenhaus in Tananarivo.

Inzwischen war Bernd seit mehr als drei Stunden im Operationssaal, und sie konnten nicht mehr tun, als zu warten. Neben ihr ließ Marlene den Kopf auf die Brust sinken und weinte. Annabel legte ihrer Tante den Arm um die Schultern und spürte, wie der schmale Körper unter den Schluchzern bebte.

Wie war Onkel Bernd in den ausgehöhlten Baum gekommen? Jemand musste ihn niedergeschlagen und in dem Baum verborgen haben. Aber wer? Warum?

Tante Marlene richtete sich auf und wischte sich mit den Händen über das Gesicht. Von Stunde zu Stunde wirkte sie älter und zerbrechlicher. „Alles wird gut", wiederholte sie heiser wie ein Mantra.

„Natürlich wird es das. Soll ich dir vielleicht einen Kaffee holen?"

„Das wäre lieb."

Vor der Tür des Warteraums fand Annabel einen Kaffeeautomaten. Sie suchte in der Tasche nach Kleingeld und wartete, bis die schwarze, dampfende Flüssigkeit zischend in zwei Plastikbecher gelaufen war. Sofort erfüllte der starke Duft den Raum. Vorsichtig, um sich nicht zu verbrennen, nahm sie die Becher am obersten Rand, trug sie zurück in den Warteraum und reichte einen Marlene.

Schweigend saßen sie nebeneinander und nippten an ihren Bechern. Der Kaffee war so heiß, dass Annabel sich beim ersten Schluck die Zunge verbrannte. Sie drängte die Tränen zurück, die ihr in die Augen schossen, und stellte den halb vollen Kaffee auf der Fensterbank hinter sich ab.

Dreieinhalb Stunden. Es dauerte zu lange.

„Bernd ist stark", flüsterte Marlene wie eine Beschwörung.

„Das ist er.“ Stark genug?

Sie sprangen gleichzeitig auf, als quietschende Schritte auf dem Linoleumboden näher kamen. Ein junger Arzt mit einem gepflegten Kinnbärtchen und hellwachen dunklen Augen betrat den Warteraum. Er trug noch den blauen Operationskittel. „*Madame* Hansen?“

„Ja.“ Marlene presste beide Hände auf ihr Herz. „Wie geht es ihm?“

„Ich bin Dr. Randriamamonjisoa. Ich habe Ihren Mann operiert. Er hat einen Schädelbruch und eine Menge Blut verloren, aber wir haben die Blutung gestoppt.“

„Wird er wieder gesund?“, fragte Marlene.

„Er ist nicht mehr jung, aber er ist eine Kämpfernatur. Er will leben, und das gibt sehr oft den Ausschlag.“

Seine ausweichenden Antworten machten Annabel Angst. „Können wir zu ihm?“

„Er wird gerade auf die Intensivstation gebracht. Sobald Sie zu ihm können, schicke ich eine Schwester zu Ihnen.“

„Doktor … bitte, wie sind seine Chancen?“ Marlene sah dem Arzt in die Augen. In der Art, wie sie das Kinn hob, erkannte Annabel etwas von ihrer alten Kraft.

„Im Moment ist sein Zustand stabil, aber die nächsten vierundzwanzig Stunden sind entscheidend. Erst dann können wir mehr sagen. Sie hatten Glück, dass er gerade noch rechtzeitig gefunden wurde. Ein paar Stunden später, und wir hätten nichts mehr für ihn tun können.“

Vierzig Minuten später saßen sie immer noch im Warteraum. Auf der Fensterbank sammelten sich die leeren Plastikbecher.

Annabel schloss für einen Moment die Augen. Als ihr Hinterkopf unsanft gegen die Wand fiel, schreckte sie wieder auf. Marlene war aufgestanden. Mit den Händen in den Hosentaschen stand sie am Fenster und sah hinaus.

„Marlene, kann ich dich etwas fragen?“, begann Annabel.

„Natürlich." Marlene drehte sich nicht um.

„Warum bist du zu Mami Vanille gefahren? Glaubst du etwa an ihre … Fähigkeiten?"

„Nach ihrer Beschreibung wurde Bernd gefunden, oder nicht?"

Annabel nickte langsam. Dagegen konnte sie nichts sagen. „Ich bin dir gefolgt und habe gesehen, wie du zu ihr gegangen bist. Bevor ich klopfen konnte, habe ich gehört, wie ihr euch gestritten habt."

„Du hast uns *belauscht*?"

„Nein, natürlich nicht. Aber ihr habt so laut gesprochen und … ich habe gehört, wie du gesagt hast, sie hätte deine Schwester in den Tod getrieben. Und etwas von einem verkauften Kind. Hatte Mami Vanille etwas mit dem Tod meiner Mutter zu tun?"

Annabel sah, wie sich Marlenes Rücken versteifte. „Natürlich nicht. Was für ein völliger Unsinn. Du musst dich verhört haben."

Bevor sie widersprechen konnte, kam eine grauhaarige Schwester mit sanften braunen Mandelaugen herein. „Sie können jetzt zu ihm."

Schweigend folgten sie ihr über endlos erscheinende Korridore auf die Intensivstation. Vor einer Tür blieb sie stehen. „Leider darf nur die Ehefrau ins Zimmer, solange der Patient nicht aufgewacht ist."

Marlene wandte sich zu Annabel um. „Ich danke dir, dass du bei mir geblieben bist, aber du brauchst nicht länger zu warten. Ich gebe dir Bescheid, wenn … sobald er aufwacht. Du kannst ruhig gehen."

„Aber ich bleibe gern. Ich möchte hier sein und abwarten, wie sich Onkel Bernds Zustand entwickelt."

„Ehrlich gesagt, wäre es mir lieber, wenn du zurückfliegst. Ich möchte mich jetzt voll und ganz auf meinen Mann konzentrieren." Ihre Worte und die Art und Weise, wie sie diese sagte, gaben Annabel das Gefühl, nicht zur Familie zu gehören.

Sie wusste genau, dass ihre Tante sie wegen ihrer Fragen loswerden wollte. Trotzdem tat es weh. „Aber wie soll ich nach Andra kommen? Daniel ist doch schon zurückgeflogen …"

„Wie kommst du denn darauf? Als würde er uns alleinlassen, solange Bernd im OP liegt! Nein, er ist zur Polizei gegangen, um zu Protokoll zu geben, was passiert ist, und die ersten Formalitäten zu regeln. Danach kommt er direkt zurück ins Krankenhaus." Sie warf einen Blick auf die Uhr. „Er ist schon erstaunlich lange weg. Bestimmt kommt er jeden Moment zurück. Nochmals danke, Annabel. Ich rufe dich an, sobald … Bernd aufwacht. Sag Jean-Pierre, er soll das Satellitentelefon aus Bernds Schreibtisch holen."

Als sie die Tür öffnete und ins Zimmer ging, konnte Annabel einen Blick auf ihren Onkel werfen. Unter dem weißen Verband sah sein Gesicht so friedlich und entspannt aus, als würden ihn all die Schläuche und Kabel nicht stören. Auf einem schwarzen Monitor zuckten grüne Zickzacklinien im Rhythmus seines Herzschlags, das Beatmungsgerät pumpte gleichmäßig durch einen Schlauch in seinem Mund Sauerstoff in die Lunge. Wasserklare Flüssigkeit tropfte über durchsichtige Schläuche in seine Venen.

Die Schwester schloss die Tür hinter Marlene. Sie lächelte Annabel zu. „Ihr Onkel ist stark, und bei Dr. Randriamamonjisoa ist er in den besten Händen. Auf ganz Madagaskar gibt es keinen besseren Chirurgen."

Das war alles, woran Annabel sich festhalten konnte.

Im Osten färbte sich der Himmel bereits hell, als Annabel mit Daniel zurück nach Andra flog. Gern hätte sie die Augen geschlossen und geschlafen, doch ihre Lider fühlten sich an wie Sandpapier. Um sich abzulenken, sah sie auf die verwüstete Landschaft hinunter. Breite Flüsse, blutrot von ausgewaschener Erde, durchschnitten smaragdgrüne Reisfelder und kahles, von der Sonne verbranntes Land.

„Was sagt die Polizei zu dem Überfall auf Bernd?“, fragte Annabel, als sie das angespannte Schweigen nicht länger aushielt.

„Sie schicken Beamte nach Andra, um Hinweise zu suchen, aber ich hatte nicht den Eindruck, dass sie sich sehr viel davon versprechen“, antwortete Daniel. „Der Regen hat wahrscheinlich alle Spuren weggeschwemmt. Sie hoffen, dass Bernd den Täter – oder die Täter – identifizieren kann, wenn er aufwacht. Ich glaube, sie vermuten eine persönliche Sache hinter dem Überfall. Sie wollten wissen, ob er Feinde hat.“

„Hat er welche?“

„Nein, jedenfalls nicht, dass ich wüsste.“

„Hast du ihnen von der Puppe und dem Katta und dem Hund erzählt?“

„Ja, aber die Polizei sieht offenbar keinen Zusammenhang mit dem Überfall auf Bernd. Ich kann mir das Ganze einfach nicht erklären.“

„Ich auch nicht. Egal, wie ich alles drehe und wende, ergibt es keinen Sinn. Die toten Tiere und die Puppe ... ich bin sicher, damit wollte man mir Angst einjagen. Das kann ich mir ja noch irgendwie mit Wut über das eingestampfte Hotelprojekt erklären. Aber der Überfall auf Bernd? Jemand wollte ihn umbringen, Daniel! Entweder dachte der Täter, er wäre schon tot und wollte die L... ihn verstecken, oder man hat ihn zum Sterben in den Baum gesteckt. Ganz sicher sollte er nicht lebend gefunden werden! Jemanden einzuschüchtern und jemanden zu ermorden, sind zwei vollkommen unterschiedliche Dinge. Vielleicht gibt es wirklich zwei Täter. Einer hat etwas gegen mich, der andere hasst aus irgendwelchen Gründen Onkel Bernd.“

Daniel schüttelte den Kopf. „Das glaube ich nicht. Denk an den Hund im Wald! Er hatte auch ein gebrochenes Genick, genau wie der Katta vor deiner Tür. Ich kann mir einfach nicht vorstellen, dass hier heute Nacht zwei Leute durch den Wald geschlichen sind.“

„Hast du eine bessere Idee?“

„Nein. Aber ich hoffe, Bernd kann uns sagen, wer ihn überfallen hat, wenn er aufwacht."

„*Wenn* er aufwacht", sagte Annabel dumpf.

Daniel warf ihr einen Seitenblick zu. „Das wird er. Er würde es nie wagen, Marlene alleine zu lassen."

Seine Stimme klang so sanft, dass Annabel spürte, wie ihr Panzer sich aufzulösen begann. Sie sah zur Seite und konzentrierte sich wieder auf die Landschaft.

Sie näherten sich Sambava, und die trockene Steppenlandschaft wich dichtem Regenwald. Vom Wald nur durch einen schmalen weißen Sandstreifen getrennt, glitzerte dahinter der türkisfarbene Ozean in der Sonne.

„Annabel …", brach Daniel nach einigen Minuten das Schweigen.

Sie holte tief Luft und wappnete sich gegen seine nächsten Worte. Sie ahnte, was kommen würde, und sie irrte sich nicht.

„Was am Strand passiert ist …"

„Sollten wir schleunigst wieder vergessen", fiel sie ihm ins Wort. „Es war ein romantischer Abend, und wir haben uns geküsst." Sie zuckte mit den Schultern. „Wir sind zwei erwachsene, ungebundene Menschen, warum also nicht? Aber ich möchte mir von diesem Fehler nicht unsere Zusammenarbeit ruinieren lassen. Was mich betrifft, habe ich die Sache schon vergessen, und ich wäre sehr froh, wenn du einfach dasselbe tun würdest." Sie war selbst beeindruckt, wie überzeugend sie geklungen hatte.

„Ist das dein Ernst?"

„Ja natürlich! Hast du ein Problem damit?" Sie sah ihn von der Seite an, aber er blickte nach vorn. Dunkler Bartschatten bedeckte seine Wangen, und er sah müde aus. Als eine Haarsträhne in seine Stirn fiel, schnürte sich ihre Kehle zusammen.

„Ich habe ein Problem damit, Dinge totzuschweigen." Unvermittelt wandte er den Kopf zu ihr. Rasch setzte sie ein unverbindliches Lächeln auf, aber sie hoffte, dass ihr Gesichtsausdruck sie nicht noch verraten hatte.

„Ich habe dich geküsst, weil ich dich anziehend finde, Annabel. Seit ich dich zum ersten Mal gesehen habe, spukst du in meinem Kopf herum. Aber ich bin nicht bereit für eine neue Beziehung. Ich dachte, ich wäre so weit, aber … es fühlt sich an, als würde ich meine Frau betrügen. Ich kann mir noch so oft sagen, dass ich sie nie wiedersehen werde – es ändert nichts. Ich fühle mich immer noch wie ein verheirateter Mann."

Sie nickte. „Das verstehe ich. Aber für mich war das Ganze nicht so kompliziert. Du bist ein sehr attraktiver Mann, und es ist einfach mit mir durchgegangen." Sie brachte ein selbstironisches Grinsen zustande, während sie spürte, wie ihr Herz in tausend Stücke brach. „Ich hoffe, nachdem wir jetzt darüber geredet haben, können wir diesen Vorfall vergessen und trotzdem gut zusammenarbeiten."

Er lächelte. „Ich werde *diesen Vorfall* zwar nicht so schnell vergessen, aber von meiner Seite aus steht unserer guten Zusammenarbeit nichts im Wege."

Kurz darauf begann Daniel mit dem Landeanflug. Noch bevor sich der Staub wieder gelegt hatte, öffnete Jean-Pierre die Flugzeugtür. „Wie geht es Bernd?"

„Er ist operiert worden, aber noch nicht wieder aufgewacht." Annabel nahm seine angebotene Hand und kletterte aus der Propellermaschine.

„Wie stehen seine Chancen?"

„Das entscheidet sich in den nächsten vierundzwanzig Stunden", sagte Annabel.

„Nirina hat dir dein altes Zimmer hergerichtet."

„Ich habe nicht vor, hierzubleiben."

„Das kann doch nicht dein Ernst sein!"

„Du kannst nicht mehr im Strandhaus wohnen", unterstützte ihn Daniel. „Nicht, solange wir nicht wissen, wer Bernd überfallen hat."

„Aber … ich muss aufräumen …"

„Das hat Nirina schon mit ein paar Leuten erledigt", sagte Jean-Pierre. „Sie hat auch einige Sachen für dich gepackt und hergebracht."

„Und Birdie …"

„Ich kümmere mich um ihn", sagte Daniel.

„Aber dann bist du dort auch allein." Kaum hatte sie ausgesprochen, bereute sie es auch schon. Aus jedem Wort hatte ihre Sorge um Daniel geklungen. Zum Glück war den beiden Männern offenbar nichts aufgefallen.

„Ich gehe nur zur Strandhütte, um den Katta zu holen. Ich nehme ihn mit zu mir, bis du zurück in dein Haus ziehen kannst."

Annabel wollte sagen, dass Bernd viel näher an Daniels Haus gefunden worden war als an ihrem, sie wollte sagen, dass sie es nicht aushielt, ihn ganz allein dort zu wissen, dass er vorsichtig sein sollte … Aber sie schwieg.

„Zurück in dein Haus ziehen?", wiederholte Jean-Pierre gedehnt. „In drei Tagen geht dein Rückflug. Oder hast du dich jetzt doch entschieden, länger zu bleiben?"

Annabel seufzte. „Ich gehe nicht zurück nach Deutschland, Jean-Pierre. Eigentlich wollte ich das gestern Abend auf der Feier bekannt geben. Bernd und Marlene wissen es schon. Ich bleibe hier und baue mit Daniel das Hotel, so wie mein Vater es geplant hatte."

„Das ist doch kompletter Wahnsinn! Daniel, du kannst nicht zulassen, dass sie ihr ganzes Leben ruiniert."

„Das ist Ansichtssache." Daniel zuckte mit den Achseln. „Ich finde, es ist ein guter Plan. Aber selbst wenn ich anderer Meinung wäre – ich glaube nicht, dass jemand Annabel von etwas abbringen könnte, was sie sich einmal in den Kopf gesetzt hat." Er lächelte, und ihr Herz hüpfte.

„Dein Job …"

„Ich habe gekündigt." Annabel winkte gereizt ab. „Es ist entschieden, Jean-Pierre. Ich gehe nicht zurück. Und ich bin wirklich zu erschöpft, um noch länger darüber zu diskutieren. Du musst dich damit abfinden, dass du mich so schnell nicht wieder loswirst.“ Sie lächelte, um ihren Worten die Schärfe zu nehmen.

„*Abfinden?*“ Er lachte. „Ich wollte nur nicht, dass du etwas Unüberlegtes tust und hinterher bereust. Aber wenn sowieso schon alles in trockenen Tüchern ist, kann ich dir ja endlich sagen, wie froh ich bin, wenn du bleibst.“

Daniel sah von einem zum anderen. „Wenn es sonst nichts weiter zu besprechen gibt, verabschiede ich mich dann schon mal. Ich weiß noch nicht, wann ich wieder nach Tana fliege. Aber wenn du willst, kann ich dir vorher Bescheid sagen und dich dann mitnehmen, Annabel.“

„Sehr gerne, vielen Dank, Daniel.“

Die beiden Männer nickten sich zu, dann ging Daniel zu seinem Wagen. Annabel musste sich zwingen, sich nicht umzudrehen und ihm hinterherzustarren wie ein Teenager.

„Annabel?“

Sie merkte, dass Jean-Pierre etwas zu ihr gesagt hatte. „Entschuldige, ich hatte nicht zugehört. Ich glaube, ich schlafe gleich im Stehen ein. Was hattest du gerade gesagt?“

„Ich hatte gefragt, ob du Hunger hast. Nirina hat heute frei, sie muss sich um ihre Kinder kümmern, aber ich kann uns etwas kochen.“

„Das ist lieb, aber zum Essen bin ich viel zu müde.“

Jean-Pierre legte ihr leicht den Arm um die Schultern. „Lass uns erst mal reingehen. Ich habe das Satellitentelefon schon rausgesucht.“

Er ging in die Küche. Annabel folgte ihm und sah zu, wie er Kaffee kochte, zwei Tassen füllte und auf den Tisch draußen auf der Veranda stellte. Gähnend setzte sie sich auf das breite Sofa und stopfte sich ein Kissen in den Rücken. „Danke.“ Sie gähnte noch einmal.

„Willst du nicht lieber ins Bett gehen? Ich wecke dich, wenn Marlene anruft.“

Sie schüttelte den Kopf. „Später.“

Schweigend tranken sie ihren Kaffee, während sie das Telefon mitten auf dem Tisch nicht aus den Augen ließen. Annabel beobachtete Jean-Pierre über den Rand ihrer Tasse hinweg. Er war rasiert und hatte ein frisches hellblaues Hemd und eine beigefarbene Leinenhose angezogen, aber ihm war anzusehen, dass auch er in der Nacht nicht geschlafen hatte. Unter seinen Augen lagen tiefe Schatten, und Annabel sah Falten um seinen Mund, die ihr gestern noch nicht aufgefallen waren.

„Du machst dir große Sorgen um Bernd, nicht wahr?“, fragte sie.

„Natürlich! Ich weiß nicht, wo ich heute ohne ihn wäre. Er hat mir einen Job gegeben und an mich geglaubt, als ich niemanden auf Madagaskar kannte. Es gibt nicht viele Menschen wie ihn.“

„Du bist also wirklich glücklich hier?“

Er hob die Brauen. „Bekommst du jetzt etwa doch kalte Füße?“

„Nein, ich kann mir im Moment nur nicht vorstellen, wie meine Zukunft aussehen wird. Alles, was ich immer für sicher gehalten hatte, hat sich in Luft aufgelöst, und ich frage mich, was dafür an Neuem auf mich zukommen wird.“ Sie gähnte wieder, legte ihre Füße hoch und schloss für einen Moment die Augen.

Als sie wieder erwachte, hatte die Sonne den Zenit überschritten. In der Luft lag der Duft von gebratenem Fleisch und Zwiebeln. Annabel lief das Wasser im Mund zusammen, und sie spürte, wie ausgehungert sie war. Während sie geschlafen hatte, hatte ihr jemand die Schuhe ausgezogen und eine leichte Decke übergeworfen. Sie sah auf ihre Armbanduhr. Viertel nach drei. Sie hatte mehr als fünf Stunden geschlafen, und Marlene hatte immer noch nicht angerufen. Das Telefon lag direkt neben ihr auf dem Tisch, vom Klingeln wäre sie aufgewacht.

Sie setzte sich auf und streckte sich ausgiebig, als Jean-Pierre aus der Küche kam. In jeder Hand trug er einen großen Teller. Ein Ragout in dunkler Sauce, Reis und ein Salat aus grünen Kräutern waren so professionell angerichtet wie in einem Gourmetrestaurant.

Beim Essen redeten sie über ihre Vorliebe für frühes Aufstehen, die Lieder, nach denen sie früher getanzt hatten und wie oft sie als Kinder König der Löwen gesehen hatten. Gemeinsam sangen sie die Titelmelodie, und als sie beim Nachtisch angekommen waren, wusste Jean-Pierre alles über Annabels missglückten Ballettunterricht und sie, dass er nach seinem ersten und einzigen Angelausflug noch wochenlang in seinen Träumen von toten Fischen verfolgt worden war.

Sie lehnte sich zurück und seufzte. „Gleich platze ich. Wo hast du gelernt, so ein Mousse au Chocolat zu machen?“

Er grinste. „Ich kannte da mal eine Dessertköchin aus dem Ritz …“

„Stammt von ihr auch das Rezept für das Lammragout?“

„Nein, das ist von meiner Mutter.“

„Köstlich. Du musst mir unbedingt das Rezept geben.“

„Ich fürchte, das kann ich nicht. Es handelt sich um ein streng gehütetes Familiengeheimnis.“

Annabel lachte. „Na, mal sehen, ob mir noch was einfällt, womit ich dich überreden kann.“ Sie schob den Teller zurück und stand auf. „Ich muss dringend unter die Dusche. Vielen Dank für das Essen, Jean-Pierre. Ich hätte nicht gedacht, dass ich einen Bissen runterbekomme.“

Auch Jean-Pierre schob seinen Stuhl zurück, erhob sich und ging zur Tür. „Ich kümmere mich dann mal ums Geschäft. Zum Glück ist wenigstens alles so weit für den Verkauf vorbereitet, und ich muss nur noch einen Termin mit dem Käufer vereinbaren. Soll ich das Telefon mitnehmen oder willst du?“

„Wenn es dir recht ist, nehme ich es.“

„Kein Problem, aber sag mir bitte sofort Bescheid, wenn es was Neues gibt. Ich bin entweder im Büro oder unten in der Halle.“ An der Tür drehte er sich noch einmal kurz zu ihr um. „Es ist schön, etwas mehr von dir zu haben, Annabel. Du bist eine erstaunliche Frau.“

Auf dem Weg in ihr Zimmer fragte sich Annabel, ob Jean-Pierre mit ihr flirtete oder nicht. Sie kam zu keinem Ergebnis. Mal wirkte er interessiert, dann wieder nicht. Genau wie Daniel. Sie seufzte und versuchte, an etwas anderes zu denken, aber immer wieder drängte sich Daniels Gesicht in jeden Gedanken. Als wäre auch ohne ihr unglückliches Liebesleben nicht alles schon kompliziert genug!

Zum tausendsten Mal sah sie auf das Telefon. Kein Anruf. Keine Nachrichten sind besser als schlechte Nachrichten, tröstete sie sich und schloss die Tür hinter sich. Als sie ihr zerknittertes Kleid aufknöpfte, dachte sie daran, mit wie viel Vorfreude sie es angezogen hatte. Sie konnte kaum glauben, dass es erst gestern gewesen war.

Sie ging ins Bad und drehte das Wasser der Dusche auf. Erst jetzt erinnerte sie sich wieder an das *ody* um ihren Hals. Sie nahm es ab, wog es in der Hand und betastete es. Irgendetwas Gebogenes, Hartes war in dem Beutelchen. Wahrscheinlich der Hauer von irgendeinem wilden Tier oder etwas ähnlich Alltägliches. Sie grinste und hängte es an einen Handtuchhaken, bevor sie unter die Dusche stieg.

Für eine sehr lange Zeit stand sie unter dem heißen Wasserstrahl, damit er ihren Kummer fortspülte und den Schmerz in ihrem verspannten Rücken linderte.

Es funktionierte nicht.

Alle Fäden laufen bei Mami Vanille zusammen, ging Annabel durch den Kopf, als sie später das *ody* wieder um den Hals legte.

Sie war die einzige Person, die Annabels Fragen beantworten konnte. Mami Vanille hatte etwas mit dem Tod ihrer Mutter zu tun – oder wenigstens schien Marlene das zu denken, am Friedhof hatte sie Blumen auf das Grab der Frau mit dem Namen *Thérese* gelegt, und sie hatte gewusst, wo Bernd zu finden war.

Annabel band die Haare zusammen und zog sich an. Jeansshorts, ein weißes ärmelloses T-Shirt und Flip-Flops. Bei dem Gedanken, sie würde stattdessen ein Designerkleid und elegante

Sandalen anziehen, musste sie über sich selbst lachen. Sie setzte die Sonnenbrille auf, steckte das Satellitentelefon in die Handtasche und machte sich auf den Weg.

Als sie vor Mami Vanilles Tür stand, spürte sie eine seltsame Scheu zu klopfen. Während der Fahrt hatte sie mögliche Gesprächsanfänge in ihrem Kopf hin und hergewälzt. Sie konnte nicht zählen, wie viele Plädoyers sie vor Gericht gehalten hatte, aber jetzt war sie aufgeregter als vor ihrem ersten Fall. Sie beschloss, das Gespräch einfach auf sich zukommen zu lassen und dann in der Situation spontan zu entscheiden.

Sie nahm die Sonnenbrille ab, steckte sie in die Tasche und klopfte an. Sekunden später öffnete sich die Tür. „Annabel! Komm herein. Ich habe gerade Tee gekocht."

Mami Vanille wirkte nicht im Geringsten überrascht, aber das führte Annabel nicht auf hellseherische Kräfte zurück. Auf Madagaskar schien es allgemein verpönt zu sein, sich Überraschung über einen Besuch anmerken zu lassen.

„Gibt es etwas Neues über Bernd?", fragte Mami Vanille, als sie im Wohnzimmer Platz genommen hatten. Sie reichte Annabel einen Becher Tee, dann strich sie ihre roten Lambas glatt. Ihr grau gesträhntes Haar fiel heute offen bis zu ihrer Taille und war weich und voll wie das eines jungen Mädchens.

„Noch nicht." Annabel holte Luft. „Ich bin gekommen, weil ich einige Fragen habe." Bravo. Sehr diplomatisch eingeleitet! „Über meine Mutter."

Für den Bruchteil einer Sekunde verschwand Mami Vanilles gelassene Miene, und Annabel glaubte, Schmerz in den großen dunklen Augen zu sehen, aber der Moment war so kurz, dass sie sich nicht sicher sein konnte.

Mami Vanille blieb so lange still, dass Annabel schon dachte, sie hätte nicht mehr vor, ihr zu antworten. Als sie ihre Tasse zum Mund führte, sah Annabel, wie die Hand zitterte.

„Ich habe Ihren Streit mit Marlene gehört, nicht viel, aber Sie waren so laut …"

„Ich weiß.“

„Marlene sagte, Sie hätten meine Mutter in den Tod getrieben. Ist das wahr?“

„Nein.“ Mami Vanille sah Annabel in die Augen. „Ich wäre frohen Herzens an ihrer Stelle gestorben.“

Damit hatte sie nun nicht gerechnet. „Warum? Was hatten Sie mit meiner Mutter zu tun?“

Mami Vanilles Gesicht verschloss sich. „Es tut mir leid, Annabel. Ich kann dir die Antworten, die du suchst, nicht geben.“

„Aber wer *kann* sie mir geben?“, rief Annabel. „Vater ist tot, Marlene behauptet, es gäbe nichts zu erzählen, Bernd ist bewusstlos, und außerdem würde er nie etwas gegen den Willen seiner Frau tun. Ich weiß, dass damals irgendetwas passiert ist, aber ich kann niemanden fragen.“ Ärgerlich wischte sie mit dem Handrücken über ihre Augen. „Es geht um *meine* Mutter, *meine* Vergangenheit. Und wer ist Thérese?“

„Woher weißt du von Thérese?“, fragte Mami Vanille. Ihre Stimme klang dumpf, als käme sie von weit her.

„Nach Vaters Tod habe ich ein Bild mit einer Liebeserklärung bei seinen Unterlagen gefunden. Aber ... er hätte meine Mutter nie betrogen ... oder?“ Im Zimmer war es still. Sekunden wurden zu Minuten. „Bitte. Ich weiß, dass es ein Geheimnis gibt. Ich muss es wissen. Wenn es etwas mit mir zu tun hat, habe ich ein Recht auf die Wahrheit.“

„Das ist wahr. Carsten wollte dir einen Brief schreiben, aber dazu ist er wohl nicht mehr gekommen.“

Annabel hielt die Luft an. Sie fürchtete, die leiseste Unterbrechung würde Mami Vanille verstummen lassen.

„Ich habe geschworen, das Geheimnis niemals preiszugeben. Aber damit wollte sie dich schützen. Sie hätte nie gewollt, dass du leidest.“

„Sie? Wer?“

„Thérese. Meine über alles geliebte Tochter.“ Und mit Tränen in den Augen fügte Mami Vanille hinzu. „Deine Mutter.“

19. KAPITEL

Blödsinn! Was soll das heißen – Ihre Tochter, *meine* Mutter? Das ist doch völlig verrückt. Barbara Hansen ist meine Mutter!“ Annabel sprang auf. „Und was ist mit meinem Vater? Wollen Sie mir etwa sagen, ich wäre adoptiert?“

„Nein, du bist nicht adoptiert. Carsten Hansen ist dein leiblicher Vater.“

„Sie behaupten doch wohl nicht, mein Vater hätte meine Mutter betrogen?“ Annabel lief zur Tür, dann kehrte sie wieder um und blieb vor Mami Vanille stehen. Sie stemmte die Arme in die Taille. „Sie haben wohl zu lange in Ihre Teeblätter gestarrt. So etwas hätte er nie getan. Vollkommen ausgeschlossen!“

Als wüsste Mami Vanille, was in ihrem Kopf vorging, nickte sie langsam. Sie lehnte sich in ihrem Sessel zurück. Ihr intensiver Blick war auf Annabel gerichtet. „Ich weiß, wie schwer es für dich sein muss, das zu akzeptieren. Du hast dreißig Jahre lang an diese Lüge geglaubt.“ In ihrem Gesicht sah Annabel Mitgefühl und noch etwas anderes. Trauer? Bedauern?

Ihre Gedanken rasten, während sie sprach. „Nein! Mein Vater hat meine Mutter geliebt, seine Ehefrau! Noch Jahre nach ihrem Tod hat er ihr einen Liebesbrief geschrieben! Ich habe ihn selbst …“ Der Brief war an *ihre Mutter* gerichtet gewesen! Er hatte keinen Namen genannt.

Plötzlich fiel ihr Marlenes verächtliches Schnauben ein, als Annabel erzählt hatte, dass Carsten ihrer Schwester einen glühenden Liebesbrief geschrieben hatte. Ihre feindselige Haltung Annabel gegenüber, und dass sie für ihre Nichte schon als Baby keine warmen Gefühle gehegt hatte …

„Thérese war meine Tochter, und ich war bestimmt nicht froh über diese Liebe. Ich hätte ihr ein einfaches Glück gewünscht. Aber die beiden waren füreinander bestimmt.“

„Vater war verheiratet“, brachte Annabel heraus.

„Nicht, als er Thérese kennengelernt hat."

„Ich glaube Ihnen nicht", protestierte Annabel, während bereits langsam und qualvoll in ihr Bewusstsein sickerte, dass Mami Vanille die Wahrheit sagte.

Einen Moment lang war es ganz still, nur das rhythmische Stampfen der Mörser war von draußen zu hören.

„Willst du die ganze Geschichte hören?", fragte Mami Vanille in ihrer tiefen, ruhigen Stimme.

Annabel wollte weinen, aus dem Haus laufen und vergessen, dass sie jemals hier gewesen war. Sie antwortete nicht, aber sie setzte sich wieder.

Mami Vanille nickte. „Ich fange am besten ganz von vorne an. Die Frauen der Raminosona-Familie hatten immer schon ein Talent für schwierige Liebesgeschichten. Angefangen hat es mit unserer Urahnin Lalarisoa. Vor dreihundert Jahren hat sie sich in einen französischen Piraten verliebt. Als sie schwanger wurde, wollten die beiden heiraten, aber einige Tage vor der Hochzeit wurde ihr Verlobter bei einer Kaperfahrt getötet."

Annabel schüttelte ungeduldig den Kopf. „Geht etwas weniger weit vorne? Ich wollte nicht Ihre ganze Familiengeschichte hören."

Ein Lächeln huschte über Mami Vanilles Gesicht. „Hab ein kleines bisschen Geduld mit mir. Diese alte Geschichte ist auch deine, das wirst du gleich verstehen. Also … an dem Tag, an dem ihr Liebster getötet wurde, hat Lalarisoa begonnen, den *lune de vanille* zu weben. Den Vanillemond." Sie deutete auf den antiken Wandteppich, den Annabel schon bei ihrem ersten Besuch bewundert hatte. „Die Fäden sind so fein, dass sie viele Jahre dafür benötigt hat."

Annabel fragte sich, wann sie endlich zum Punkt kommen würde, aber sie schwieg.

„Lalarisoa hat in diesen Teppich ihr Gedicht für den toten Geliebten gewebt. Sie hatte es ihm jedes Mal gesagt, wenn er zu einer Fahrt aufgebrochen war, und Carsten hat es von Thérese gelernt. Du kennst dieses Gedicht." Sie sah Annabel ins Gesicht. „Du hast es selbst auf der Beerdigung für deinen Vater gesagt:

Flieg der Sonne entgegen
Über Berge und Meere
Durch Tränen und Regen
Wie ein Vogel im Wind."

Annabels Herz raste. Sie stand auf und ging zum Teppich hinüber. Neben der hellen Mondsichel erkannte sie auf dem nachtblauen Grund einen Ton dunklere Schriftzeichen. Sie konnte die fremden Worte nicht verstehen, aber es handelte sich um vier Zeilen.

Langsam ging sie zurück zum Sofa und setzte sich wieder. „Haben Sie ein Foto von ... Thérese?" Sie war überrascht, wie rau ihre Stimme klang.

Mami Vanille stand auf, holte einen gehämmerten silbernen Bilderrahmen aus dem Wohnzimmerschrank, reichte ihn Annabel und setzte sich neben sie. „Dies ist das einzige. An ihrem achtzehnten Geburtstag sind wir nach Tana gefahren. Ein Tourist hat das Foto von ihr gemacht und uns einige Monate später geschickt."

Das Foto war klein, vielleicht neun mal zwölf Zentimeter. Die Farben waren verblasst. Das Gesicht, das Annabel aus hellen blauen Augen anschaute, war eine Mischung aus Mädchen und Frau, mit feinen, regelmäßigen Zügen – eine hohe Stirn, hohe Wangenknochen, eine gerade Nase und volle geschwungene Lippen, die Mundwinkel zu der Andeutung eines Lächelns gehoben. Ein schönes Gesicht, das darauf wartete, mit Leben gefüllt zu werden.

Annabel spürte einen Kloß im Hals. Sanft strich sie mit der Fingerspitze über das kühle Glas. „Meine Mutter?", flüsterte sie.

Mami Vanille nickte. „Drei Jahre später hat sie deinen Vater kennengelernt."

„Ich möchte alles darüber hören."

Ganz langsam begriff sie, was dies bedeutete. Sie besaß eine Familie. Eine Großmutter. Auch wenn alles zusammenbrach, was sie über ihr Leben zu wissen geglaubt hatte, hatte sie etwas Kostbares gewonnen.

„Dann fange ich am besten ganz von vorn an ... Carsten und Bernd sind fast zwei Jahre lang durch die ganze Welt gereist", begann Mami Vanille. „Ein Land nach dem anderen, durch Steppen und Wüsten, über Meere und Flüsse. Zu Fuß, per Anhalter, mit Bussen und Booten. Dann kamen sie nach Madagaskar – und wollten für immer bleiben. Sie zögerten keine Sekunde, als sich eine Chance bot, eine längst verlassene Vanilleplantage zu kaufen."

„Woher weißt du das alles?", fragte Annabel.

Mami Vanille lächelte traurig. „Im Laufe der letzten dreißig Jahre haben Carsten und ich zahllose Abende zusammengesessen und geredet. Ich habe ihn so gut kennengelernt, als wäre er mein eigener Sohn gewesen." Sie sah Annabel an. „Und wenn auch nur durch Briefe und Bilder, die Carsten mir geschickt hat, habe ich dein Leben immer mitverfolgt.

Ach, wie habe ich mir gewünscht, dich zu trösten, wenn du dir das Knie aufgeschlagen hattest, oder dir zu zeigen, wie du dein störrisches Haar bändigen kannst! Ich weiß von deinen ersten Schritten, deinen fantasievollen Gewürzkreationen. Sogar von deinen nicht ganz so erfolgreichen Geigenstunden."

Als Annabel sah, wie Mami Vanilles Mundwinkel zuckten, musste sie lachen. Zum ersten Mal sah sie auch das Komische an den grässlichen Klängen, die sie ihrer Geige entlockt hatte.

„Bevor Carsten zu seiner großen Reise aufbrach, hatte er sich mit seiner Jugendliebe verlobt", fuhr Mami Vanille fort. „Aber ihm wurde bald klar, dass die Verlobung ein Fehler gewesen war. Barbara ..."

„Meine ..." Annabel brach ab und schüttelte den Kopf, aber Mami Vanille wusste offenbar, was sie hatte sagen wollen.

Sie nickte. „Ja. Carsten hat Barbara nach Thérèses Tod geheiratet, und sie hat dich in den ersten Jahren als Mutter großgezogen. Aber das kommt erst viel später. Nach Carstens Abreise wartete Barbara die ganze Zeit nur ungeduldig darauf, dass er endlich zu ihr zurückkommen würde. Sie konnte einfach nicht verstehen, warum er nicht in besseren Hotels abstieg und sich im Liegestuhl an einem schönen Pool sonnte, anstatt ständig durch wilde, unzivilisierte Gegenden zu reisen.

Sie begriff nicht, dass Carsten längst nicht mehr viel mit dem Jungen von damals gemeinsam hatte. Einen Weg zurück in sein Hamburger Leben konnte er sich nicht mehr vorstellen.

Ich will Carsten nicht in Schutz nehmen, es steht mir eigentlich nicht einmal zu, über ihn und Barbara zu reden. Aber wer sonst könnte dir jetzt noch die Geschichte deiner Eltern erzählen?

Thérèse hatte damals fast ihre Lehrerausbildung in Tana beendet. Nach Andra kam sie meist nur in den Ferien. An dem Abend, als Carsten und sie sich zum ersten Mal begegnet sind, hatten die Semesterferien gerade begonnen, und sie sang auf einer Hochzeit im Dorf. Das Publikum klatschte wild, als sie endete. Thérèse lachte und verbeugte sich, sodass ihr Haar bis auf die Bodenbretter fiel. Als sie sich wieder aufrichtete und die Haare aus dem Gesicht strich, fiel ihr Blick auf Carsten.

Ich erinnere mich noch genau an ihren Augenausdruck. Ich drehte mich um, neugierig, wen sie so anschaute. Ein Stück hinter mir stand Carsten und starrte Thérèse an, als hätte er nicht geahnt, dass etwas so Wunderbares auf der Welt existiert.

Von diesem Moment an gab es für die beiden kein Zurück mehr. Auch wenn sie aus völlig unterschiedlichen Welten stammten, waren sie füreinander bestimmt. Das wusste jeder, der sie einmal zusammen erlebt hatte. Später hat Carsten mir erzählt, dass er noch an jenem ersten Abend seinen längst überfälligen Abschiedsbrief an Barbara geschrieben und am nächsten Tag zur Post in Tana gebracht hat.

Natürlich hätte ich mir einen ganz anderen Schwiegersohn gewünscht. Vor allem keinen *vazaha*! Und dann noch ausgerechnet diesen wilden hellhaarigen Jungen mit dem verrückten Plan, ohne Geld die alte Plantage wieder aufzubauen. Aber auch wenn ich ein bisschen gebraucht habe, um es zu begreifen, war Carsten ein außergewöhnlicher Mensch. Wie Thérese."

Sie lachte. „Ich weiß, jede Mutter glaubt, ihr Kind wäre etwas ganz Besonderes, aber ich erzähle dir mal eine Geschichte aus Théreses Kindheit. Ihr Vater war Franzose. Er ist gestorben, als sie noch ganz klein war. Danach bin ich zu meinen Eltern zurückgekehrt und habe in ihrem Haus gewohnt. Eines Tages, Thérese war vielleicht fünf Jahre alt, saßen mein Vater und seine Freunde zusammen. Sie hatten ein Huhn geschlachtet, brieten es über dem Feuer und tranken ihren selbst gebrannten Rum.

Thérese setzte sich zu ihnen, um ihren Geschichten zuzuhören, aber mein Vater schickte sie fort. Als sie fragte, warum, sagte er ihr, weil sie kein Mann wäre.

‚Was ist der Unterschied zwischen einem Mann und einer Frau?', fragte sie.

‚Männer tragen Hosen, Frauen nicht', war das Erstbeste, was meinem Vater einfiel. Thérese ging ohne ein Wort ins Haus, und er dachte, das hätte ihr als Erklärung ausgereicht. Aber kurz darauf kam sie zurück zu den Männern. Sie hatte sich eine Hose meines Vaters angezogen, in der sie fast versank. Mit einer Schnur hatte sie die Hose in der Taille festgebunden, die Hosenbeine aufgekrempelt, sodass sie kaum laufen konnte.

‚Jetzt bin ich auch ein Mann', erklärte sie stolz. Die Männer mussten sich geschlagen geben und sie bei sich sitzen lassen."

Mami Vanille lächelte bei der Erinnerung, aber ihre Augen schimmerten von ungeweinten Tränen. „Dass etwas schwierig war oder sogar unmöglich erschien, konnte Thérese nie davon abhalten, zu tun, was sie wirklich wollte. Dein Vater war der einzige Mann, den sie je wollte. Aber ihr Traum war, Lehrerin zu werden und den Kindern hier eine Chance auf eine bessere Zukunft zu geben.

Darum musste Carsten ihr am Ende der Semesterferien versprechen, ihr Zeit zu geben, die Ausbildung zu beenden. Fünf Monate später war ihr Examen. Bis dahin wollte sie keinerlei Kontakt, um sich ohne Ablenkung auf die Prüfungen zu konzentrieren. Danach sollte dann die Hochzeit sein."

Mami Vanille wirkte plötzlich sehr blass. Irgendwo in der Nähe hörte jemand scheppernde Radiomusik, doch sie schien nichts um sich herum wahrzunehmen. „In den ersten Jahren nach ihrem Tod konnte ich an nichts anderes denken, nur daran, dass alles vielleicht ganz anders gekommen wäre, wenn ich trotzdem zu ihr gefahren wäre. Aber damals glaubte ich, alles würde gut werden. Die Wochen vergingen, wurden zu Monaten ..."

Sie schüttelte den Kopf. „Carsten und ich hätten niemals auf sie hören sollen. Wenigstens dachte ich das damals. Inzwischen weiß ich, dass wir nur das Richtige tun wollten und ihren Wunsch respektiert haben. Wie sollten wir denn wissen ... und doch ... auch wenn ich es damals nicht verstanden habe, hat ein Teil von mir etwas gespürt ... Nacht für Nacht hatte ich Träume von Thérese. Träume, in denen sie in Gefahr war. In denen ich sie verloren habe. Irgendwann konnte ich es nicht länger aushalten. Am nächsten Wochenende wollte ich den Bus nach Tana nehmen und zu ihr fahren."

Sie schwieg einen Moment. Ohne nachzudenken, ließ Annabel ihren Kopf an Mami Vanilles Schulter sinken. Ihre Großmutter legte den Arm um sie, als wäre es das Natürlichste der Welt.

Als Mami Vanille weitersprach, klang ihre Stimme rau. „Aber der Reihe nach. Thérese war kaum zwei Tage fort, als völlig überraschend Barbara und ihre Schwester ankamen. Angeblich hatte Barbara Carstens letzten Brief nicht bekommen, und nun war sie hier, um ihre Rechte als Verlobte einzufordern. Nicht vieles von dem, was ich jetzt erzähle, habe ich selbst mitbekommen.

Das meiste weiß ich von Carsten, manches habe ich mir selbst zusammengereimt.

Im Gegensatz zu Carsten war Bernd überglücklich. Marlene und er haben sich sofort ineinander verliebt. Sie waren vom ersten Augenblick an unzertrennlich. Und Marlene kam hier unglaublich gut zurecht. Es war, als hätte sie schon immer ohne Elektrizität und fließendes Wasser auf einer Plantage im Dschungel gelebt.

In all den Jahren hat sie sich kaum verändert. Schon damals trug sie immer ihre heiß geliebten Kakisachen. Sie wirkt manchmal vielleicht etwas kalt, aber ich glaube, das liegt nur daran, dass sie nie ihr Ziel aus den Augen verliert. Bernd und sie sind all die Jahre immer ein wenig für sich geblieben. Sie sind gute Arbeitgeber, fair, zahlen gut, helfen, wenn sie können.

Aber sie sind *vazaha* geblieben, ganz im Gegensatz zu Carsten. Er war einer von uns.

Immer wenn man Bernd und Marlene damals sah, hatten sie die Köpfe zusammengesteckt und redeten und lachten miteinander. Das heißt, wenn Marlene sich gerade mal nicht um ihre Schwester kümmerte. Barbara war ihr genaues Gegenteil. Mit ihren teuren Kleidern, den riesigen Sonnenbrillen und ihrer empfindlichen Haut wirkte sie hier so fehl am Platz wie ein Eisbär.

Sie hat kaum das Haus verlassen. In der Sonne bekam sie sofort Kopfschmerzen. Am Anfang dachte ich, sie wäre einfach nur verwöhnt und verzärtelt. Aber auffällig war, dass Marlene sie wie ein rohes Ei behandelte und fast ein bisschen wie ihre Krankenschwester umsorgte.

Marlene war sofort nach ihrer Ankunft klar, was passiert war. Etwas in der Art hatte sie wohl schon befürchtet. Aber sie flehte Carsten an, noch abzuwarten, bevor er mit Barbara redete und sie wieder nach Hause schickte.

Barbara dagegen verhielt sich krampfhaft so, als wäre alles in bester Ordnung. Und das wochenlang! In der Zeit war Carsten oft bei mir. Er wusste einfach nicht, was er tun sollte. Er hatte ein entsetzlich schlechtes Gewissen, weil er es viel zu lange vor sich hergeschoben hatte, die Beziehung zu beenden. Außerdem war ihm klar, dass etwas mit Barbara nicht ganz stimmte. Sie war sehr ... empfindsam. Und Carsten war offenbar ihr einziger Lebenszweck.

Er wusste, er musste mit ihr reden, aber Marlene bat ihn immer wieder, noch zu warten. Außerdem fürchtete er, dass sie zusammenbrechen würde. Aber als der Termin von Thérèses Examen immer näher kam, konnte er die Aussprache nicht mehr länger aufschieben. Aber dazu ist es nicht mehr gekommen."

Mami Vanille schloss die Augen und hielt sie geschlossen, als sie weitersprach. „Der Tag begann wie jeder andere. Aber ich kann noch genau fühlen, wie mir, als ich erwachte, plötzlich eiskalt wurde. Ein seltsames Gefühl schnürte mir die Luft ab. Damals war ich noch keine *ombiasy*, und ich habe versucht, es zu ignorieren. In zwei Tagen würde ich ja zu Thérèse fahren und mich selbst davon überzeugen, dass es ihr gut ging. Ich habe Kaffee gekocht und mich mit der Tasse draußen auf der Treppe in die Sonne gesetzt. Aber mir wurde nicht wieder warm.

Ich trank noch meinen Kaffee, als der Dorfvorsteher kam. Ich weiß, dass ich mich gewundert habe, warum er seine weiße Lamba über der Hose trug.

‚Es gibt ein Problem, Mami Vanille', sagte er. Er konnte mir nicht in die Augen sehen. In dem Augenblick wusste ich es. ‚Ich habe gerade einen Anruf aus Tana bekommen, vom Krankenhaus. Thérèse ... es ist sehr ernst. Sie haben mir gesagt, du musst dich beeilen.'

Ohne mir auch nur Schuhe anzuziehen, bin ich sofort zu Carsten gerannt. Zwei Sätze reichten, dann hatte er schon den Wagen geholt. Ich glaube, auf der Fahrt nach Tana hat er nicht einmal gebremst. Ohne sich um Schlaglöcher und Steine zu kümmern, ist er gerast, dass ich dachte, der Wagen bricht.

Im Krankenhaus haben wir erfahren, dass Thérèse eine Frühgeburt hatte. Dem Baby – dir – ging es den Umständen entsprechend gut, aber für Thérese konnten sie nichts mehr tun. Sie lebte noch, als wir ins Zimmer kamen. Ich erinnere mich genau, wie kalt der Boden unter meinen Füßen war, an das Gelb der Wände und den Geruch im Zimmer. Desinfektionsmittel und Blut.

Thérese lag im Bett. Sie war entsetzlich blass. So still. Ihr Gesicht war zum Fenster gewandt, als wollte sie noch einmal die Sonne sehen, aber ihre Augen waren geschlossen. Ich bin zu ihrem Bett gelaufen, ich wollte schreien, beten, die Ärzte anflehen, etwas für sie zu tun. Aber ich wusste auch, dass ich mich jetzt zusammenreißen und für mein Kind da sein musste. Ich habe ihre Stirn gestreichelt. Sie war so kalt und feucht.

Thérese öffnete ihre Augen. ‚Mama, du bist gekommen … wo ist Carsten?'

‚Ich bin hier, mein Herz.' Er kniete sich neben mir vor ihr Bett und nahm ihre Hand.

‚Es tut mir so leid.' Tränen liefen aus Thérese's Augenwinkeln und tropften auf das Kissen. ‚Ich habe euch nichts von dem Baby gesagt. Ich wollte die Prüfungen hinter mich bringen, und ich wusste, ihr hättet mich nicht alleingelassen. Es tut mir so leid …' Ich erkannte die erstickte Stimme kaum noch. Jedes Wort schien sie ihre letzte Kraft zu kosten.

‚Schsch, es ist gut, Liebling. Du musst dich ausruhen, damit du bald wieder gesund wirst', sagte Carsten. Er konnte kaum sprechen.

‚Versprich mir, dass du unser Baby nach Deutschland bringst. Sie soll nie von ihrer Herkunft erfahren, sie soll als unbeschwertes, glückliches Mädchen in Deutschland aufwachsen.'

‚Du wirst wieder gesund werden und unser Baby selbst großziehen.'

‚Versprich es mir, Carsten.'

Das waren Thérese's letzte Worte. Ich konnte keine Angst in ihrer Stimme hören, keinen Schmerz, nur die Gewissheit, dass ihr Tod unvermeidlich war.

‚Ich verspreche es', sagte Carsten.

Von allen Dingen, die ich jemals getan habe oder noch tun werde, war es das Schlimmste, die Hand meiner Tochter zu halten und zu spüren, wie langsam das Leben aus ihr wich. Im Tod sah sie wieder ganz jung aus, wie das kleine Mädchen, das ich jeden Abend in den Schlaf gesungen habe. Ihre Haare waren so zerzaust."

Die letzten Worte ließen etwas in Annabel zerbrechen, und sie begann zu weinen. Nie zuvor hatte sie etwas Ähnliches gespürt, nicht einfach nur Traurigkeit, sondern ein Gefühl, als würde ihr Inneres auseinandergerissen. Ihr einziger Halt war Mami Vanilles warmer Arm um ihre Schultern.

Tränen strömten über Mami Vanilles Wangen, aber sie sprach weiter: „Zum letzten Mal habe ich ihre blauen Augen gesehen, dann hat Carsten sie mit einem Kuss geschlossen. Ich habe einen Laut gehört wie von einem zu Tode verletzten Tier. Carsten hielt Thérese in den Armen und weinte und flehte sie an, ihn nicht alleinzulassen.

‚Sie ist tot, Carsten', habe ich ihm gesagt. Ich erkannte meine eigene Stimme nicht. ‚Wir können nichts mehr für sie tun.'

Er hat den Kopf gehoben und mich angesehen. ‚Aber das kann nicht sein, das kann nicht sein, das kann nicht sein', sagte er immer wieder, während er sie in den Armen wiegte, ganz vorsichtig, als wollte er ihr nicht wehtun. Nie habe ich ein verzweifelteres Gesicht gesehen.

Ich weiß, eines Tages wird sie mich rufen, dann werde ich sie wiedersehen. Sie ist einfach nur vorgegangen. Das sage ich mir jeden Tag, aber es hilft nicht. Ich vermisse sie in jeder Sekunde."

Mami Vanille holte einige Male tief Luft, bevor sie weitersprechen konnte. „Später hat uns der Arzt das Baby gebracht. Ich habe dich in meinen Armen gehalten, und ich wollte dich nie wieder loslassen. Du warst alles, was mir von meiner Tochter geblieben war. Aber Thérese Bitte bedeutete, dass ich dich verlieren und nie wiedersehen würde. Jede Sekunde mit dir habe ich genossen. In Andra gab es eine Frau, die zwei Tage vorher ihr Baby verloren hatte. Sie hat dich bis zu eurer Abreise gestillt. Zwei

Monate. Einundsechzig Tage hatte ich mit dir, bis du mit Carsten nach Deutschland geflogen bist." Ein Schluchzen erstickte Mami Vanilles Worte. Sie schlug die Hände vor ihr Gesicht.

Annabel wischte mit den Händen ihre Tränen ab. „Du musstest deine Enkelin aufgeben! Alles, was dir von deiner Tochter geblieben war. Wie konnte Thérese dir das antun?", fragte sie, als sie aufgehört hatten zu weinen.

„Ach, ich habe sie so gut verstanden! Ich liebe Madagaskar, aber hier gibt es viel zu wenige Schulen, und selbst wenn ein Kind die Schule besuchen kann, besitzt jeder zweite Lehrer selbst kaum eine Ausbildung, oft geht der Unterricht nur zwei oder drei Schuljahre lang. Wenn man kein Geld hat, ist die ärztliche Versorgung schlecht, mit der Natur wird Raubbau betrieben, die Insel ist dabei, auszubluten. Nur durch Leute wie Thérese, die ihr Leben in den Dienst der Menschen hier stellen wollte, kann sich vielleicht ganz langsam etwas zum Guten verändern. Durch jemanden wie Carsten oder Daniel." Sie sah ihre Enkelin liebevoll an. „Durch jemanden wie dich. Thérese wäre so stolz auf dich."

Annabel erwiderte schwach ihr Lächeln, aber sie freute sich über Mami Vanilles Worte. „Warum hat Vater mir gesagt, Barbara wäre meine Mutter?"

„In den ersten Wochen war es, als wäre er selbst mit Thérese gestorben. Ich glaube, ohne dich hätte er gar nicht die Kraft zum Weiterleben gefunden. Er hatte nicht die geringste Idee, wie er alleine in Deutschland so ein winziges schwaches Baby großziehen sollte. Als Barbara alles erfahren hat, hat sie ihm angeboten, dich als ihre eigene Tochter anzunehmen. Unter der Bedingung, dass Carsten sie heiratete und du nie erfahren würdest, dass sie nicht deine leibliche Mutter war."

„Ich verstehe Vater einfach nicht. Selbst als Kind habe ich gespürt, dass etwas nicht stimmte, als würde immer etwas zwischen ihm und mir stehen. Aber er hat immer weiter gelogen oder mir zumindest die Wahrheit verheimlicht. Warum? Er muss doch gemerkt haben, wie unglücklich ich war."

„Carsten hat sich an seine Versprechen gebunden gefühlt. Aber er hat genau gesehen, dass die Lügen zwischen euch einen immer größeren Graben aufgerissen haben. Es war ein Teufelskreis. Je länger er gelogen hat, desto größer wurde seine Angst, dass du ihm nicht verzeihen würdest. Er hatte Thérese geschworen, dich glücklich zu machen, aber er wusste seit Jahren, dass er versagt hatte. Die Lügen hatten alles vergiftet, jede Offenheit, jede Ehrlichkeit. Jetzt wollte er dir endlich die Wahrheit sagen, aber dazu hatte er keine Chance mehr."

„So viel Liebe ... und so viel Leid", flüsterte Annabel. „Alles vergeblich. Barbara, Thérese, mein Vater. Du. Jeder hat den geliebten Menschen verloren."

„Liebe ist niemals vergeblich." Mami Vanille lächelte. „Ihre Liebe – deine Liebe – hat dich hierher gebracht."

„Aber ..." Ein Klingeln unterbrach Annabel. Es dauerte einen Moment, bis sie begriff, dass es das Satellitentelefon in ihrer Tasche war. In den letzten Stunden hatte sie Onkel Bernd ganz vergessen.

„Hallo? Tante Marlene?"

„Ich wollte dir Bescheid geben, dass Bernd aufgewacht ist. Er muss noch einige Tage in der Klinik bleiben, aber die Ärzte sagen, er wird wieder ganz gesund."

„Das ist wunderbar! Bitte gib ihm einen Kuss von mir. Darf er schon Besuch bekommen?"

„Im Moment braucht er vor allem Ruhe, vielleicht in zwei, drei Tagen."

„Konnte er sagen, wer ihn niedergeschlagen hat?"

„Leider nicht. Das Letzte, woran er sich erinnert, ist der Moment, in dem wir alle auf der Veranda waren. Die Ärzte sagen, nach einer schweren Kopfverletzung ist ein Gedächtnisverlust nicht ungewöhnlich. Wahrscheinlich wird die Erinnerung irgendwann ganz von selbst zurückkommen, aber das kann man nicht mit Sicherheit voraussagen – erst recht nicht, wann."

„Hauptsache, er wird wieder gesund."

20. KAPITEL

Zwei Stunden später war Annabel auf dem Weg zur Plantage. Zum ersten Mal konnte sie um ihre Mutter trauern. Mami Vanille hatte ihr noch so viel von Thérese erzählt, dass sie fast glaubte, sie selbst zu kennen. Es würde noch eine Weile dauern, bis sie den Schock über die Neuigkeiten verarbeitet hatte, aber jetzt wusste sie endlich, dass sie nicht verrückt war. Sie hatte sich die Lügen nicht eingebildet.

Und sie hatte eine Großmutter gewonnen! Sie musste sich nicht mehr fremd und verloren fühlen. Hier auf Madagaskar waren ihre Wurzeln. Sie hatte endlich nach Hause gefunden.

Annabel wollte gerade in die Einfahrt zur Plantage einbiegen, als sie eine Staubwolke über dem Weg zum Strand entdeckte. Vor wenigen Minuten musste dort ein Wagen entlanggefahren sein. Jean-Pierres Jeep stand nicht auf der Plantage. Sie überlegte, ob er zum Strand gefahren war, weil er sie suchte. Er machte sich bestimmt Sorgen um Onkel Bernd, und sie wollte ihm möglichst schnell mitteilen, dass er aufgewacht war.

Kurz entschlossen fuhr sie weiter geradeaus, der Staubwolke hinterher. Eine Viertelstunde später erreichte sie den Strand, aber von dem Jeep war weit und breit nichts zu sehen. Annabel zuckte die Achseln. Sie hatte wohl ihre Pfadfinderqualitäten überschätzt.

Sie wendete den Wagen und machte sich auf den Rückweg. Als sie aus der grellen Sonne unter das schützende Dach des Waldes fuhr, kurbelte sie ihr Fenster herunter und sog tief die nach feuchter Erde, Blüten und Kräutern duftende Luft ein, dann klappte sie die Sonnenblende hoch. Aus dem Augenwinkel sah sie einen Schatten. Instinktiv trat sie auf die Bremse. Der schwere Land Rover rutschte auf dem sandigen Weg und kam wenige Zentimeter vor einem unterarmlangen Chamäleon zum Stehen.

Das Chamäleon trottete unbeeindruckt weiter, bis es im Unterholz verschwand. Sie sah ihm lächelnd hinterher und wollte gerade weiterfahren, als sie einige abgeknickte Zweige bemerkte. Als sie genauer hinschaute, sah es aus, als wäre hinter den Lianen eine Art Schneise zwischen den Bäumen. Sie fragte sich, ob ein Zusammenhang mit dem Überfall auf Onkel Bernd bestehen konnte.

Einen Moment zögerte sie. Entweder es gab nichts Verdächtiges zu sehen, oder es wäre klüger, weiterzufahren und nicht alleine nach Spuren zu suchen. Aber sie brauchte ja nur kurz nachzuschauen, ob sie sich wieder irrte. Falls nicht, würde sie zur Plantage fahren und Jean-Pierre Bescheid sagen.

Sie stieg aus und ging näher zu der Stelle. Diesmal hatte sie sich nicht geirrt. Zwischen den Bäumen war ein Vorhang aus Lianen vor eine schmale Öffnung gehängt worden, gerade breit genug für einen Wagen. Auf den ersten Blick war kein Unterschied zu dem übrigen Bewuchs zu erkennen. Wäre nicht eine Ecke heruntergerutscht, hätte sie trotz des Chamäleons nie etwas gesehen.

Annabel blieb stehen und lauschte. Nur Vogelstimmen und das Rauschen des Windes in den Baumwipfeln waren zu hören. Neugierig schob sie die Lianen zur Seite und trat einen Schritt in den Wald hinein. Hinter ihr schloss sich der grüne Vorhang.

Ein schmaler Weg zog sich durch den Wald. So schnell, wie die Pflanzen im Regenwald wucherten, musste er bestimmt regelmäßig freigeschlagen werden. Im Unterholz sah sie Reifenspuren. Sie folgte dem Weg, und ihr Puls beschleunigte sich, als nach einigen Metern etwas Helles durch die Bäume schimmerte. Sie hielt den Atem an. Ein Wagen? Sie ging näher. Fast hätte sie über ihre Angst gelacht, als sie Jean-Pierres Jeep erkannte.

„Jean-Pierre!", rief sie und ging schneller. Suchend blickte sie sich um.

Wie aus dem Nirgendwo trat er plötzlich hinter dem Wagen hervor. „Annabel." Er kam ihr rasch entgegen. „Was machst du denn hier?"

„Ich habe zufällig die Schneise entdeckt. Ich habe dich gesucht. Marlene hat vorhin angerufen. Bernd ist aufgewacht, und die Ärzte sagen, er wird wieder ganz gesund."

„Ein Glück. Konnte er sagen, was passiert ist?"

„Nein. Durch den Schlag auf den Kopf kann er sich an die letzte Stunde vor dem Überfall nicht erinnern." Sie wollte am Wagen vorbeigehen, aber Jean-Pierre stellte sich ihr in den Weg. Überrascht sah sie ihn an. „Was machst du eigentlich hier mitten im Wald?"

„Der Überfall hat mir einfach keine Ruhe gelassen. Ich wollte noch mal den Wald absuchen. Dabei habe ich die Schneise entdeckt. Aber weiter kommt man nicht durch, und es gibt auch nichts Interessantes zu sehen. Am besten fahren wir wieder zurück zur Plantage."

„Ist da vorn einfach Schluss mit dem Weg?"

„Genau. Warum gehst du nicht schon mal zu deinem Wagen zurück, und wir treffen uns an der Straße?"

Ein Vogel schrie klagend, und trotz der Hitze überlief Annabel eine Gänsehaut. „Wozu schlägt denn jemand eine Schneise in den Wald? Sie muss doch irgendeinen Sinn haben."

Er zuckte mit den Schultern. „Bestimmt wieder so ein verrücktes Ritual der Dörfler. Wer kann sagen, was in deren Köpfen vor sich geht?" Er lachte. „Ich jedenfalls nicht. Ein Aberglaube jagt den nächsten, und Sinn macht davon das wenigste."

Seine abfälligen Worte überraschten Annabel. Sie hatte immer gedacht, dass er die Einheimischen mochte. Sie sah, dass sein helles Kakihemd einen Fleck wie von Erde am rechten Ärmel hatte. „Ist die Schneise dort vorn einfach zu Ende?" Sie schob sich an ihm vorbei, um es sich selbst anzusehen.

Er hielt sie fest. Sein ausgestreckter Arm war angespannt wie ein Seil. „Lass uns zurückgehen, Annabel. Glaub mir, hier gibt es nichts zu sehen, und ich würde jetzt gern im Krankenhaus anrufen."

Sie schüttelte seinen Arm ab. „Ich gucke nur schnell selbst noch mal nach. Vier Augen sehen mehr als zwei. Wer weiß, ob das nicht irgendwas mit dem Überfall auf Onkel Bernd zu tun hat."

Jean-Pierre hatte recht. Hier war die Schneise abrupt zu Ende. Bäume, Farne und Schlingpflanzen versperrten den Weg. Zu Fuß wäre man gerade noch weitergekommen, nicht aber mit einem Wagen. Sie wollte sich schon umdrehen, als sie sah, dass weiter im Wald ein Farn zerdrückt war, als wäre jemand darauf getreten. Sie schob sich zwischen den Pflanzen hindurch.

„Annabel!"

Sie starrte auf einen Spalt im Boden. Was sie sah, war unmöglich. Sie ging in die Hocke. Der Waldboden vor ihr bestand aus Holzplanken, die mit einem grünen Tarnnetz bedeckt waren. Darauf lagen Büschel von Farn, Sträuchern und Zweigen. Sie schob die Planken zur Seite. Vor sich sah sie eine Grube, nicht sehr groß, vielleicht zwei Meter tief und eineinhalb Meter breit.

„Jean-Pierre, guck dir das an!" Sie schaute über die Schulter zu ihm.

Er kam näher. „Ein Loch im Boden? Bestimmt ein Begräbnisritual der Eingeborenen. Lass uns schleunigst verschwinden. Bestimmt haben wir schon dreißig *Fadys* gebrochen."

„Nein, das ist kein Grab. Es sieht aus wie eine Mine. Mein Vater hat mir oft erzählt, dass hier so viele Juwelen gefunden werden. Als Kind fand ich das furchtbar spannend und habe mir sogar mal ein Buch darüber ausgeliehen. Darin war ein Bild von einer kleinen Mine, die fast genauso aussah." Sie kniete sich auf den Boden und schob die Bretter weiter zur Seite.

Die Haare in ihrem Nacken stellten sich auf, ihre Haut prickelte, aber es war zu spät. Der Schlag auf ihren Kopf schleuderte sie in tiefe Dunkelheit.

21. KAPITEL

Als die Dunkelheit wich, lag Annabel auf dem Boden des Jeeps. Hände und Füße waren gefesselt. Der Wagen raste über eine holprige Piste, und sie spürte jeden Stein und jedes Schlagloch.

Sie hörte ein Wimmern und öffnete die Augen. Es war ihre eigene Stimme.

Langsam klärten sich ihre Gedanken. Jean-Pierre! dachte sie. Er steckte hinter allem! Hinter dem Überfall und der Puppe, er hatte die Tiere getötet, und es ging um Juwelen. Sie versuchte, die Muskeln anzuspannen, um die nächste Erschütterung abzufangen. Es klappte nicht, und ihr Kopf schlug auf dem Boden auf.

Annabel zog die Beine an und setzte sich mühsam auf. Draußen vor dem Fenster sah sie eine fremde, einsame Landschaft. Sie musste einige Stunden bewusstlos gewesen sein. Dem Stand der Sonne nach musste es früher Nachmittag sein.

„Du bist wach“, stellte Jean-Pierre fest. Sie sah seine Augen im Rückspiegel. „Verhalt dich ruhig, dann kannst du sitzen bleiben.“ Seine Stimme klang fremd.

„Was hast du mit mir vor?“, fragte Annabel durch den Nebel von Schmerz in ihrem Kopf.

Sie versuchte, die Hände aus dem Kabelbinder zu ziehen, aber das Plastikband war zu fest gezurrt und schnitt in ihr Fleisch. Sie wollte schreien, aber keiner würde sie hören. Ihr Verstand wusste das, aber ihr Körper wollte es nicht begreifen. Sie zwang sich, gleichmäßig ein- und auszuatmen, um die Panik zurückzudrängen.

Er schwieg.

„Wo fährst du hin?“

„In die *zone rouge*.“

Ihr Herz hämmerte. „Warum?“, fragte sie, obwohl sie die Antwort kannte.

Bernd hatte sie vor der *zone rouge* gewarnt. Der Teil Madagaskars war wild, äußerst dünn besiedelt – und von Banditen bewohnt. Der Polizei fehlte es an ausgebildeten Sicherheitskräften, Waffen, Geländewagen und Hubschraubern, um dort für Ordnung zu sorgen. Riesige Vieherden wurden im hellen Tageslicht gestohlen, ganze Dörfer verwüstet und Frauen und Kinder entführt. Die Madagassen glaubten, dass die *dahalos* unverwundbar waren. Sie fürchteten sich vor ihren angeblichen Zauberkräften mindestens ebenso wie vor ihrer Gewalttätigkeit.

„Wenn man dich dort findet, fällt jeder Verdacht auf die Banditen", erklärte Jean-Pierre leichthin, als wollte er mit ihr zu einer Cocktailparty fahren. Sein Tonfall machte Annabel mehr Angst als seine Worte. „Erst vor einigen Wochen wurden dort einige Polizisten getötet, und Überfälle auf Touristen kommen immer wieder vor."

„Was meinst du mit *findet*? Hast du vor, mich umzubringen?"

„Ich hatte nicht vor, dir wehzutun, Annabel. Aber du musstest deine Nase ja überall reinstecken."

„Jean-Pierre, bitte lass mich gehen", bettelte Annabel. „Ich sage keinem Menschen etwas von der Mine."

Er lachte auf. „Nein, natürlich nicht", sagte er ironisch. „Du erwartest doch nicht ernsthaft, dass ich das glaube?"

„Ein paar Juwelen sind doch kein Menschenleben wert!"

„Oh, mir schon, und es geht um mehr als *ein paar*. Noch ein paar Wochen, und ich habe ausgesorgt."

„Aber Bernd wird sich wieder erinnern, dass du ihn überfallen hast. Was willst du dann tun? Ihn auch umbringen?"

„Er hat mich nicht gesehen. Ich war hinter ihm."

„Warum hast du ihn dann zusammengeschlagen?"

„Er ist diesem verfluchten Köter gefolgt, der zur Mine gelaufen ist. Ein paar Meter weiter, und er hätte alles entdeckt."

„Du hättest ihn fast umgebracht! Er hat dir geholfen, als du fremd und allein warst!"

„Ich habe nicht gesagt, dass es mir Spaß gemacht hat. Aber ich kann nicht länger auf dieser verfluchten Insel verrotten. Die Saphire sind mein Ticket in die Freiheit."

„Ich dachte, du wärest gern hier."

„Ich verabscheue diese verdammte Insel! Ich verfluche jeden Tag, den ich in diesem elenden Kaff verbringen muss. Aber um von hier zu verschwinden, brauche ich Geld. Eine Menge Geld. Einige Leute suchen nach mir, und ich kann mein Gesicht nirgendwo auf der Welt sehen lassen. Um endgültig unterzutauchen und an einem angenehmen Ort ein neues, sicheres Leben zu führen, ist verdammt viel Kapital nötig. Ich hatte nicht erwartet, dass ich eines Tages buchstäblich darüber stolpern würde. Aber das Schicksal meint es offenbar gut mit mir."

Annabels Gedanken wirbelten in ihrem Kopf. Mit jedem Meter näherte sie sich ihrem Tod. Sie suchte verzweifelt nach einem Grund, aus dem er sie leben lassen würde. Ihr fiel nichts ein. „Ich dachte, du hast mich gern. War das etwa auch gelogen?"

„Ja. Ich hatte zwischendurch mal mit dem Gedanken gespielt, dich zu heiraten, um legal an die Mine heranzukommen. Schließlich liegt sie direkt auf deinem Land. Aber das wäre zu aufwendig geworden." Seine Stimme klang so ungerührt, als würde er darüber reden, einen Reifen zu wechseln.

Wut stieg in Annabel auf und schnürte ihr die Kehle zu. Sie schloss die Augen und konzentrierte sich auf ihre Atmung. Sie hob die gefesselten Hände und legte sie auf ihre Brust. Unter ihren Fingern spürte sie etwas Hartes. Das *ody*. Sie zog an dem Lederband, bis ihre Hand den Beutel umfasste. Sie spürte etwas Hartes.

Sie hatte nur Trost gesucht, etwas, woran sie sich festhalten konnte, aber jetzt überlegte sie, was in dem Säckchen sein mochte. Sie drehte Jean-Pierre den Rücken zu und hoffte, dass ihre Schultern verdeckten, was sie tat. Sie schob einen Finger in die Naht.

„Wie weit ist es noch?", fragte sie, um Jean-Pierre mit ihrem Schweigen nicht misstrauisch zu machen.

„Kannst du es nicht abwarten?“ Er lachte.

„Man wird sich fragen, was ich dort gemacht habe. Ich habe keinen Grund, in die *zone rouge* zu fahren. Erst recht nicht an einem Tag wie heute.“

„Ja. Das wird man sich fragen. Aber man wird keine Antworten finden.“

Ihre Finger spürten etwas Kaltes. Eine kleine Sichel? Sie fuhr mit der Fingerkuppe über das scharfe Metall. Der Wagen fuhr durch ein Schlagloch, und eine Spitze bohrte sich in Annabels Haut. Sie biss die Lippen zusammen und unterdrückte einen Aufschrei. Der Schmerz bedeutete ihre letzte Hoffnung.

„Bitte, Jean-Pierre, tu das nicht.“ Sie gab ihrer Stimme einen unterwürfigen Klang. „Ich schwöre dir, nichts zu verraten. Ich ... ich überschreibe dir die Mine, wenn du mich leben lässt.“

„Sorry, Annabel, aber selbst *wenn* ich dir glauben würde – ich kann keine offenen Enden zurücklassen.“

„Damit dich niemand findet?“

„Ja.“

„Warum wirst du gesucht? Von wem? Von der Polizei?“

Er antwortete nicht.

Sie schloss die Faust um die Sichel. Mit einer Spitze konnte sie den Kabelbinder erreichen, ihn wahrscheinlich zerschneiden und dann ihre Füße befreien, aber was dann? Vielleicht konnte sie es sogar schaffen, aus dem Wagen zu fliehen, aber sie hatte keine Chance, ihm zu Fuß zu entkommen.

Sie fragte sich, ob die *dahalo* wirklich so gefährlich waren wie ihr Ruf. Würden sie ihr helfen, wenn sie es schaffte, eins ihrer Dörfer zu erreichen?

„Wozu hast du mir die Puppe ins Bett gelegt und den Katta vor das Haus?“

„Um dir Angst zu machen. Ich wollte dich dazu bringen, auf der Plantage wohnen zu bleiben.“

„Warum?“

„Um mich ungehindert im Wald zu bewegen. Aber du musstest alles durcheinanderbringen! Wärst du wenigstens wie geplant nach zwei Wochen zurückgeflogen!"

„Das kann ich immer noch tun!"

Er machte sich nicht die Mühe zu antworten. Ihr Herz raste, als er den Wagen im Schutz einiger dürrer Dornenbüsche anhielt. Vor ihnen erstreckte sich eine trockene Ebene, unendlich weit und wild. Zu ihrer Rechten erhoben sich sanfte grüne Hügel, mit dunkel bewaldeten Tälern, immer wieder durchschnitten von blutroten Wunden, wo der Wald gerodet worden war.

Jean-Pierre stieg aus, kam um den Wagen herum und öffnete die Hecktür. Einen Moment lang betrachtete er sie schweigend. Annabel flehte still, dass er im letzten Augenblick noch Skrupel bekam.

„Wir müssen noch ein Stück laufen."

„Wohin gehen wir?"

„Ich will sichergehen, dass keine Wagenspuren in deiner Nähe zu finden sind." Er zog ein Messer aus der Tasche, ließ es aufschnappen und zerschnitt ihre Fußfesseln, dann nahm er ein Seil heraus und legte ihr die Schlinge um den Hals. Ein rasches Lächeln zuckte über sein Gesicht. „Ich hoffe, du verzeihst mir die Unhöflichkeit. Eine reine Sicherheitsmaßnahme."

In ihren Fingern spürte sie scharf und spitz die kleine Sichel. Sie schickte ein Stoßgebet zum Himmel, dass er nicht auf den Gedanken kam, ihr die Hände hinter dem Rücken zu fesseln. „Ich habe Durst."

„Wie unaufmerksam von mir. Ich bin wirklich ein schlechter Gastgeber. Los jetzt!"

„Bitte, Jean-Pierre, ohne einen Schluck Wasser kann ich nicht weit laufen." Sie hatte noch keine Idee, wie sie entkommen konnte, aber wenn Jean-Pierre nicht mehr in der Nähe seines Autos war, standen ihre Chancen deutlich besser. Doch ihre Kehle brannte schon jetzt vor Durst, und ohne Wasser würde sie nicht weit kommen.

Jean-Pierre wickelte sich das Seil um sein Handgelenk, nahm eine Wasserflasche vom Beifahrersitz und hielt sie Annabel an die Lippen. Sie vergaß jeden Stolz. Gierig schluckte sie jeden Tropfen, den er in ihren Mund schüttete. Ich will leben! sagte sie sich immer wieder.

„Das reicht." Er warf die Flasche zurück ins Auto. Er lächelte Annabel an, das Messer noch in seiner Hand. Ohne Warnung packte er ihr Haar und riss ihren Kopf zurück. Sie spürte die Klinge an ihrer Kehle. „Denk nicht mal dran, wegzulaufen."

Er ließ ihre Haare los, steckte das Messer zurück in die Tasche und ruckte am Seil. „Los geht's."

Gefesselt wie eine Sklavin, den Blick auf den Boden gesenkt, ging sie vor ihm her und versuchte, nicht immer wieder mit den Zehen an den spitzen Schotter auf dem Boden zu stoßen. In ihrem Nacken spürte sie Jean-Pierres Atem. Wenn sie stolperte, zog er das Seil um ihren Hals enger.

„Ich kann nicht mehr. Bitte lass uns eine Pause machen."

Er lachte. „Bald kannst du dich lange genug ausruhen."

„Bitte nimm mir wenigstens das Seil ab." Sie zwang sich, unterwürfig zu klingen, auch wenn Hass ihr die Kehle zuschnürte. Sie ballte ihre Faust um die kleine Sichel.

„Geh weiter!" Er ruckte am Strick.

„Dann lockere es wenigstens ein bisschen. Ich kann nicht mehr, Jean-Pierre. Bitte!", flehte sie.

Er lockerte die Schlinge. „Weiter."

Sie näherten sich den Hügeln. Annabel wollte warten, bis sie den Schutz der Bäume erreichten, aber sie fragte sich, ob er ihr so lange Zeit geben würde.

Jetzt! dachte sie.

Sie ließ sich auf den Boden fallen, als hätten ihre Beine nachgegeben. „Ich kann nicht weiter", wimmerte sie. Unter ihrem Körper versuchte sie fieberhaft, das Plastikband um ihre Handgelenke zu zerschneiden. Sie spürte, wie das Blut warm über ihre Hände lief. Das Band gab nach. Die Hände waren frei.

„Los, steh auf!“ Er trat sie hart in die Seite.

„Ich kann nicht.“ In einer blitzschnellen Bewegung streifte sie die Schlinge über den Kopf. Dann war sie auf den Beinen. Mit beiden Händen umklammerte sie einen Stein. Sie zielte. Sie schleuderte den Stein. Jean-Pierre hob die Hand, aber zu spät. An der Schläfe getroffen, stolperte er einen Schritt zurück.

Der Schlag würde ihn nur kurz ablenken. Annabel rannte los.

Die Bäume verbargen sie. Herabgefallenes Laub schluckte das Geräusch ihrer Schritte.

Sie wusste nicht, wie lange sie schon rannte. Inzwischen stand die Sonne tief. Das Zwielicht des Waldes färbte sich grau, die Bäume warfen gespenstische Schatten und die Luft war feucht vom Tau. Das Kleid klebte schweißnass an ihrer Haut. Jeder Atemzug brannte in ihrer Brust, aber sie lief weiter. Sie blieb nicht stehen, um zu sehen, wie dicht Jean-Pierre hinter ihr war. Sie konnte seine Nähe fühlen.

Erst als sie das Ende des Waldstücks erreichte, stoppte sie für eine Sekunde. Vor ihr fiel das Gelände bis zu einem schmalen, gewundenen Fluss ab. Hohes Gras bedeckte den Boden und wogte im Wind.

Unten am Ufer des Flusses sah sie eine Siedlung. Die roten Häuser standen dicht beieinander. Aus der Entfernung wirkten sie winzig. Hoffnung flackerte in ihr auf, dass sie hier Hilfe finden konnte, Menschen, die ihr Unterschlupf bieten und sie beschützen würden.

Annabels keuchender Atem überdeckte jedes Geräusch. Sie zwang sich, leise Luft zu holen, und lauschte. Nichts, nur Vogelstimmen, Grillen und das stetige Tropfen des Taus von den Blättern.

Sie musste sich entscheiden, schnell: Zu den Häusern, die Menschen, Hilfe, Sicherheit versprachen, oder weiterlaufen, am Ende ihrer Kräfte, ohne Essen, ohne Wasser, ohne eine Idee, wo sie war und wie sie hier wieder herauskommen sollte.

Sie wollte rasten, in Ruhe durchatmen, ihre Panik unter Kontrolle bekommen. Bald würde es dunkel sein. Mit jeder Faser wollte sie zu der Siedlung laufen. Aber genau das würde er erwarten.

Fünf Häuser, zählte sie. Keine Telefonleitungen, um Hilfe zu rufen. Selbst falls die Bewohner keine *dahalos* waren – würden sie ihr helfen, wenn Jean-Pierre kam, um sie mit Gewalt zu holen? Ohne einen weiteren Gedanken wandte sie sich um und lief weiter nach rechts am Waldrand entlang, fort von den Häusern, weiter hinein in das unwegsame Gelände.

Sie hörte fremde Geräusche, Flattern von Flügeln, Rascheln im Unterholz, einen schrillen Schrei. Einmal sah sie ein Paar Augen, leuchtend in der Dunkelheit. Etwas Kleines, Flinkes lief so dicht an ihren Beinen vorbei, dass sie den Luftzug spürte.

Der Himmel zwischen den Baumwipfeln wurde schwarz, dann stieg der Mond als blasse Sichel auf, und die Sterne glitzerten wie Juwelen. Sie biss die Zähne zusammen und lief weiter. Wenn ihre Beine sie nicht länger tragen wollten, wenn ihre Brust so schmerzte, dass sie glaubte, keinen Schritt mehr laufen zu können, dachte sie an Jean-Pierre, und sie rannte weiter.

Die Morgendämmerung brach an, als sie langsamer wurde. Ihre Muskeln zitterten. Sie wusste nicht, wie lange oder wie weit sie schon gelaufen war, nicht, in welche Richtung. Aber sie brauchte eine Rast. Als sie am Flussufer die nächste Siedlung entdeckte, hielt sie inne.

Annabel lauschte auf ein Knacken von Ästen unter näher kommenden Schritten, aber alles blieb still. Sie wartete, bis ihr Atem ruhiger ging, dann rannte sie geduckt durch das Meer aus Gras zu den Häusern. Von den Bewohnern war nichts zu sehen, kein Rauch von Feuern stieg auf, kein Licht hinter den Fensterläden.

Die Tür der ersten Hütte stand offen. Auf dem Tisch sah Annabel eine Plastikflasche mit Wasser. Ihre Finger zitterten so sehr, dass sie kaum den Verschluss aufschrauben konnte.

Mit gierigen Schlucken leerte sie das Wasser. Erst dann nahm sie die Reste einer Mahlzeit wahr, Teller, umgeworfene Becher, eine Schüssel halb voll mit einer pelzig-grauen Masse, die wohl einmal Reis gewesen war. Ein eisernes Bettgestell mit einer halb verbrannten Matratze, ein Nachklang des Gestanks noch in der Luft.

Hastig verließ sie den Unterschlupf. Erst jetzt sah sie, dass die Strohdächer der Häuser verbrannt waren, die roten Lehmwände vom Feuer geschwärzt. Dieses Dorf war seit Wochen verlassen, wurde ihr klar, wahrscheinlich nach einem Überfall der *dahalo*.

Annabel sank auf die Knie. Ihre Muskeln zitterten unkontrollierbar. Zu geschwächt, um sich aufrecht zu halten, fiel sie mit der Schulter gegen die Hauswand und ließ sich herunterrutschen, bis sie auf dem Boden saß. Ihr Atem wurde ruhiger, nicht aber ihr Herzschlag. Sie lehnte sich gegen die Wand, ließ den Kopf zurücksinken. Ihr Körper konnte nicht weiter.

Irgendwo in der Ferne hörte sie Motorgeräusch. Sie konnte nicht sagen, ob es ein Flugzeug war oder ein Auto. Bildete sie es sich nur ein, oder kam es näher? Jetzt entdeckte sie am Himmel eine kleine Propellermaschine, weiß mit einem blauen Heck. Genau wie Daniels Flugzeug, ging ihr durch den Kopf, dann wurde der Flieger kleiner, bis er von den Wolken verschluckt wurde.

Annabel schloss die Augen. Sie wusste nicht weiter. Wenn sie kein Wasser fand, keine Nahrung, keine Menschen, würde sie in dieser Wildnis sterben.

„Es tut mir leid, Papa“, flüsterte sie. Das Plätschern des Flusses erinnerte sie an die gemeinsamen Tage am Alsterufer. Sie stellte sich vor, wie er sie in die Arme nahm.

Ich brauche dich, Papa!

Ich passe auf dich auf, mein Kleines.

Knirschende Schritte weckten sie. Langsam kamen sie näher, entfernten sich wieder.

„Verfluchtes Miststück", hörte sie Jean-Pierres Stimme. „Wo bist du?"

Schlagartig war Annabel hellwach. Ihr Körper zitterte im Schock. Dem Klang seiner Schritte nach zu urteilen, durchsuchte er geduldig ein Haus nach dem anderen. Sie spähte um die Häuserwand und sah seinen Jeep. Sie schaute sich vergeblich nach Deckung um. Noch ein paar Minuten, und er würde sie entdecken.

Ihr Blick fiel auf ein Kanu am Ufer. Annabel dachte an ihren Ruderkurs in der Schule, aber dieses Boot hatte nichts mit den großen, breiten Kanus gemeinsam, in denen sie geübt hatte. Mindestens fünf Meter lang, schätzte sie, dabei aber keinen halben Meter breit. Geduckt rannte sie hinüber. Mit einem Blick sah sie, dass ein schmales Paddel im Inneren auf dem Boden lag. Es sah so verrottet aus wie das restliche Boot.

Von Jean-Pierre war nichts zu sehen. Annabel hob den schmalen Bug des Kanus an und schob es ins Wasser. Das Knirschen zerriss die Stille. Annabel sprang hinein, packte das Paddel und stieß das Boot vom Ufer ab. Sobald sie tieferes Wasser erreichte hatte, erfasste die Strömung das Kanu und drehte es wie ein Stück Treibholz. Es schwankte gefährlich von einer Seite zur anderen, während Annabel versuchte, nicht zu kentern.

In diesem Moment hatte Jean-Pierre sie entdeckt und stürmte wütend ins Wasser. „Glaub nicht, du kannst mir entkommen!"

Für einen Augenblick dachte Annabel, er würde sich auf das Kanu stürzen, dann hatte sie es geschafft, den langen Bug nach vorn auszurichten. Einige kräftige Paddelschläge, und sie war aus seiner Reichweite.

Während sie durch das Wasser glitt, dachte sie darüber nach, was er als Nächstes tun würde. Er war mit seinem Jeep unterwegs. Würde er vorausfahren und auf sie warten?

Sie entschied sich, auf dem Wasser zu bleiben. Mit dem Boot kam sie schneller voran als zu Fuß. Außerdem lagen vermutlich weitere Siedlungen am Ufer, in denen sie Hilfe finden konnte.

Nach einer Weile führte der Fluss in den Wald hinein. Dankbar für den Schatten der Bäume, zog Annabel für einige Minuten das Paddel ein und dehnte ihre schmerzenden Schultern. Ihre Arme fühlten sich an wie Gummi, die Handflächen brannten und waren mit Blasen bedeckt.

Langsam wurde die Vegetation am Ufer dichter, wenn auch lichter als im Regenwald. Blüten in allen Farben des Regenbogens sprenkelten das dichte Grün. In den Zweigen verborgene Vögel mischten ihren Gesang mit dem Summen und Brummen der Insekten. Als ein pinkfarbener Flamingo am Ufer die Flügel ausbreitete und in die Luft stieg, vergaß Annabel für eine Sekunde fast, warum sie hier war. Dann betrachtete sie das dichte Unterholz auf beiden Seiten des Flusses und fragte sich, ob Jean-Pierre irgendwo auf sie lauerte.

Plötzlich bemerkte Annabel, dass ihr Kanu beschleunigte, ohne dass sie schneller paddelte. Es schwankte auf dem unruhiger werdenden Wasser. Wie von weit her hörte sie ein Dröhnen. Ein Wasserfall! erkannte sie, als das Geräusch viel zu schnell lauter wurde.

Als sie das Röhren des Motors hörte, war es zu spät. Ein kleines Motorboot raste aus dem Schatten eines überhängenden Baumes auf sie zu. Jean-Pierre stand am Steuer. Es gab keine Chance zu entkommen. Sie würde in diesem schlammigen Fluss sterben.

Dann rammte sein Boot das schmale Kanu. Holz knirschte, das Paddel entglitt ihren Händen. Annabel spürte, wie das Wasser über ihrem Kopf zusammenschlug. Prustend kam sie an die Oberfläche und packte in letzter Sekunde den Bootsrand.

Sie sah sich nach Jean-Pierre um, als sie Krachen und Splittern hörte, dann erstarb das Motorgeräusch. Ein Stück Treibholz musste in Jean-Pierres Bootsschraube geraten sein. Ein Stück vor sich entdeckte sie ihn, doch er kümmerte sich nicht um sie, sondern versuchte hektisch, sein Boot unter Kontrolle zu bekommen.

Jetzt erkannte auch sie, was seine Panik verursachte. In etwa hundert Metern lag dichter Nebel über dem Wasser, aber Annabel wusste, dass dies die aus dem Abgrund aufsteigende Gischt des Wasserfalls war.

In einer Sekunde sah sie noch Jean-Pierre, stehend in seinem trudelnden Boot, dann nichts mehr.

Alles in ihr weigerte sich, den Kanurand loszulassen. Sie wollte sich festklammern an ihrem letzten Halt, sich nicht den tosenden Elementen ausliefern, aber sie wusste, das Kanu würde sie mit sich in die Tiefe reißen. Sie hatte nur eine Chance.

Annabel sammelte die letzte Kraft in ihrem Körper. Das rechte Ufer war kaum fünf Meter weit entfernt, mit einigen kräftigen Schwimmzügen konnte sie es erreichen.

Sie schwamm los, doch die Strömung packte sie und warf sie herum wie ein Blatt, zusammen mit dem anderen Treibgut. Sie kämpfte darum, an der Oberfläche zu bleiben, aber ein Strudel zog sie nach unten.

Annabel sank tiefer, bis sie weichen Boden unter den Füßen spürte. Sie stieß sich zur Seite ab, dann war sie frei. Um nicht vom Treibgut mitgerissen zu werden, schwamm sie unter Wasser, bis sie weichen Grund unter den Füßen spürte. Sie kam an die Oberfläche, sog gierig die Luft ein, hustete, spuckte schlammiges Flusswasser. Ihre Finger griffen in Ranken, Wurzeln. Sie zog ihren Oberkörper auf sumpfigen Untergrund. Ihre Lungen brannten, das Donnern des Wasserfalls dröhnte in ihren Ohren.

Sie glaubte, warme Hände auf ihrer Haut zu spüren.

„Wag es nicht, mich allein zu lassen!“, hörte sie Daniels Stimme wie aus einer fernen Welt. „Bleib bei mir, Annabel, ich brauche dich.“

Dann wurde alles dunkel und still.

22. KAPITEL

Vier Monate später.

Möwen zogen ihre Kreise über der Lagune, schneeweiß vor der untergehenden Sonne. Sanft schwappten Wellen auf den Strand. Warm wie eine Liebkosung spürte Annabel den Abendwind auf ihrer Haut.

Sie lehnte den Kopf an Daniels Schulter, während sie gemeinsam am Ufer entlangspazierten. Lachen und fröhliche Stimmen schallten zu ihnen herüber.

„Glücklich?", fragte Daniel.

Annabel nickte. „Ja."

Die vergangenen Monate konnten ihre Erinnerungen nicht auslöschen, aber sie hatte gelernt, mit ihnen zu leben. Manchmal erwachte sie noch mit einem Schrei, schnappte keuchend nach Luft, der Geschmack des Flusswassers erfüllte ihren Mund. Dann nahm Daniel sie in seine Arme und hielt sie, bis sie wieder eingeschlafen war.

Es hatte Wochen gedauert, bis ihre Wunden ganz verheilt waren. Narben waren nicht zurückgeblieben. Jedenfalls nicht dort, wo man sie sehen konnte.

Sie wusste nicht, was ohne Daniel und Mami Vanille aus ihr geworden wäre. Nachdem einen Tag lang niemand etwas von ihr gehört oder gesehen hatte, war Daniel unruhig geworden. Als Mami Vanille ihn dann bat, nach ihrer Enkelin zu suchen, war sein Flugzeug schon startbereit gewesen.

Bernd hatte sich vollständig von seiner Verletzung erholt. Einige Tage nachdem er auf die Plantage zurückgekehrt war, hatte Annabel Besuch von Marlene bekommen.

In den Augen der Tante hatte Annabel einen unvertrauten Ausdruck entdeckt, fast als wäre sie beschämt. „Annabel, es tut mir so leid", waren ihre ersten Worte. „Ich wollte Barbara schützen … aber Bernd hat recht, es ist Zeit, loszulassen. Schon sehr lange. Hätte ich eher geredet, wäre das alles vielleicht nicht passiert."

„Du hast keine Schuld, Marlene, du konntest doch nicht …"

„Warte, bis du mich angehört hast", fiel Marlene ihr ins Wort und zog einen weißen Umschlag aus der Tasche. „Das ist ein Brief von deinem Vater. Bernd hat ihn im Strandhaus gefunden, und ich habe ihn überredet, ihn mir zu geben. Ich weiß, es ist unverzeihlich, aber …" Sie brach ab und biss sich auf die Lippen. Tränen liefen über ihre Wangen. „Ich habe Carsten die Schuld gegeben. Deiner Mutter. Dir. Jedem, nur nicht Barbara. Ich weiß, sie hat viele Fehler gemacht … aber bitte vergiss nie, dass sie dich geliebt hat, als wärst du ihre leibliche Tochter."

Annabels Magen krampfte sich zusammen, als sie die Handschrift ihres Vaters erkannte. Mit zitternden Händen nahm sie den Umschlag. Am liebsten hätte sie ihn sofort aufgerissen, aber sie wollte alleine sein, wenn sie die letzten Worte ihres Vaters las.

„Danke, Marlene", sagte sie leise und legte einen Arm um Marlenes Schultern. „Es kann nicht leicht gewesen sein, zu mir zu kommen."

Die beiden Frauen redeten lange miteinander, und als Marlene sich von ihr verabschiedete, wusste Annabel, dass ihre Verletzungen heilen würden. Mit der Zeit würden sie zu einer Familie zusammenwachsen.

Sobald ihre Tante gegangen war, riss Annabel den Umschlag auf. Einen Moment lang starrte sie den mit Bleistift geschriebenen Brief an. Eine Unterschrift fehlte, als hätte ihr Vater vorgehabt, später weiterzuschreiben.

Ihre Kehle war rau. Einen Moment lang ließen Tränen die Buchstaben verschwimmen. Annabel wischte sich über die Augen und las:

Meine geliebte Tochter,

Ich wünschte, es würde bessere Worte geben, um zu sagen, was ich dir sagen muss. Ich hoffe, bete, dass du diesen Brief nie lesen musst, sondern die Wahrheit von Angesicht zu Angesicht von mir hören wirst. Ich hätte längst mit dir reden müssen, schon vor vielen Jahren. Das weiß ich jetzt. Aber zuerst wollte ich den Eid ehren, den ich deiner Mutter geschworen habe. Und dann … vor allem hatte ich Angst, deine Liebe zu verlieren. Deinen Respekt. Und mit jedem Tag, den ich geschwiegen habe, wurde es unmöglicher, die Grundmauern deines Lebens zu zerstören.

Es gibt keine Worte, um es sanft zu sagen: Was du über deine Herkunft zu wissen glaubst, war eine Lüge. Dazu gedacht, dich zu schützen, aber das reicht nicht als Entschuldigung. Denn genau das Gegenteil ist eingetreten.

Mittlerweile glaube ich, dass eine Lüge niemals Gutes nach sich ziehen kann. Die Wahrheit ist oft schmerzhaft, aber so wie die Nacht zum Tag gehört, gehören auch Schmerz und Leid zum Leben, genau wie das Glück und die Liebe.

Deine Mutter war die Liebe meines Lebens. Thérese. Der wunderbarste Mensch, dem ich je begegnet bin. Es hat mein Herz gebrochen, als sie gestorben ist. Mit ihrem letzten Atemzug bat sie mich, ihr zu schwören, dass du als fröhliches deutsches Mädchen aufwächst, unbelastet von dem Elend und den zahllosen Problemen Madagaskars.

Ich weiß nicht, wann ich zum ersten Mal begriffen habe, welch furchtbaren Fehler ich gemacht habe. Es war falsch, so falsch, zu ignorieren, wie unglücklich du warst – wie ein

Paradiesvogel in einem Schwarm von Spatzen. Falsch, dir deine Heimat Madagaskar vorzuenthalten. Es war so offensichtlich, dass du nicht nach Deutschland gehörst, aber ich habe immer und immer weiter geschwiegen, dachte, ich müsste meinen Schwur ehren. Bis irgendwann das Schweigen, die Lüge wie ein unüberwindbarer Graben zwischen dir und mir stand.

Ich bitte dich um Verzeihung, Annabel, auch wenn ich weiß, dass mein Verhalten unverzeihlich ist. All die Jahre warst du das Wichtigste in meinem Leben, und doch konnte ich nicht die Worte finden … den Mut …

Aber mein unverzeihlichster Fehler war, dir deine Familie vorzuenthalten. Deine Großmutter. Ja, du hast eine Großmutter, die dich sehr liebt. Aus der Ferne hat sie dein Leben mitverfolgt. Sie lebt in Andranomandraotra, dem Dorf bei der Plantage von Bernd und Marlene. Jeder kennt sie unter dem Namen Mami Vanille. Ich hoffe, du wirst zu ihr fahren. Ich weiß, sie wird die richtigen Worte finden, dir von deiner Mutter zu erzählen.

Ich wünschte, ich hätte viel früher begriffen, was ich tun muss: nicht rückwärts schauen, sondern leben. Endlich tun, was mein Herz schon lange wusste.

Ich hoffe, irgendwann kannst du mir verzeihen. Vielleicht finden wir dann einen Weg, das Schweigen zwischen uns zu überwinden. Es gibt so vieles, das ich dir zeigen möchte, mit dir teilen. Eine ganze Welt. Madagaskar. Deine Wurzeln.

Ich sehe dein Gesicht vor mir, höre deine Stimme, und ich weiß, es ist das Richtige, dir die Wahrheit zu sagen. Auch wenn ich dich dadurch vielleicht ganz verlieren werde.

Als eine Träne auf das Blatt tropfte, ließ Annabel den Brief sinken. Sie schloss die Augen. „Als könntest du mich jemals verlieren, Papa“, flüsterte sie. „Ich wünschte so sehr, ich könnte es dir noch einmal sagen.“ Sie trocknete ihre Tränen und las die letzten Zeilen:

Du erinnerst dich vielleicht an das Gedicht aus deiner Kindheit. Es ist ein Erbe deiner Mutter. Ich habe noch zwei Verse für dich ergänzt, mein über alles geliebtes Kind:

Flieg der Sonne entgegen
Über Berge und Meere
Durch Tränen und Regen
Wie ein Vogel im Wind.

Halt deine Träume fest.
Wenn deine Träume sterben,
bleibt nur ein Vogel
mit gebrochenen Flügeln,
der nicht mehr fliegen kann.

Wage zu träumen.
Wage zu leben.
Flieg der Sonne entgegen
wie ein Vogel im Wind.

Daniels Stimme riss Annabel aus ihren Erinnerungen: „Hast du deine Entscheidung je bereut?“, fragte er leise.

Annabel wusste, er sprach von der Mine. Daniel war der Einzige, dem sie von den Saphiren berichtet hatte. Daraufhin hatte er ihr von anderen Orten auf der Insel erzählt, an denen Edelsteine gefunden worden waren. Sobald neue Fundorte bekannt wurden, überschwemmten Glückjäger die Gegend, und kein Stein blieb auf dem anderen, bis das Land restlos geplündert war.

Nach langen Nächten, in denen sie über die Vor- und Nachteile geredet hatten, hatte Annabel beschlossen, die Mine zuzuschütten und das Hotel weiterzubauen, als wäre nichts gewesen. Niemand außer Daniel und ihr würde je von den Saphiren erfahren. Und sollte sie doch einmal in Not geraten, lagerte ihr Vermögen sicher im Wald.

Sie lachte. „Nicht eine davon. Das letzte halbe Jahr war das Beste, was in meinem Leben passiert ist. Nur Vater fehlt mir so sehr. Obwohl … manchmal habe ich das verrückte Gefühl, als wäre er bei mir … Aber wer weiß – vielleicht ist er das sogar", sagte sie halb im Scherz.

Daniel schaute sie an, und sie sah ihr eigenes Spiegelbild in seinen Augen. „Ja. Vielleicht ist er das sogar", sagte er ernst.

„Daniel, Annabel!", begrüßten sie Marlene und Bernd, als sie jetzt die kleine Gruppe am Strand erreichten.

Mami Vanille und Nirina hatten ein Feuer am Ufer entzündet. Drei Lampions aus weißem Papier lagen davor im Sand. Mami Vanille umarmte Annabel, dann reichte sie ihr einen der Lampions und entzündete die Kerze im Inneren. Ein Windstoß brachte die kleine Flamme zum Flackern, löschte sie aber nicht aus.

So viel Liebe, so viel Leid, ging Annabel durch den Kopf. Es gab so vieles, das sie bereute, und sie wusste, auch ihr Vater hatte vieles bereut. Warum musste es auf diese Weise enden? Sie wusste keine Antwort.

Sie zog ein Blatt aus der Tasche und las noch einmal ihren Abschiedsgruß:

Du hast mir gezeigt, dass man seinem Herzen folgen muss.
Ich danke dir, Papa.

Ich hab dich lieb.

Annabel faltete das Blatt zu einem schmalen Streifen und band diesen an dem Lampion fest. Tief in ihrem Inneren wusste sie, ihr Vater würde die Botschaft erhalten, und der Gedanke tröstete sie. Als ein ferner Donner am Horizont grollte und der Wind in ihr Haar griff, war ihr, als würden die Elemente ihre Trauer teilen.

Sie sah zu Marlene und Mami Vanille. Die beiden Frauen standen neben ihr und hatten ihre eigenen Lampions entzündet. Gemeinsam ließen sie ihre drei Laternen in die Luft steigen.

Mami Vanille legt den Arm um die Schultern ihrer Enkelin. Schweigend schauten sie den drei Ballons hinterher, bis sie mit dem Sonnenuntergang verschmolzen. Leise flüsterte Annabel:

„Flieg der Sonne entgegen
wie ein Vogel im Wind.“

– ENDE –

Band-Nr. 25837
9,99 € (D)
ISBN: 978-3-95649-180-1
eBook: 978-3-95649-473-4
304 Seiten

Ben Bennett
Wenn Ozeane weinen

Die Liebe ist ein unwiderstehlicher Sog. Das lernt Amber Wood als kleines Mädchen, als sie mit ihrer Mutter in das gläserne Haus am Pazifik zieht. Vom ersten Tag an hat sie nur Augen für Taylor, den Sohn der Familie Teagarden. Als dieser bei einem Bootsunfall von der rätselhaften Mandy gerettet wird, beginnt eine so geheimnisvolle wie magische Dreiecks-Liebesgeschichte …

Umwelthinweis:
Dieses Buch wurde auf chlor- und säurefreiem Papier gedruckt.

mtb